COLPO GROSSO IN PATAGONIA

COLPO GROSSO IN PATAGONIA

Cristian Perfumo

**Questo romanzo è un'opera di fantasia.
Ogni evento e personaggio in esso contenuto
è frutto dell'immaginazione dell'autore.**

ISBN : 978-631-90025-2-2

Traduzione: Ursula Bedogni

Redazione: Trini Segundo Yagüe - Thais Siciliano

Copertina di: Chevi de Frutos

Titolo dell'opera originale: *Los ladrones de Entrevientos*

© Cristian Perfumo

www.cristianperfumo.com

*A mia sorella Mariana.
Ti ammiro profondamente.*

«Io che, come dissi, avevo rischiato molte volte di morire, lì seppi delle miniere d'oro.

L'oro è eccellentissimo; chi lo possiede può fare ciò che vuole nel mondo,

perfino condurre le anime nel Paradiso.»

Cristoforo Colombo

PROLOGO

Non faceva parte del piano, pensò Minerva.

Non faceva parte del piano che quel tizio finisse seduto ai suoi piedi con la testa infilata in un sacco, o che lei si ritrovasse a puntargli alla fronte una calibro nove e a fare il conto alla rovescia.

«Venti. Diciannove. Diciotto...»

Dentro il guanto di lattice, la mano che impugnava la pistola era impregnata di sudore. Inspirò profondamente. Per calmarsi, ricordò di nuovo quello che Pezzano le aveva detto quindici anni prima.

A tutti capita una botta di fortuna almeno due volte nella vita. Non preoccuparti, te ne resta ancora una.

Nel caso di Minerva, il primo colpo di fortuna era stato l'essere scampata a una sparatoria in una sala da biliardo di Buenos Aires quando aveva ventun anni. Il secondo sarebbe stato questo. Era determinata a portare via cinque tonnellate d'oro e d'argento da una delle miniere più sperdute del mondo.

Decise di non dare retta alla vocina dentro la sua testa che le ripeteva che la fortuna non funziona così, che non siamo noi a decidere quando arriva e quando se ne va dalla nostra vita.

Sollevò lo sguardo per osservare i suoi compagni. Si stavano attenendo al piano, all'oscuro di quanto le cose fossero cambiate.

«Ti prego, ascoltami» le ripeté l'uomo incappucciato ai suoi piedi.

Lei chiuse gli occhi. Non aveva altra scelta che infrangere la regola della rapina senza vittime. La regola che lei stessa si era imposta. Doveva rimangiarsi il discorsetto che aveva fatto al resto della banda quando la rapina era soltanto un'idea lontana e una caterva di mappe davanti al camino.

«Il tuo tempo sta per scadere» disse all'ostaggio, e continuò a contare. «Quattordici. Tredici...»

«Perché mi fai questo? Sono solo un lavoratore. Non ho mai fatto del male a nessuno.»

La frase la colpì come un fulmine. *Figlio di puttana,* pensò. E di riflesso strinse il pugno sinistro.

PRIMA PARTE

Genesi

CAPITOLO 1

Buenos Aires. Un anno e quattro mesi prima.

Mentre ballava il tango *Tiempos viejos* abbracciata a un signore di ottant'anni, Noelia pensò che fosse un peccato doversene andare così presto. Quella sera il salone della milonga era proprio come piaceva a lei. Né tanto affollato da non poterti muovere, né semivuoto, perché in quel caso non ci sono abbastanza partner e ti tocca tornare sempre con gli stessi. E se capiti con la persona sbagliata rischi di essere fraintesa.

Dopo l'ultima nota salutò gentilmente l'uomo con cui aveva ballato e si diresse verso il bancone del bar. Non sarebbe tornata a vivere a Buenos Aires per nulla al mondo, ma che meraviglia poter ballare il tango ogni sera!

Ordinò l'ultima birra. Se voleva essere più o meno presentabile al corso del giorno dopo, la cosa più sensata da fare era andarsene presto.

Si girò verso la pista da ballo e bevve il primo sorso a occhi chiusi, godendosi il liquido fresco che le scendeva in gola. Anche se fuori, essendo arrivato l'autunno, era già necessario coprirsi, nelle milonghe faceva sempre caldo.

Quando li riaprì, le sembrò di vederlo. Stava ballando con una donna elegantissima che muoveva con precisione le lunghe gambe avvolte nelle calze a rete. Era davvero lui? Era tornato in Argentina? Difficile. Forse il buio della sala da ballo le stava giocando un brutto scherzo. Dopotutto, il mondo del tango era pieno di sessantenni con le occhiaie e i capelli radi e brizzolati unti di brillantina.

Seguì con lo sguardo i passi della coppia sulla pista da ballo. Dopo un elegante rimbalzo, la donna si mise in mostra con un *ocho cortado* e lui le sussurrò qualche parola all'orecchio, sorridendo. A quel punto Noelia non ebbe più dubbi. Il suo sorriso era unico.

Mario Pezzano era a Buenos Aires.

Lo sguardo della donna, rapita dalla magia del tango, era fisso su un punto indefinito, quasi fosse cieca, con gli occhi scollegati dal corpo. Quello di lui, invece, saltellava come una mosca irrequieta. Dalla porta d'ingresso al vestito attillato di una giovane ballerina. Dal ragazzo che metteva la musica all'uscita di emergenza.

È normale, pensò Noelia. *Uno come lui non può permettersi di abbassare la guardia.* O forse ormai poteva farlo, e la sua era solo deformazione professionale.

Quando Goyeneche smise di cantare *Sur*, Pezzano salutò la sua partner con un gesto cortese e guardò direttamente Noelia. Le rivolse un cenno del capo, come se si fossero visti il giorno prima, e la raggiunse.

«Come fai a essere più bella di quindici anni fa?» le disse, appoggiando i gomiti al bancone.

«Esageri sempre, Mario!» rispose lei abbracciandolo forte. «È impossibile che sia più bella di quando avevo ventun anni.»

«Dico sul serio, Minerva.»

Sentendo pronunciare il suo soprannome, Noelia si irrigidì. Erano più di dieci anni che nessuno la chiamava così.

«Prima di tutto, non posso essere più bella. E poi non sono passati quindici anni.»

«No? Dalla fine del 2005...»

«Quattordici, quasi.»

«Abiti a Buenos Aires?»

«Nemmeno per sogno! Ormai è da tanti anni che sono tornata in Patagonia. Sono qui per qualche giorno, sto frequentando un corso» disse lei, guardando l'orologio.

Pezzano fece una smorfia ironica mentre ordinava

un whisky.

«Hai perso tutto il tuo accento. Ogni tanto ti scappava una galizianata.»

«Catalanata» lo corresse lei.

«Ah, è vero.»

«Quando ci siamo conosciuti avevo lasciato Barcellona solo da otto anni. Ormai ho trascorso più di metà della mia vita in Argentina. Sono più *tango* che *sardana*, Mario.» Quest'ultima frase la pronunciò con un accento porteño così forte da pronunciare *targo* invece di *tango*, come faceva Gardel nelle sue canzoni.

«E che corso stai seguendo?»

«Sicurezza informatica in ambienti remoti. Mi ha mandato la ditta per cui lavoro.»

Il barman poggiò il bicchiere di whisky sul bancone.

«"La ditta per cui lavoro"» ripeté Pezzano dopo aver bevuto un sorso. «Ti immaginavo a fare qualcos'altro.»

«Ora sono una ragazza perbene. Pago persino le tasse.»

«Ma davvero? E da quando?»

«Dal giorno in cui ci siamo visti per l'ultima volta.»

Pezzano alzò le sopracciglia.

«E tu, Mario? Cosa fai di bello?»

«Ultimamente vado in barca. Te la ricordi la Maese?»

«Certo. Come potrei dimenticare le feste che organizzavi sulla tua barca a vela?»

«È ancora la mia migliore amica. All'inizio del 2006 ho mollato tutto e ho fatto il giro del mondo. Ho navigato nei Caraibi, ho attraversato l'Europa...»

«All'inizio del 2006...» ripeté Noelia, ordinando un'altra birra.

«Sì.»

Non bisognava essere un genio per unire i puntini. A gennaio di quell'anno, una banda di rapinatori aveva svuotato quasi centocinquanta cassette di sicurezza del Banco Río, ad Acassuso. Il bottino era stato tra gli otto e i sessanta milioni di dollari, a seconda delle versioni che circolavano. Tutti i membri della banda erano stati arrestati e processati tranne uno, latitante, di cui non era mai trapelata l'identità.

«Quindi è vero quello che si racconta in giro?» domandò Noelia.

«Può darsi.»

Il colpo era stato talmente spettacolare e ingegnoso che la stampa lo aveva definito "la rapina del secolo". Noelia aveva letto che presto ne avrebbero tratto un film.

«E non hai paura, a tornare in Argentina? Il reato non è ancora caduto in prescrizione, no?»

«No, ma il processo è finito e tutti hanno già scontato la loro pena. L'ultimo è uscito tre anni fa» rispose Pezzano, e sollevò il bicchiere di whisky. «A noi, Minerva.»

«A noi» ripeté Noelia alzando la birra.

«Per che azienda lavori?»

«Una miniera d'oro e d'argento» rispose, indicando il braccialetto d'oro chiaro che portava al polso sinistro.

Pezzano scoppiò a ridere. Lei cercò di restare seria, ma si lasciò sfuggire un sorriso.

«Tu in una miniera d'oro? E chi è l'incosciente che ti ha assunto?»

«Te l'ho detto, sono una persona diversa da quella che hai conosciuto. Dopo quello che è successo, mi sono spaventata molto.»

«Immagino, perché poi sei sparita nel nulla.»

«Ho ripreso gli studi, mi sono laureata e ho iniziato a lavorare.»

«Che peccato...»

«A quanto pare, tu invece non sei cambiato per niente.»

«Sono nato storto e morirò storto.»

«Non ti è bastato quello che hai preso al Banco

Río?» sussurrò Noelia. «Sui giornali c'era scritto che erano venti milioni di dollari. Diviso per sette, sono quasi tre milioni a testa.»

Pezzano fece spallucce, divertito.

«Non credere a tutto quello che scrivono i giornali.»

Noelia scosse la testa e bevve un sorso di birra.

«Sai quant'è noioso navigare da soli? All'inizio no, ovviamente. I primi anni è fantastico: spiagge meravigliose, donne affascinanti, fai amicizia con un sacco di globetrotter francesi. Ma dopo aver fatto due volte il giro del mondo in barca a vela, arriva un momento in cui si ha voglia di azione. E io non so fare altro.»

A Noelia interessavano più i viaggi di Pezzano che la sua nostalgia per il lavoro, così gli chiese dei luoghi che aveva visitato. Lui le disse che con la Maese aveva attraccato in più di ottanta paesi, e per più di mezz'ora le raccontò una sfilza di aneddoti così lunga da poterci scrivere un libro. Poi d'un tratto cambiò argomento.

«Non ti farò domande perché sarebbe inappropriato» disse, «ma se tu avessi, putacaso, delle informazioni interessanti su questa miniera d'oro, sappi che conosco persone disposte a pagare molto bene.»

Noelia scoppiò a ridere e guardò l'orologio.

«*Collons*, devo scappare, Mario. Domani devo alzarmi presto.»

«Eccola, la galizianata! Ma allora sei sempre tu!»

«Catalanata.»

Pezzano chiese una penna al barman e scarabocchiò qualcosa su un tovagliolo.

«Tieni. Scrivimi, Minerva. Non voglio che passiamo ancora tanto tempo senza vederci.»

«Ok» disse lei, e si infilò il foglio in tasca.

Fece per abbracciarlo e salutarlo, ma lui si ritrasse e scosse la testa.

«Non vorrai andartene senza aver prima ballato un tango con un vecchio amico, vero?» disse, porgendole la mano.

    E Noelia la prese. Come l'aveva presa quattordici anni prima, quando la chiamavano Minerva e lui gliel'aveva tesa per salvarle la vita.

CAPITOLO 2

Buenos Aires. Quattordici anni prima della milonga.

A Minerva la prima operazione nel mondo reale era quasi costata la vita.

Pochi mesi dopo essersi trasferita da Rawson a Buenos Aires per cominciare l'università, aveva conosciuto Qwerty. E lui le aveva spalancato le porte di un mondo basato su falle di sicurezza, password e dati riservati.

Fino a cinque giorni prima, la sua breve carriera criminale si era limitata al furto di dati su Internet per poi rivenderli. Ma le cose erano cambiate quando a Qwerty, l'unico membro di Hackers_Portenios che lei conosceva di persona, avevano proposto un affare non virtuale.

In un primo momento Qwerty non voleva saperne nulla. Il tizio che gli aveva offerto il lavoro era Mario Pezzano, un ladro della vecchia scuola che Minerva conosceva da un anno. Ai suoi occhi, Pezzano era un professionista e una leggenda. Forse era per questo che aveva insistito con Qwerty affinché accettasse l'incarico. Per questo e perché era giovane e voleva sfidare il mondo.

Cinque giorni dopo, Minerva bussò alla porta di una sala da biliardo in avenida de Mayo con uno zaino in spalla. Accanto a lei c'era Qwerty, con uno zaino identico.

Un uomo pallido come l'avorio delle biglie bianche li fece entrare in un locale enorme con almeno quaranta tavoli da biliardo, pool e snooker. Erano le quattro del mattino. Qwerty le aveva detto che chiudevano alle tre. Vedendolo così, deserto tranne che per un tavolo al centro dove quattro uomini stavano ancora giocando, Minerva intuì che c'era qualcosa che non quadrava. Forse era la sensazione contraddittoria di un locale praticamente vuoto in cui si sentiva ancora l'odore del fumo di migliaia di sigarette.

L'uomo che aveva aperto la porta si spostò dietro al bancone e iniziò ad asciugare i bicchieri. Minerva seguì Qwerty tra i tavoli, verso i giocatori. Uno era Mario Pezzano. Gli altri tre non li aveva mai visti prima.

Il più giovane allungò la mano dietro la schiena e tirò fuori una pistola. Non la puntò contro di loro, ma il cuore di Minerva ebbe un sussulto. Né lei né Qwerty avevano portato delle armi. Del resto, cosa avrebbero potuto portare? Un mouse? Una tastiera?

«Scusate la diffidenza di Federico» disse Pezzano, guardandoli con quei suoi occhi sempre incorniciati da occhiaie violacee. La sua voce profonda rimbombò nel salone vuoto. Poi fece un gesto e l'uomo che aveva estratto la pistola la ripose nella fondina. Minerva borbottò che non c'era nessun problema.

Era l'ottava o la nona volta che lo vedeva. Grazie a Qwerty, Pezzano l'aveva invitata a diverse feste nella sua atipica casa: una barca a vela con lo scafo color verde dollaro, ormeggiata nella zona povera di Tigre. Durante la prima di quelle feste avevano chiacchierato da soli, facendo roteare un bicchiere di vino con i piedi sul capo di banda e gli occhi puntati sull'acqua nera del fiume Luján. Si vergognava ancora al solo ricordo di quel momento. Era così nervosa che un paio di volte aveva persino balbettato. Come alcune persone si bloccano di fronte a un personaggio famoso, anche lei era ammutolita quando si era trovata faccia a faccia con il rapinatore di banche più leggendario dell'Argentina.

«Se esistesse l'Università della Rapina, lui ne sarebbe il rettore» le aveva detto Qwerty prima di presentarglielo.

Pezzano disse ai suoi compagni che avrebbero ripreso la partita più tardi. Si avvicinò a Qwerty e lo strinse in un abbraccio lungo e affettuoso, come farebbe uno zio con un nipote. Poi si rivolse a lei, le sorrise e la baciò sulla guancia.

«Come stai, Minerva?»

«Bene, grazie.»

«Ci sono stati problemi?» chiese, guardando gli zaini che lei e Qwerty avevano sulle spalle.

«No, nessuno» rispose lei, sfilandosi il suo.

Poggiò lo zaino sul tavolo da biliardo lì accanto. Lo aprì, ne estrasse un fagotto grande come un mattone e lo gettò sul panno verde. Erano duecentocinquanta carte di credito.

***

A Pezzano venne voglia di dare una strigliata a quella ragazzetta. Se uno della sua età avesse maltrattato a quel modo uno dei migliori tavoli da biliardo di Buenos Aires non l'avrebbe certo tollerato. Ma chi poteva biasimarla? Quanti anni avrà avuto, venti? Venticinque al massimo? Forse era spaventata da morire e voleva solo mostrarsi sicura di sé. Alla sua età, anche lui si sarebbe comportato così.

Prese il pacchetto e controllò le carte. Su ognuna c'erano un nome e un numero diverso, sotto il logo del Banco del Plata. Emise un sospiro silenzioso e nostalgico. *Come cambiano i tempi!* pensò, quasi stesse cantando un tango.

Lui era abituato a una banda di rapinatori che dopo il colpo si spartiva il bottino di banconote o gioielli. Questo lavoro era una specie di esperimento. "Diversificazione", così la chiamavano i manuali sugli investimenti che leggeva.

Fino a poco tempo prima, Pezzano conosceva solo due modi per rapinare una banca. Il primo era durante l'orario di apertura al pubblico, quando si poteva entrare dalla porta e il caveau era aperto. Il problema era che in quelle ore c'erano impiegati addestrati a premere un pulsante nascosto sotto la scrivania e nel giro di dieci minuti ti ritrovavi circondato dalla polizia. L'altra possibilità era farlo quando non c'era nessuno, preferibilmente il venerdì sera, ma poi bisognava pensare molto bene a come superare i venti centimetri d'acciaio e cemento armato della porta blindata.

Qualche mese prima, Federico aveva escogitato una terza alternativa che univa il meglio di entrambi i modi: potevano entrare all'alba e uscire con il bottino senza dover violare alcun caveau. I sensori di movimento negli uffici sarebbero scattati, certo, ma dieci minuti sarebbero stati sufficienti per ottenere quello che cercavano. Avrebbero rapinato una banca senza toccare una sola banconota.

Il merito era tutto di un direttore di banca un po' troppo maniacale, che aveva ordinato ai suoi dipendenti di registrare su un foglio di calcolo i dati di ogni carta emessa. Di conseguenza tutte queste informazioni, che sarebbero dovute esistere solo nel Data Center di Visa, si trovavano anche nel server impolverato di una banca di quartiere.

Non c'era stato bisogno di una lancia termica o di un esplosivo al plastico. Era bastato un cacciavite per sostituire l'hard disk del server con un altro vuoto. Poi avevano graffiato un po' la porta blindata del caveau e sfasciato la stanza dei computer, così la polizia avrebbe concluso che, non potendo accedere al denaro, i ladri avessero sfogato la loro rabbia distruggendo tutto ciò che gli era capitato a tiro.

Con grande sorpresa di Pezzano, quella parte aveva funzionato. Il passo successivo era trasformare i dati dell'hard disk in soldi veri. Era stato allora che aveva scoperto che il figlio di un altro rapinatore di banche che aveva lavorato con lui, morto ammazzato con tre pallottole nel petto, era un mezzo hacker. Qwerty, lo chiamavano.

«Sono ottomila e ventidue carte» disse la sua

amica Minerva. «A cinque dollari a carta, arrotondiamo e facciamo quarantamila.»

Pezzano sapeva che, in media, ognuno di quei rettangolini di plastica aveva un credito di cinquecento dollari. Cinquecento per ottomila faceva quattro milioni. Ma tra il dire e il fare c'era di mezzo il mare. Era impossibile esaurire il credito di tutte le carte prima che la banca scoprisse l'anomalia.

Tuttavia, per fortuna questo passo non era compito suo. Il suo lavoro era quasi finito. Ora non gli restava che rivendere il lotto di carte a un suo contatto di San Telmo a venti dollari l'una. Centoventimila dollari di guadagno netto per pochi giorni di lavoro. Diviso in quattro, mica male. E se poi l'intermediario riusciva a diventare milionario, come succedeva coi gioielli e coi quadri, tanto meglio per tutti.

Lascia che sia qualcun altro a guadagnare l'ultimo dollaro. Un'altra bella frase dei guru degli investimenti.

Allungò la mano dietro la schiena e sentì il fruscio della busta di carta che Federico gli stava passando. La consegnò alla ragazza.

«Grazie» disse lei. «Se non ti scoccia li conto.»

La sua voce era ferma, anche se un po' nervosa. Lui si prese un secondo per osservarla. La trovava bellissima. Non dal punto di vista sessuale: a quarantanove anni era uno dei pochi uomini in circolazione a preferire le donne della sua età. La vedeva bella come un padre vede una figlia. Dopotutto, poteva davvero essere sua figlia.

«Certo» rispose lui. «Ma prima lascia che ti dia un consiglio. Non appoggiare mai più nulla che non sia una palla di bachelite su un tavolo da biliardo.»

La ragazza guardò lo zaino logoro sul panno verde e fece per toglierlo. Ma prima che potesse toccarlo, un forte boato riecheggiò tra le pareti della sala.

«Polizia! Mani in alto!» si sentì gridare dalla porta d'ingresso. Era appena stata sfondata.

***

Le gambe di Minerva si fecero di gelatina quando vide cinque agenti federali che le puntavano le armi contro.

Poggiò il sacchetto di carta con i quarantamila dollari sul tavolo da biliardo e alzò le mani. Con la coda dell'occhio notò che Qwerty faceva la stessa cosa.

Il suono del primo sparo arrivò da dietro di lei. Quando si voltò, vide Federico con la pistola alzata. Il bossolo rotolò sul panno verde, tra le palle da biliardo.

Poi il tempo rallentò. Risuonò un altro colpo, questa volta dalla parte opposta, e un piccolo vulcano di sangue esplose dal petto di Federico. Minerva si gettò a terra e nel secondo che impiegò per cadere sentì altre detonazioni. Da una parte e dall'altra.

Lei e Qwerty toccarono il pavimento nello stesso istante, anche se in modo molto diverso. Il suo amico non attutì la caduta con le braccia e la sua testa colpì le piastrelle con un tonfo sordo. Aveva lo sguardo fisso su di lei, con un filo di sangue che sgorgava dal foro del proiettile che gli aveva appena centrato la fronte. La disperazione le attanagliò il petto, così forte da toglierle il respiro. Com'era passata dal rubare le password in un internet café a questo?

«Tieni!» sentì Pezzano gridare alla sua sinistra.

L'uomo aveva appoggiato sul pavimento una pistola identica a quella che stringeva nell'altra mano. Probabilmente era di Federico. Spinse l'arma facendola scivolare tra i mozziconi spiaccicati sul pavimento fino al ginocchio di Minerva. Lei si scansò quasi fosse stata una vipera.

Guardò Pezzano e scosse la testa. Una cosa era rapinare una multinazionale, un'altra sparare alla polizia. Rilanciò la pistola verso di lui e si infilò sotto il biliardo. Si accorse che Pezzano stava indietreggiando come lei e sparava per difendersi mentre lo scontro a fuoco si spostava all'interno della sala.

Raggiunsero la parete in fondo al locale, piena di scaffali con le stecche da biliardo. *Cosa facciamo adesso?* si chiese, guardandosi attorno. Una stecca esplose in una pioggia di schegge sopra la sua testa.

«Vieni qui!» le urlò Pezzano.

Si diresse verso una porta con la scritta "Privato" dietro la quale erano appena spariti i suoi due compagni. Prima di dileguarsi dietro la porta, Pezzano le fece cenno di seguirlo.

Ma Minerva era dalla parte opposta. Se si fosse alzata per scappare, l'avrebbero ridotta a un colabrodo.

La cosa migliore da fare era accettare le conseguenze.

«Mi arrendo!» disse, e alzò le mani.

«No! No!» sentì che le urlava Pezzano dall'interno della stanza.

Lo ignorò e si affacciò con la testa sopra un tavolo da snooker. Poi vide la canna di un revolver a tre tavoli di distanza.

E il lampo.

Sentì, quasi contemporaneamente, l'esplosione della polvere da sparo e il fruscio di quindici grammi di piombo che sfioravano il suo orecchio sinistro a mille chilometri all'ora. Poi, il caldo in mezzo alle gambe. Se l'era fatta un po' addosso: perché le sparavano, se si stava arrendendo?

Lo capì un secondo prima che Pezzano glielo gridasse dalla stanzetta.

«Non sono poliziotti!»

Il suo volto marcato dalle occhiaie ricomparve dalla porta, a venti centimetri dal pavimento, protetto da un altro grande tavolo da snooker.

Pezzano alzò il pollice. Poi alzò anche l'indice e Minerva capì che stava contando. Il problema era che non aveva idea di cosa fare quando...

Il rapinatore alzò il terzo dito e si mise in piedi,

svuotando il caricatore in direzione del salone.

«Muoviti!» le gridò tra gli spari.

Minerva strisciò velocemente verso la porta, con i proiettili che si conficcavano nel muro a pochi centimetri da lei. Furono i dieci metri più lunghi della sua vita.

Alla fine riuscì a varcare la soglia. Si ritrovò in un magazzino stipato di stecche rotte, scatoloni pieni di biglie vecchie e casse di birra contenenti bottiglie vuote.

Pezzano girò la chiave e due sbarre d'acciaio scattarono nel telaio. *Questa stanzetta piena di polvere ha una porta blindata?* pensò Minerva.

«Sbrighiamoci, non abbiamo molto tempo!» disse lui allontanandola dalla porta, già crivellata dai primi proiettili.

«Dove sono gli altri due?» chiese Minerva.

Pezzano puntò l'indice verso l'alto e la tirò per un braccio, spingendola verso una scala a pioli nascosta dietro uno scaffale. Mentre salivano, Minerva capì il motivo della porta blindata.

Sbucarono in una specie di soppalco, alto appena due metri, con una scrivania, un divano e una cassaforte. Non c'erano né porte né finestre, ma un'altra scala che scompariva in un buco nel soffitto.

Salirono ancora. La scala portava in una stanzetta con una porta aperta da cui entrava l'aria fresca del primo mattino.

Uscirono su una terrazza che, per qualche stranezza del regolamento edilizio, era circondata da quattro palazzi. Tre lati erano muri ciechi che si ergevano per diversi piani. Il quarto era alto meno di tre metri.

«La polizia usa le pistole, non i revolver» le disse Pezzano mentre si arrampicava su una grondaia di lamiera appoggiando i piedi alle staffe che la tenevano salda al muro.

«Ma non mi dire...»

Minerva cercò di seguirlo, ma non appena sollevò entrambi i piedi per salire sulla grondaia ricadde a terra.

Guardò in alto. Pezzano era scomparso dal suo campo visivo. Se non saliva, era morta.

Ci provò di nuovo, ma riuscì solo a conficcarsi un chiodo arrugginito nel polpaccio. Sentì dei rumori alle sue spalle. Quei tizi stavano per uscire dalla porta.

Allora Pezzano si sporse con metà del suo corpo per porgerle la mano più salvifica che le fosse mai stata offerta. Lei l'afferrò con forza, spinse con i piedi contro il cemento e riuscì ad arrampicarsi sul muro.

Ora si trovavano su un altro tetto. Corsero a perdifiato sulla superficie catramata, circondati dai muri ammuffiti degli edifici vicini, fino a raggiungere la facciata. Erano in cima a un parcheggio a due piani in calle Hipólito Yrigoyen. I compagni di Pezzano stavano già correndo per strada verso l'angolo con calle Piedras.

«Dobbiamo scendere» le disse Pezzano.

«Ma saranno otto metri!»

«Dobbiamo scendere!» ripeté lui, e iniziò a scendere aggrappandosi all'inferriata di una finestra del parcheggio.

Minerva lo seguì, finché non si trovarono entrambi in punta di piedi su una sporgenza in muratura sopra il cancello principale.

«Cerca di attutire la caduta con le gambe» le disse il ladro prima di lasciarsi andare.

Minerva lo vide atterrare e rotolare per terra un paio di volte prima di rialzarsi.

«Su, dài!» gridò lui da sotto.

Ma lei non riusciva a trovare il coraggio.

«Dài, ti prego!»

Sentiva già le urla sopra la sua testa.

Chiuse gli occhi, contò fino a tre e si buttò. Non fece in tempo ad attutire la caduta. Passò dall'essere per aria a sentire un crack secco alla caviglia destra.

«Mi sa che mi sono rotta un osso» grugnì.

«Adesso non è il momento» le rispose Pezzano, aiutandola a rimettersi in piedi e tirandola per mano per farla correre.

A ogni passo le sembrava di venire trafitta da mille spine.

Quando arrivarono in calle 9 de Julio, sempre tenendosi per mano, degli altri due non c'era traccia. Salirono su un taxi.

«Perché mi stai aiutando?» gli chiese lei quando il pericolo era ormai alle spalle.

«Perché una volta qualcuno ha aiutato me.»

«Siamo stati molto fortunati.»

«A tutti capita una botta di fortuna almeno due volte nella vita» rispose il ladro, accarezzandole il dorso della mano. «Non preoccuparti, te ne resta ancora una.»

Mentre il taxi attraversava Buenos Aires sul viale più largo del mondo, Minerva chiuse gli occhi per un attimo. Vide Qwerty a terra, con un buco in fronte. Quando li riaprì, aveva già preso una decisione. Non appena fosse scesa da quell'auto, la sua avventura da hacker sarebbe finita. Avrebbe terminato l'università e si sarebbe trovata un lavoro normale.

Quella mattina, ancora aggrappata alla mano del rapinatore che le aveva appena salvato la vita, giurò di abbandonare per sempre il mondo del crimine.

Ci mise quattordici anni a infrangere quella promessa.

CAPITOLO 3

Trelew, Chubut, Argentina. Undici mesi dopo la milonga.

Noelia Viader si sistemò meglio contro lo schienale del divano. Da un'ora stava esaminando documenti e cartine tenendo il computer in equilibrio sulle gambe incrociate. Aveva anche bevuto tre bicchieri di vino.

Se ne versò un altro po' e cliccò su un'icona a forma di cipolla. Sullo schermo comparve la finestra viola di Tor, il browser più privato del mondo.

Nessuno sapeva chi ci fosse dall'altra parte di una connessione Tor. Nessun provider, e neppure Google o la CIA, potevano setacciare quella rete. Il dark web era il vicolo più sporco di Internet e Tor era l'unica via d'accesso.

Noelia scrisse nella barra di ricerca l'indirizzo di un sito che non visitava da quattordici anni, quando giocava a fare l'hacker e per poco non si era ritrovata con una pallottola in testa. Come era successo a Qwerty.

Sentì un nodo in gola, come le succedeva ogni volta che ricordava il suo amico. Se lei non avesse insistito per partecipare al colpo delle carte di credito, Qwerty sarebbe stato ancora vivo. Bevve un altro sorso di vino e premette *invio*.

La pagina in cui entrò era un servizio di posta elettronica crittografato, creato per gli hacker e poi usato da persone preoccupate per la propria sicurezza digitale. Persone che chiunque avrebbe etichettato come paranoiche. Persone come lei.

Pagò dieci dollari in Bitcoin per aprire un account non tracciabile. Poi digitò l'indirizzo e-mail che Pezzano le aveva dato la sera della milonga e scrisse un messaggio di una riga.

«Hai un numero di telefono sicuro a cui chiamarti? Saluti, Minerva.»

Si scolò il quarto bicchiere in un sorso, spostò il computer dalle ginocchia e si sdraiò sul divano. Senza che ne fosse consapevole, le dita della sua mano destra iniziarono a giocherellare con il braccialetto che portava al polso sinistro. Se l'era messo quel giorno, dopo mesi che non lo indossava, e le dava fastidio.

Eccome se le dava fastidio.

La risposta di Pezzano arrivò dopo appena un quarto d'ora ed era altrettanto breve. Un numero di telefono seguito da due parole.

«Chiamami adesso.»

Si versò quel che restava della bottiglia di Malbec e compose il numero usando un vecchio Nokia che aveva comprato due giorni prima in un negozio dell'usato. Bevve un altro sorso. Il vino le scese in gola come acqua. Da anni non beveva così tanto alcol.

Non sono nelle condizioni migliori per fare questa telefonata, pensò.

Tuttavia, premette il pulsante verde senza paura né esitazione. La sensazione che provava era di leggerezza. Di sollievo. Era da tanto che pianificava quello che stava per fare e non aveva nulla da perdere.

Scosse la testa per scacciare i ricordi che cominciavano ad accalcarsi nella sua mente. Un dolore lancinante la attraversò da tempia a tempia, come se qualcuno avesse suonato un gong dentro il suo cranio.

Sono ubriaca e ho i postumi contemporaneamente. Sto invecchiando, porca troia.

«Stiamo migliorando» disse il vocione di Pezzano dall'altro capo della linea. «Questa volta è passato solo un anno, non quindici.»

«Dove sei?»

«Sto scendendo lungo la costa del Brasile, all'altezza di una cittadina molto vicina all'Uruguay. Domani o dopodomani arrivo a Punta del Este.»

«Ti ricordi cosa ti ho detto nella milonga riguardo al mio lavoro?»

«Come dimenticarlo?»

«Ho tutte le informazioni per svaligiare la miniera.»

«Benissimo. Dimmi cos'hai e vedrò a quanto possiamo venderle.»

«Non le venderò a nessuno, Mario. Voglio che facciamo il colpo insieme.»

«Chi?»

«Noi. Io, te e almeno altri tre.»

Pezzano scoppiò a ridere.

«Cos'è successo? Sei tornata al lato oscuro?»

«Quando una nasce storta...»

«Te l'avevo detto che i tuoi capi erano degli incoscienti. Come gli è venuto in mente di assumerti? Prima mandano la loro impiegatuccia a seguire dei corsi a Buenos Aires e adesso l'impiegatuccia vuole spennarli.»

«*Ex* impiegatuccia.»

«Ops... Vendetta?»

Noelia non rispose. Teneva lo sguardo fisso sul braccialetto, una catenina d'oro che univa due ciondoli, uno a forma di puma e l'altro di guanaco. Entrambi gli animali avevano le zampe protese in avanti e all'indietro, come se il puma stesse dando la caccia al guanaco.

«Di quanto stiamo parlando?» chiese Pezzano.

«Tra i dodici e i quindici milioni di dollari, valore di mercato. Ho calcolato che, come minimo, possiamo farci il sessanta per cento pulito.»

Noelia sentì di nuovo una risata dall'altra parte.

«Mi stai davvero proponendo un lavoro?»

Si versò in gola l'ultimo sorso di vino. Sentiva la lingua e i denti ruvidi.

«Più che proportelo, ti sto invitando. Io lo faccio, con o senza di te.»

«Minerva, sto per farti una domanda e ho bisogno che tu mi risponda sinceramente.»

«Ok.»

«Non è che magari sei un po' ubriaca?»

«Può darsi.»

«Insomma, mi chiami da sbronza, non mi spieghi cosa ti ha fatto cambiare idea e per di più pretendi che ti prenda sul serio.»

«Pretendo solo che ascolti il mio piano, tutto qui. Se non ti piace, puoi continuare con le tue avventure alla Jacques Cousteau. Ci sentiamo domani alla stessa ora.»

Riattaccò senza attendere una risposta. Poi chiuse gli occhi e si riempì i polmoni d'aria. Tutto intorno a lei girava. Deglutì diverse volte. Quando riaprì gli occhi, si accorse di avere due dita infilate tra il braccialetto e il polso.

Fu tentata di strapparselo via. Ma i nemici vanno tenuti vicini.

CAPITOLO 4

Trelew, Chubut, Argentina. Dodici giorni dopo la telefonata a Pezzano.

Il diavolo sta nei dettagli, dicono gli yankee. *E quanto hanno ragione*, pensò Noelia. Perché la prima volta che aveva guardato quella mappa, il piano non le era sembrato così complicato. Entriamo, apriamo il caveau – preferibilmente con le buone – e usciamo in meno delle due ore che impiega la polizia per raggiungere una delle miniere d'oro più sperdute del mondo.

«Cinque tonnellate? Come facciamo a uscire di lì con cinque tonnellate?» le chiese Pezzano, indicando la mappa.

Erano arrivati mezz'ora prima nella casetta che i genitori di Noelia le avevano lasciato a Trelew quando erano tornati a Barcellona. Era andata a prendere Pezzano al porto di Rawson e avevano trascorso i ventun chilometri del ritorno a chiacchierare dei vecchi tempi, della vita di mare e di qualunque cosa tranne che del piano.

«Cinque tonnellate non sono tante» rispose lei. «E hanno un volume gestibile. Il doré è dieci volte più pesante dell'acqua.»

«Il doré?»

«È il nome della lega d'oro e argento che si estrae nella miniera. Ogni lingotto pesa sessanta chili.»

«Sessanta chili!» esclamò Pezzano allargando le braccia.

«Non sono molto grandi. Ogni lingotto corrisponde più o meno alle dimensioni di tre bottiglie da un litro e mezzo messe in fila.»

«Me li immaginavo molto più piccoli. Come una grossa tavoletta di cioccolato.»

«Quelli d'oro puro che si trovano nelle banche sono così. Ma quelli di Entrevientos sono industriali. Se fossero più piccoli, rallenterebbero il lavoro. E se fossero più grandi, sarebbero difficilissimi da spostare. Sessanta chili sono la quantità ideale.»

«È più di un sacco di cemento. Non sono mai riuscito a sollevarne uno in vita mia» disse Pezzano.

«Non credo che tu ci abbia provato molte volte.»

«Mi svelerai il piano oppure no, Minerva?»

Noelia sorrise.

«Che c'è?» le chiese lui.

«Erano tanti anni che non mi chiamavano così.»

«È l'unico nome con cui ti conosco.»

«Meglio così. Il nome Minerva va bene, sono contenta di recuperarlo. E sì, ti svelerò il piano, ma prima voglio farti una domanda.»

«Fammi indovinare. Vuoi sapere perché ho percorso millecinquecento chilometri per raggiungerti invece di attraccare la Maese a Punta del Este e andare a bermi un mojito.»

«Esatto.»

«Hai una teoria?»

«L'unica cosa che mi viene in mente è che la tua parte del bottino del Banco Río stia per esaurirsi.»

La risata di Pezzano riecheggiò nella sala da pranzo di Noelia.

«Acqua, acqua. Non hai mai sentito parlare della regola del 4%?»

Lei fece cenno di no con la testa.

«Anche un babbeo come me può spiegartelo. Investi i soldi in azioni e obbligazioni di tutto il mondo, che hanno un rendimento medio in dollari del 7% annuo. Se sottrai il 3%, che è una stima al rialzo dell'inflazione negli Stati Uniti, ti rimane il 4%. Spendendo soltanto quella cifra non perdi mai il capitale.»

«Non ti facevo così prudente.»

«Un rapinatore di banche non può essere lungimirante? Credi che quando uno compra la sua prima arma firmi un contratto con cui si impegna a spendere tutto in baldoria?»

«Non volevo insinuare questo. Trovo solo strano, visto che sei così organizzato con i soldi e ti sei sistemato per il resto della vita, che tu sia interessato a una nuova rapina.»

I calcoli di Noelia erano semplici. Se era vero che ogni rapinatore del Banco Río si era intascato tre milioni di dollari, il quattro per cento equivaleva a centoventimila dollari. Insomma, Pezzano guadagnava diecimila dollari al mese senza muovere un dito.

«Te l'ho già spiegato il giorno della milonga. Vivere di rendita è fantastico per un po'. Dopo è insopportabile.»

«Quindi sei qui perché ti annoi.»

Pezzano le rivolse un sorriso amaro.

«Sono qui perché sto invecchiando.»

«Sei malato?»

«Ho una salute di ferro.»

«E allora?»

Pezzano fissò un punto indefinito sulla parete.

«A volte sto sulla Maese, da solo in mezzo al mare, e penso a cosa succederebbe se mi buttassi in acqua. E sai cosa immagino? Che non mi succederebbe niente. Non affogherei, non verrei mangiato da uno squalo, non mi salverebbero con l'elicottero, niente. Come se il mondo avesse dimenticato che esisto. Adesso capisci perché ho bisogno di questo?» le chiese, indicando la mappa della miniera.

Noelia annuì. Ultimamente anche lei galleggiava in un mare di indifferenza.

«Ma non credere che prenderò la cosa alla leggera» aggiunse il rapinatore. «Anche se a volte mi capitano queste crisi, so di essere un privilegiato. Se devo mettere in pericolo la mia libertà, il tuo piano deve essere infallibile. Altrimenti non ci sto neanche morto. Quindi, sputa il rospo.»

Noelia parlò per mezz'ora. Anzi, fu Minerva a farlo.

SECONDA PARTE

Il piano

CAPITOLO 5

San Rafael, Mendoza, Argentina. Due mesi e mezzo dopo l'incontro a Trelew.

«Eccoci» disse il tassista, indicando un cancello aperto in mezzo agli alberi su un lato della strada.

Era la seconda volta che l'uomo apriva bocca da quando avevano lasciato la stazione delle corriere di San Rafael. Per tutti i cinque chilometri del viaggio si era limitato a canticchiare le canzoni di Calamaro che suonavano all'autoradio. Non aveva parlato nemmeno dopo aver imboccato la strada sterrata del tratto finale, dove le montagne deserte cedevano il posto a un piccolo bosco.

Minerva pagò e scese dall'auto. Il taxi fece un'inversione a U e si allontanò, lasciandola sola davanti al cancello. Lì accanto, un cartello di legno annunciava: "Benvenuti nella foresta aerea Treetop".

Entrò tirandosi dietro la valigia. Aveva volato da Trelew a Mendoza, via Buenos Aires, con il solo bagaglio a mano. L'unica cosa che le serviva in quei giorni, la cosa più importante, erano le informazioni salvate per metà nella sua mente e per l'altra metà in un account anonimo su un server crittografato in Nuova Zelanda.

Il sentiero di ghiaia tra gli alberi conduceva alla costruzione più strana che avesse mai visto. Invece di una capanna di legno con il camino in pietra, che sarebbe stata la cosa più adatta a quell'angolino di foresta annidato tra le aride montagne della cordigliera, Minerva si trovò davanti a una semisfera formata da centinaia di facce triangolari che sembrava uscita da un film di fantascienza.

Era come se qualcuno avesse interrato per metà una pallina da golf gigante. Sulla porta, che sporgeva verso l'esterno come quella di un igloo, era appeso un cartello con la scritta "Reception".

Un forte ronzio al di sopra della sua testa la spinse a guardare in alto. Una ragazza appesa a un'imbracatura scivolava a tutta velocità lungo un cavo d'acciaio sospeso tra due alberi.

«Secondo me ti piacerà» sentì dire alle sue spalle.

Un uomo che non doveva avere ancora compiuto quarant'anni era appena comparso sulla porta dell'edificio futurista. Aveva le spalle larghe e folti capelli neri, leggermente brizzolati. In mezzo alla barba corta e scura, il suo mezzo sorriso spiccava come uno squarcio bianco.

Si avvicinò a lei e le tese una mano forte e ruvida.

«Salve, boss, mi hanno detto che mi chiamo Mac.»

Lei sorrise.

«Minerva. E non sono il boss. Siamo una squadra.»

«Quindi ora mi tocca dire agli altri che dobbiamo cambiarti il soprannome» le rispose, indicando la costruzione dietro di lui.

«Mi sa di sì.»

«Beh, non-boss, piacere di conoscerti di persona. Mario starà per arrivare. Mi ha chiamato anche il tuo amico della Patagonia. C'è stato un ritardo all'aeroporto di Comodoro, ma è già per strada. Dentro ci sono gli altri due. Vieni, che te li presento.»

Prima di entrare nella reception, Minerva notò che tra gli alberi c'erano altre costruzioni semisferiche. Erano tutte di dimensioni diverse e rivestite con materiali vari.

«Mario aveva ragione» disse a Mac.

«Su cosa?»

«Questo posto è speciale» rispose mentre entravano.

Al centro della stanza circolare c'erano una scrivania alta fatta di mezzi tronchi, un distributore d'acqua e uno di bibite.

«Immagino che tu non sia mai stata in una cupola geodetica, vero?»

«Mai» rispose lei, alzando lo sguardo.

Le facce triangolari erano state realizzate con listelli di legno. Molti reggevano chiodi su cui erano appesi caschi, imbracature e moschettoni. Su altri c'erano dei poster che pubblicizzavano le località turistiche dei dintorni o ritagli di giornale in cui Mac posava con orgoglio davanti alla sua sede.

«Sono strutture magnifiche» disse lui, saltando per afferrare le cinghie di un'imbracatura appesa sopra le loro teste. I suoi piedi restarono sospesi a dieci centimetri da terra. «Pesano poco, sono costruite con materiali economici e sono straordinariamente resistenti.»

«Cos'è esattamente questo posto?» chiese Minerva.

Mac liberò una mano dall'imbracatura per afferrarne un'altra, mezzo metro più vicino a lei.

«Un parco divertimenti attivo. Qua per divertirsi bisogna faticare. Vedrai.»

Si lasciò cadere e indicò una porta di fronte all'ingresso.

«Vieni, ti presento quelli che sono già arrivati.»

Entrarono in un piccolo corridoio che a Minerva ricordò l'intercomunicante a soffietto tra i vagoni del vecchio treno per Bahía Blanca che prendeva durante le vacanze estive, quando faceva l'università. Poi passarono in un'altra stanza, anch'essa rotonda, ma molto più grande della precedente. Al centro c'era un camino, sopra il quale pendeva una grande campana di metallo che trasportava il fumo verso la sommità della cupola. L'aria profumava di brace e di vaniglia.

Due uomini la osservavano dai divani accanto al fuoco. Uno non aveva più di trent'anni e aveva la carnagione olivastra. A Minerva bastarono i suoi lineamenti andini per capire che era lui l'esperto di serrature originario di Salta. Come volevasi dimostrare, il ragazzo aveva in mano un cubo di metallo che sembrava una cassaforte in miniatura.

L'altro era sdraiato e occupava un divano intero. Era piuttosto abbronzato, i capelli corti a spazzola e le braccia muscolosissime e palestrate. Poteva avere, come Mac, circa quarant'anni, anche se il tempo con lui non era stato altrettanto generoso.

Entrambi si alzarono e le si avvicinarono.

«Io sono Ferro» disse il più giovane, pronunciando la doppia R come il ronzio di un'ape, con il tipico accento del nord-ovest argentino.

«Vedo che ti sei abituato al tuo soprannome» rispose Minerva.

«Faccio il fabbro ferraio. Mi chiamano tutti così.»

«Io sono Polvere» disse l'altro. «Il mio soprannome è nuovo, ma mi piace.»

Polvere aveva gli occhi verde scuro, e a Minerva ricordarono quelli di un gatto. Tra le dita teneva un sigaro marrone che sprigionava un aroma di vaniglia.

«Piacere di conoscerti, boss» aggiunse.

«"Boss" non le piace» precisò Mac.

Polvere e Ferro si guardarono. Sembravano delusi, come se avessero passato ore a scegliere quel soprannome.

«Siamo una squadra» spiegò lei. «Ognuno di noi ci mette qualcosa di importante. Io, le informazioni.»

«Allora invece di boss possiamo chiamarti Wiki» suggerì Polvere.

«Manco morta» rise lei. «Sembra una presa in giro. E poi ho già un soprannome. Sono Minerva.»

«Come la marca di fiammiferi?» domandò Polvere.

«Come la dea della saggezza e della strategia militare» rispose lei.

I tre uomini rimasero in silenzio, come se quella risposta li avesse colti di sorpresa.

«Mi piace» disse Polvere, «è potente.»

E se non ti piaceva sai quanto me ne fregava? pensò lei.

«Bene, mettiti comoda» le disse Mac, indicando le poltrone.

«Grazie, ma dopo due aerei, quasi quattro ore tra la corriera e il taxi, preferisco stare un po' in piedi.»

Mac fece spallucce.

«Come vuoi, è gratis» disse con un sorriso. «Ferro, preparale del mate o quello che preferisce. Finisco con gli ultimi clienti. Quando arrivano gli altri due cominciamo.»

Minerva annuì e Mac tornò alla reception.

«Vuoi un po' di mate?» le propose Ferro, dirigendosi verso l'armadietto che seguiva la curvatura della parete.

Lei annuì in silenzio. Poi guardò il soffitto.

«È un mix tra una capanna hippie e un film di fantascienza, non vi pare?» commentò Polvere, stendendosi di nuovo sul divano.

«Il proprietario è un tipo particolare» aggiunse Ferro.

«Sicuramente» ammise lei. «Non tutti si azzarderebbero a fare una cosa del genere. Quanta gente avrà dovuto assumere per costruirlo? Muratori, falegnami...»

«Non ha assunto nessuno. Ha fatto tutto con le sue mani.»

«Anche i mobili» aggiunse Polvere, sollevando un lembo del cuscino su cui era appoggiato. Sotto il tessuto, la struttura in legno era realizzata con dei pallet.

«Tutto da solo?» chiese lei mentre appoggiava sul tavolo il portatile e un piccolo proiettore.

«Tutto da solo» rispose Ferraio. «E non hai ancora visto niente.»

CAPITOLO 6

Trelew, Chubut, Argentina. Due mesi e mezzo prima.

Seduta sullo stesso divano da cui aveva inviato l'e-mail dodici giorni prima, Minerva guardava Pezzano. Il vecchio rapinatore di banche aveva ascoltato attentamente il suo piano e ora camminava avanti e indietro nella sala da pranzo. Un attimo prima aveva detto che la rapina era complessa come un labirinto pieno di leoni affamati.

Lei tamburellava con le dita sulla fodera di un cuscino, in attesa che Pezzano le rispondesse. Senza di lui sarebbe stato tutto molto più difficile.

«Sarebbe una pazzia, Minerva» le disse dopo un po'.

Lei alzò la testa, decisa a fargli cambiare idea, ma incrociò il suo sguardo pieno di malizia.

«Sarebbe una pazzia non partecipare a un colpo così» concluse Pezzano.

«Davvero?» gli domandò, sorpresa. Voleva alzarsi e abbracciarlo.

«Davvero. Parliamo dei ruoli. Innanzitutto ci serve qualcuno che sia della zona e che la conosca a menadito.»

«Ho già la persona ideale» disse, pensando a Norberto Segura, un ex collega che aveva conosciuto in un'altra compagnia mineraria della Patagonia.

«Ci serviranno anche un fabbro, un artificiere e un Mac.»

«Il fabbro è quello che apre il caveau, immagino.»
«Esatto.»
«E gli altri?»
«L'artificiere è l'esperto di armi ed esplosivi. Non

sa solo maneggiarli, sa anche dove trovarli. Perché una rapina come quella che proponi tu non si può fare con delle armi giocattolo.»

«Come quelle usate dai rapinatori del Banco Río...» aggiunse lei.

«Appunto. E nemmeno con delle calibro ventidue. Per questo colpo avremo bisogno di armi coi controfiocchi.»

«E il Mac chi sarebbe?» chiese lei.

«Un MacGyver. In tutte le rapine, per quanto siano pianificate nei minimi particolari, c'è sempre qualcosa che può andare storto e che richiede improvvisazione. Ci serve qualcuno capace di riparare un aereo con una bobina di fil di ferro. È per merito dei Mac che la stampa poi definisce un furto "un colpo da maestro". Conosco il ragazzo perfetto. Nel 2005 ho provato ad assoldarlo per un lavoro, ma ha rifiutato. Adesso la sua situazione è parecchio cambiata.»

«E puoi procurarti anche un fabbro e un artificiere?»

«Ovviamente. Con questi la banda è al completo.»

«Quasi» lo corresse lei. «Ci servono anche tre cani.»

«È la prima volta che sento parlare di cani.»

«Sono pelosi e fanno bau.»

«Dei cani veri?»

«Sì, ma non cani qualsiasi. Devono essere dei pastori, ben addestrati, di quelli che quando il padrone gli grida tre parole sanno esattamente quante pecore cercare.»

«Non ho capito niente» disse Pezzano. «Perché vuoi tre cani?»

Minerva impiegò diversi minuti per spiegarglielo.

CAPITOLO 7

San Rafael, Mendoza, Argentina. Due mesi e mezzo dopo l'incontro a Trelew.

Minerva era ancora in piedi che cercava di riprendersi dalle tante ore passate seduta, quando la porta della sala da pranzo si aprì di nuovo. Dietro Mac entrarono Mario Pezzano e Norberto Segura, ex collega di Minerva nella miniera di Cerro Retaguardia.

«Come va, bella?» le chiese Pezzano dandole un bacio sulla guancia. «Come ti trattano questi criminali?»

Li sentì ridere. Buon segno.

«Per ora posso dirti che Ferro prepara un mate eccezionale.»

Norberto Segura, dal canto suo, la salutò con un forte abbraccio. Era un po' più grasso e calvo rispetto all'ultima volta che si erano visti, cinque anni prima, quando Minerva aveva lasciato la miniera di Cerro Retaguardia per andare a lavorare a Entrevientos. La barba lunga fino al petto, ormai più bianca che nera, gli faceva dimostrare cinque anni in più dei suoi quarantacinque.

Dopo aver chiacchierato con tutti per rompere il ghiaccio, Pezzano batté le mani per attirare l'attenzione.

«Bene, che ne dite se ora parliamo di affari?» disse.

Si accomodarono sui divani attorno al camino. Minerva era proprio di fronte a Mac e lo osservò di nascosto per un secondo. Non era particolarmente attraente, ma aveva un certo non so che. Soprattutto quando sorrideva.

«Il mio compito è secondario, signori» esordì

Pezzano. «In effetti non metterò piede nella miniera.»

«Sul serio?» chiese Polvere, che si era sdraiato di nuovo, occupando da solo uno dei divani.

«Sul serio. Il mio ruolo è quello di consulente e, soprattutto, di finanziatore. Perché il piano di questa donna intelligentissima è geniale, ma anche molto costoso da realizzare. Signori, vi presento il vostro boss.»

Mac applaudì e subito si unirono a lui anche gli altri membri della banda. Lei li ringraziò con un sorriso.

«Minerva» disse. «Abbiamo deciso che mi chiamo Minerva. E grazie per gli applausi, soprattutto perché non sapete ancora cosa vi proporrò.»

«Mi fido ciecamente di Mario» disse Polvere.

«Mario?» domandò lei, esagerando un'espressione di sconcerto. «Non conosco nessun Mario.»

Polvere indicò Pezzano.

«Il Banchiere» lo corresse Minerva. «È molto importante che usiamo i soprannomi. All'inizio potrebbe essere difficile, perché alcuni di noi si conoscono da anni. Ma nel giorno del colpo non ci può scappare per sbaglio il nostro vero nome, quindi cerchiamo di farci l'abitudine fin da oggi. Da questo momento non è più Mario Pezzano, ma il Banchiere.»

I cinque uomini annuirono.

«Benissimo. Cominciamo» proseguì lei, e si rimboccò la manica sinistra con un gesto quasi involontario. «Sapete già che l'obiettivo è Entrevientos, una miniera d'oro gestita dalla multinazionale canadese Inuit Gold.»

«Entrevientos» ripeté Ferro, che tra un mate e l'altro continuava a giocherellare con il cubo di metallo. «Si sono sforzati molto. Con quel nome potrebbe trovarsi in qualsiasi angolo della Patagonia, no?»

«Era il nome del campo dove si trova il giacimento» precisò Norberto Segura.

«Esatto» disse Minerva. «Entrevientos estrae l'oro dove anni fa c'era un allevamento di pecore.

Trentanovemila ettari in mezzo al nulla.»

«Cazzo, è enorme!» osservò Polvere.

«Ed è anche molto diverso da qualunque altro posto abbiate mai rapinato. Per questo è essenziale che ognuno esegua perfettamente la propria parte, come se fossimo un'orchestra. Ci serve, ad esempio, qualcuno che conosca le strade della zona come se fossero il cortile di casa sua. E non c'è nessuno meglio di...» Minerva indicò Segura, e stava per pronunciare il soprannome che aveva pensato per lui, ma il suo ex collega la anticipò.

«Sono l'unico nato in Patagonia. Quindi potete chiamarmi Pata.»

«Perfetto» proseguì Minerva, rivolgendosi agli altri. «Malgrado l'espressione paciosa, Pata è stato uno dei rapinatori di furgoni blindati più famosi degli anni Novanta.»

«Sono finito in galera, quindi non sono poi così tanto furbo.»

«Oltre a essere un esperto di camion, ha lavorato per un anno nella miniera di Cerro Retaguardia, molto simile a Entrevientos.»

«Ti hanno licenziato?» chiese Polvere.

«È una storia lunga. Ma sì, mi hanno cacciato.»

«Abbiamo anche l'onore di avere con noi il Banchiere» disse Minerva, indicando Pezzano. «Il ladro che ha rapinato più banche nella storia dell'Argentina.»

«Trentadue» precisò lui con un sorriso.

Minerva si interruppe per vedere se, in una botta di vanità, Pezzano avrebbe nominato il Banco Río. Ma quando l'uomo ricominciò a parlare, cambiò argomento.

«E ho portato un paio di amici» disse, indicando Polvere e Mac. «Conosco Polvere da più di quindici anni. Ha fatto uno dei suoi primi lavori con me... Ti ricordi?»

«Come dimenticarlo.»

«E anche Mac lo conosco da una vita. Perfino da prima di Polvere. Non ho mai lavorato con lui, ma non certo perché io non gliel'abbia proposto.»

Mac alzò la mano, come per chiedere il permesso di parlare.

«Vorrei che fosse chiara una cosa» disse. «Io non... diciamo che non sono del giro.»

«Cosa intendi dire?» chiese Pata.

«Che questa sarebbe la mia prima rapina.»

Pata guardò Minerva, sconcertato.

«Porteremo un pivello a fare un lavoro così importante?»

«Così importante che non si può fare senza una persona come lui» intervenne Pezzano.

«Aspettate» disse Minerva. «Se le cose vanno male, finiremo in prigione. O peggio. Quindi nessuno farà nulla se non si sentirà a proprio agio. L'unica cosa che vi chiedo in questi giorni è di ascoltare il mio piano con la mente aperta e di pensarci su. La decisione la prenderete alla fine, che ne dite?»

Gli uomini annuirono.

«Visto che ci stiamo presentando, lui l'ho portato io» disse Polvere dando una pacca sulla spalla a Ferro. «È un esperto di serrature e di impianti di sicurezza. Nel tempo libero fa il fabbro.»

«Immagino sia esperto anche di casseforti e porte blindate» volle sapere Pata.

Polvere e Ferro si guardarono con un sorriso complice.

«Con un set di grimaldelli può aprire il culo di una Barbie» disse Polvere.

«Per aprire, apro tutto. L'unica cosa che non sono mai riuscito a fare è chiudere la bocca a questa bestia.»

CAPITOLO 8

San Rafael, Mendoza, Argentina.

«Qualcuno di voi tre è mai stato in Patagonia?» chiese Minerva.
Mac e Ferro scossero la testa. Polvere annuì.
«Sono stato a Bariloche in gita alle superiori» disse.
«Ti sei diplomato?» chiese il Banchiere.
«No, ho mollato gli studi al terzo anno. Ma quando la mia classe è arrivata in quinta, li ho convinti a portarmi con loro.»
«Il posto dove stiamo andando non c'entra assolutamente nulla con Bariloche» disse Minerva. «Lì non ci sono boschi o montagne, né laghi o San Bernardo per farsi i selfie.»
«Bariloche è un set cinematografico» chiarì Pata, mentre preparava un altro giro di mate.
Minerva si alzò e spense la luce. La cupola era illuminata solo dal bagliore arancione delle fiamme del camino. Mentre si dirigeva verso il tavolo, si asciugò le mani sudate sui pantaloni. Prese il piccolo aggeggio accanto al suo computer e premette uno dei pulsanti. Il proiettore portatile si accese, disegnando una cartina dell'Argentina sullo schermo di tela che Mac aveva srotolato qualche minuto prima.
«Per chi è scarso in geografia, Santa Cruz è allo stesso livello delle isole Malvinas» disse, indicando la punta meridionale del continente americano, appena sopra la Terra del Fuoco. «È la seconda provincia più grande dell'Argentina e quella con la densità di

popolazione più bassa. Poco più di un abitante per chilometro quadrato.»

Schiacciò di nuovo il pulsante per evidenziare i confini di Santa Cruz sulla cartina. Poi apparve un punto rosso a nord-est.

«Ecco. Questa è la miniera di Entrevientos.»

«È lontanissima» disse Polvere.

«Duemila chilometri da Buenos Aires. Trecento dall'aeroporto più vicino.»

«Il centro abitato più vicino è Puerto Deseado» aggiunse Pata. «Quindicimila anime. Si trova a centodieci chilometri da Entrevientos.»

Minerva premette di nuovo il pulsante del proiettore. Ora l'immagine si ingrandì fino a diventare una cartina di Santa Cruz che occupava l'intero schermo. Alzò un dito in segno di avvertimento.

«Attenzione, i chilometri ingannano» disse, indicando le linee blu che attraversavano la cartina. «Guardate la rete stradale della provincia. La strada asfaltata più vicina è a più di due ore da Entrevientos.»

«Penso che sia chiaro a tutti, ormai» disse Polvere. «È in culo alla luna.»

«Esatto.»

«Ed è un bene o un male?»

«È perfetto.»

CAPITOLO 9

San Rafael, Mendoza, Argentina.

Dall'altra parte del camino, Mac osservava Minerva. Dietro a quel sorriso e a quelle mani che non riuscivano a stare ferme, intuiva il suo nervosismo. Qualcosa gli diceva che quella donna era come lui. Che non proveniva dallo stesso mondo delle altre persone presenti nella sala.

«Scordatevi l'immagine del tipo col cappello in testa che cerca pepite immerso nell'acqua fino alle ginocchia» disse. «La miniera di cui vi parlo io estrae tra i venticinque e i trenta grammi d'oro per ogni tonnellata di terra lavorata. In proporzione, è come recuperare il sale da uno stufato.»

Sullo schermo apparve la foto aerea di un impianto industriale. A Mac ricordò l'enorme cementificio davanti al quale passava ogni volta che si recava a Mendoza.

«Signori, vi presento l'impianto di Entrevientos. Dei trentanovemila ettari del giacimento, questi dodici sono il cuore di tutto. È qui che entrano le rocce ed escono i lingotti.»

Mac osservò il colosso metallico nel bel mezzo della pianura brulla. Riconobbe un silo, un enorme nastro trasportatore e dei serbatoi cilindrici grandi come piscine olimpioniche. Poi guardò di sfuggita il resto della banda. Tranne Pata, che aveva lavorato in un posto molto simile, l'espressione degli altri passava dallo sconcerto all'ammirazione.

«Lingotti» disse Polvere, appoggiando il sigaro nel posacenere che teneva in equilibrio sul petto. «Adesso sì che si fa interessante. Mi stavo addormentando.»

Minerva si tolse un braccialetto e lo fece girare tra i suoi compagni.

«I lingotti sono di una lega d'oro e d'argento chiamata doré. È il prodotto finale della miniera.»

Quando il braccialetto arrivò nelle sue mani, Mac l'esaminò con attenzione. Un guanaco e un puma color oro chiaro, riprodotti nei minimi particolari.

«La *gold room* è questa qui» continuò Minerva. Ora il puntatore laser indicava una costruzione in lamiera nera. «È qui che il metallo viene fuso nei forni e si fabbricano i lingotti. Questo cancello laterale consente l'ingresso dei veicoli. Ogni dieci giorni un camion blindato entra e porta via il doré contenuto nel caveau.»

«Un'altra parola che mi piace. Caveau» disse Polvere.

«È una stanza blindata cubica, di cinque metri per cinque. È proprio al centro della *gold room*. Le pareti e il soffitto sono in cemento armato con tripla intelaiatura d'acciaio. Trenta centimetri di spessore.»

«Ci sono delle telecamere di sorveglianza all'interno?» chiese Mac.

«Quattro, una in ogni angolo. Ci sono anche sensori di movimento e sismici.»

«Manco ci fosse dell'oro lì dentro!» scherzò Pata.

Mac si mise a ridere. Quel tipo gli piaceva.

«Le porte sono due lastre di acciaio di un metro per due, con un'anima di cemento armato spessa quindici centimetri» spiegò Minerva. «Sei quintali ciascuna.»

«Il Banchiere mi ha detto che c'è una serratura a combinazione Kollmann-Graff» intervenne Ferro. «Serve anche una chiave?»

«No. Si apre solo con la combinazione» rispose Minerva. «Da quanto sono riuscita a scoprire, i meccanismi Kollmann-Graff possono essere a quattro o cinque dischi.»

«Giusto» annuì il fabbro. «Se non sappiamo di quale modello si tratta, è meglio supporre che sia da cinque.»

«Puoi procurarti una serratura identica per studiarla?»

Ferro prese il cubo di metallo con cui stava giocando da quando era arrivato. Schiacciò un piccolo pulsante e un lato si aprì, rivelando un meccanismo che a Mac ricordò l'interno di un orologio.

«È una Kollmann-Graff a cinque dischi?» chiese Minerva.

«Questa è solo la ghiera con i dischi. Mancano gli scrocchi di chiusura. Ma portarmi dietro da Salta una porta che pesa dieci volte più di me era un po' complicato.»

Nella stanza calò il silenzio di fronte alla loquacità di Ferro, che fino a quel momento aveva spiccicato soltanto qualche parola.

«Quanto tempo ti ci vorrà per aprirla?» chiese Pata.

«Questa? Tra i nove e i dodici minuti, ma in un paio di settimane spero di scendere a sei. A proposito, avrò bisogno di qualcuno che cambi la combinazione ogni volta che la apro.»

Polvere si sedette sul divano e guardò Minerva.

«Mi occuperò di procurarci una lancia termica e delle bombole di ossigeno, per ogni evenienza. Nel caso in cui sia necessario perforare la porta» disse, dando un paio di pacche sulla schiena a Ferro. «Sono sicuro che non ne avremo bisogno, ma non si sa mai.»

Ferro scrollò le spalle. Mac era sollevato dalla sicurezza che dimostrava quel ragazzo, ma riteneva che l'osservazione di Polvere fosse sensata.

«Chi ha la combinazione del caveau?» chiese il Banchiere.

«Una parte il capo della fonderia, una parte il direttore dell'impianto e una parte l'addetto alla sicurezza» rispose Minerva. «Devono essere presenti tutti e tre per aprirlo quando si deve stoccare una partita di lingotti e ogni volta che arriva il camion blindato per portarli via.»

«E poi dove vanno quei camion?» chiese Mac. A ogni risposta di Minerva gli sorgevano dieci nuovi dubbi.

«A Comodoro. Da lì i lingotti vengono trasportati in aereo fino a Buenos Aires. Poi vengono spediti nelle raffinerie negli Stati Uniti o in Europa, dove separano l'oro dall'argento. Prima viaggiavano in nave da Puerto Deseado, ma pare che ci sia il rischio di pirateria.»

«Dove c'è un carico prezioso, ci siamo noi pirati» disse Pata, coprendosi un occhio con la mano mentre le risate gli facevano ballonzolare la pancia prominente. «Quanto doré trasporta di solito un camion in ogni viaggio?»

«Circa cinque tonnellate. In media, il 4,5% d'oro e il resto d'argento. Tredici milioni di dollari a prezzo di mercato.»

CAPITOLO 10

San Rafael, Mendoza, Argentina

Minerva si accorse che ormai le sue mani non sudavano quasi più. Ottimo.

«Come faremo a portare via cinque tonnellate?» chiese Polvere.

Lei guardò fuori dalle finestre triangolari della sala da pranzo. Gli alberi ora coprivano il sole calante del pomeriggio.

«Devo spiegare il piano di fuga?» chiese a Mac in tono complice.

Il proprietario della struttura scosse la testa e si batté le cosce con le mani aperte.

«Signori» disse alzandosi dalla sedia, «non siamo venuti fin qui per perdere tempo in ciance. Dobbiamo anche conoscerci, per capire come ci comportiamo in azione. Per questo il Banchiere ha proposto di incontrarci qui. Approfittiamone prima del tramonto. Seguitemi. In serata avremo tutto il tempo per continuare a chiacchierare.»

«Mi stai dicendo che questa banda di ladri sta per fare un esercizio di team building?» chiese Pata. «Cos'è, una riunione di rappresentanti Avon?»

«Dubito che i rappresentanti Avon abbiano mai fatto quello che stiamo per fare noi» rispose Mac, e aprì la porta che collegava le due cupole.

Minerva fu l'ultima del gruppo a entrare nella reception. Mac distribuì i caschi e le imbracature. Quando toccò a lei, notò che lui la squadrava dalla testa ai piedi con sguardo esitante.

«Cosa c'è?» chiese.

«No, niente. Stavo pensando a che taglia di imbracatura ti andava meglio. Prova questa.»

In quel momento squillò il telefono. Mac si tastò la tasca e, dopo aver guardato lo schermo del cellulare, sorrise. Fece cenno di aspettare un minuto.

«Pronto» disse dirigendosi verso l'uscita.

Minerva lo guardò uscire. Quei pantaloni beige pieni di tasche gli stavano proprio bene.

«Come stai, amore?» lo sentì dire, in tono un po' sdolcinato, prima che varcasse la soglia.

Ovvio, pensò. *Un tipo così non poteva certo essere single.*

Dopo un paio di minuti Mac tornò dalla banda, si scusò per l'interruzione e riprese a distribuire i caschi e le imbracature. Lasciarono la reception al ritmo del tintinnio dei moschettoni. Fuori, il pomeriggio autunnale aveva già cominciato a rinfrescare.

Mac si fermò davanti a un eucalipto con alcune assi inchiodate al tronco a mo' di gradini. Minerva guardò verso l'alto. Un cavo d'acciaio partiva dall'albero e si addentrava nella foresta. Mentre si sistemava il casco, ricordò una gita coi suoi genitori, venticinque anni prima, nella Serra del Cadí, fra i boschi dei Prepirenei. Quella era stata l'unica volta che Minerva era salita su una zipline.

Zipline, la *tirolina*. Sorrise al pensiero di quella parola. Viveva in Argentina da più di metà della sua vita e ogni tanto le veniva ancora in mente una parola in catalano. Da adolescente, appena arrivata da Barcellona a Rawson, si era sforzata di cancellare ogni traccia del suo accento e di parlare come i suoi compagni di scuola. Sentirla dire *tirolina* li avrebbe fatti ridere, alcuni con simpatia, altri per burlarsi di lei.

Parla bene, spagnoletta.

Ora, più di vent'anni dopo, quando le sue radici iberiche riaffioravano insieme ai ricordi lontani, come la *tirolina*, sentiva una dolce nostalgia. A volte talmente dolce da farle venire voglia di tornare a Barcellona per cercare di ricucire i rapporti con i suoi genitori.

«Il circuito verde è troppo facile» annunciò Mac, sollevando i pollici, «quindi iniziamo con quello blu.»

«Un momento. Aspettate un momento» disse Pata passandosi una mano sulla testa rasata. «Soffro un po' di vertigini, perché non iniziamo con quello facile?»

Polvere scoppiò a ridere. Dopo aver riso, risucchiava l'aria in gola facendo il verso di un maialino. Minerva pensò che se quello fosse stato un film, uno con il curriculum di Polvere non avrebbe mai riso a quel modo.

«Non ti fai problemi a svaligiare una miniera d'oro e hai paura di arrampicarti su un albero?»

«Una cosa non esclude l'altra» intervenne Minerva, che voleva evitare una discussione tra i due.

«Il percorso blu e quello verde sono alla stessa altezza, Pata» disse Mac. «Vieni con noi e se ti fa troppa paura ti facciamo scendere.»

«E se si stacca?» chiese lui, indicando il cavo sopra le loro teste.

«Come fa a staccarsi? Li ho installati con le mie mani. Se un cavo si spezza e muore qualcuno, mi sbattono a marcire in galera per il resto della vita!»

Minerva cominciava a capire perché il Banchiere avesse scelto Mac, anche se non aveva mai partecipato a una rapina. Non era da tutti costruire una cosa del genere.

«Non preoccuparti, andrà tutto bene» continuò Mac, dando una pacca sulla spalla a Pata. Poi salì i gradini inchiodati al tronco, a due a due.

«Salite uno alla volta» disse loro una volta raggiunta una piattaforma quadrata a quattro metri di altezza.

Polvere aveva già cominciato a salire prima che Mac avesse finito di parlare. Da terra, Minerva osservò Mac mentre lo preparava e gli spiegava come fare con la carrucola e i moschettoni.

«Sei pronto?» chiese Mac con tono deciso, guardando gli altri quattro che aspettavano sotto di lui.

«Sempre!» esclamò Polvere, e fece un passo avanti, lasciando la piattaforma. Mentre planava nell'aria, lanciò un grido euforico.

Poi salì anche Minerva. In cima, Mac le sistemò le cinghie dell'imbracatura intorno alle cosce e le ripeté le stesse istruzioni che aveva dato a Polvere.

«Prima agganci il moschettone. Così. Poi appoggi la carrucola sul cavo e inserisci il moschettone nella ghiera. Perfetto. Sembri già pratica. Hai mai fatto ziplining?»

«Molto tempo fa.»

«Allora non ti preoccupare, è come andare in bicicletta.»

Minerva guardò avanti. L'altra estremità del cavo era attaccata a un albero dall'aspetto strano. Dove il tronco avrebbe dovuto toccare il suolo c'era la vecchia carcassa di una macchina dipinta di rosso. E dal punto in cui un tempo c'era il parabrezza ora sbucava l'eucalipto che sosteneva la piattaforma su cui Polvere saltava felice come un bambino.

«E quello cos'è?» chiese Minerva.

«Un albero in cerca di luce.»

«Incredibile» disse lei, e fece un passo avanti.

Fu come se qualcuno le spingesse lo stomaco verso l'alto. Poi sentì il vento in faccia e il rumore della carrucola che la trasportava a tutto gas verso la piattaforma che sbucava dall'auto-albero. E sorrise.

CAPITOLO 11

San Rafael, Mendoza, Argentina.

Per Minerva era impossibile chiudere occhio dopo aver incontrato la banda con cui stava pianificando una rapina da un milione di dollari. Così, quando uscì dalla piccola cupola dove alloggiava, non si stupì di vedere le finestre triangolari della sala da pranzo illuminate.

Dentro c'era Mac. Si era cambiato la camicia e ora indossava un maglioncino aderente con le maniche lunghe. Era chino sul tavolo e disegnava su un taccuino lo schema di una delle sue zipline.

«Un'altra che soffre d'insonnia» disse quando la vide entrare. «Ti preparo una valeriana? Dicono che concilia il sonno.»

«Ok» acconsentì lei, «anche se oggi non credo che riuscirei a dormire nemmeno se mi imbottissi di sonniferi.»

«Mi sa che non sei molto abituata a queste situazioni.»

«È vero. È la prima volta che dormo in una pallina da golf gigante sepolta nel bosco.»

Mac scosse la testa e ridacchiò.

«Neanche tu ci sei abituato» aggiunse lei.

«L'ho costruita io...»

«Lo sai cosa intendo dire. Vedi qualcun altro qui?» disse lei, guardandosi intorno. «Sarà una coincidenza che siamo proprio noi due a soffrire d'insonnia?»

«Non sarei così sicuro che gli altri stiano dormendo» le disse, indicando la finestra.

Minerva avvicinò il viso a una delle vetrate triangolari. Nelle cupole di Ferro e di Pata, le tende erano colorate dal bagliore azzurrognolo degli schermi dei cellulari. In quella del Banchiere era accesa una luce giallastra, forse per leggere una delle sue guide agli investimenti. L'unico al buio era Polvere.

Mac si schiarì la gola prima di riprendere il discorso.

«Poco fa stavo parlando di te con Polvere» le disse, porgendole una tazza fumante.

«Solo cose belle, immagino.»

Assaggiò la bevanda. Si scottò un po' le labbra, ma aveva un buonissimo profumo.

«Né belle né brutte. Parlavamo di te.»

«E cosa dicevate?»

«Sei una persona che ha studiato e ha esperienza in un settore che paga benissimo, perché vuoi buttare via tutto?»

Involontariamente, Minerva si guardò il polso. Il puma e il guanaco sembravano più dorati alla luce delle fiamme.

«Potrei farti la stessa domanda. Tu possiedi un parco divertimenti, sei stato nominato imprenditore dell'anno e, da quanto ho visto su internet, i clienti non ti mancano.»

«Lo faccio proprio per questo» disse, indicando quanto lo circondava. «Il terreno non è mio. Cioè, non è solo mio...»

Poi si fermò e aggrottò le sopracciglia.

«Come mai se io ti chiedo le tue ragioni dopo neanche mezzo minuto stiamo parlando di me?»

«A volte il vento cambia» disse Minerva. «Dài, continua, raccontami tutto. Poi lo faccio anch'io.»

«Mio padre ha ereditato questa terra da suo padre, un immigrato originario della Liguria. Quando mio nonno arrivò a San Rafael, invece di dedicarsi al vino e alla frutta come tutti gli italiani che venivano a Mendoza, continuò a fare il mestiere che faceva in Italia: il rottamaio. E non gli andò male. Appena poté, si comprò il terreno. Era completamente arido, come tutti gli altri qui attorno. Piantò lui tutti gli alberi, uno alla volta, per farlo assomigliare un po' di più al bosco dov'era nato.»

«Mi sta già simpatico. L'hai conosciuto?»

«No. Lui e mia nonna sono morti quando mio padre era giovane. Mio padre era figlio unico, quindi ha ereditato la terra e anche l'attività. Ma era molto diverso da mio nonno. Non gli importava degli alberi o della terra. Nella sua testa l'unica cosa che contava era a quanto poteva vendere o comprare un chilo di rottami. Non puoi immaginare com'era questo posto vent'anni fa. Ferraglia e immondizia ovunque.»

Minerva si ricordò dell'eucalipto che sbucava dalla macchina.

«Un'altra differenza tra mio nonno e mio padre è la fertilità. Io sono il penultimo di sei fratelli. Siamo cresciuti tutti qui, e scorrazzavamo tra gli alberi e la sporcizia. Mio padre era negato per gli affari, perciò eravamo una famiglia povera. Felice, ma povera. Quando avevamo bisogno di qualcosa, la domanda non era dove comprarla, ma come costruirla. Per questo a scuola mi chiamavano Mac. Dicevano che con un coltellino svizzero e un rotolo di fil di ferro ero capace di costruire una bicicletta.»

«Pensavo che fosse stato il Banchiere ad affibbiarti questo soprannome.»

Mac scosse la testa.

«Comunque, se hai creato tutto questo da solo, è un soprannome appropriato» disse lei, guardandosi intorno.

«Quando è morto mio padre, abbiamo ereditato la terra tutti insieme. Il mio fratello più grande fa il muratore e due anni fa ha perso mano e avambraccio negli ingranaggi di una betoniera. Ha un moncone all'altezza del gomito. Al secondo, che fa il camionista, hanno appena diagnosticato un cancro al colon. E poi c'è mia sorella minore, abbandonata da suo marito un anno fa con un bambino appena nato.»

«Dio santo...»

«Se vendiamo, tre dei miei fratelli passano da una situazione finanziaria pessima al benessere economico. E io non posso rifiutare, capisci? Questa terra è loro quanto mia.»

«Userai la rapina per comprare la loro parte.»

Mac annuì.

«Non posso vivere senza questo posto. È casa mia, sono cresciuto qui. E poi è unico.»

«È vero. Queste cupole sono incredibili.»

«Non intendevo questo. Quanti ettari di bosco hai visto mentre venivi da San Rafael?»

«Quasi nessuno.»

«Io ho costruito delle strutture strane, sì, ma è stato mio nonno a fare il vero miracolo. Ha trasformato un pezzo di terra arido in un paradiso. Qui ha cresciuto mio padre e mio padre ci ha cresciuto noi. Anch'io voglio che i miei figli crescano in questo posto.»

Disse "i miei figli" con tenerezza tale che Minerva capì che stava parlando di personcine in carne e ossa, già esistenti. Forse il "Come stai, amore?" pronunciato poche ore prima al telefono era rivolto a uno di quei bambini.

«Adesso tocca a te» disse lui.

«La mia storia è un po' più lunga.»

«Abbiamo tempo.»

Mac la guardò negli occhi. Lei fissò le sue pupille nere, ferme e calme. Erano gentili, come braccia aperte.

«Facciamo una cosa» gli disse, «che ne dici se te la racconto su una spiaggia dei Caraibi mentre ci sventagliamo con banconote da cento dollari?»

«Mi avevi detto che dopo aver sentito la mia storia mi avresti raccontato la tua.»

«E te la racconterò, te lo giuro. I mojito li offro io.»

Gli tese la mano. Lui sorrise e la strinse riluttante.

«Mi fido della tua parola.»

Il sorriso con cui la guardava poteva significare due cose molto diverse. O la madre di quei bambini era un capitolo chiuso del suo passato, o Mac era un altro di quegli adulteri incalliti che lei attirava come una calamita.

In ogni caso, si disse Minerva, *questo tizio ora è l'ultima delle mie preoccupazioni.*

CAPITOLO 12

Tre giorni dopo.

Minerva fu l'ultima ad alzarsi. Nella sala da pranzo gli altri membri della banda erano già intenti a fare colazione. Come nei tre giorni precedenti, Mac aveva messo sul tavolo bustine di tè e caffè, latte, pane, marmellata e un tostapane.

«Minerva, dobbiamo soprannominarti Bella Addormentata?» chiese Pata.

Lei emise un grugnito e guardò il telefono. Erano le dieci meno un quarto. Si preparò un tè con il latte e due fette di pane tostato con la marmellata. Appena si sedette a tavola, Ferro le passò la Kollmann-Graff per farle cambiare la combinazione. In tre giorni, l'aveva indovinata più di quaranta volte. Il record di apertura era stato di cinque minuti e mezzo. Il tempo più lungo era stato di quasi mezz'ora.

«Quando lo faremo?» le chiese Polvere. A giudicare dagli occhi gonfi, anche lui non si era alzato da molto.

Prima di rispondere, Minerva si concesse qualche istante per masticare lentamente il pezzo di pane tostato che aveva in bocca. Quei ragazzi non avevano ancora capito che odiava che le parlassero appena alzata.

«Tra due mesi» rispose, mentre fissava il suo tè con il latte. Era l'ultimo giorno a San Rafael. Per tre giorni avevano discusso il piano da cima a fondo. Da come avrebbero fatto a entrare a Entrevientos a come avrebbero portato via cinque tonnellate di metallo. Avevano studiato ogni dettaglio della miniera: gli impianti di comunicazione, la catena di rifornimento del carburante, i protocolli di sicurezza della *gold room* e persino le dimensioni delle stanze in cui dormivano i dipendenti. Non c'era altro da fare a duemila chilometri di distanza.

«Ci vediamo tra due mesi, allora» disse il Banchiere.

«C'è margine di manovra per la data?» chiese Pata con un mate in mano.

Lei posò la fetta di pane sul piatto con un movimento che avrebbe potuto essere più delicato. Non c'era verso che riuscisse a far colazione in pace.

«Pochissimo» disse. «La miniera cambia continuamente. Oggi le cose si fanno in un modo e fra una settimana possono farle al contrario. Entreventos è attiva da meno di due anni, quindi le procedure vengono modificate di continuo. C'è anche un forte ricambio del personale, soprattutto a livello gerarchico, e questo può comportare dei cambiamenti. Più passa il tempo, più c'è il rischio che il piano trascuri qualche dettaglio cruciale.»

«Tu quando sei stata licenziata?» domandò Polvere.

«Cinque mesi fa.»

«Quindi il tuo piano potrebbe essere già obsoleto.»

«Lo aggiorno di continuo. Ho accesso a tutti i server. Quando ho lasciato la miniera ci hanno messo un paio di giorni per cambiare le password, e ho fatto in tempo a entrare nella rete per creare un utente con privilegi da amministratore.»

«Possiamo anticipare la data?»

Minerva scosse la testa e assaggiò il tè. Scottava ancora troppo.

«Dovrà essere per forza in pieno inverno. In primo luogo perché gli operai riducono il più possibile le uscite. Quando c'è bel tempo alcuni approfittano delle pause per fare una passeggiata. Ci sono anche più persone che escono a fumare.»

«E in secondo luogo?»

«In secondo luogo, perché ci sarà meno traffico sulla strada provinciale su cui si trova l'accesso al giacimento. È una strada sterrata e non è molto trafficata, ma in estate la gente ci passa per andare in campeggio a Bahía Laura o a Punta Buque.»

«Soprattutto pescatori» disse Pata. «In quel mare ci sono delle spigole enormi. Anche i braccianti agricoli tendono a trascorrere più tempo all'aperto in estate.»

«Come faremo a decidere il giorno esatto?» le chiese Mac.

Minerva diede un altro morso al pane prima di rispondere.

«I camion blindati di solito vengono chiamati ogni dieci giorni e portano via circa cinque tonnellate di doré. Il ritmo di produzione non è perfetto, quindi non arrivano finché il direttore non manda un'e-mail all'azienda di trasporti. Per contratto, è obbligato a dare un preavviso di quarantott'ore.»

«E tu puoi leggere le e-mail di quel tizio?»

«Le sue e quelle di qualsiasi altro impiegato di Entrevientos.»

Pata le sorrise e le mostrò un pugno, come se stesse festeggiando un gol. Minerva guardò il resto dei suoi compagni. Polvere, che giocherellava con un sigaro spento tra le dita, non sembrava molto convinto.

«La prossima volta che ci riuniremo faremo una ricognizione sul posto per essere pronti al colpo» disse loro. «Se qualcuno vuole tirarsi indietro, lo faccia adesso.»

«Io vengo» disse Pata.

«Anch'io» confermò Ferro.

«Ci saremo» disse Mac.

Nella sala da pranzo cadde il silenzio.

«Polvere?» chiese il Banchiere.

Polvere lasciò cadere il sigaro sul tavolo e alzò lo sguardo verso Minerva.

«Io la mia decisione l'ho presa tre giorni fa. Quando hai pronunciato per la prima volta la parola lingotto.»

TERZA PARTE

Mise en place

CAPITOLO 13

Caleta Olivia, Santa Cruz, Argentina. Due mesi dopo.

L'autobus che attraversava la Patagonia da Trelew a Río Gallegos giunse al posto di blocco di Ramón Santos. Minerva appoggiò la testa al finestrino e vide un poliziotto in divisa blu che parlava con l'autista. Poi sentì il rumore pneumatico della portiera che si apriva.

Il poliziotto passava da un sedile all'altro e chiedeva i documenti ai passeggeri. Era strano. Facevano controlli così severi solo quando cercavano qualcuno di preciso.

«Documenti» ripeté l'agente quando fu il turno di Minerva.

Lei gli consegnò la carta d'identità falsa con cui aveva acquistato il biglietto. Era la prima volta che la usava con un agente. L'uomo annotò il nome e il numero e le restituì il documento, poi proseguì con il passeggero dietro di lei.

Minerva non si rilassò finché il veicolo non fu di nuovo in marcia. Quindi sorrise. Alla fermata successiva sarebbe arrivata a destinazione.

Percorsero altri cinquanta chilometri lungo una strada talmente vicina alla costa che qualche anno prima avevano dovuto spostarla cento metri più all'interno perché la scogliera aveva eroso l'asfalto.

Infine comparvero i primi edifici sul mare. Erano già a Caleta Olivia.

***

«Cosa ne pensate?» chiese Pata, guardando lei e il Banchiere, arrivati quasi contemporaneamente.

Aveva appena mostrato loro la casa con sei stanze che aveva affittato nel centro di Caleta Olivia, a soli trecento metri dal famoso Gorosito, un monumento al lavoratore petrolifero alto dieci metri.

«È perfetta» disse lei. «Qui c'è sempre un sacco di gente in giro. Non daremo troppo nell'occhio.»

Il piano per le settimane successive era fare un lavoro di ricognizione e preparare tutto per il giorno della rapina. Se non ci fossero stati intoppi, avrebbero fatto il colpo entro un mese.

La scelta di Caleta Olivia come luogo di incontro non era stata casuale. Anche se distava tre ore e mezza da Entrevientos, era la città più vicina. Avevano pensato di incontrarsi a Puerto Deseado, a due ore dalla miniera, ma la Inuit Gold aveva degli uffici lì e qualcuno avrebbe potuto riconoscere Minerva. Inoltre, in un paesino, le voci corrono troppo in fretta.

Il resto della banda arrivò nel pomeriggio; come bagaglio si erano portati solo i vestiti. Le armi, la lancia termica con le bombole di ossigeno e tutti gli attrezzi e i materiali li aveva trasportati il Banchiere nella stiva della Maese, ora attraccata nel porto di Caleta Olivia.

A cena mangiarono le pizze che il Banchiere e Mac avevano preparato insieme, litigando su chi dei due avesse più sangue italiano. Il primo ripeteva di continuo: "Non esiste un nome più italiano di Mario Pezzano". L'altro descriveva nei dettagli il paese dei suoi nonni in Liguria, che non aveva mai visitato.

A cena parlarono di serrature, armi, esplosivi e camion.

«Facciamo una partita?» disse il Banchiere con in mano un mazzo di carte, mentre gli altri finivano di cenare.

«Io vado a letto, sono stanchissimo» annunciò Ferro, passando la Kollmann-Graff a Minerva.

«Ho già cambiato la combinazione prima di cena» commentò lei.

«E io l'ho aperta quattro minuti dopo.»

Incredibile, pensò Minerva, dandogli le spalle per scegliere cinque nuovi numeri. Non appena gliela riconsegnò, Ferro scomparve dalla porta che conduceva alle camere da letto.

«Anch'io sono a pezzi» si scusò Pata, accarezzandosi la testa rasata.

«Allora siamo rimasti in quattro» disse il Banchiere. «Facciamo la prima mano per cinque centoni?»

***

«Cacciate i soldi!» esclamò il Banchiere, con la voce ringalluzzita dal vino.

Il sette di spade appena giocato aveva proclamato lui e Polvere vincitori contro Mac e Minerva.

«Cinque centoni a testa.»

Minerva prese cinquecento pesos dalla sua borsa e li mise sul tavolo.

«Non avevamo detto a testa!» protestò Mac con un sorriso malizioso.

«Non fare il furbo. Abbiamo detto cinquecento a testa. Cosa vuoi, che la prossima volta lo mettiamo nero su bianco?» scherzò il Banchiere.

Scuotendo la testa, Mac tirò fuori il portafoglio dalla tasca posteriore dei pantaloni. Il gesto gli fece gonfiare i pettorali e Minerva distolse lo sguardo verso il portafoglio. Tra le banconote e il documento d'identità falso, intravide una foto. Fu solo una frazione di secondo, ma le bastò per notare che accanto a Mac c'erano una donna e tre bambini.

«Se volete vi diamo la rivincita» disse Polvere, raccogliendo le banconote.

«Io sono un po' stanca» disse lei, «vado a dormire.»

CAPITOLO 14

Verso Entrevientos. Quattro giorni dopo l'incontro a Caleta Olivia.

Mac guardava fuori dal finestrino dell'Incognita, una Galloper a sette posti che Pata aveva comprato in contanti da un gitano a Caleta Olivia. Non era stato facile trovare un fuoristrada col cambio automatico, ma Minerva si era rifiutata di optare per il cambio manuale. Il piano andava rispettato per filo e per segno.

Era passata un'ora e mezza da quando avevano lasciato Caleta Olivia in direzione sud, e il nodo allo stomaco si stringeva sempre di più man mano che proseguivano. Mac si chiese se stesse succedendo la stessa cosa anche a Minerva, che aveva percorso quella strada centinaia di volte.

Adesso erano fermi all'incrocio tra la strada asfaltata da cui provenivano e quella sterrata sulla sinistra.

«La polizia di Caleta Olivia e quella di Ramón Santos faranno la stessa strada che stiamo facendo noi» spiegò Minerva. «Percorreranno la strada asfaltata e poi svolteranno qui.»

Disse a Pata di imboccare la strada sterrata. Continuarono quasi senza parlare per altri tre quarti d'ora. Mentre l'Incognita vibrava sui piccoli dossi che il vento e il traffico avevano formato sulla terra arida, Mac si mise a osservare ciascuno dei suoi compagni. Pata era serio al volante. Ferro ogni tanto toccava la spalla di Minerva per chiederle di cambiare la combinazione della Kollmann-Graff. Polvere guardava fuori dal finestrino in silenzio. Il Banchiere aveva gli occhi chiusi.

Quaranta minuti dopo aver lasciato la strada asfaltata, Minerva indicò un'altra sterrata che si univa a quella che stavano percorrendo.

«La polizia di Puerto Deseado arriverà da lì, saranno i primi ad arrivare.»

La strada lasciava gradualmente l'altopiano pianeggiante per scendere tra ampie colline che a Mac ricordarono quelle vicino a casa sua, a San Rafael. Dopo sei chilometri, arrivarono a un ponte di pietra.

«È il fiume Deseado» annunciò Minerva.

Mac calcolò che il ponte fosse lungo circa venticinque metri e largo abbastanza per il passaggio di due veicoli. Mentre lo attraversavano, osservò il letto grigio, secco e screpolato del fiume.

«E l'acqua dov'è?» chiese.

«In questo periodo dell'anno non ce n'è» spiegò Minerva. «Inizia a scorrere in primavera, con il disgelo sulle Ande.»

Dall'altra parte del fiume, la strada si inerpicava su colline brulle per poi sbucare di nuovo sull'altopiano. Proseguirono per oltre quindici chilometri.

«Eccola!» disse Minerva, quasi con un grido, indicando un punto oltre il parabrezza. «Quello è il famoso Gate.»

All'orizzonte, a sinistra della strada, si stagliavano tre cassoni bianchi che a Mac ricordarono dei container. Come aveva spiegato Minerva, quella postazione era l'unico accesso a Entrevientos.

«Quelle torri lì intorno sono antenne?» chiese.

«No, sono dei fari. Il Gate è illuminato sia di giorno che di notte.»

Duecento metri prima della loro meta passarono davanti a un cancello dove un'umile insegna di lamiera dipinta a mano annunciava "Ranch Entrevientos".

«Lì ci abita l'uomo più fortunato del mondo» disse Polvere.

«Ci abitava» lo corresse Minerva. «Non appena ha firmato il contratto con la Inuit, ha assunto un paio di uomini per occuparsi del bestiame e poi si è trasferito a Comodoro, dove vive la sua famiglia. Ha più di settant'anni e prima o poi doveva abbandonare l'agricoltura. E ha avuto la fortuna di scoprire l'oro nella sua terra.»

«E perché ha ancora le pecore?» chiese Mac.

«Non lo so» rispose Minerva.

«È difficile lasciarsi alle spalle le cose che hanno dato un senso a tutta la tua vita» disse il Banchiere, con gli occhi ormai aperti.

«Rallenta!» disse Minerva a Pata.

Mentre il fuoristrada si avvicinava sempre più lentamente al cancello, Mac vide le mani di Minerva che azionavano a tutta velocità una radio Motorola che teneva sulle cosce.

CAPITOLO 15

Gate di Entrevientos.

Pata fermò l'Incognita nel grande parcheggio sterrato accanto al cancello chiuso del Gate. I tre prefabbricati oltre il cancello gli ricordavano quelli all'ingresso di Cerro Retaguardia, la miniera a centottanta chilometri di distanza dove aveva lavorato per due anni e mezzo.

Dal prefabbricato più grande, lungo circa trenta metri per dieci di larghezza, uscì poco dopo una giovane guardia giurata che indossava una divisa nera con una scritta gialla. Pata si infilò gli occhiali da sole e scese dal fuoristrada con un thermos in mano. Quasi inconsciamente si portò l'altra mano alla testa, per controllare che il berretto beige fosse ancora al suo posto.

«Buongiorno» disse, tendendo la mano alla guardia. «Stiamo andando a pescare e abbiamo finito l'acqua calda per il mate. Potreste darcene un po'?»

Il giovane guardò il fuoristrada, soffermandosi sulle canne da pesca che Mac e Pata avevano legato al portabagagli.

«Andate a pescare in pieno inverno e non vi siete portati dell'acqua da scaldare?»

«Abbiamo la legna. Quando arriviamo là accendiamo il fuoco per il barbecue e poi la riscaldiamo. Ma mancano ancora circa due ore.»

«Dove state andando?»

«In una spiaggia a sud di Bahia Laura.»

«Ah sì? Quale?»

Pata esitò per qualche secondo.

«Nella prima che troviamo un po' riparata dal vento.»

«È la prima volta che ci andate, vero?»

«Sì. Si vede molto?»

«Su quelle spiagge ci si va d'estate. Sono terribili in questo periodo dell'anno.»

«Ci hanno detto la stessa cosa alcuni colleghi. Ma noi siamo testardi.»

La guardia giurata scrollò le spalle e prese il thermos.

«Torno subito» disse.

«Grazie mille» rispose Pata, e risalì sul fuoristrada per non dover aspettare all'aperto.

All'interno, Minerva stava parlando a macchinetta.

«... da qui è tutta dritta per nove chilometri» diceva indicando la strada dall'altra parte del cancello, senza farsi notare. Era un'ampia strada sterrata, in condizioni simili se non migliori rispetto a quelle della strada provinciale che avevano appena percorso. «Le curve cominciano dopo. L'insediamento dista dodici chilometri.»

«Quella è la pesa?» chiese Mac, indicando una grande piattaforma metallica.

«Sì. È lì che controllano le autocisterne di carburante che entrano ed escono.»

«E dov'è il generatore?»

«Dietro il modulo principale» rispose, indicando il cassone bianco in cui era entrata la guardia con il thermos.

«Sei sicura che non prendano l'elettricità da qualche altra parte?»

«Sicurissima. Se il Gate non avesse un generatore proprio, la società dovrebbe costruire una linea elettrica di dodici chilometri.»

Attenzione Gate, sto lasciando l'insediamento con i dipendenti a bordo, si sentì alla radio.

«Evvai, cazzo!» esultò Minerva.

«Non usano comunicazioni criptate?» chiese Mac.

«Certo, ma non hanno mai cambiato la password. Ci sono più di trecento impianti radio nel giacimento, e le frequenze e i codici vanno cambiati uno alla volta.»

«Allora sentiremo cosa si dicono?» chiese Ferro.

«Sì» sorrise Minerva, spegnendo l'apparecchio e nascondendolo sotto il sedile.

Il giovane in divisa uscì di nuovo e Pata si affrettò a scendere dal fuoristrada per evitare che si avvicinasse troppo a loro.

«Grazie mille» disse, prendendo il pesante thermos con la mano sinistra e allungando la destra per dargli un'altra stretta.

«Non c'è di che. A dire il vero non siamo autorizzati a farlo, ma anch'io sono un pescatore.»

«Allora il ringraziamento è doppio. Non sai quanto mi hanno rotto quelli là con la storia del mate. Vediamo se ora se ne stanno un po' zitti, finalmente.»

Il giovane si congedò con una risatina e fece un cenno verso il fuoristrada.

«Buona pesca!»

«Grazie.»

Pata si rimise al volante e l'Incognita si allontanò dal Gate.

«Speriamo che a quel ragazzo non tocchi lavorare tra qualche giorno» disse ai suoi compagni un chilometro dopo. «Mi era simpatico.»

CAPITOLO 16

Caleta Olivia, Santa Cruz, Argentina.

Il giorno dopo Minerva si svegliò affamata. Erano tornati a Caleta Olivia nelle prime ore del mattino, dopo aver fatto una lunga deviazione per evitare di passare di nuovo davanti al Gate. Era talmente stanca che era andata a letto senza cena.

Dopo una colazione che per miracolo riuscì a godersi in silenzio, trascorse la mattinata con i suoi compagni a esaminare il materiale che il Banchiere aveva trasportato sulla barca a vela. Controllarono le armi e gli attrezzi, si provarono i travestimenti, oliarono i cardini di una gabbia metallica.

«L'ultimo camion blindato è arrivato a Entrevientos quattro giorni fa» annunciò Minerva mentre finivano di tagliare a quadretti una rete da pesca. «Sono sicura che tra oggi e domani il direttore generale dello stabilimento invierà un'e-mail per prenotare il prossimo. A quel punto fisseremo la data esatta del colpo. Calcolate tra i cinque e i dieci giorni a partire da oggi.»

«Chi avvisa il pilota dell'aereo?» chiese Mac.

«Ci penso io» disse il Banchiere.

«Sei sicuro che verrà?»

«Sicuro.»

Il Banchiere aveva spiegato che era stato difficile trovare un pilota disposto ad atterrare su una pista di terra crepata, piena di cespugli e di arbusti, che da decenni non figurava nell'elenco delle piste autorizzate. Difficile, ma non impossibile. Per fortuna la legge della domanda e dell'offerta era implacabile.

Secondo il registro dell'aeroclub di Comodoro Rivadavia, l'aereo sarebbe partito per Los Antiguos. Nessuno, tranne loro, sapeva che in realtà sarebbe atterrato a più di quattrocento chilometri da quella cittadina.

«Il resto è tutto pronto?» chiese il Banchiere a Minerva.

«Che te lo dicano loro» rispose lei, guardando i suoi compagni. «Manca qualcosa?»

«Per me niente» disse Polvere, indicando i mucchi di oggetti ammassati.

«Manca il veicolo con cui entreremo» disse Ferro senza alzare lo sguardo dalla Kollmann-Graff.

«È già tutto pronto» intervenne Minerva, sollevando in aria due targhe identiche.

Pata ne prese una e la osservò da vicino.

«MRG118» lesse ad alta voce. «Che cosa troverà la polizia quando cercherà questo numero?»

«Chi lo sa» rispose lei. «Magari una Smart color senape guidata da una giovane riccona della Recoleta. Oppure una Clio che una famiglia della classe media si è potuta permettere di comprare in un periodo fortunato. È una sequenza casuale che corrisponde a un veicolo immatricolato tre o quattro anni fa.»

«Dove le avete prese?»

«Le ho fatte io» intervenne Mac. «Fibra di vetroresina.»

«Sembrano vere!» esclamò Polvere. «Dovresti fare l'artista invece che il ladro.»

«Tecnicamente, non sono ancora un ladro.»

«E i cani, Pata?» domandò Minerva.

«Li ho già identificati. Due border collie e un pastore leonese. Sono ottimi cani da pastore, tutti e tre.»

«Perfetto. Andate a prenderli oggi pomeriggio.»

Dopo queste parole, Minerva annuì soddisfatta. Le cose stavano andando bene. Una volta recuperati i cani, avrebbero avuto tutto il necessario per il colpo. A quel punto non restava che aspettare che il direttore generale fissasse una data per il prossimo camion blindato.

CAPITOLO 17

Tre giorni dopo.

Delle cinque notti trascorse a Caleta Olivia, questa fu quella in cui Minerva dormì peggio. Innanzitutto perché, secondo i suoi calcoli, il direttore stava per chiamare il prossimo camion blindato. E poi perché Mac e Pata erano arrivati con un cane nel cuore della notte.

Era il terzo cane in tre giorni. Dopo averlo lasciato con gli altri due nel cortile, Mac scambiò due parole con lei in cucina e poi andò a letto. Pata, invece, accese il bollitore.

«Non hai sonno?» gli chiese Minerva.

«Un po', ma se bevo del mate mi passa.»

«Hai provato a dormire?»

«Devo portare via la cagnetta.»

Si riferiva alla cagna in calore che aveva preso dal canile municipale per attirare i tre maschi che ora dormivano in cortile.

«Dove la porti?»

«Da Sandra.»

Sandra era sua moglie. Minerva l'aveva incontrata solo una volta, cinque anni prima, alla festa di Capodanno dei dipendenti di Cerro Retaguardia.

«Vai a San Julián adesso? Hai intenzione di guidare per trecentocinquanta chilometri senza dormire?»

«Prima ha guidato Mac. Ho dormito tre ore di fila.»

Minerva cercò di convincere Pata ad aspettare il giorno dopo, ma non riuscì a farlo ragionare.

«Sono tre giorni che usiamo quella cagna come esca, Minerva. Si è meritata una bella vita e non voglio farla aspettare un altro minuto. Sandra si prenderà cura di lei.

Si faranno compagnia a vicenda. E oltretutto è in calore, non posso lasciarla con gli altri tre.»

«Per essere un delinquente, hai un cuore d'oro» disse lei, dandogli un bacio sulla testa calva.

Tornò a letto. Dieci minuti dopo sentì l'Incognita allontanarsi. Due ore più tardi riuscì ad addormentarsi.

***

«Mac, sei lì?» chiese Minerva la mattina dopo, sulla porta del bagno. Dall'altra parte, l'acqua della doccia smise di scorrere.

«Sì, che c'è?»

«Vado con Ferro dal ferramenta. Ti servivano un paio di cose, no?»

«Sì, c'è una lista sul comodino in camera mia. Prendila pure.»

«Perfetto» disse lei, allontanandosi dalla porta.

Cinque sere prima avevano fatto un sorteggio e a Mac era toccata una delle camere più grandi della casa. Quando Minerva entrò, trovò il letto a due piazze rifatto alla perfezione, come quello di un albergo. Sul comodino, accanto al portafoglio e al telefono di Mac, c'era il foglio di carta piegato che stava cercando.

Prima di prenderlo, si fermò un attimo a guardare il vecchio armadio di legno accanto al letto. Lo aprì e fu sopraffatta dal profumo di abiti puliti. I pochi vestiti che non erano appesi alle grucce erano perfettamente piegati sugli scaffali. C'era qualcosa di rassicurante nel constatare che il responsabile di una parte così importante del piano era ordinatissimo.

Chiuse l'armadio, prese la lista e fece per uscire. Ma, dopo aver fatto due passi, si fermò di colpo. Sapeva che era un errore, ma non riuscì a trattenersi e prese il portafoglio. Si giustificò dicendo a se stessa che, in fondo, lei era il capo della banda: più sapeva di ciascun membro, meglio era.

Quando lo aprì, vide che ci aveva azzeccato la sera in cui avevano giocato a carte. All'interno trovò una foto di lui con una donna e tre bambini. Lei era bellissima, due occhioni marroni che guardavano la macchina fotografica e labbra perfettamente disegnate che sorridevano mentre Mac le baciava una guancia. Gran parte del suo corpo era coperto dai tre bambini davanti a lei. Il maggiore aveva il sorriso e i denti bianchi identici a quelli di Mac. Quello di mezzo, i suoi riccioli. E il più piccolo, gli stessi occhi scuri. Tutti e tre erano, ognuno a modo suo, un incrocio tra Mac e quella donna di una bellezza tremenda.

Ecco la conferma, concluse Minerva. Un altro che cercava di sedurla mentre una famiglia lo aspettava a braccia aperte. E lei, come una cretina, gli aveva detto che gli avrebbe raccontato la sua vita su una spiaggia dei Caraibi se la rapina fosse finita bene.

Aveva ancora il portafoglio in mano quando il telefono vibrò nella sua tasca. Era un'e-mail. Il direttore di Entrevientos aveva appena prenotato un camion blindato per quattro giorni dopo.

CAPITOLO 18

Strada Provinciale 47, Santa Cruz, Argentina. Il giorno prima del colpo.

Faceva freddo, ma a Pata sudavano le ascelle dal nervosismo.

«Mi sa che sta arrivando» disse Mac passandogli il binocolo.

Nel cerchio sfocato delle due lenti, Pata scorse una nuvola di polvere all'orizzonte. Davanti, solo una minuscola macchiolina blu.

Avevano scelto quel punto della strada perché era il più pianeggiante di tutti. Potevano individuare un veicolo a quindici chilometri di distanza, proveniente sia da nord che da sud.

Pata aprì la portiera posteriore dell'Incognita e si caricò sulle spalle una pila di coni arancioni. Ogni volta che ne posava uno sulla ghiaia, il cuore gli batteva un po' più forte. L'ultima volta che aveva fatto una cosa del genere, sull'asfalto fra Tres Cerros e Gallegos, era finito in prigione per quattro anni e aveva quasi perso Sandra.

Ma adesso era diverso, si disse mentre indossava un gilet catarifrangente dello stesso colore dei coni. In primo luogo perché se il giorno successivo fosse andata bene, avrebbero risolto per sempre i loro problemi di denaro. E secondo, perché il camion che si stava avvicinando non era carico di televisori fabbricati nella Terra del Fuoco. In realtà, non aveva nessun carico.

Una volta sistemati tutti i coni, tornò sul fuoristrada a prendere un cartello di lamiera. Percorse un centinaio di metri in direzione del camion e lo appoggiò a terra.

Deviazione.

***

Mentre i freni emettevano l'ultimo soffio, l'autocisterna da trentasettemila litri con il logo YPF si fermò accanto a Pata. Un uomo dai capelli neri e col pizzetto si affacciò dal finestrino.

«Che succede, capo?» gli chiese.

«Dobbiamo riparare una barriera per il bestiame sulla strada» disse Pata, indicando oltre i coni.

«La deviazione è molto lunga?» domandò il camionista.

«Dieci chilometri. Ma vai piano, perché la strada è complicata. Viaggi pieno o vuoto?»

«Vuoto. Ho appena scaricato alla miniera di Entrevientos» disse, indicando all'indietro con il pollice.

«Ah, allora sei appena partito.»

«Non ho fatto nemmeno cinquanta chilometri.»

«Dove vai?»

«A Bahía Blanca.»

«Ti resta da fare un bel pezzo, allora. In bocca al lupo.»

«Grazie, amico» rispose il camionista, guardando verso la deviazione. «Buon... Aspetta, c'è un tuo collega che ti fa dei segni. Forse ora posso passare per la strada normale.»

«Non credo» rispose Pata, passandosi una mano sulla barba.

Non riusciva a capire se l'uomo con il gilet arancione catarifrangente che si stava avvicinando con la mano alzata fosse Mac o Polvere. In ogni caso, qualcosa stava andando storto.

«Aspetta qui, per favore.»

Camminò velocemente verso il suo compagno. Quando si avvicinò un po', riconobbe la figura massiccia di Polvere. Lo incontrò a circa sessanta metri dal camion.

«Cosa c'è?» chiese.

«Non sta arrivando nessuno, da nessuna parte» rispose Polvere senza nemmeno rallentare.

«E che vuol dire?»

«Che siamo fortunati. Vieni.»

Che gli prende, a quest'idiota? si chiese Pata. Aveva un brutto presentimento.

«Fermati. Cosa stai facendo, Polvere?»

Ma il suo compagno non si fermò e raggiunse il camion.

«Stiamo finendo» lo sentì dire al camionista dopo aver alzato la mano per salutarlo. «Se aspetti altri due minuti, puoi passare.»

«Ottimo, grazie mille» rispose l'autista sporgendo mezzo busto fuori dal finestrino.

«Ehi, stai perdendo del liquido» disse Polvere, facendogli segno sotto l'asse anteriore.

«Davvero? Che strano, non c'è nessuna spia accesa.»

«E non è una goccia, eh? Sta cadendo a fiotti. C'è già una pozzanghera così.»

Pata vide che il suo compagno disegnava con le mani un cerchio grande come una pizza.

«Oh, no! Porca puttana!» protestò il camionista mentre apriva la portiera.

Non appena l'uomo poggiò un piede a terra, Polvere gli puntò la calibro nove alla testa.

«Spegnigli il GPS» disse a Pata.

Obbedì controvoglia. Polvere aveva cambiato il piano.

***

«Cos'hai combinato, stronzo?»

«Ho reso le cose più semplici.»

Polvere gli parlava dandogli le spalle. Si erano fermati a fare pipì prima di tornare sulla strada asfaltata. Il camionista, legato mani e piedi sul pavimento della cabina del camion, era sorvegliato da Mac.

«Questo non è rendere le cose più semplici, è cambiare il piano all'ultimo minuto. Se abbiamo deciso di puntare l'arma contro il camionista dopo la deviazione, gli puntiamo l'arma *dopo* la deviazione. Non puoi fare di testa tua così.»

«Pata, mi aspettavo un commento del genere da quella ragazzina che l'ultima volta che ha fatto qualcosa di illegale ha copiato i numeri delle carte di credito, ma ti ci metti pure tu? A volte bisogna improvvisare, soprattutto quando si presenta un'opportunità migliore.»

«L'opportunità migliore è quella con il rischio minore. È più facile imbattersi in qualcuno su una strada provinciale che su una stradina interna di un ranch.»

«Abbiamo incrociato qualcuno?»

«No, ma poteva capitare.»

«Senti, dimmi una cosa, hai mai visto un veicolo che non solleva un polverone sulla ghiaia? Se fosse arrivato qualcuno, lo avremmo visto da chilometri di distanza, proprio come abbiamo visto il camion.»

Pata scosse la testa. Quel tipo poteva ficcarli in un grosso guaio. L'aveva capito dal giorno in cui lo aveva incontrato al parco avventura di Mac.

«La prossima volta, e te lo chiedo per favore, non cambiare il piano» disse con il tono più pacato che riuscì a trovare.

«La prossima volta, se vuoi che uno segua le istruzioni senza riflettere, portati un robot» gli rispose l'altro, chiudendosi la patta dei pantaloni.

CAPITOLO 19

San Rafael, Mendoza, Argentina. Due mesi e mezzo prima.

Minerva girò il collo da entrambi i lati e alcune vertebre scricchiolarono. Era stanca e fuori era buio già da un po'. L'unica luce nella cupola geodetica veniva dal proiettore, che ora mostrava un'immagine aerea dell'impianto.

«Visto che è geograficamente isolata, Entrevientos non è collegata a nessuna linea elettrica né a un cablaggio per la comunicazione» cominciò a spiegare.

«Come fanno a produrre elettricità?»

Puntò il laser su un recinto quadrato su un lato dell'impianto.

«Con il gasolio. Hanno sei serbatoi da centomila litri ciascuno. Quando la miniera lavora a pieno regime, la scorta non dura più di due settimane.»

«Consuma più del mio Hummer V8» commentò Polvere.

«Funziona quasi tutto a elettricità, dal riscaldamento delle stanze al sistema di purificazione dell'acqua. E quello che non è elettrico va direttamente a gasolio, come i forni di fusione del doré.»

«E cosa succede se finiscono il carburante?» chiese Mac.

«Non è mai successo, ma dovrebbero chiudere l'impianto ed evacuare l'insediamento. Lascerebbero solo un minimo di sorveglianza in tutto il giacimento. Però per farlo accadere dovremmo chiudere le strade d'accesso per più di un mese.»

«Non avevi detto due settimane?» chiese Polvere.

«Quindici giorni se lavorano al massimo, ma non appena i livelli di carburante calano, cala anche l'attività. L'arresto totale di tutti i processi è l'ultima risorsa, perché costa moltissimo alla compagnia.»

A Minerva sembrò di cogliere un luccichio negli occhi di Polvere. Come quando a un bambino viene in mente un gioco divertente.

«E se facessimo saltare la centrale elettrica?» suggerì. «Rimarrebbero senza corrente e dovrebbero essere evacuati.»

Minerva scosse la testa.

«Potrebbe morire qualcuno. Accanto ai generatori c'è più di mezzo milione di litri di gasolio. E, come abbiamo già chiarito, nessuna delle persone che lavorano lì deve pagarla per quello che faremo.»

O meglio, quasi nessuna, stava per aggiungere.

«Chi si occupa di riempire i serbatoi?» chiese Ferro.

«Una processione infinita di camion della YPF. Ne arrivano due al giorno con trentasettemila litri ciascuno. Se nevica, piove o succede qualcosa che glielo impedisce, aspettano, ma si accumulano. E non appena le strade migliorano, entrano tutti insieme. Ho visto code di addirittura otto camion. E quando le scorte di gasolio scendono a un livello critico, entrano direttamente senza essere pesati nel Gate.»

«Da dove vengono?» chiese Mac.

«La raffineria più vicina è a Bahía Blanca, a 1.400 chilometri di distanza.»

«Ma non c'è il petrolio nella zona di Comodoro?»

«Sì, è uno dei giacimenti più importanti del Paese» intervenne Pata, «ma dal petrolio si estraggono centinaia di derivati. Combustibili, solventi, materie plastiche e così via. La maggior parte della domanda di questi prodotti è nel centro del Paese, quindi è molto più redditizio spedire il greggio e raffinarlo lì.»

Polvere sollevò le sopracciglia e incurvò la bocca all'ingiù.

«Ogni giorno s'impara qualcosa di nuovo.»

«E questo gioca a nostro favore» continuò Minerva, «perché un camion ci mette due giorni ad arrivare a Entrevientos dalla raffineria.»

«Saranno controllati via GPS, immagino» azzardò Pata.

«Certo. E tu lo spegnerai.»

«Io? Non ho idea di come si faccia. Ai miei tempi non c'era.»

«Mancano due mesi e mezzo. Non credo che avrai dei problemi a trovare un esperto in questo campo che ti insegni come si fa.»

CAPITOLO 20

Entrevientos. La sera prima del colpo.

Ferro era da solo al volante dell'Incognita e procedeva lentamente lungo la strada sterrata. Aveva guidato per più di cinque chilometri a fari spenti, ma la luna quasi piena gli permetteva di vedere la strada abbastanza bene.
Minerva aveva calcolato anche questo, pensò.
Imboccò il sentiero che portava a un ranch e si fermò nel bel mezzo della campagna. Gli ultimi due chilometri che mancavano al Gate doveva farli a piedi.
Sentì la tensione dei nervi in ogni muscolo del corpo. Anche se aveva ormai perso il conto delle rapine a cui aveva partecipato, questa era diversa. In primo luogo, per il posto. E in secondo luogo perché, cosa di cui nemmeno il suo amico Polvere era al corrente, era la prima volta che rubava di sua spontanea volontà.
Quando scese dalla macchina, il vento del primo mattino gli gelò il viso. Si mise le mani in tasca e infilò il mento nel colletto del cappotto. Camminò in direzione dei fari che da lontano illuminavano il Gate come uno stadio da calcio.
A cinquecento metri, si addentrò nel campo. Se avesse proseguito ancora lungo la strada, chiunque si fosse affacciato alla finestra lo avrebbe visto. Non poteva rischiare, anche se all'una di notte, in pieno inverno, le guardie giurate molto probabilmente stavano sonnecchiando sulle loro sedie.
Scavalcò il basso recinto di filo spinato, messo lì per contenere le pecore allevate nel ranch di Entrevientos molto prima che in quel luogo venisse scoperta una delle

più grandi miniere d'oro dell'Argentina. Era strano, pensò Ferro: mezzo chilometro più in là c'era un posto di blocco severo come quello di un aeroporto, ma lungo il resto del perimetro chiunque poteva scavalcare un recinto alto un metro ed entrare a piedi.

Camminò con cautela, usando la luce della luna per vedere dove poggiava i piedi. Non c'era pericolo di inciampare in un cespuglio o di rompersi una caviglia in una trappola. Tutte le luci del Gate erano orientate verso l'accesso dei veicoli. Illuminavano un tratto della strada provinciale, il parcheggio e i primi cento metri della strada che portava all'insediamento. Eppure, nessuno dei fari era puntato sul campo dove lui avanzava in modo sempre più furtivo.

Cercava di poggiare i piedi a terra lentamente, per non fare rumore. Era difficile che una guardia giurata fosse in giro in quell'alba gelida, ma la riuscita dell'intero piano dipendeva da ciò che stava per fare. La prudenza non era mai troppa.

Raggiunse il retro del più piccolo dei tre prefabbricati. Era un container squadrato di appena tre metri per due. Appoggiò l'orecchio alla parete e sentì un ronzio costante.

Lo aggirò con cautela fino ad arrivare alla porta. Prima di estrarre i grimaldelli dallo zaino, fece la prima cosa che faceva sempre quando gli veniva chiesto di aprire una serratura: girò il pomello. La porta si aprì senza opporre la minima resistenza.

Cominciamo con il piede giusto.

All'interno della stanzetta, il rumore era assordante. Accese una torcia e illuminò con il fascio di luce il generatore diesel che forniva l'elettricità al Gate. Senza quel generatore sarebbero spariti la luce, il metal detector, le comunicazioni e la pesa per i camion.

Tirò fuori dallo zaino una scatola di plastica grande come una saponetta. Seguendo le indicazioni di Mac, la attaccò col nastro biadesivo sotto il controller elettronico del generatore. Fece un passo indietro e annuì, soddisfatto. Era impossibile vederla senza inginocchiarsi.

Spense la torcia e uscì in silenzio dalla stanzetta.

E ora, via con la rapina, pensò, mentre si riaddentrava nel campo, camminando al buio verso l'Incognita.

QUARTA PARTE

Il colpo

CAPITOLO 21

16 luglio 2019, ore 04:58.

Dal sedile del passeggero dell'Incognita, Minerva osservava il bagliore delle luci oltre l'orizzonte. Per qualche strano meccanismo del suo subconscio, smise per un attimo di pensare al piano, alla banda e alle conseguenze di ciò che stavano per fare. Le venne in mente che, nel giro di qualche anno, quella specie di città in mezzo al nulla non sarebbe più esistita. Al massimo vent'anni e i macchinari avrebbero prosciugato tutte le vene. Gli addetti ai forni avrebbero versato l'ultimo lingotto nello stampo. E in breve tempo non sarebbe rimasto nemmeno uno dei milleduecento dipendenti di Entrevientos.

Là dove adesso c'era un'industria, sarebbero rimaste solo le rovine. Era la maledizione della Patagonia. Dallo stabilimento di macellazione Swift alle miniere di sale di Cabo Blanco. Dalla ferrovia transoceanica alla stazione baleniera delle isole Georgias del Sur. Rottami di un tempo glorioso.

«Siamo già a Entrevientos» disse Pata, scuotendola dal suo stato di trance.

Indicò il finestrino. La luna quasi piena illuminava una serie interminabile di pali di legno che reggevano sei linee di filo spinato fino al ciglio della strada, marcando uno dei confini del giacimento. Quattro ore prima, a venti chilometri di distanza, Ferro aveva scavalcato la stessa recinzione precaria per mettere in moto il piano.

Minerva si girò e guardò dietro di sé. Dal sedile posteriore, Polvere annuì. Il momento era arrivato.

Si infagottò in un giubbotto con il logo Inuit Gold e la scritta "Giacimento Entrevientos" ricamata sul petto. Le era stato consegnato qualche mese prima del suo ultimo giorno di lavoro alla miniera.

«Ci vediamo tra poco» disse Pata.

«A dopo» rispose lei, e scese dalla macchina insieme a Polvere.

Fu accolta da un vento gelido che le sferzò il viso, ma che le sembrò un balsamo sul cuoio capelluto irritato dalla tinta. Mentre Pata svaniva con l'Incognita nell'oscurità della notte, guardò di nuovo il semicerchio di luce artificiale dietro l'orizzonte.

«Andiamo. Se non ci sbrighiamo, congeleremo» disse Polvere, passando prima una gamba e poi l'altra al di sopra del filo spinato.

Mancavano tre ore prima che il sole spuntasse per riscaldare un poco quella mattina di luglio. Tre ore in cui avrebbero dovuto camminare, prima al buio e poi alla luce fioca dell'alba, per arrivare in cima all'unica collina nel giro di trenta chilometri.

«Non esagerare. Due gradi sotto zero non sono niente» rispose lei.

E mise piede, per la prima volta dopo sette mesi, a Entrevientos.

CAPITOLO 22

16 luglio 2019, ore 08:07.

Polvere e Minerva raggiunsero la vetta del Cerro Solo alle otto di mattina, quando l'orizzonte si stava già schiarendo alle loro spalle. In meno di mezz'ora, i primi raggi di sole avrebbero illuminato la punta dell'antenna alta ventinove metri che collegava Entrevientos al mondo.

Ai piedi dell'antenna c'erano cinquantasei pannelli solari e un container privo di finestre, simile ai prefabbricati del resto del giacimento. All'interno si trovavano tutti gli impianti di comunicazione e le batterie che li alimentavano.

Minerva guardò verso sud. Le luci dell'impianto di lavorazione erano ancora accese. Nonostante la distanza, riuscì a distinguere facilmente l'edificio più alto, che alloggiava il mulino per la frantumazione delle pietre. E proprio lì accanto, la *gold room*. Lì dentro c'era il caveau.

Oltre l'impianto brillavano, più deboli, le luci dell'insediamento, la città artificiale dove Minerva aveva trascorso diversi anni della sua vita. Era così prefabbricato e provvisorio che una volta qualcuno le aveva detto: "Se vieni qui con un cacciavite ti porti via tutto".

Si voltò verso Polvere. Il suo compagno si era già infilato i guanti di lattice e stava prendendo un troncabulloni dallo zaino. In meno di venti secondi, il lucchetto che proteggeva la porta del container cadde a terra.

Anche Minerva indossò un paio di guanti, facendo scivolare quello sinistro sopra il polsino che nascondeva il braccialetto. Poi si coprì la testa con un berretto da chirurgo.

«Mettiti questo» disse a Polvere, porgendogliene un altro identico.

Entrarono. Minerva si chiuse la porta alle spalle e il vento che le aveva sferzato il viso per tre ore scomparve improvvisamente. Ora l'aria era ferma e calda. Aveva sempre pensato che qualcuno avrebbe dovuto inventare una parola per quella sensazione. Se ce n'era una in giapponese per i libri comprati ma non letti, o una in tedesco per il desiderio di viaggiare e vedere il mondo, perché non poteva essercene una per il sollievo che si prova quando si chiude una porta e si smette di essere colpiti dal vento? In Patagonia, una parola del genere sarebbe estremamente utile.

L'interno del container era illuminato solo dalle piccole spie dei dispositivi elettronici. Alcune lampeggiavano, altre erano fisse. Guardandole, Minerva sentì un groppo in gola. Otto mesi prima si era chiusa lì dentro per piangere, illuminata da quella costellazione multicolore.

Azionò l'interruttore e la stanza si riempì di luce. C'erano dei server nuovi, ma la disposizione delle apparecchiature era la stessa. Il *rack* con i ripetitori per radio, telefoni e internet era ancora al suo posto. E, in fondo, le venti batterie. Ognuna installata sotto la sua supervisione.

Si accovacciò accanto a una di esse e armeggiò un po' fino a trovare un grosso cavo rivestito di gomma rossa.

«Questo è quello che porta l'elettricità dalle batterie a tutti i dispositivi» disse a Polvere.

Guardò l'orologio che portava al polso.

«Ma dobbiamo tagliarlo solo fra due ore e mezza, quindi mettiti comodo.»

Si sedettero per terra. Lei tirò fuori un notebook dallo zaino e si collegò alla rete della compagnia mineraria. Aprì il server della posta e inserì i dati per inviare un'e-mail dall'account del direttore generale.

Nel corpo del messaggio incollò il testo che aveva scritto giorni prima. Come oggetto digitò "Importante: avviso carburante". E premette il pulsante di invio.

Se fosse stata superstiziosa, avrebbe incrociato le dita.

CAPITOLO 23

San Rafael, Mendoza, Argentina. Due mesi e mezzo prima.

«E perché?» chiese Polvere.

Minerva non riusciva a sollevare gli occhi per guardarlo. Si fissava i piedi, a quattro metri da terra.

«Perché cosa?»

Si sentiva le gambe molli. Ora la prova consisteva nel passare da una pianta di eucalipto all'altra infilando i piedi dentro una serie di staffe appese a un cavo.

«Perché rischiare di perdere tutto per rubare?» sentì che diceva Polvere dalla piattaforma che doveva raggiungere. «Tutti hanno un loro motivo.»

«E il tuo qual è?»

«Che non so fare altro. Ma tu sei una ragazza giovane, di successo, laureata, che bisogno hai di ficcarti in un casino del genere?»

«Non sai nulla di me» disse Minerva, e le parole le uscirono come una serie di grugniti. Non tanto per la domanda di Polvere, quanto per la forza che doveva esercitare per tenersi ferma sulle staffe penzolanti.

«Qualcosa la so. Il Banchiere mi ha detto che eri del giro. Mi ha raccontato la tua storia con le carte di credito, ma è stata una vita fa. Perché vuoi ricominciare adesso? Non mi quadra.»

Riuscì a passare alla staffa successiva, sfogando la rabbia che provava per il fatto che il Banchiere avesse raccontato la sua storia a quell'energumeno.

«E se c'è qualcosa che non mi quadra non mi piace fare questo lavoro. Mi rende nervoso, capisci cosa intendo?

Non mi fido. Comunque, il motivo lo so o posso immaginarmelo.»

«Noia!» gridò il Banchiere alle spalle di Minerva. «La noia è un ottimo motivo.»

Lei si fermò con i piedi infilati in due staffe, afferrando saldamente i cavi. Poi alzò lo sguardo e osservò entrambe le piattaforme. Dietro di lei, quella che aveva lasciato all'inizio della prova, dove il Banchiere attendeva il suo turno. Davanti, quella d'arrivo, dove Polvere la guardava con un sorriso sornione, appoggiato al tronco dell'eucalipto.

Cercò di non far vedere quanto si sforzasse di evitare che le gambe le si divaricassero come una forbice. Riuscì persino a liberare una mano per fare un cenno alle spalle del Banchiere, dove Ferro e Pata stavano iniziando il circuito.

E sorrise.

«Vendetta, bisogno, depressione» disse. «Sono tutte ragioni valide, naturalmente. Ma secondarie. Il vero motivo è uno solo. I soldi.»

«Io non lo faccio per quello, e tu lo sai bene» ribatté il Banchiere.

«Ma se in quel caveau ci fossero delle balle di erba medica, le ruberesti lo stesso? Per divertimento? E tu? E loro? Non prendiamoci in giro. Siamo *tutti* qui per i soldi. Poi, quello che faremo coi quei soldi sono fatti nostri.»

Polvere scrollò le spalle. *Se devo crederti, ti credo*, diceva con quel gesto. *Ma non sono mica convinto.*

Normale, pensò Minerva. Non bisognava essere un genio per capire che era ben altro a motivarla. Ma non era il caso di ammetterlo di fronte a quei tizi.

«Per quanto mi riguarda, è semplice» disse loro. «Non voglio mai più lavorare in vita mia. Voglio andare a grattarmi la pancia su una spiaggia dei Caraibi.»

In fondo c'era del vero nelle sue parole. Se la rapina fosse finita bene, sarebbe andata per un po' in un posto il più lontano possibile dalla Patagonia. A godersi il caldo. A scordarsi del vento. E poi, se si fosse annoiata, magari sarebbe tornata a Barcellona per cercare di trasformare il rapporto con i suoi genitori in qualcosa di più di quattro telefonate all'anno.

Non era più tornata nella sua città natale da quando la famiglia si era trasferita in Argentina, vent'anni prima. Lei aveva quindici anni ed era in piena esplosione ormonale. Aveva vissuto il trasloco come un tradimento. Sentiva che i genitori l'avevano strappata dai suoi amici e dal suo quartiere. E soprattutto dalla nonna, che era morta un anno dopo e che lei aveva dovuto piangere a dodicimila chilometri di distanza. Era diventata un'adolescente problematica. Cattive compagnie da manuale. E quando, otto anni dopo, i suoi genitori avevano deciso di rientrare a Barcellona, lei era rimasta in Argentina. Non tanto per ribellione, ma perché ormai era più *tango* che *sardana*.

Si guardò alle spalle. In lontananza, Pata stava scendendo la scaletta fissata al primo albero del circuito, arrendendosi ancor prima di cominciare.

CAPITOLO 24

16 luglio 2019, ore 10:45.

«È ora» disse Minerva alle dieci e tre quarti di mattina.
Polvere balzò in piedi. Anche a lui quell'attesa era sembrata eterna.
Non appena Minerva fece scattare il troncabulloni sul cavo rosso, la luce sul tetto del container si spense. Anche la costellazione multicolore svanì, finché non rimasero accese solo le spie rosse delle batterie.
Nel buio, Minerva vide Polvere rovistare nello zaino. Il metallo lucido di una calibro nove rifletté le lucine rosse.
«Manca ancora un po', Polvere. Ci vorranno tre quarti d'ora prima che arrivino.»
«Lo so. Bisogna aspettare ancora» rispose in tono quasi triste. Minerva aveva la sensazione che stesse parlando sia a lei che alla pistola.
«Ma questa parte dell'attesa è molto più divertente» continuò Minerva, e fece oscillare il troncabulloni abbattendolo con tutta la sua forza, come se fosse una mazza da baseball. La parte metallica ammaccò uno dei server del *rack*.
Polvere mise via la pistola ed emise la sua tipica risata porcina. Poi sollevò un monitor sopra la testa e lo sbatté contro le batterie in fondo al container.
Minerva infilò la mano dietro i server e afferrò un fascio di cavi. Diede un forte strattone e ne strappò diversi. Alcuni pezzi dei connettori di plastica caddero a terra con un tintinnio.
«Aiutami» gli disse, indicando il *rack*.

Insieme fecero crollare fragorosamente la struttura metallica. A Polvere scappò un grido di gioia che assomigliava molto all'ululato di un lupo.

«Questo sarebbe il momento giusto per dirmi perché hai pianificato questa rapina» commentò, saltando su una tastiera.

«Ancora con questa storia?» rispose lei, ora appesa a uno schermo attaccato alla parete. «Ti ho già spiegato chiaramente che non voglio più lavorare in vita mia.»

«Non quella stronzata. Mi riferisco alla verità. Una ragazza come te ha bisogno di una spinta speciale per fare una cosa del genere.»

«Speciale come?» chiese Minerva, tirando più forte lo schermo.

«Come il padre malato di Ferro. O come il fatto di essere un vedovo con tre figli a carico.»

«Vedovo? Ferro è vedovo?»

«Ferro è vergine. Il vedovo è Mac.»

Lo schermo che Minerva stava tirando si staccò e si schiantò sul pavimento.

«Vedovo?»

«La moglie è morta un anno fa. Non te l'ha detto?»

Lei rimase immobile. Nel container calò di nuovo il silenzio.

«No.»

Da una parte le dispiacque per lui. Dall'altra, si sentì in qualche modo sollevata di aver scoperto che Mac non faceva il galletto con lei mentre la donna della foto l'aspettava a casa coi bambini.

Ma soprattutto si vergognò. Il giorno prima, mentre lei e Mac stavano mettendo a punto la parte più cruciale del piano, avevano avuto una conversazione tesa. E ora Minerva si rendeva conto che era stato tutto un malinteso.

«Se non te l'ha detto è perché gli piaci.»

«Polvere, stiamo per fare la rapina della nostra vita. Concentriamoci, per favore.»

«Gli piaci un sacco. Si vede. E anche a te interessa.»

«Ultimamente l'unica cosa che mi interessa è che il colpo finisca bene.»

«Finirà bene, non ti preoccupare» rispose lui, colpendo un altro server con il tacco dello scarpone. «Sai, sarò pure uno zotico, ma non sono fesso. So che c'è qualcosa che ti spinge a farlo e che non ha nulla a che vedere con i soldi. E avrei voluto che me ne avessi parlato prima di fare il colpo. Ma d'altronde, anch'io avrei voluto fare l'attore porno e non ci sono riuscito.»

Minerva si lasciò sfuggire una risata che risuonò tra le pareti di lamiera. Ora teneva le mani incrociate dietro la schiena. Infilando le dita sotto il polsino, giocherellava con i contorni affilati del puma e del guanaco attraverso il lattice del guanto.

«Hai ragione» disse.

«Su cosa? Che piaci a Mac o che non mi stai dicendo la verità?»

«Che sei uno zotico.»

CAPITOLO 25

16 luglio 2019, ore 10:44.

«Ciao, amore mio» disse Pamela con voce sdolcinata all'altro capo del telefono.

«Ti ho svegliata?» chiese lui.

«Prova a indovinare. Sono le undici meno un quarto. Sono andata a letto meno di quattro ore fa.»

Mentre se la immaginava a letto, sotto le lenzuola in biancheria intima succinta, cominciò a sentir arrivare un'erezione.

«Ho tanta voglia di vederti, Pam, tantissima.»

«E anch'io, tesoro. Quando vieni?»

«Appena posso.»

«Al risveglio è quando mi manchi di più» disse lei, con la voce distorta da uno sbadiglio. «Vorrei poter aprire gli occhi e trovarti qui a letto accanto a me. Sai cosa ti farei?»

Lui emise un sospiro, si appoggiò all'indietro sulla sedia e poggiò i piedi sulla scrivania. Lanciò un'occhiata veloce alla porta per assicurarsi di averla chiusa a chiave.

«Dimmelo, su» le disse. «Non vedo l'ora.»

«Comincerei con la lingua, piano piano. Ti piace la mia lingua calda?»

Lui inspirò dal naso, riempiendo i polmoni d'aria.

«La adoro. E cosa mi faresti con la lingua?»

«La farei scivolare su di te. Inizierei dal collo e scenderei sempre più giù...»

«E poi?»

Dall'altro capo della linea calò il silenzio.

«E poi, Pam? Non essere crudele, dimmi.»

Niente.

«Pronto?»

Staccò il telefono dall'orecchio e guardò lo schermo. Non c'era più campo. Tirò fuori dalla tasca l'altro telefono. Quello ufficiale. Quello che usava per il lavoro e per parlare con la moglie e i figli. Neanche quello prendeva.

Tirò giù i piedi dalla scrivania, prese la radio e selezionò il canale assegnato al reparto informatico.

«Sono Carlos Sandoval» disse. «Ci sono dei problemi con la linea?»

«Sembra di sì, signor direttore» rispose Gerardo Mallo dall'altro capo. «Il collegamento cellulare e il ripetitore radio sono caduti.»

«Internet?»

«Anche. Stiamo inizializzando il collegamento satellitare di backup.»

«Sarà successo qualcosa a Cerro Solo?» chiese dopo essersi infilato in bocca una gomma da masticare.

«Molto probabilmente sì, signor direttore. Madueño si sta già preparando per andare a controllare.»

«Mi tenga aggiornato, ero nel bel mezzo di una telefonata importante.»

«Vuole che le passi il telefono satellitare?»

Esitò un attimo, pensando alla frase incompiuta di Pamela. La tentazione di rispondere di sì a Mallo era enorme.

«No, non è necessario.»

Se il suo matrimonio era sopravvissuto per tanti anni, era perché lui sapeva come mantenere separati i suoi affari. Un telefono per una cosa, un altro per un'altra. La famiglia e il lavoro su un dispositivo, Pam e le altre sue amichette su un altro.

E da un anno a questa parte ne aveva anche un terzo. Lo chiamava il telefono rosso, malgrado fosse color argento. Quello sì che era davvero pericoloso. Per questo lo teneva ben custodito.

CAPITOLO 26

San Rafael, Mendoza, Argentina. Due mesi e mezzo prima.

«Proprio perché Entrevientos è un posto così isolato, le comunicazioni sono uno dei suoi punti deboli. Molto più vulnerabili di quelle di una banca, per esempio.»

Minerva si fermò un attimo per osservare i suoi compagni. Le eterne occhiaie del Banchiere le sorridevano con un'espressione maliziosa. Gli occhi del vecchio ladro sprigionavano orgoglio.

Proiettò nuovamente sullo schermo la cartina del giacimento.

«In tutta quella pampa pianeggiante, c'è soltanto una collina, che qualcuno con molta fantasia ha battezzato Cerro Solo. Si trova diciassette chilometri a nord dell'insediamento. In cima c'è una torre con delle antenne per la telefonia mobile, il cablaggio per internet e un ripetitore radio. Come il Gate, anche questo impianto ha un proprio generatore di energia elettrica, perché è molto distante dalle altre strutture. In questo caso sono dei pannelli solari e delle batterie.»

«Quindi, se salta l'antenna, li isoliamo» riassunse Mac.

«Quasi. Gli resta la connessione satellitare a internet.»

«Ed è molto difficile da hackerare?»

«È complicatissimo. Ma chiunque può strappare l'antennina che punta verso il cielo. L'ho installata io stessa. Si trova nell'insediamento, in un container pieno di server che chiamiamo *data center*.»

Chiamavamo, si corresse mentalmente.

«Quindi senza l'antenna di Cerro Solo e senza il collegamento satellitare sono completamente isolati?» insisté Mac.

«Restano senza internet, radio e telefoni cellulari. Ma ci sono i quattro telefoni satellitari. Due si trovano nell'insediamento: uno in infermeria e un altro nel reparto informatico. Il terzo è nello stabilimento dove ci sono le guardie giurate. E il quarto viene portato nel giacimento dalla squadra di esplorazione quando esce in cerca di altre vene, cioè praticamente sempre.»

«Stanno ancora esplorando?» chiese il Banchiere. «Io credevo che prima esplorassero e poi iniziassero la produzione.»

«L'esplorazione non finirà mai. Una volta che la miniera è in funzione, più minerale si trova, più è redditizia. Poco prima che me ne andassi avevano appena scoperto Diana, un filone piuttosto ricco.»

«C'è l'usanza di dare un nome di donna a tutte le vene» spiegò Pata.

«A quanto pare Diana ha allungato di molto la vita del progetto» proseguì Minerva. «Al momento, si stima che ci sia abbastanza materiale per lavorare per almeno altri quindici anni. Ma se ne scoprono altro, la scadenza si allunga.»

«E cosa succede quando finisce la produzione?» chiese Mac.

«Bella domanda.»

CAPITOLO 27

16 luglio 2019, ore 11:06.

Pata fermò il camion davanti al cancello del Gate. Ne uscì un giovane con una divisa nera e una cartellina in mano. Non era lo stesso che dieci giorni prima gli aveva riempito il thermos di acqua calda. Meglio.

Abbassò il finestrino del camion e si sporse per guardare di sotto. Senza sollevare gli occhiali da sole, toccò con le dita la visiera del berretto YPF che gli copriva la testa calva.

«Salve» disse.

«Hai portato il modulo 29?»

Pata annuì e prese dal sedile del passeggero la cartella che Minerva gli aveva preparato. Quando l'allungò all'impiegato dal finestrino, sentì un sudore freddo alle ascelle.

«Aspettami qui un momento» disse il ragazzo, ed entrò nell'edificio quadrato da cui era uscito.

Pata guardò davanti a sé, spingendo la frizione e il freno con tutte le sue forze per controllare il tremolio delle gambe. Se Minerva non aveva fatto bene la sua parte, era la fine. Furono due minuti eterni, durante i quali continuò a passarsi la mano sul viso per grattarsi la barba facendo finta di niente. Se l'era tagliata la sera prima e Polvere gliel'aveva tinta di nero.

La guardia giurata uscì di nuovo dal modulo con la cartellina, ma questa volta dall'altro lato della recinzione metallica. Il cancello cominciò a scorrere da un lato e il ragazzo gli fece cenno di proseguire.

Apriti sesamo, pensò Pata mentre inseriva la seconda e rilasciava la frizione. Avanzò finché l'impiegato non gli fece cenno di fermarsi. Ormai era dentro il complesso di Entrevientos.

Aprì lo sportello del camion in modo che il ragazzo potesse salire il primo gradino della cabina e scrivere su un modulo il numero che indicava il livello del serbatoio. Trentasettemila e duecentoquattordici litri. Vista la flemma con cui l'impiegato svolgeva il suo compito, sembrava che Mac avesse fatto un ottimo lavoro nel falsificare l'indicatore.

«Sali sulla bilancia.»

«È meglio che non mi pesi, sennò mi deprimo» rispose Pata, dandosi delle pacche sulla pancia sporgente. Il ragazzo sfoderò una serie di denti irregolari e gli indicò la bilancia dei mezzi pesanti.

Dopo aver richiuso la portiera della cabina, Pata si chinò in avanti senza farsi notare e azionò l'interruttore che Mac aveva installato sotto il volante. Lanciò un'occhiata al più piccolo dei tre prefabbricati quadrati, dove era alloggiato il generatore elettrico.

Non ci fu alcun rumore. Il ragazzo gli stava facendo cenno di salire sulla bilancia. Premette di nuovo l'interruttore, per sicurezza, ma non sentì nulla.

Non aveva altra scelta che andare avanti.

Ingranò la seconda e, mentre il camion cominciava a muoversi, schiacciò il pulsante più volte.

Che gli venga un colpo a Mac, a Ferro e a quelle puttane delle loro madri.

Aveva già le ruote anteriori sulla bilancia quando un'altra guardia, più anziana, uscì dal modulo principale e gridò qualcosa al suo collega. Quest'ultimo fece segno a Pata di abbassare il finestrino.

«Abbiamo un problema con la luce» spiegò. «Finisci di salire sulla bilancia e aspettaci lì. Appena sarà tutto risolto ti pesiamo e potrai proseguire.»

Pata sbuffò in segno di protesta.

«Saranno solo pochi minuti, vedrai. Non credo che ci vorrà molto.»

Il ragazzo si allontanò dal camion per raggiungere il suo collega nella stanzetta del generatore. Mentre li guardava aprire la porta e indietreggiare di fronte a una nuvola di fumo nero, Pata sorrise.

CAPITOLO 28

San Rafael, Mendoza, Argentina. Due mesi e mezzo prima.

Con calma apparente, Minerva osservò il telecomando che teneva in mano per far scorrere le diapositive. Il suo polso era fermo come quello di una statua. Proiettò sullo schermo una cartina del nord-est della provincia di Santa Cruz su cui aveva ombreggiato l'area ceduta al progetto minerario.

«Il giacimento di Entrevientos è un'area quadrata di circa venti chilometri per venti.»

Nella diapositiva successiva, la miniera occupava l'intero schermo.

«Questo è l'unico punto di accesso» disse, indicando la strada rettilinea che dalla provinciale portava verso sud-est. «Il Gate, di cui vi ho già parlato. Si trova su questa sterrata. Proprio qui.»

Sovrappose un'immagine satellitare alla cartina e puntò il laser in mezzo a tre rettangoli bianchi ai margini della strada.

«Tutti i dipendenti, i lavoratori in appalto e i fornitori che entrano ed escono dalla miniera passano attraverso il Gate. C'è un posto di blocco quasi identico a quello di un aeroporto, con il metal detector e lo scanner a raggi X per i bagagli. Quando le persone passano attraverso questo posto di blocco, una guardia giurata controlla i veicoli con cui entrano o escono. Le perquisizioni sono aleatorie: a volte guardano nel bagagliaio, altre volte sotto i sedili oppure dentro il telaio. Se il mezzo è un'autocisterna, la pesano.»

Fece una pausa per osservare i suoi compagni. Li vedeva pensare ai diversi modi per aggirare il Gate.

«Ha un punto debole. Se salta la corrente, non possono fare nulla. Non chiedono nemmeno alle persone di scendere dai veicoli. E possono comunicare solo via radio.»

I compagni erano ancora assorti nei loro pensieri.

«Il Gate è il primo dei tre controlli di sicurezza che dovremo superare per arrivare all'oro. Ed è molto severo perché, una volta entrati nella miniera, ci si mescola con altre settecento persone.»

Tracciò con il laser il rettilineo perpendicolare alla provinciale che si addentrava nel cuore del giacimento. Poi indicò una serie di edifici rettangolari disposti a scacchiera, come gli isolati di una città.

«Dopo il Gate, ci sono dodici chilometri fino a quello che chiamano l'insediamento. È lì che vivono i lavoratori, che di solito fanno turni di quattordici giorni di lavoro consecutivi seguiti da quattordici di riposo. Lì ci sono le loro camere, la mensa, la sala ricreativa e perfino una palestra. Ci sono anche gli uffici e le sale riunioni. Nell'insediamento ci sono così tante persone che se si riesce a entrare e a comportarsi normalmente, è molto difficile essere scoperti.»

«Parli come se fosse possibile circolare tranquillamente» intervenne Polvere. «Ma proprio tu ci hai detto che è pieno di telecamere e di guardie.»

«Sì» ammise lei. «E vi ho anche detto che è come un paesino in miniatura. Se arriva uno sconosciuto, gli abitanti non corrono a denunciarlo alla polizia.»

«In alcuni paesini lo fanno» obiettò Mac.

«È vero» rise lei. «Ma non in questo. Delle milleduecento persone che lavorano nella miniera, non ce ne sono mai più di settecento alla volta. Le persone si ammalano, cambiano i turni o si scambiano le ferie con un collega, quindi ci sono sempre facce nuove. Non tutti si conoscono. Se ci muoviamo con disinvoltura e con un badge al collo, nessuno ci fermerà per farci delle domande.»

«Potrebbe anche andarci male.»

«È un rischio che dobbiamo correre. Ma ho passato quattro anni lì dentro e so che finché siamo nell'insediamento abbiamo una certa libertà di movimento. Più tardi ci individuano, più tardi arriva la polizia. L'ideale sarebbe riuscire a entrare nella *gold room* prima che se ne accorgano.»

«E se non ci riusciamo?»

«Allora avremo meno tempo per portarci via tutto e sparire.»

CAPITOLO 29

16 luglio 2019, ore 11:22.

Dal camion fermo, Pata osservava la porta aperta della stanza del generatore. Le guardie avevano aspettato che il fumo si disperdesse ed erano entrate da tre minuti. Quando uscirono, il più giovane dei due si diresse verso di lui e disse qualcosa indicando la parte superiore del camion.

«Cos'è successo?» chiese Pata, abbassando il finestrino e seguendo con lo sguardo l'altro, che si stava dirigendo verso il modulo principale.

«Sembra che il problema sia piuttosto serio. Una parte del generatore è esplosa.»

«Ah, e adesso?»

«Facciamo un controllo visivo e poi puoi passare» gli rispose, indicando di nuovo la parte superiore del camion.

Vide l'altro uomo uscire dal modulo con un'imbracatura in una mano e una lunga asta graduata di plastica nell'altra. Gli si gelò il sangue. Minerva non aveva mai parlato di un controllo visivo.

«Mi han detto che l'impianto era a corto di carburante e che dovevamo venire con urgenza» balbettò.

«Sì, stamattina il direttore generale ci ha inviato un'e-mail per accelerare l'arrivo delle autocisterne. Quindi non ti preoccupare, sarà una cosa veloce. La mettiamo dentro, la tiriamo fuori bagnata e via» disse il tizio con un sorriso.

Fa pure lo spiritoso, pensò Pata.

«A parte gli scherzi» continuò il ragazzo, «è un nuovo protocollo che hanno adottato i responsabili del reparto sicurezza patrimoniale. Spegni il motore.»

Nello specchietto retrovisore vide che quello con l'imbracatura si era fermato a un metro dal camion e stava guardando verso la parte superiore della cisterna.

Sbrigati, Pata. Devi farti venire in mente qualcosa in fretta.

Si affacciò dal finestrino fino a sporgersi con quasi metà del corpo e fece cenno all'addetto di avvicinarsi un po'. Poi guardò in entrambe le direzioni.

«Che resti tra noi, ho un problema con l'avviamento» disse sottovoce. «Se spengo il camion, poi non so se riuscirò a farlo ripartire.»

«Se non lo spegni non possiamo fare l'ispezione. E senza l'ispezione non sei autorizzato a passare.»

Pata deglutì. Parlò di nuovo, abbassando ancora di più il tono. Ora le sue parole erano un sussurro, appena al di sopra del vento.

«Avrei dovuto portarlo in officina tre giorni fa, ma il mio figlio più piccolo si è ammalato. Quaranta di febbre, era un casino. Inoltre, mia moglie è incinta di otto mesi. Per favore, fate quello che dovete fare, ma non chiedetemi di spegnere il motore. Potrebbe costarmi il lavoro.»

La guardia giurata lo guardò per un attimo e Pata riconobbe l'espressione nei suoi occhi. Era un padre che pensava al proprio figlio. Probabilmente anche il suo qualche volta aveva avuto la febbre.

L'uomo guardò verso il retro del camion e fece cenno al suo compagno di salire.

«Grazie» disse Pata.

Nello specchietto retrovisore vide che l'altro si stava infilando un'imbracatura molto simile a quella che lui si era messo due mesi prima nella foresta di Mac. Poi lo perse di vista quando sparì con l'asta in mano dietro la cisterna cilindrica. Non riusciva a vederlo, ma sapeva che stava salendo i pioli della scaletta.

Pochi secondi dopo, sentì il suono dei passi degli scarponi sulla cisterna. Si sarebbe accorto che suonava più vuota del solito?

Il sudore ora gli incollava la camicia alla schiena. Il colpo non era neanche cominciato e stava già andando tutto a rotoli.

Riconobbe la serie di rumori metallici. Il tizio aveva sollevato il corrimano pieghevole e vi si era agganciato con il cavo dell'imbracatura. Probabilmente aveva anche già tagliato il sigillo per aprire uno dei portelli della cisterna.

CAPITOLO 30

16 luglio 2019, ore 11:27.

«Cosa sta succedendo?» sussurrò Ferro.
Anche se attutite dalla mascherina di cotone, le parole rimbombarono nella cisterna vuota.
Mac si portò una mano alla fronte per spegnere la torcia che aveva sulla testa, ma a metà gesto cambiò idea. Se qualcuno apriva uno dei portelli e scopriva che non c'era carburante, era la fine. La luce era il problema minore.
«Sembra che ci sia qualcuno qui sopra» disse a Ferro, facendo segno sopra le loro teste.
Il suo compagno mostrò la calibro nove all'autista a cui avevano rubato il camion.
«Tu sta' zitto.»
L'uomo annuì come meglio poteva. Era coricato sul pavimento curvo, con le mani e i piedi legati da fascette. Sul bavaglio gli avevano messo una mascherina identica alla loro. Anche se avevano passato ore a lavare e a ventilare la cisterna, la puzza di gasolio era ancora sufficiente a provocare una buona dose di nausea.
Dalla parte anteriore della cisterna, uno dei border collie emise un lamento stanco, privo di energia. La dose di sedativo ricevuta li aveva intontiti, ma non del tutto addormentati.
«Zitto, coglione» sussurrò Ferro al cane, mentre tirava il carrello della pistola. Mirò verso l'alto.
«Se spari qui dentro, oltre a mandare a puttane il piano, diventeremo sordi» lo avvertì Mac.
«Hai un'idea migliore?»

Un cerchio di luce grande come un pallone da spiaggia cominciò ad apparire sopra le loro teste. Qualcuno stava aprendo uno dei portelli.

Mac poteva vedere il braccio di Ferro tendersi e l'indice pronto a premere il grilletto. Si tappò le orecchie. Ma a quel punto sentì il boato dei freni del camion che venivano rilasciati.

«Ehi, fermati! Ma che fai, stronzo?» gridò il tizio che camminava sulla cisterna.

Il mezzo si era rimesso in marcia, ma l'inerzia dell'avviamento fu interrotta di colpo e il camion passò dal moto all'arresto in una frazione di secondo. Mac, Ferro e l'ostaggio furono scagliati in avanti, sbattendo contro uno dei frangiflutti in acciaio inossidabile che dividevano la cisterna in diversi compartimenti. Il portello ricadde al suo posto e il cerchio di luce scomparve.

Se tutti gli strumenti, le armi e le attrezzature che trasportavano non fossero stati assicurati con delle corde, il rumore li avrebbe traditi.

E se i cani fossero stati legati con un collare invece che imbragati, sarebbero morti impiccati.

***

Pata fece un respiro profondo. Aveva appena premuto i freni e il camion si era fermato di botto, sbandando appena sulla ghiaia.

«Ma che fai? Sei pazzo?» sentì gridare alla guardia che era rimasta a terra.

Tirò il freno a mano e corse fuori dal camion, con le mani sulla testa. Girò intorno alla parte anteriore del camion e vide che l'altro penzolava appeso all'imbracatura su un lato dell'autocisterna.

«Resta lì, ora salgo ad aiutarti» gli disse.

«No» disse il più giovane. «Non si può salire senza imbracatura.»

«Non preoccuparti, non mi vedrà nessuno» rispose Pata, indicando la telecamera di sicurezza installata nell'angolo dell'edificio bianco. «Se non c'è la luce, non ci sono neanche le telecamere.»

Corse verso il retro della cisterna e si fermò davanti alla scaletta di alluminio. Guardò in alto.

Sono solo tre metri e mezzo, si disse. Sentì un brivido, ma pensò che fosse il vento a raffreddare la sua schiena sudata. Trattenne il respiro e si arrampicò sul paraurti posteriore. Poi sul primo dei quattro pioli di alluminio.

Non guardare di sotto.

CAPITOLO 31

San Rafael, Mendoza, Argentina. Due mesi e mezzo prima.

Pata, sulla piattaforma in cima all'eucalipto, guardava di sotto. Gli veniva da vomitare.

«Non ce la faccio.»

«Ma come non ce la fai?» sentì che gli gridava Ferro da un altro albero. «Sì invece, dài. L'unica cosa che devi fare è sollevare le gambe e appenderti al cavo.»

«Non serve nemmeno appendersi» intervenne Mac, mettendogli una mano sulla spalla. «Basta che ti siedi sulle cinghie dell'imbracatura che passano intorno alle cosce. È come sulla seggiovia. Non sei mai andato a sciare?»

«Mai.»

«Non fa niente. L'importante è che non serve fare forza con le braccia.»

«Ma ho paura! In che lingua te lo devo dire?»

Mac gli afferrò l'imbracatura e tirò un po'.

«Questi moschettoni sono gli stessi che usano gli alpinisti per agganciare le tende quando devono passare la notte su una parete verticale. E se loro riescono a dormire appesi a cinquemila metri, ti garantisco che a te non succederà nulla su un albero.»

«Mac, puoi spiegarmi tutto quello che vuoi, ma a me le vertigini non passano. Si chiama acrofobia. È una cosa seria, cercala su internet. Io, se vedo un serpente, se vuoi lo afferro a mani nude e gli do un bacio in bocca. Dei ragni non me ne frega niente. Ma con le vertigini sto malissimo.»

«Meno male che non stiamo per rapinare un grattacielo» gli gridò Ferro.

«Se vuoi scendi e ci vediamo alla reception quando abbiamo completato il circuito» suggerì Mac, indicandogli i gradini attaccati al tronco su cui si era appena arrampicato. «Sai come lo chiamiamo da queste parti?»

«No.»

«Scappare come un coniglio.»

CAPITOLO 32

16 luglio 2019, ore 11:29.

Appollaiato sulla scaletta, Pata pensava ai suoi compagni dentro la cisterna e a quelli che lo aspettavano a Cerro Solo. Contavano tutti su di lui. Questa volta non poteva scappare come un coniglio.

Salì gli altri pioli piano piano. Ognuno di essi era un calvario. Una volta raggiunto l'ultimo, strisciò a pancia in giù sulla cisterna e si avvicinò al cavo d'acciaio, teso per il peso della guardia che penzolava.

Quando si sporse dal lato in cui non c'era il corrimano gli girò la testa.

Non puoi essere così cagasotto. Non sono neanche quattro metri.

«Amico, scusami!» disse all'uomo che penzolava. «Dovevi vedere che ragno assurdo c'era.»

«Aiutami a scendere!»

La guardia giurata più giovane stava correndo verso il camion con una scala pieghevole. La appoggiò alla cisterna accanto al suo collega e gli guidò il piede finché l'uomo non trovò un appiglio. Il cavo si allentò e, non appena Pata riuscì a sganciare il moschettone, l'uomo scese.

Dall'alto, con il corpo contro la cisterna, Pata osservava le due guardie. Doveva dire qualcosa di convincente, e alla svelta.

«Era grande così» gridò loro, disegnando un cerchio col pollice e l'indice.

«Che cosa?» chiese quello che aveva portato la scala.

«Il ragno. E pure peloso. È stato un riflesso. Quando ho visto che mi stava salendo sulla gamba, ho mollato i pedali e il camion è partito. Non avrei dovuto frenare così bruscamente. Scusami, amico. Stai bene?»

La guardia giurata, ancora stordita, annuì e tornò verso il retro dell'autocisterna.

Sembravano credergli. Per fortuna quei due non avevano la benché minima idea di come si guida un camion. Senza l'aiutino che Pata aveva dato all'acceleratore, il veicolo non sarebbe andato avanti. E se dentro l'autocisterna ci fossero state davvero trenta tonnellate di gasolio, quella frenata brusca sarebbe stata impossibile.

«Non serve che tu salga» gridò. «Ci penso io.»

Strisciando, raccolse l'asta graduata, che era rimasta attaccata al corrimano, e la infilò nel buco del portello.

«La infilo fino in fondo e poi la tiro fuori, giusto?» gridò, guardando dritto nel buco.

«Sì» gli risposero quelli di sotto.

«Perfetto.»

Fece scendere l'asta un palmo alla volta, il più lentamente possibile.

«Questa cosa serve per misurare il livello del gasolio, per non imbrogliare sul peso?» chiese. «Qualche anno fa avevano sventato una truffa simile, sui camion che portavano il carburante nei giacimenti petroliferi di Comodoro. Per colpa di pochi ci rimette tutta la categoria.»

Non gli risposero.

L'asta toccò il fondo. Era ora di tirarla fuori. Pata sporse la testa per guardare le due guardie.

«Ho il cuore che batte ancora a mille» disse. «Non sapete quanto mi fanno schifo quelle bestie. Non ne avevo mai visto uno così grande. E dire che sono nato e cresciuto da queste parti e sono abituato ai ragni, ma quello era enorme. Mi sa che veniva dal nord, dentro le valigie. Il turno precedente di questo camion l'ha fatto un ragazzo di Tucumán. L'altra settimana è tornato là da sua moglie.»

«Può darsi» disse uno dei due senza alcun interesse.

«Tira fuori l'asta» disse l'altro.

Pata ci provò, ma l'asta di plastica era bloccata come la spada di Excalibur.

«Oltretutto quel morto di fame ci ha portato una scatola con sei *alfajores*! Sai quanti camionisti ci sono in ditta? E tu porti sei pasticcini da dividere tra tutti? Gli *alfajores* di Tucumán sono minuscoli! Gliel'ho detto in faccia, e non sapete come si è incazzato. Faceva pure l'offeso...»

Fece finta di fermarsi di colpo. Schioccò le dita della mano che non teneva l'asta e si grattò la barba tinta. Prima di parlare, aprì la bocca come se stesse cercando di incassare un colpo inaspettato.

«Adesso ho capito! L'ha fatto apposta! Quel figlio di puttana di Tucumán mi ha messo il ragno per quello che gli ho detto sugli *alfajores*. Avrebbe potuto uccidermi! Se l'avessi visto mentre stavo guidando a cento all'ora mi sarei ammazzato!»

«Denuncialo al tuo capo. Non lo so. Ma tira fuori quell'asta, su. Se qualcuno ti vede là sopra, ci metti in un bel guaio.»

«Non lo denuncio. Lo gonfierò di botte. Ecco cosa farò!» brontolò Pata mentre estraeva l'asta.

***

All'interno della cisterna, Mac vide la punta gialla di un'asta graduata di plastica spuntare dal portello.

«La infilo fino in fondo e poi la tiro fuori, giusto?» sentì la voce di Pata dall'alto.

Guardò Ferro.

«È per misurare il livello di gasolio» sussurrò.

«Allora siamo finiti.»

«Va' a prendere uno dei fusti che abbiamo portato per i camion. Sbrigati. Non fare troppo rumore.»

L'espressione di Ferro era di sconcerto, ma nonostante ciò scavalcò l'autista ammanettato e sparì attraverso il foro rotondo al centro del frangiflutti che separava lo scomparto della cisterna da quello successivo. Mac afferrò l'asta con entrambe le mani e rimase immobile. I battiti del cuore gli martellavano le tempie.

«Il turno precedente di questo camion l'ha fatto un ragazzo di Tucumán. L'altra settimana è tornato là da sua moglie» diceva Pata di sopra.

Poi sentì una voce ovattata e lontana. Qualcuno gli stava rispondendo. L'asta di plastica scivolò quindi verso l'alto di qualche millimetro, cercando di sfuggirgli dalle mani. Ma Mac l'afferrò saldamente e la tirò verso il basso, ricacciandola sul fondo della cisterna.

***

Quando Ferro attraversò il primo frangiflutti, la torcia che portava sulla fronte illuminò un vano vuoto come una gigantesca lattina di birra. Passò a quello seguente. Quando lo videro arrivare, i tre cani cominciarono a guaire.

«Calmi, calmi» disse loro mentre li superava, senza fermarsi.

Le sue parole non riuscirono a zittirli, ma bastarono per non farli guaire troppo forte. Il vento e i cinque millimetri di acciaio fecero il resto. Meno male che Mac aveva pensato a fasciargli le zampe, in modo che le loro unghie non facessero rumore nella vasca vuota.

Attraversò l'ultima parete divisoria, che conduceva al vano più vicino alla cabina del camion. Il fascio di luce illuminò velocemente le casse di legno, i sacchi con gli attrezzi, le bombole di ossigeno per la lancia termica e altri borsoni con gli indumenti per i travestimenti e le uniformi.

Alla fine riuscì a scorgere la plastica gialla di una delle taniche di carburante.

***

Mac stava per lasciare l'asta quando la tanica gialla sbucò dal foro nel frangiflutti. Dietro c'era Ferro.

«Bagnala tutta, il più in alto possibile» gli disse.

Ferro svitò il coperchio di plastica e si alzò in piedi, con le spalle che toccavano la parte superiore della cisterna. Poi inclinò la tanica, facendo colare il liquido lungo l'asta.

Il gasolio freddo e oleoso scivolò tra le dita di Mac.

«Passaci sopra con la mano, così non c'è nessuna parte asciutta.»

Ferro chiuse il pugno sull'asta e la fece scorrere su e giù, assicurandosi di ricoprire tutta la plastica con uno strato di carburante.

Lo gonfierò di botte. Ecco cosa farò!» disse Pata proprio mentre Mac apriva le mani per mollare l'asta.

***

Pata sollevò l'asta poco alla volta. Dovette fare uno sforzo per non gridare di gioia quando la vide uscire bagnata e puzzolente di gasolio.

«Eccola, amici» disse, passandola alle guardie che aspettavano di sotto.

Quello con l'imbracatura l'afferrò con i guanti e la esaminò.

«Il livello è un po' basso» disse, guardando il suo collega. «Non arriva ai trentasettemila che indicava in cabina.»

«Beh» rispose l'altro, «lasciamolo passare lo stesso, dài. Tanto, quando va a scaricare glielo misureranno con il flussimetro.»

«È questo che non capisco» protestò Pata sbuffando mentre richiudeva il portello. «Se poi lì usano il flussimetro, perché qui ci pesano e ci controllano con l'asta?»

«Sono ordini dall'alto» disse quello con l'imbracatura.

Pata scese dalla cisterna e montò in cabina, scuotendo la testa, come se non riuscisse a spiegarsi perché tutti volessero complicare la vita a lui, un povero camionista.

«Vediamo se parte adesso. Incrociate le dita per me, ragazzi» disse, e girò la chiave.

Dopo lo scossone iniziale, il motore si accese al minimo.

«Oggi è proprio il mio giorno fortunato» disse, alzando il pollice in segno di vittoria.

«Aspetta!» disse una delle guardie.

E adesso cosa vuole questo?

L'uomo corse nella guardiola. Tornò con una bomboletta spray nera.

«Insetticida. Se vuoi fumigare la cabina. I ragni fanno una paura tremenda anche a me. Tienila e me la restituisci quando te ne vai.»

«Grazie mille» gli rispose, spruzzandosi il veleno sui piedi che, cinque secondi dopo, premevano l'acceleratore del camion.

Il Gate diventava sempre più piccolo negli specchietti retrovisori. Il cuore di Pata batteva all'impazzata e, sebbene i nervi lo avessero fatto sudare freddo, l'odore di insetticida lo costrinse ad abbassare il finestrino.

Si concentrò sull'ampia strada che aveva davanti. Come l'aveva descritta Minerva, era tutta rettilinea e pianeggiante, a parte qualche lieve avvallamento che a tratti nascondeva l'orizzonte. La ghiaia era spianata meglio di quella delle strade provinciali.

Nei primi nove chilometri, dove non c'era nemmeno una curva, contò otto veicoli che provenivano dalla direzione opposta. Tre erano fuoristrada a doppia cabina con il logo Inuit. Gli altri erano di ditte in appalto.

Ogni chilometro e mezzo c'era un cartello giallo con la sagoma di un animale del posto. Erano simili a quelli che indicavano la presenza di mucche al pascolo sulle strade della Pampa o di cervi sulla Cordigliera delle Ande. Tuttavia, questi mostravano animali molto diversi: guanachi, volpi, armadilli, marà e pecore. E sotto ogni raffigurazione, la scritta "Gli animali in libertà hanno la precedenza".

Rise tra sé. *Esplosivi e cianuro sono i benvenuti, ma non provate a investire un animaletto.*

Alla fine del rettilineo, una curva a destra gli mostrò la serie di edifici bianchi e squadrati che costituivano l'insediamento. E, molto più in là, offuscate dal polverone sollevato dal vento, le enormi strutture dell'impianto di lavorazione.

CAPITOLO 33

16 luglio 2019, ore 10:55.

Dieci minuti dopo aver tagliato il cavo, Minerva uscì dal container col binocolo. In lontananza, un pick-up grigio stava uscendo dall'insediamento, lasciandosi alle spalle una nuvola di polvere.

«Tra mezz'ora sono qui» disse a Polvere.

«Siamo pronti» rispose il suo compagno, mostrandole la pistola.

«Non scordarti cosa ci siamo detti.»

«Non ti preoccupare, non sono così testa calda come sembro» rispose lui con un sorriso felino.

Tornarono nel container e chiusero la porta. Per Minerva quella mezz'ora stava diventando eterna. Un po' per il nervosismo e un po' perché qualcosa le diceva che Polvere era una bomba a orologeria.

«Ti ricordi il giorno in cui ci siamo conosciuti da Mac?» gli chiese mentre si sedevano sul pavimento.

«Come faccio a dimenticare la prima volta che ho dormito dentro un UFO?» rispose lui.

«Quel giorno mi hai chiesto perché lo stavo facendo. E poco fa, di nuovo. Ma tu non mi hai mai spiegato le tue ragioni.»

«Stiamo per fare la rapina della nostra vita. Concentriamoci, per favore» le rispose Polvere con sarcasmo, ripetendo le parole che Minerva aveva pronunciato poco prima.

Lei rise e scosse la testa.

«Hai ragione» ammise, appoggiandosi a una delle pareti.

«Ho cinque figli» disse lui dopo qualche secondo di silenzio.

«E tua moglie sa cosa stai facendo?»

«Non ho una moglie. Ho solo dei figli.»

Polvere si posò la pistola sulle cosce e incrociò le braccia. Appoggiò la schiena al *rack* del server caduto.

«E i tuoi bambini non ce l'hanno una madre?»

«Sono tre, le madri. E due di loro non me li lasciano vedere perché dicono che sono una cattiva influenza per loro.»

Se doveva basarsi su quel poco che sapeva di Polvere, Minerva non poteva certo biasimare le due donne.

«Sono uscito di galera qualche mese fa. Sono stato dentro per tre anni. Posso vedere solo i due più grandi, quelli che ho avuto dalla mia prima moglie.»

«E pensi che con tanti soldi potrai vedere anche gli altri tre?»

«Se hai tanti soldi puoi fare quello che ti pare.»

In passato a Minerva non sarebbe piaciuta una risposta del genere. Si sarebbe chiesta che razza di disgraziato credeva che con il denaro si potesse comprare il perdono. Ma a forza di batoste, si diventa cinici. Così, quella mattina pensò che forse Polvere non aveva tutti i torti.

«E poi mi sono stancato di rubare. E la prigione fa schifo. Questo è il mio ultimo colpo. Se va bene, mi ritiro. Con la mia parte ho già in mente un affare d'oro.»

A Minerva sembrò il ragionamento tipico di un giocatore d'azzardo. Un'ultima rapina. Punto tutto sul rosso. E poi, vada come vada, me ne torno a casa.

Ma quelli come lui non tornavano mai a casa.

Qualcosa le diceva che, a parte la questione economica, Polvere lo faceva per l'adrenalina di avere una pistola in mano, come altri si divertono sulle montagne russe. Questa cosa la inquietava, per quanto Mario "il Banchiere" Pezzano le avesse assicurato che non si poteva fare una rapina simile senza uno come Polvere, che faceva il ladro da quando aveva quattordici anni ed era stato in prigione solo una volta. Il fatto che fosse un ladro quasi invincibile, sosteneva Pezzano, dimostrava che era bravissimo nel suo campo. E per coronare il suo ragionamento le aveva detto: "Inoltre, una rapina come questa è come una spedizione nel Polo Sud. La cosa più difficile è trovare dei volontari."

La voce di Polvere la riportò al presente.

«Mi sa che sta arrivando.»

Aveva ragione. Oltre le pareti metalliche si sentiva il rumore delle ruote che salivano lungo la strada sterrata. Si infilarono i passamontagna sopra i berretti da chirurgo.

Il motore si spense e la portiera si aprì cigolando. Polvere alzò l'indice. «*Solo una persona*» le disse col dito.

Speriamo che non sia Felipe Madueño, pensò lei un secondo prima che si aprisse la porta.

***

Felipe Madueño era abituato alla caduta delle comunicazioni a Cerro Solo. In fondo, quasi tutte dipendevano da quell'antenna. Se il vento staccava i pannelli solari e si scaricavano le batterie, addio. Se la polvere provocava un guasto a un componente elettronico, addio.

Parcheggiò la Toyota Hilux a doppia cabina tra l'antenna e il container. Mentre si dirigeva verso la porticina, guardò verso l'insediamento. Gli piaceva quella vista panoramica dall'unica collina della pianura.

Da un mazzo di chiavi staccò quella più piccola, dorata. Tuttavia, quando alzò lo sguardo verso la serratura, si accorse che sulla porta non c'era nessun lucchetto.

È venuto Mallo e si è dimenticato di nuovo di chiuderla?

Una volta rientrato nell'insediamento, avrebbe parlato con Gerardo Mallo. Anche se era il suo capo. Anche se aveva più di quarant'anni e Madueño ne aveva appena compiuti venticinque. Perché poi, quando succedeva qualcosa, finiva sempre che ci mandavano lui a togliere le castagne dal fuoco.

Girò il pomello, spinse la porta e azionò l'interruttore della luce. Il container rimase al buio, anche se la penombra non gli impedì di vedere i due tizi incappucciati e la canna della pistola puntata alla sua testa.

Il mazzo di chiavi gli cadde per terra.

***

Cazzo, era Madueño. Nei quattro anni in cui Minerva era stata responsabile del reparto informatica e comunicazioni di Entrevientos, Madueño era stato il suo braccio destro. Era intelligente e imparava in fretta. Forse perché era un nativo digitale o forse perché a vent'anni tutti imparano in fretta. In ogni caso, le piaceva.

«Calmati, non ce l'abbiamo con te» gli disse, camuffando la voce con un tono basso e un accento porteño di Buenos Aires.

«In ginocchio!» aggiunse Polvere.

«Se obbedisci non ti succederà nulla.»

Madueño si mise le mani sulla nuca e si abbassò lentamente a terra.

«Togliti il giubbotto» disse lei.

Il tecnico si sfilò il giubbotto, identico a quello che indossava Minerva. Polvere gli legò i polsi all'altezza dei reni con una fascetta di plastica. Poi passò alle caviglie. Infine, con una terza fascetta, unì le altre due. Il giovane fu messo a faccia in giù, con le ginocchia piegate e le mani attaccate ai piedi all'altezza delle natiche.

Minerva si accovacciò accanto a lui per prendere il mazzo di chiavi.

«Non ti faremo nulla» lo rassicurò.

Il tecnico, con mezza faccia schiacciata contro il pavimento polveroso del container, la fissava con uno sguardo così terrorizzato da farle rivoltare lo stomaco. Minerva si ricordò di quello che le aveva detto il suo amico Qwerty più di quindici anni prima, quando lei si era rifiutata di entrare nella sua banda di hacker perché sentiva di avere ancora molto da imparare: "Puoi leggere cento manuali per imparare ad andare in bicicletta, ma non saprai mai cosa si prova finché non ci sali sopra."

«Davvero, stai tranquillo» insisté Minerva.

Puoi pianificare la rapina a Entrevientos per mesi, ma non saprai mai cosa si prova finché non vedrai il tuo ex collega spaventato a morte, pensò.

Madueño annuì vigorosamente. Minerva gli prese il portafoglio e il cellulare. Gli staccò anche il badge dal collo. Nelle tasche interne del giubbotto buttato per terra trovò una radio Motorola e uno dei quattro telefoni satellitari dell'insediamento.

Poi tirò fuori dallo zaino un sacco a pelo nuovo, aprì la cerniera per trasformarlo in una coperta e lo stese sopra il tecnico.

«Non ti preoccupare» gli disse, «resterai qui al massimo mezza giornata.»

Lo lasciarono all'interno, poi chiusero la porta del container con un lucchetto nuovo, scelto da Ferro.

Si diressero verso il fuoristrada di Madueño. Come tutti i pick-up dell'azienda, era un Hilux grigio, aveva il logo Inuit sulle portiere e la solita asta di plastica alta due metri e mezzo con una banderuola rossa in cima, per renderlo più visibile in lontananza.

Prima di salire si tolsero i passamontagna, i berretti da chirurgo e i guanti di lattice. Polvere indossò il giubbotto di Madueño. Scrutavano l'orizzonte in continuazione col binocolo.

«Mi sa che stanno arrivando» disse lei, mettendo a fuoco un camion della YPF che scendeva lungo le curve verso l'insediamento.

«Sei sicura che siano loro?»

«Sono loro, andiamo» disse, e salì sul sedile del passeggero del fuoristrada.

Scesero in silenzio lungo il pendio del Cerro Solo. Quando arrivarono a valle, Polvere indicò un punto davanti a loro.

«Sembra che stia arrivando qualcuno.»

In effetti, un altro pick-up grigio della miniera stava venendo verso di loro.

«*Collons*» disse Minerva.

«Cosa?»

«Sono guardie giurate.»

Quando furono a un paio di centinaia di metri di distanza, il veicolo fece lampeggiare i fari verso di loro.

Minerva si affrettò a tirar fuori gli occhiali dalla montatura spessa che teneva nello zaino. Polvere si mise la mano dietro la schiena per afferrare la pistola.

CAPITOLO 34

San Rafael, Mendoza, Argentina. Due mesi e mezzo prima.

Minerva percorse con il puntatore laser la strada che usciva dall'insediamento in direzione nord.

«Questa strada è la spina dorsale di Entrevientos. Va dall'insediamento all'impianto, poi al tunnel e alle cave. Dieci chilometri più avanti, arriva a Cerro Solo.»

«Noi due arriveremo da lì dopo aver staccato l'antenna, giusto?» disse Polvere.

«Giusto. E prima arriviamo in questo punto, meglio è» rispose Minerva, indicando il centro dello schermo. «I tre chilometri che separano l'insediamento dalla centrale sono i più trafficati di tutto il giacimento.»

«Non certo come un'autostrada» specificò Pata.

«In media circola un mezzo ogni otto minuti, compresi camion e fuoristrada» aggiunse Minerva.

Puntò il laser sulle altre linee più sottili che andavano in tutte le direzioni a partire dalla strada principale.

«Queste altre sono poco più che piste. Le usa soprattutto la squadra di esplorazione. Lì è più difficile passare inosservati, soprattutto se sono visibili dall'insediamento o dall'impianto.»

«Le pattugliano?» chiese Mac.

«Costantemente. Il percorso della pattuglia viene generato ogni giorno in modo casuale. Cioè, non si può sapere a che ora passerà in un certo punto.»

«Cosa succede se ci imbattiamo in una pattuglia mentre andiamo da Cerro Solo all'insediamento?» chiese Polvere.

«Succede che abbiamo un problema.»

CAPITOLO 35

16 luglio 2019, ore 11:42.

Quando entrambi i fuoristrada si fermarono, la guardia giurata scese e si diresse verso di loro.

«Forse non serve» disse Minerva, indicando la pistola che Polvere aveva appena impugnato.

L'altro la guardò senza capire. Allora lei si toccò il logo Inuit Gold ricamato sul petto. Poi ripeté il gesto con quello di Polvere.

«Siamo due dipendenti che stanno facendo il loro lavoro» disse.

Polvere mise via la pistola appena in tempo per non farsi vedere dalla guardia e abbassò il finestrino.

«Salve. Da dove venite?» chiese l'uomo.

Parlava con un tono da poliziotto, come la maggior parte delle guardie giurate. A quanto pare, la divisa scura e la radio alla cintura avevano un effetto misterioso sulle corde vocali.

«Da Cerro Solo» disse Minerva. «Le comunicazioni si sono interrotte e ci hanno mandato a vedere cosa stava succedendo. C'è stato un cortocircuito nel collegamento della batteria. Stiamo tornando nell'insediamento a prendere i pezzi di ricambio per la riparazione.»

«Devo vedere i vostri badge.»

Polvere sbuffò e aprì la bocca per dire qualcosa, ma Minerva lo anticipò.

«Tutto l'insediamento è isolato. Non ci mettere troppo, per favore» disse, e tirò fuori dalla tasca il badge della Inuit Gold.

A differenza dei badge autentici, questo non apriva nessuna porta se avvicinato ai lettori installati nelle serrature di Entrevientos. Era solo un rettangolo di plastica che Minerva aveva falsificato a casa sua, a Trelew, con una stampante per badge di media qualità. Vi aveva apposto una sua foto dopo essersi tagliata e tinta i capelli di nero per assomigliare il più possibile a Mariela Castro. Per colpa di quella tinta, che si era rifatta il giorno prima, aveva sempre voglia di grattarsi la testa.

Quando la guardia giurata inserì nel tablet il codice di Mariela Castro, Minerva trattenne il respiro. La Castro era un'impiegata della Inuit che le somigliava molto fisicamente, ma lavorava negli uffici di Puerto Deseado. Non c'entrava assolutamente niente con Cerro Solo.

Dopo qualche secondo, l'uomo annuì e le restituì il badge. Minerva tirò un sospiro di sollievo. La modifica che aveva apportato la sera prima al database si era aggiornata correttamente nel tablet. Mariela Castro ora figurava come membro del team informatico.

Ora toccava al badge di Polvere, ma non c'era più pericolo. Se i dati della Castro erano aggiornati, lo erano anche quelli di Manuel Ortiz, della squadra di esplorazione. Anche lui trasferito di recente al reparto informatica e comunicazioni.

Ma la guardia di sicurezza fissò il tablet più a lungo del normale. Poi sollevò lo sguardo verso Polvere.

«C'è un problema.»

Polvere si portò una mano alla cintura. Lei gli rimise la sua sull'avambraccio.

«Quale problema?»

«Il database mi dice che lei è in malattia fino alla prossima settimana.»

Si stava rivolgendo a Polvere. La mano di lui affondò ancora di più dietro la schiena.

Minerva aveva voglia di urlare: come poteva essere stata così stupida da non controllare l'elenco del personale assente per malattia?

«Sono guarito prima e sono potuto rientrare» rispose Polvere.

«Dev'essere perché non c'è connessione, e quindi non avete la versione più aggiornata del database» intervenne Minerva, indicando il tablet. «Una volta riparato e sincronizzato, sicuramente si aggiornerà subito anche il registro.»

A quanto pareva la terminologia informatica l'aveva convinto, perché riconsegnò il badge a Polvere e disse: «Grazie mille, potete andare.»

Come un poliziotto.

CAPITOLO 36

16 luglio 2019, ore 11:54.

«Ora!» esclamò Mac quando il cronometro raggiunse i sessanta secondi.

L'aveva fatto partire sull'orologio da polso non appena aveva sentito i due colpetti di Pata fuori dall'autocisterna. Voleva dire che il camion era già parcheggiato nel punto cieco scelto da Minerva accanto all'insediamento. Nessuna telecamera di sicurezza puntava da quella parte, ed era visibile direttamente solo da pochissime finestre dei moduli degli uffici e degli alloggi.

I due colpetti dicevano a Mac e a Ferro che potevano uscire. I sessanta secondi servivano per dare a Pata il tempo di rimontare in cabina e nascondersi, perché tre autisti per un solo camion avrebbero destato troppi sospetti.

Con Ferro che lo seguiva da vicino, Mac si fece strada tra i vari compartimenti della cisterna, passando da uno all'altro attraverso il foro al centro di ogni frangiflutti. Lasciarono lì dentro il camionista legato e i cani addormentati. Si fermarono sotto il portello di cui avevano limato il chiavistello. Bastò una spinta dall'interno perché un cerchio di cielo azzurro e il ronzio del vento comparissero sopra le loro teste.

«Prima tu» disse Mac a Ferro, porgendogli una scala di corda a tre pioli costruita da lui, simile a quelle del suo parco.

Il suo compagno la appese al bordo e sporse la testa fuori dall'apertura per guardarsi intorno. Aiutandosi con i gomiti, mise un piede sul primo gradino.

«Va' piano, non si sa mai» gli disse Mac, ma l'altro era già fuoriuscito con metà del corpo.

Non appena Ferro scomparve dalla vista, Mac sporse la testa fuori dal portello, alzandosi in piedi per la prima volta dopo due ore. Trovò il volto del suo compagno a meno di venti centimetri dal suo. Era sdraiato sul camion, a pancia in giù, e teneva l'indice sulle labbra. Fece un cenno verso la sua sinistra.

Mac salì sul primo piolo e allungò il collo con cautela. A cinquanta metri di distanza, un guanaco stava pascolando sul ciglio della strada. L'animale sollevò la testa, all'erta, ma decise di riconcentrarsi sulla poca vegetazione che cresceva in inverno.

«È tutto a posto, è un guanaco.»

Ferro scosse la testa.

«Sta arrivando qualcuno» sussurrò.

Mac si sporse un po' di più e a quel punto li vide. Due uomini con indosso dei gilet catarifrangenti stavano arrivando di corsa verso di loro.

Si abbassò di nuovo. Pochi secondi dopo, le loro voci divennero udibili.

«Sono due anni che vengo il venerdì, non possono cambiarmi il turno da un giorno all'altro» si lamentava uno, con l'accento del litorale.

«Potevano almeno avvisarti prima di cominciare la stagione» diceva l'altro.

«Che freddo fa oggi, porca miseria.»

«Ora vado a preparare un po' di mate in officina.»

Le parole cominciarono a risuonare più lontane. Erano passati accanto al camion senza fermarsi. Buon segno.

Mac guardò di nuovo fuori. I due stavano camminando, dandogli le spalle, verso un capannone isolato. Secondo le cartine che Minerva aveva fatto loro memorizzare, era l'officina dove venivano riparati i veicoli della miniera.

Guardò verso l'insediamento e notò le decine di moduli, come scatole da scarpe giganti, disposti in file e colonne collegate da sentieri sterrati. Al centro c'erano altri edifici, più grandi e altrettanto squadrati, che Minerva aveva identificato come la mensa, il modulo degli uffici e la sala ricreativa. Ricordò la frase con cui Minerva aveva descritto l'insediamento. "Un paesino prefabbricato piantato a forza in mezzo alla steppa."

Fece un cenno a Ferro. L'altro annuì e strisciò verso la coda del camion. Mac finì di uscire dal portello e lo seguì. Scesero la scaletta in fretta e furia.

I piedi di Mac avevano appena toccato la terra arida quando sentì una voce alle sue spalle.

«Avete avuto problemi?»

Un uomo che indossava dei pantaloni blu e una camicia con il logo della YPF, identica alla loro, si stava avvicinando al ritmo imposto dalla sua rotondità. Veniva da un'autocisterna, anch'essa identica alla loro, che Mac avrebbe giurato non fosse lì un minuto prima.

«No, niente. Abbiamo appena scaricato e ce ne stavamo andando, ma mi era sembrato di sentire uno strano rumore all'interno» disse Mac, battendo il palmo della mano contro la cisterna. «Così ho chiesto a lui di darmi una mano, per non salire da solo.»

Con "lui" si riferiva a Ferro, muto come un pesce.

«Avete appena scaricato? Mi sembrava che foste arrivati dal Gate.»

«Ah, sì, perché quando eravamo già partiti, questo scemo si è accorto di aver dimenticato il portafoglio in mensa. Siamo dovuti tornare indietro.»

Ferro alzò la mano e chinò il capo fingendo di provare vergogna.

«E siete venuti a scaricare insieme? Ognuno col suo camion o tutti e due nello stesso?»

Mac si guardò intorno, per farsi venire in mente la risposta giusta. Per prendere tempo, indicò il guanaco.

«È incredibile. In qualsiasi altro posto, se ti avvicini con un camion schizzano via come schegge. Qui, invece, con tutto questo casino, le esplosioni e la gente, passeggiano come se niente fosse.»

«Mia moglie non ci voleva credere finché non le ho fatto vedere una foto» disse il camionista.

Per un attimo Mac pensò di essere riuscito a cambiare argomento. Ma non andò così.

«Allora, siete venuti insieme o in camion separati?» insisté l'uomo.

«L'hanno appena assunto e sta facendo pratica con me.»

Il camionista incurvò le labbra verso il basso.

«Deve essere una novità. Ai miei tempi cominciavamo da soli e macinavamo chilometri fin dal primo giorno. Non sai che casini ho combinato all'inizio. È un miracolo che il camion non sia diventato la mia cassa da morto.»

«Sì, è una cosa nuova. Questi giovani, se non li prendi per mano, non sanno fare niente» disse, dando un paio di buffetti sulla guancia a Ferro.

L'uomo scoppiò a ridere. Dopo aver augurato loro buon viaggio, li salutò con un'energica stretta di mano e tornò al suo camion.

«Ci mancava pure il buon samaritano» disse Mac, guardandosi intorno.

«Sei stato bravissimo a togliertelo dai piedi.»

«Grazie.»

Aspettarono in silenzio fino a quando il camion non sparì dall'orizzonte. Poi Mac indicò la cabina del camion rubato.

«Vado da Pata.»

«Io mi metto al lavoro. Ma prima ti restituisco questi.»

Prima che Mac avesse il tempo di chiedergli di cosa stesse parlando, Ferro gli mollò due schiaffoni in faccia.

«Adesso sì. Andiamo» disse Ferro, e si diresse verso i moduli degli alloggi.

***

Quando salì sul camion, Mac trovò Pata sdraiato ai piedi del sedile del passeggero, scalzo e a torso nudo. Si stava contorcendo per sfilarsi i pantaloni.

«Qualcuno vi ha visti uscire dalla cisterna?» chiese dopo essere rimasto in mutande.

«Si è avvicinato un altro camionista per parlare con noi, ma ce ne siamo liberati subito.»

«Ferro è già andato verso gli alloggi?»

«Sì» rispose Mac, appoggiando le mani sul volante del camion fermo.

Mentre il suo compagno si infilava un paio di jeans e una camicia a quadri con la stessa goffaggine con cui si era tolto l'uniforme della YPF, lui teneva gli occhi sulla strada che conduceva fuori dall'insediamento. L'aveva studiata sulle cartine con la concentrazione con cui un bambino impara le tabelline. Tremila e duecento metri di strada sempre dritta fino all'impianto, i cui alti edifici si stagliavano all'orizzonte. Più in là, la strada conduceva alle miniere fino a morire a Cerro Solo, a diciassette chilometri da dove si trovavano ora.

Una volta vestito, Pata si sedette accanto a lui e indossò il giubbotto nero con il logo Inuit ricamato sul petto. Proprio in quel momento, Mac avvistò un fuoristrada grigio che si avvicinava.

«Mi sa che stanno arrivando» disse, mentre apriva il cruscotto per prendere la radio a frequenza criptata.

Pata rimase in silenzio, intento a infilarsi gli scarponi antinfortunistici.

«Polvere e Minerva, mi sentite?» chiese Mac alla radio.

Senza un ripetitore, all'aperto le radio avevano una portata di cinque chilometri. Molti di meno se c'erano muri di mezzo.

«Sì. E vi vediamo anche noi. Stiamo arrivando» rispose Minerva.

Tre minuti dopo, l'Hilux si fermò accanto al camion, in modo da rimanere nascosto dietro la cisterna.

Mac aprì la portiera e Minerva abbassò il finestrino per consegnargli un badge.

«Fate presto!»

CAPITOLO 37

16 luglio 2019, ore 12:13.

Mac camminava dietro Pata diretto verso il modulo più grande al centro dell'insediamento. Man mano che si avvicinavano, sentiva il cuore battere più forte. Pensò ai suoi figli per tranquillizzarsi, ma sortì l'effetto contrario.

Si fermarono a dieci metri dalla porta. Pata si accese una sigaretta e gliene offrì una. Fumare era una delle poche scuse accettabili per stare all'aperto con un vento di sessanta chilometri all'ora che ghiacciava le orecchie.

Mac non fumava da quando era adolescente. Alla fine della seconda sigaretta aveva la gola irritata e le mani gelate. Stava per prendere la terza quando vide Pata fargli un cenno discreto con gli occhi.

Alla sua destra, un dipendente alto, con il petto evidentemente massiccio anche sotto diversi strati di tessuto, stava aprendo la porta per entrare nel modulo. Il tatuaggio sul collo non dava adito a dubbi. Era il loro uomo.

Aspettarono dieci minuti esatti. Poi Pata si diresse verso la porta e Mac lo seguì a ruota, ripetendo tra sé e sé che, per chiunque li guardasse, erano solo due delle centinaia di operai che avrebbero pranzato nella mensa di Entrevientos. Un lavoratore della Inuit e un camionista della YPF. Niente di strano.

Entrarono in un largo corridoio con delle porte su entrambi i lati. Secondo quanto spiegato da Minerva, corrispondevano a una sala conferenze, ad alcuni uffici e ai bagni. La porta in fondo era molto più grande e dalle due ante spalancate proveniva un rumore di posate misto a voci confuse.

Varcando la soglia, furono accolti dall'odore di carne cotta e patatine fritte. La sala era grande come un campo da basket e, nonostante fosse solo mezzogiorno e mezzo, più di cento persone erano chine sui loro piatti, sedute lungo le tavolate bianche. Molti mangiavano da soli, con il cellulare in una mano e la forchetta nell'altra. Altri chiacchieravano con i compagni di tavolo.

Il tizio tatuato apparteneva al secondo gruppo.

Pata era già fermo davanti al tornello di metallo quando Mac sentì delle voci alle sue spalle. Si girò facendo finta di niente e vide due dipendenti della Inuit in piedi dietro di lui, in attesa del loro turno per entrare nella mensa.

Si avvicinò il più possibile a Pata, che stava già passando al tornello il badge che gli aveva dato Minerva. La luce rossa divenne verde e il suo compagno superò la barriera mentre si grattava la schiena con la mano che stringeva ancora il badge. Mac lo afferrò con una mossa che avevano studiato davanti allo specchio e se lo infilò in tasca.

Mentre Pata si allontanava verso una fila di persone in attesa di essere servite, Mac si toccò il petto, i fianchi e le natiche.

«Che scemo che sono!» si disse.

I due lavoratori dietro di lui fecero un commento su quanto fossero affamati. Mac si frugò ancora un po' nei vestiti e schioccò la lingua.

«Passate pure avanti, ragazzi. Mi sono scordato il telefono sul camion» disse, e uscì dalla mensa con il badge in tasca.

CAPITOLO 38

16 luglio 2019, ore 12:36.

Dopo aver superato il tornello, Pata camminò su un lato della sala diretto verso il bancone. Mentre faceva la fila, prese un vassoio con le posate, i tovaglioli di carta e un bicchiere di plastica. Si mise anche un badge al collo con la sua foto e un nome falso.

Quando toccò a lui, un giovane brufoloso con un grembiule nero e un berretto di stoffa gli indicò le vasche d'acciaio inossidabile.

«Oggi abbiamo carne con patate al forno e lasagne di verdure.»

«Prendo la carne, grazie.»

Con il piatto fumante sul vassoio, si guardò in giro, come se non sapesse dove sedersi. Dopo un momento di apparente indecisione, si diresse verso il tavolo dove il ragazzo tatuato e altri tre operai stavano consumando le loro generose porzioni.

«Posso sedermi qui con voi?» chiese.

Uno di loro rispose con un misero "sì" e continuò ad ascoltare la storia che stava raccontando un altro. Pata si sedette accanto a quello col tatuaggio e assaggiò la carne. Malgrado avesse lo stomaco chiuso per il nervosismo, era deliziosa.

Mentre masticava in silenzio, lanciò un'occhiata di sbieco al disegno sul collo dell'uomo accanto a lui. Era un drago rosso e verde, proprio come lo aveva descritto Minerva.

«Scusatemi» disse, allungando la mano per prendere una bottiglia di Coca Cola in mezzo ai vassoi degli altri.

Riempì il bicchiere fino all'orlo e lo bevve tutto d'un fiato. I quattro operai smisero di parlare per guardarlo.

«Chi la finisce va a prenderne altra» lo avvertì uno di loro, indicandogli un frigorifero pieno di bibite su un lato della sala. Aveva un accento peruviano e lineamenti andini che gli ricordarono Ferro. Se tutto stava andando come previsto, anche il suo compagno in quel momento doveva essere impegnato.

«Sembra che non tu non abbia mai bevuto la Coca Cola in vita tua» commentò il più paffuto del gruppo, sorridendo sotto i baffi folti.

«Quando è gratis, è più buona» rispose lui, finendo di vuotare la bottiglia.

I quattro operai si misero a ridere e Pata alzò il bicchiere verso di loro prima di bere di nuovo.

«Si vede che sei nuovo. All'inizio ero così anch'io, ogni volta che entravo qui uscivo che scoppiavo. Ma ti do un consiglio, alla lunga non ti fa bene» disse quello coi baffi, schiaffeggiandosi sonoramente il punto dove il ventre rigonfio tirava la stoffa della camicia.

«Non c'è pericolo, faccio già parte del club» rispose Pata, toccandosi a sua volta la pancia.

«Alla fine ha ragione lui» disse l'altro, indicando quello tatuato. «L'unico modo per tenersi in forma se si lavora qui è diventare vegani.»

«Deve essere l'unico drago al mondo che mangia le lasagne con le verdure e l'insalata» disse il peruviano.

«In che reparto lavori?» gli chiese il tatuato, cercando di cambiare argomento.

«Esplorazione» rispose lui, indicandosi il badge sul petto. «E voi?»

«In fonderia, tutti e quattro.»

«Oh, ma allora sono seduto con quelli che tagliano la torta.»

«No, noi la cuciniamo e basta» rispose l'unico che non aveva ancora parlato, un biondo con la faccia da tedesco e l'accento da contadino. «A tagliarla e mangiarla ci pensano altri.»

Tutti apprezzarono la battuta. Continuando a sorridere, Pata indicò la bottiglia vuota e si alzò. Si diresse verso il frigorifero con una mano in tasca, facendo scorrere le dita sulla superficie liscia del flacone di vetro che gli aveva dato Minerva. A metà strada se lo portò alla bocca, fingendo di tossire, e strappò il tappo di gomma con i denti.

Prese un'altra Coca Cola dal frigorifero. Mentre fingeva di esaminare tutte le bevande che la miniera metteva a disposizione dei dipendenti, svitò il tappo della bottiglia e vi versò il contenuto del flacone.

«Non tutti l'apprezzano» stava dicendo l'uomo baffuto quando Pata tornò al tavolo.

«Cosa vuoi dire?» chiese il peruviano.

L'uomo agitò una mano in aria, minimizzando.

«Niente. Una stupidaggine. Mia figlia, che mi ha fatto una scenata terribile per colpa del lavoro.»

«Una scenata? E perché?»

Pata si riempì un altro bicchiere fino all'orlo. Poi, senza chiedere il permesso, riempì i bicchieri di tre dei quattro dipendenti della fonderia. Si scoprì che quello col tatuaggio, oltre a essere vegano, aveva pure rinunciato alle bevande zuccherate quattro mesi prima.

«Per la questione ambientale. È all'ultimo anno di liceo e hanno dovuto fare una ricerca sulle miniere. Il cianuro, eccetera eccetera.»

Il tatuato agitò la forchetta in aria.

«Guardate» disse indicando il centro della mensa. «Ognuna di queste persone è uno stipendio che entra in una famiglia.»

«Ci sono lavori peggiori» aggiunse il peruviano.

«E poi, scaricare rifiuti tossici in un fiume è un conto, ma qui? Avete visto dove siamo? Anche se scoppiasse una bomba nucleare, moriremmo solo noi e quattro guanachi, non ci sarebbero altri danni.»

«Quello che devi far capire a tua figlia è che la miniera porta posti di lavoro in una provincia in rovina» disse il biondo. «Dille che, per legge, il settanta percento dei dipendenti deve essere di Santa Cruz. E che la provincia riceve la sua bella fetta di guadagno.»

La provincia o i politici corrotti? rifletté Pata.

«E tu cosa ne pensi?» gli chiese quello tatuato.

«Io sono d'accordo con voi» disse lui, alzando le mani in segno di pace. «Ma abbiamo avuto tutti diciotto anni, no?»

«A me lo dici...» rispose quello coi baffi.

«Se uno dei miei figli viene da me con una storia del genere, gli mollo un ceffone che gli stacco la testa» disse quello tatuato. «Provaci. Un paio di sberle date al momento giusto potrebbero farle bene. E se non ti capisce, la prossima volta che vuole la paghetta, chiedile se non si vergogna di spendere soldi che provengono da un'attività così sporca.»

Vedendo gli altri tre ridere, Pata si unì a loro.

«Mi piacerebbe vedere quanto durerebbero le nostre mogli o i nostri figli a fare questo lavoro» continuò l'altro. «Noi ci facciamo un mazzo così e loro sanno solo lamentarsi e chiederci dei soldi. Soldi, soldi, soldi, soldi, è l'unica cosa che gli interessa.»

«Ti faranno padre dell'anno» disse il peruviano.

Il tatuato lo fulminò con lo sguardo. Dalle vene ingrossate che gli scorrevano lungo il collo sembrava che il drago avesse preso vita.

«Stammi bene a sentire, Pachamama. Anch'io vedevo tutto rosa quando il mio primogenito aveva sei mesi. Ma invece di fare il figlio dei fiori, aspetta che il tuo cominci a parlare. La prima parola che ti dirà sarà "papà" e le successive "comprami questo".»

A tavola calò un silenzio imbarazzante. A Pata parve strano che un vegano che non mangiava neanche gli zuccheri non vedesse un problema ambientale nelle miniere e che suggerisse di educare i bambini a suon di schiaffoni. Forse Sandra aveva ragione quando gli aveva detto che aveva dei pregiudizi.

«E tu, hai figli?» chiese al biondo in tono rilassato, per alleggerire la conversazione.

«Sì.»

«Anch'io» mentì, «quindi siamo padri tutti e cinque. E anche se ci sono giorni in cui ci viene voglia di attaccarli al muro, li amiamo. Quindi, se mi permettete, propongo un brindisi. Ai giovani, che anche se a volte ci fanno impazzire, sono la cosa più importante che abbiamo al mondo.»

«Ai giovani» ripeterono in coro il peruviano, il baffuto e il biondo.

«E che crescano alla svelta, così la smetteranno di romperci i coglioni» aggiunse il tatuato.

I cinque bicchieri di plastica si toccarono in una serie di tintinnii ovattati. Pata accostò il suo alla bocca, ma prima che il liquido gli sfiorasse le labbra fece finta che il telefono gli vibrasse in tasca.

«A proposito di figli, devo fare una telefonata urgente, ragazzi» disse guardando lo schermo. «Buona giornata.»

Non appena lasciò il tavolo, tirò un profondo sospiro di sollievo. Per cercare di calmarsi, immaginò Sandra e Mina sotto un albero carico di ciliegie. Malgrado il nervosismo, sorrise.

CAPITOLO 39

Una settimana prima. In campagna, a ventidue chilometri da Entrevientos.

Sul sedile del passeggero dell'Incognita, Mac si teneva stretto alla maniglia sopra il finestrino. Il fuoristrada stava percorrendo una pista appena visibile tra due pareti di roccia rossastra. Pata, al volante, era l'unico altro essere umano a bordo. Erano passate tre ore da quando avevano lasciato Caleta Olivia, dopo essere passati per il canile municipale.

Questa era la parte del piano che preoccupava di più Mac. Era abituato ad avere a che fare con attrezzature, carrucole e utensili, che si comportavano sempre allo stesso modo. Gli animali, invece, gli sembravano imprevedibili.

«Qui andrà bene» disse Pata, e fermò il fuoristrada.
«Dove siamo?»
«In un canalone dentro il ranch La Martineta, a otto chilometri dalla casa dei padroni» rispose, indicando le rocce ai lati della strada. «Qui nessuno vedrà la gabbia.»
«Sempre che il cane riesca a sentirne l'odore...»
«Non mi credi ancora, vero?» chiese Pata, divertito.

Non era che non gli credesse. Se tutto fosse andato come previsto e avessero preso i tre cani, al ritmo di uno al giorno, avrebbero avuto un buon margine di tempo prima che Entrevientos chiamasse un nuovo camion blindato. Ma per Mac quello che stavano per fare aveva troppi punti deboli.

«Non riesco a capire come farà il cane a fiutarla a cinque miglia di distanza» disse, guardando il GPS del suo telefono.

Aveva scaricato la cartina satellitare dell'intera provincia per averla a disposizione ovunque. Come ora, che si trovavano in piena campagna, a novanta chilometri dalla città più vicina.

«Ne sono sicuro. E anche a venti chilometri di distanza. Qui entrano in gioco tre cose fondamentali nella vita di un cane: l'olfatto, l'intelligenza e la voglia di scopare.»

Mac si mise a ridere e scese dal fuoristrada. Aprì il portellone posteriore. I sedili della terza fila erano reclinati per far posto alla gabbia-trappola che aveva costruito. In uno dei due scomparti si trovava la cagna in calore che avevano prelevato dal canile. L'altro era vuoto.

Chiese a Pata di aiutarlo a tirarla fuori. Poi sollevò uno degli sportelli, lasciando aperta la metà vuota della gabbia. Aveva progettato un meccanismo che si chiudeva automaticamente se il pavimento dello scomparto riceveva una pressione superiore ai nove chili.

La cagna emise un singhiozzo.

«Shhhh, non aver paura, verremo a prenderti domani» le disse Pata, infilando una mano nella gabbia per accarezzarla.

«Poverina» pensò Mac ad alta voce.

«Poverina? Questa cagnolina ha vinto il primo premio della lotteria!» rispose Pata mentre riempiva di cibo la ciotola attaccata alle sbarre e versava dell'acqua in un abbeveratoio.

«La lasciamo come esca...»

«L'abbiamo salvata dal canile, coglione. L'avrebbero uccisa. Dalla prossima settimana, questa bellezza inizierà una nuova vita.»

«In che senso?»

«La porterò a San Julián da Sandra, mia moglie. La adotteremo. E presto, quando saremo milionari, compreremo una fattoria a Los Antiguos. Potrà correre quanto vorrà. Sei mai stato a Los Antiguos?»

«No.»

«È uno dei posti più belli della provincia. È dove i Tehuelch andavano a trascorrere la loro vecchiaia, ecco perché si chiama così. Sandra e io abbiamo deciso di vivere lì, di piantare dei ciliegi e fare la marmellata. Siamo persone semplici, non abbiamo bisogno di cose costose o di viaggi per il mondo.»

«Le persone semplici di solito non rischiano di passare i loro anni migliori in prigione. Tendono a cercarsi un lavoro.»

«Prima di tutto, senti chi parla. Poi, io ci ho provato e non ha funzionato. Ho lavorato per due anni e mezzo nella miniera di Cerro Retaguardia. Ero un lavoratore modello, ma mi hanno comunque licenziato. Perché ero un ladro.»

«Ti sembra strano che ti abbiano licenziato se rubavi?»

«Perché *ero stato* un ladro. Dopo due anni di lavoro e nemmeno un giorno di assenza, il capo delle risorse umane mi chiama e mi dice che hanno scoperto che ero stato in prigione e che non potevano più tenere uno che aveva falsificato la sua fedina penale per entrare nella compagnia. Così, licenziato in tronco e senza liquidazione.»

Pata fece scorrere le dita sulla gabbia.

«Cioè, hai capito? La legge dice che se fai una cazzata la paghi con la galera. Io mi sono fatto quattro anni per assalto a un furgone portavalori. Ma quello che non è scritto da nessuna parte è che quando esci, continui a pagare per tutta la vita.»

Mac annuì. Non c'era bisogno di essere stati in carcere per capire cosa significasse essere vittima dei pregiudizi. Per tutta la sua infanzia era stato uno dei figli del rottamaio.

«Forse a Mendoza è diverso» continuò Pata, «ma qui la classe media non decolla mai. Sandra fa la maestra. Sono tre anni che non le aumentano lo stipendio. Con un'inflazione del 50%, fatti due conti. Io, con la mia età e la mia esperienza, il massimo che posso trovare è un lavoro come gorilla in uno strip club. E con quello non ci paghi le bollette e non fa certo bene a un matrimonio.»

Pata si appoggiò al cofano e fissò una delle pareti rocciose che li circondavano.

«L'unica cosa che voglio è una vita normale, amico» continuò. «Avere un piatto in tavola e non preoccuparmi di quanto ruba il governatore di turno. Hai visto i macchinari abbandonati sul ciglio della strada mentre venivamo qui? Hai visto i lavori che il governo ha appaltato ai suoi amici e che non ha mai finito perché ora sono stati tutti arrestati? Qui l'unica maniera per vivere bene è o rubare o darsi alla politica.»

Mac stava per fare una battuta facile, ma preferì annuire in silenzio. Ognuno aveva i propri motivi per rischiare di perdere la libertà. Quelli di Pata forse erano i meno ambiziosi, ma magari anche i più importanti.

«Le hai già dato un nome?» chiese, indicando la gabbia.

«Mina.»

«Mina?» rise Mac.

«Sì, Mina. Non ti piace?»

Guardò gli occhi tristi del cane. Era contento di pensare che presto avrebbe avuto un posto dove scorrazzare.

«È azzeccato.»

CAPITOLO 40

16 luglio 2019, ore 12:07.

Dopo aver restituito i due schiaffi a Mac, Ferro si lasciò alle spalle l'autocisterna e si diresse verso i grandi edifici modulari dipinti di verde scuro. Osservò i condizionatori appesi sotto ogni finestra. Minerva gli aveva spiegato che venivano usati quasi tutto l'anno in modalità riscaldamento.

I moduli erano disposti a scacchiera. Ogni riga aveva una lettera e ogni colonna un numero. Non gli fu difficile individuare quello che stava cercando. Aveva le stesse dimensioni degli altri, ma c'erano solo quattro condizionatori invece di dodici.

Con al collo un badge falso, si fermò davanti alla porta e armeggiò con il pomello. Era aperta e dava su un ingresso vuoto. Minerva gli aveva detto che lo chiamavano "stanza fredda" perché l'aria esterna restava intrappolata tra le due porte. Quella interna aveva una finestrella all'altezza degli occhi e, al posto del pomello, una maniglia cieca. L'abbassò inutilmente. Per aprirla, ai lavoratori serviva una chiave.

Ma per fortuna lui non era un lavoratore.

Tirò fuori dalla tasca posteriore un pezzo di radiografia e guardò le vertebre disallineate, come una torre di blocchi di legno costruita da un bambino.

«Aiutami, papà» mormorò, e diede un bacio veloce all'immagine prima di infilarla tra la porta e il telaio.

Le radiografie erano le migliori amiche di un ferramenta. Le aveva usate per aprire centinaia di porte, anche se mai in una situazione come quella. Di solito quando lo faceva c'era qualcuno che gli stava col fiato sul collo. O un ladro che aveva fretta di entrare, o un cliente della ferramenta che si vergognava di essere rimasto chiuso fuori casa.

Gli ci volle meno di mezzo minuto per sbloccare il chiavistello con la lastra. Una volta dentro, si attaccò il telefono all'orecchio. Nessuno fa domande a uno che parla al telefono.

Attraversò il corridoio esaminando ognuna delle quattro porte, due da una parte e due dall'altra. Respirava lentamente, cercando di convincersi che a quell'ora non ci sarebbe stato nessuno nelle stanze. I capi erano quelli che trascorrevano il maggior numero di ore fuori dai loro alloggi.

Si fermò davanti alla numero quattro e bussò. Aveva ancora il telefono contro l'orecchio.

Silenzio.

Dopo alcuni secondi, bussò un po' più forte.

Niente.

Guardò la serratura. La radiografia non sarebbe servita a nulla contro quel cilindro robusto. C'era da aspettarselo. Dopotutto, dall'altra parte di quella porta dormiva la persona più importante di Entreventos.

Armeggiò con i grimaldelli che aveva in tasca finché non individuò la sensazione morbida e sinuosa del *Bogotá*. Tirò fuori anche un tenditore d'acciaio che si era costruito da solo. Tenendo il telefono tra la spalla e l'orecchio, infilò entrambi gli strumenti nella serratura. Mentre spingeva il tenditore con la mano sinistra, la destra muoveva il *Bogotá*. *Veloce, come le ali di un colibrì*, gli aveva insegnato suo padre mezza vita prima. Quando poteva ancora parlare e muovere le mani.

Un buon ferramenta era in grado di aprire la maggior parte delle serrature in quel modo. Ogni tanto, però, ce n'era una che gli dava del filo da torcere. Non sempre si trattava dei modelli più costosi, né dei migliori. Un decimo di millimetro nel metallo tornito poteva fare la differenza tra una serratura facile da aprire e una quasi impossibile.

Tirò fuori il *Bogotá* e allentò la tensione. Le sue dita allenate sentirono il clic di diversi scrocchi che scattavano di nuovo. Era riuscito a metterne alcuni in posizione di apertura, ma non tutti.

Dopo un altro paio di tentativi falliti, sostituì il *Bogotá* con un grimaldello a uncino, dal profilo identico a quello di una mazza da hockey. Lo spinse fino in fondo e poi lo fece scivolare fuori, contando lo scatto di ogni scrocco. Questa cosa non gliel'aveva potuta insegnare suo padre.

«Pablo, figlio mio, non posso più lavorare con le mani» gli aveva detto una mattina, quando Ferro non aveva ancora imparato la tecnica del *Bogotá*. Tra un po' non riuscirò più a camminare. I medici dicono che alla fine non potrò neanche parlare. Dovrai prendere il mio posto nel negozio di ferramenta. Tuo zio Abel ti insegnerà tutto quello che ti serve.»

Così, a sedici anni, la malattia degenerativa del padre lo aveva gettato nel mondo degli adulti. Da un giorno all'altro lo zio era diventato il suo collega e il suo nuovo maestro. Gli aveva insegnato prima a fare le copie delle chiavi e poi a usare i grimaldelli. Molto più tardi erano passati alle casseforti.

Contò cinque scrocchi. Merda.

Usò di nuovo il tenditore. Il sudore che si condensava sullo schermo gli bagnava l'orecchio. Premette ancora più forte il cellulare contro la guancia per evitare che scivolasse, facendo attenzione a non trasferire la forza sulle dita.

Poi sentì un suono inconfondibile. Qualcuno aveva appena tirato lo sciacquone.

Si affrettò a mettere via gli attrezzi e riprese in mano il telefono.

«Ciao papà, come stai?» disse a bassa voce.

Fece una pausa.

«Bene, bene, qui va tutto bene» aggiunse. «Sto lavorando.»

Lasciò passare un altro paio di secondi. Ne approfittò per appoggiare sul petto il badge che lo accreditava come un addetto alla manutenzione.

«Sì, papà, anch'io non vedo l'ora di vederti.»

Anche se non c'era nessuno all'altro capo della linea, stava dicendo la verità. Aveva voglia di vedere suo padre. Vederlo muoversi di nuovo. E sorridere. Ecco perché si trovava a quattromila chilometri di distanza da casa per cercare di aprire quella porta.

Dalla stanza accanto a quella in cui stava cercando di entrare, uscì un uomo di età e peso avanzati. Ferro gli dava le spalle e finse di essere impegnato in una conversazione mentre guardava in alto, come se stesse controllando l'impianto elettrico. Si voltò solo quando sentì la porta esterna della stanza fredda chiudersi e nel corridoio tornò il silenzio.

Allora tirò di nuovo fuori il grimaldello e il tenditore.

Tre minuti sembrano pochi. Ma se in quei tre minuti si rischia di essere colti in flagrante e di far andare a rotoli l'intero piano, è un tempo lunghissimo. Soprattutto quando due dei cinque scrocchi della serratura sono di sicurezza. Minuscoli pezzi di metallo rigati, perfezionati nel corso degli anni da ingegneri tedeschi per fermare quelli come lui.

Ma era passato un sacco di tempo dall'ultima volta che Ferro si era dato per vinto. Proprio come il suo primo lucchetto aveva ceduto anni prima, la serratura di fronte a lui si arrese in meno di duecento secondi.

Dall'altro lato della porta trovò una scena molto diversa da quella che si aspettava. Minerva aveva mostrato loro le foto delle stanze per il personale comune: tre metri per tre, due letti singoli, comodini di materiale scadente e un bagno con la doccia.

Questa non ci assomigliava per niente.

Tanto per cominciare, il direttore generale non la condivideva con nessuno. Il letto era matrimoniale, largo quasi quanto era lungo. Il televisore appeso alla parete era più grande delle finestre. Sotto, un frigorifero con lo sportello trasparente che mostrava un assortimento di bibite. Accanto c'era una libreria piena di libri e di foto di famiglia che mostravano la cronistoria di tre bambini che ormai si erano fatti uomini.

Sopra il comodino c'erano una lampada, un e-reader e una scatola di gomme da masticare al caffè. Se ne mise una in tasca. Non sapeva che le facessero anche di quel gusto.

Si avvicinò alla scrivania, dove riposavano diversi cavi per collegare il pc che il manager si portava appresso ovunque. Uno dei cassetti era chiuso a chiave. Lo aprì con il *Bogotá* e rovistò in una pila di documenti, infilandone diversi nello zaino.

Prima di entrare in bagno, esaminò l'armadio. Sulle grucce erano appese camicie di ogni tipo. Alcune con il logo Inuit, altre con un coccodrillo verde o un omino che gioca a polo. C'erano anche diversi blue jeans e dei pantaloni in gabardine beige.

La storia si fa interessante, pensò mentre si inginocchiava.

In fondo, tra i mocassini e gli scarponi antinfortunistici, c'era uno scomparto grande come un microonde che conosceva molto bene. Era il tipo di cassetta di sicurezza più comune negli alberghi poco più che squallidi. Qualsiasi ferramenta di quartiere poteva aprirne una in quindici minuti.

A lui bastarono settantatré secondi. All'interno non trovò né documenti né denaro. Solo un telefono color argento, troppo vecchio per uno che prendeva un milione al mese. Era spento. Lo infilò nello zaino e chiuse la porta della cassetta di sicurezza.

Entrò nel bagno. Vasca con idromassaggio, bidet e una sfilza di profumi e lozioni d'importazione nell'armadietto dietro lo specchio.

Lì concluse il compito che Minerva gli aveva affidato. Poi parlò alla radio.

«Nella stanza è tutto a posto. Mi sa che c'è un premio.»

«Bene. Un premio?» chiese Minerva.

«Ti spiego quando ci vediamo. Passo e chiudo.»

CAPITOLO 41

16 luglio 2019, ore 12:08.

Dopo essere scesi dal Cerro Solo e aver consegnato il badge di Madueño ai compagni che li aspettavano nell'autocisterna, Minerva e Polvere si allontanarono senza perdere un secondo. Duecento metri più avanti, parcheggiarono l'Hilux accanto ad altri quattro identici nel parcheggio principale dell'insediamento. Il responsabile di ognuno di quei fuoristrada poteva trovarsi in un ufficio, in mensa, nella sala ricreativa o addirittura in camera sua. Potevano lasciare lì quello di Madueño senza destare alcun sospetto.

Polvere spense il motore e consegnò la chiave a Minerva perché la custodisse. Dopodiché, tutti e due si misero un berretto con il logo Inuit.

Minerva scese dal fuoristrada e camminò a capo chino per evitare che il suo volto fosse ripreso dalle telecamere. Abbassò lo sguardo sugli scarponi, sui pantaloni e sul giubbotto ufficiale della compagnia. Non c'era nulla di sospetto, si disse. Lei e Polvere erano solo due dipendenti che camminavano in fretta per andare a ripararsi dal freddo.

Entrarono nel modulo principale e si diressero verso i bagni, che si trovavano prima della mensa. Minerva entrò in quello delle donne, si sedette sul water senza abbassarsi i pantaloni e contò sessanta secondi. Poi tirò lo sciacquone, si lavò le mani e uscì.

Mac le si avvicinò e la salutò con un bacio sulla guancia, come se fossero due lavoratori che si ritrovano a Entrevientos dopo sette o quattordici giorni di riposo.

Vedendo il sorriso sul suo volto, Minerva capì che Pata aveva fatto la sua parte.

Come d'accordo, Mac le restituì il badge di Madueño. Per un millesimo di secondo le venne in mente la conversazione che aveva avuto con lui il giorno prima, mentre preparavano la via di fuga. Gli doveva delle scuse per il modo in cui l'aveva trattato, ma non era né il momento né il luogo adatto, così scacciò quel pensiero come una mosca.

Stavano per salutarsi quando un forte boato scosse il pavimento e le pareti intorno a loro. Gli occhi di Mac si spalancarono e si guardò intorno. Minerva gli mise una mano sull'avambraccio e si avvicinò per parlargli all'orecchio.

«Siamo in una miniera, non te lo scordare.»

I primi giorni anche lei era spaventata dalle esplosioni. Malgrado i pozzi fossero distanti chilometri, le esplosioni per frantumare la roccia erano abbastanza potenti da far tremare i vetri di tutte le finestre dell'insediamento.

Mac annuì, forse ricordando che lei gliene aveva parlato a San Rafael. Si salutarono. Lui tornò nel bagno degli uomini e lei uscì ad affrontare il freddo del mezzogiorno. Fuori, due operai in appalto in uniforme nera e verde fumavano a braccia conserte per riscaldarsi. La squadrarono dalla testa ai piedi, ma lei ci era abituata. In un posto così isolato, dove il novanta per cento dei lavoratori sono uomini, gli sguardi sul corpo di una donna piovono come coltelli anche in pieno inverno, quando tutte le forme si confondono sotto le cappe degli indumenti. Quando passò davanti a loro, alzò appena la mano a mo' di saluto. Di riflesso, si sistemò il berretto e alzò un po' di più sul naso gli occhiali dalla montatura spessa. Entrambi gli uomini ricambiarono con un "Buongiorno" melenso.

Attraversò velocemente un sentiero piastrellato che aveva percorso migliaia di volte. Portava al data center, un container di quattro metri per due. Diversamente da quelli che fungevano da uffici o da guardiole, questo non aveva finestre. In ogni caso sapeva che non c'era nessuno dentro, perché Madueño era a Cerro Solo e Mallo, da quanto aveva sentito alla radio, era nel suo ufficio. Avvicinò il badge di Madueño al lettore vicino alla porta e la lucina rossa diventò verde.

All'interno, l'odore di plastica surriscaldata era proprio come lo ricordava. Ogni server viziava l'aria della stanza mentre svolgeva una funzione fondamentale per la miniera: e-mail, servizi web, comunicazioni, database. Se l'impianto di lavorazione era il cuore della miniera, come aveva spiegato ai suoi compagni, il data center ne era il cervello.

Indossò i guanti di lattice e si sedette sulla sedia di fronte all'unica scrivania. La sua sedia. Anche quella non era cambiata in sette mesi. Toccò la barra spaziatrice e lo schermo nero prese vita. Tra le varie opzioni, scelse di collegarsi al server delle telecamere, che trasmetteva e registrava tutto quel che accadeva a Entrevientos.

Inserì la password senza nemmeno pensarci. Le sue dita la conoscevano a memoria.

"Password errata. Ritentare."

La inserì di nuovo, questa volta concentrandosi su ogni tasto, quasi sforzandosi di farlo lentamente. Il risultato fu identico: una crocetta rossa e una gran frustrazione. Ci provò una terza volta, ormai rassegnata.

Non è possibile. Non hanno cambiato neanche una password. Solo questa?

Il banner rosso ora l'avvertiva che le restavano solamente due tentativi prima che il server si bloccasse per un'ora.

Bisognava passare al piano B.

Tirò fuori uno dei cacciaviti che aveva nello zaino e si chinò accanto al server. Svitò le viti sul retro e sollevò il telaio metallico, facendo attenzione a non staccare i cavi.

I sei hard disk che lei stessa aveva configurato erano lì, collegati alla scheda madre. In due era installato il sistema operativo. Staccarli avrebbe attirato l'attenzione quanto sparare un bengala. Gli altri quattro, invece, contenevano gli ultimi otto mesi di immagini ad alta definizione catturate da ciascuna delle centoventi telecamere del giacimento.

Estrasse con cura questi ultimi quattro hard disk. Sul monitor del server non apparve alcun messaggio di errore. Era un buon segno.

«Telecamere sistemate» disse alla radio mentre riavvitava il telaio.

Agli occhi delle tre guardie che controllavano il circuito chiuso non sarebbe cambiato nulla. Il server continuava a inviare le immagini sulla rete interna e qualsiasi persona autorizzata poteva vederle. La differenza era che nulla di ciò che accadeva sarebbe stato più registrato. E se Minerva avesse distrutto i quattro hard disk che stava infilando nello zaino, gli ultimi otto mesi di Entrevientos, compreso quel giorno, sarebbero stati cancellati per sempre.

Il passo successivo consisteva nel disattivare il server dell'internet satellitare. Osservò il cavo che correva lungo il battiscopa, saliva su una parete e poi usciva dal data center attraverso un foro nel soffitto. Quel foro per collegare la piccola antenna parabolica l'aveva fatto proprio lei con il trapano.

Tirò il cavo per staccarlo dal battiscopa e poi lo strinse con una pinza, rompendo parte del rivestimento in plastica. Alcuni fili di rame rimasero scoperti. Li rigirò con forza fino a spezzarli.

CAPITOLO 42

16 luglio 2019, ore 12:47.

L'e-mail che Carlos Sandoval aveva appena scritto a Ignacio Beguiristain, responsabile della Inuit in tutta l'Argentina, era ancora nella cartella della posta in uscita. Era normale che ci volesse un po' di tempo per inviarla, perché Sandoval aveva allegato foto ad alta definizione di diverse aree di Entrevientos da inserire nel rapporto annuale.

Era il quarto anno che lo faceva, ma questa volta era diverso. Tra quelle immagini c'era anche una sua foto in primo piano. Lui, Carlos Sandoval, doveva apparire nientepopodimeno che sulla copertina dell'annuario che la compagnia stampava e distribuiva alle migliaia di dipendenti in Canada, Brasile, Cile e Argentina.

Tirò fuori dalla tasca le gomme da masticare al caffè che aveva comprato da un importatore di Buenos Aires. Ne infilò una in bocca, chiuse gli occhi e per un attimo ritornò alla sua infanzia a San Fernando del Valle, in Catamarca. Indossava un grembiule bianco immacolato. Era la prima volta che iniziava l'anno scolastico con un grembiule nuovo. Alle elementari ne aveva ereditato uno da qualche vicino, con i polsini talmente luridi che nessun detersivo era riuscito a sbiancarli.

Era seduto sulla poltrona malandata della sala da pranzo, davanti al televisore in bianco e nero su cui suo padre gli faceva guardare i cartoni animati per mezz'ora al giorno. Ora il televisore era spento. C'erano suo padre da una parte e suo fratello dall'altra. Tutti e tre bevevano caffè da tazze di acciaio inox. Caffè istantaneo di una marca che non esisteva più e il cui sapore aveva riscoperto, quasi per caso, in una gomma da masticare prodotta solo negli Stati Uniti.

Per un attimo affiorò anche il ricordo della madre, ma fu di breve durata. Cosa poteva ricordare, se non la vedeva da quando aveva undici anni?

La sua infanzia, i suoi veri ricordi, erano insieme a suo fratello e a suo padre.

«Se studi, farai strada. Altrimenti finirai come noi» gli diceva il padre.

E di strada ne aveva fatta eccome. Direttore di una delle miniere più ricche dell'Argentina. Oltre milleduecento persone sotto la sua responsabilità. Dipendente dell'anno di una multinazionale quotata a Wall Street.

Riaprì gli occhi. La rotellina che girava accanto all'e-mail era diventata una X rossa. Aprì il browser e digitò l'indirizzo del sito dove era solito consultare il riepilogo delle diverse borse mondiali.

Impossibile accedere alla rete.

Provò il suo telefono ufficiale. Un punto esclamativo nell'angolo dello schermo indicava che c'era un problema. La stessa cosa succedeva con quello che usava per chiamare Pam.

Sbuffando, prese la radio e selezionò il canale assegnato all'area IT.

«Madueño o Mallo. Qui Sandoval.»

«Qui Mallo in ascolto. Mi dica, signor direttore.»

«Ci sono ancora problemi? Non ho internet né sul computer né sul telefono.»

«Sì, anch'io mi sono accorto dell'interruzione. Madueño è andato a Cerro Solo per vedere cos'è successo con l'antenna. Da un'ora stiamo fornendo internet all'insediamento con il *backup* satellitare, ma pare che ci sia un problema anche con quello. A livello di software vedo tutto normale. Proprio adesso sto andando al data center per vedere se si tratta di un problema fisico. Le farò sapere tra qualche minuto.»

CAPITOLO 43

16 luglio 2019, ore 13:06.

Gerardo Mallo si fissò di nuovo la radio alla cintura e accelerò il passo. Era il suo primo inverno a Entrevientos. Non vedeva l'ora che i quattordici giorni del turno finissero per poter fuggire da quel freddo che gli tagliava il viso e riabbracciare sua moglie nella casetta che avevano comprato alla periferia di Rosario.

Passò il badge ed entrò nel data center, accolto dall'aria calda del circuito interno. Si stupì di trovare acceso lo schermo del terminal del server. Di solito si spegneva dopo quindici minuti di inattività. Forse Madueño era già tornato da Cerro Solo ed era passato da lì poco prima? Strano che non lo avesse avvertito. Aveva preso apposta uno dei quattro telefoni satellitari.

Se non aveva chiamato, probabilmente era perché aveva già individuato il guasto e stava cercando di ripararlo. Era bravo, quel ragazzo. Bravissimo. Quando doveva risolvere un problema si dimenticava persino di mangiare.

Digitò la password del server satellitare e provò alcuni comandi diagnostici. La connessione era interrotta.

Riavviò il server. Niente.

Controllò i connettori sul retro. Il cavo proveniente dall'antenna parabolica era collegato correttamente. Solo quando lo seguì con lo sguardo si accorse del problema.

Uno dei morsetti attaccati alla parete si era staccato e ora il cavo, serpeggiando lungo il pavimento, era finito sotto un armadietto metallico dove tenevano i computer vecchi. Com'era potuta accadere una cosa del genere?

Mallo non riusciva a crederci. Doveva parlarne seriamente con Madueño.

Spinse con cautela il mobile fino a sollevarlo da una parte e riuscì a liberare il cavo con il piede. Il metallo lo aveva bloccato schiacciandolo al punto da lasciare allo scoperto alcuni fili di rame, come se fossero stati tranciati con una pinza.

«Signor direttore, ho identificato il guasto nel collegamento satellitare» disse alla radio. «Un cavo rotto. Lo cambio subito.»

«Perfetto, Mallo. Tienimi aggiornato. Devo spedire un'e-mail molto importante.»

Collegò un nuovo cavo al server e fece passare l'altra estremità attraverso il foro nel muro. Quindi uscì dal data center e lo collegò all'antennina parabolica all'esterno del container.

Rientrò ed eseguì di nuovo i comandi di prova.

Ma come, impossibile accedere alla rete?

Ricontrollò il cavo altre due volte e ripristinò di nuovo il server, ma non c'era verso.

L'unica spiegazione per quanto stava accadendo era quella che lui chiamava "la tempesta perfetta". Mallo faceva quel lavoro da molti anni e sapeva che, ogni tanto, Murphy si prendeva gioco di tutti e mandava all'aria sia il piano A che il piano B. Come in questo caso: aveva fatto saltare contemporaneamente una torre alta ventinove metri e un satellite a trentaseimila chilometri di altezza.

Come se non bastasse, il vero esperto dell'internet satellitare non era lui, bensì Madueño. Se a verificare il problema a Cerro Solo ci fosse andato Mallo, Madueño sarebbe stato lì a sistemare la connessione. E invece no, Mallo aveva deciso di mandare il ragazzo a guidare per mezz'ora su una strada sterrata fino in cima alla collina.

"I migliori leader sono i primi a rimboccarsi le maniche quando si presenta un problema", gli avevano insegnato in un seminario aziendale. E lui, questa volta, aveva fatto il contrario. Si era nascosto dietro la gerarchia per comodità.

Deciso a porre rimedio al suo errore, lasciò il data center e salì sul pick-up. Sarebbe andato a Cerro Solo ad aiutare Madueño.

CAPITOLO 44

16 luglio 2019, ore 13:04.

Minerva guardò i fili del cavo danneggiato. Ora tutto il giacimento era rimasto senza internet. Era solo una questione di minuti prima che qualcuno, probabilmente Gerardo Mallo, si presentasse al data center.

Spinse da un lato un armadietto pieno di computer rotti fino a sollevarne i piedi. Poi posò con cura il cavo e riabbassò l'armadietto, appoggiandolo sulla parte danneggiata. Se qualcuno l'avesse trovato così, si sarebbe preoccupato più di risolvere il problema che di chiedersi da cosa fosse stato provocato.

Uscì dal container con i quattro hard disk. Si guardò intorno e si diresse verso l'estremità del muro, dove l'antennina parabolica puntava verso il satellite geostazionario.

Anche il minimo spostamento poteva far perdere la connessione. All'inizio, prima che Minerva facesse costruire un tutore speciale per il supporto, anche le raffiche di vento erano un problema.

Con un piccolo balzo si aggrappò al braccio dell'antenna, piegandolo un po' verso il basso. Fece attenzione a tirarlo quel poco che bastava per deviarlo oltre i tre gradi di tolleranza, ma non tanto che si notasse a occhio nudo. Se avesse spostato l'antenna, sarebbe stato facile riorientarla. Ma piegando il braccio, il ricevitore rimaneva fuori dal raggio della parabola. In qualunque posizione, l'antenna non avrebbe comunque funzionato.

E ci avrebbero messo un po' ad accorgersene.

CAPITOLO 45

16 luglio 2019, ore 13:39.

Dopo il brindisi con gli operai della fonderia, Pata uscì dalla mensa e andò ai servizi fischiettando il ritornello di *Alma de piedra y carbón*, di Hugo Giménez Agüero. Mentre si lavava le mani, vide riflesse nello specchio le due porte che si aprivano dietro di lui. Come previsto, Mac e Polvere stavano uscendo dai bagni.

Mac sollevò le sopracciglia con aria interrogativa.

«Tre su quattro» sussurrò Pata. «Quello col tatuaggio è diventato vegano e non beve più nemmeno la Coca Cola.»

Mac e Polvere lo guardarono increduli.

«Non potevi metterglielo nell'acqua?» chiese Polvere.

Pata scosse la testa mentre si asciugava le mani sotto il getto d'aria calda.

«È andata così, ragazzi. Non facciamone una tragedia» disse, e uscì.

***

Trenta secondi dopo, Mac fece un cenno a Polvere e uscirono insieme dal modulo.

Fuori il vento si era alzato. Mac affondò la testa nel colletto del giubbotto per ripararsi dall'aria gelida carica di polvere. Con la coda dell'occhio vide che qualcuno stava venendo verso di loro. D'istinto accelerò il passo. Ogni volta che muoveva in avanti la gamba destra, il chilo e mezzo della calibro nove che teneva in tasca gli sbatteva sulla coscia.

«Calma, è Ferro» disse Polvere.

Lasciò uscire tutta l'aria che aveva trattenuto nei polmoni. Il nervosismo gli aveva fatto dimenticare per un attimo che Ferro li avrebbe raggiunti in quel punto.

«Tutto bene?» chiese a bassa voce.

«Tutto benissimo» rispose Ferro con la sua esse strascicata.

Camminavano in silenzio. Mac stringeva i denti e teneva lo sguardo fisso davanti a sé. Passarono davanti a un'autopompa. Minerva aveva spiegato che a Entrevientos c'era un corpo di pompieri volontari, composto da dipendenti della compagnia. Altrimenti, se fosse scoppiato un incendio avrebbero dovuto aspettare più di due ore prima che arrivasse qualcuno a spegnerlo.

Quando si lasciarono il veicolo alle spalle, Mac sganciò la radio dalla cintura. Trecento metri li separavano dalla fase successiva del piano.

«Minerva, stiamo andando da Morales. Pata ne ha messi tre su quattro.»

«Dovrebbe bastare» rispose lei. «Sto arrivando.»

Con Polvere e Ferro accanto, Mac proseguì verso un altro dei box quadrati della città artificiale. Questo aveva una croce rossa sulla porta e due ambulanze fuoristrada parcheggiate all'esterno.

La sala d'attesa puzzava di disinfettante. Non c'era nessuno seduto sulle sedie di plastica contro il muro. Buon per loro. Mac indossò un passamontagna e gli altri due fecero lo stesso. Era impossibile portare a termine l'intero piano a volto coperto, ma meno si facevano vedere, meglio era.

Su una delle porte, un cartello recitava "Ambulatorio. Bussare e attendere di essere chiamati". Mac stava per bussare, ma Polvere lo precedette e colpì la porta tre volte con le nocche. Dall'altra parte si sentì il rumore di una sedia che scivolava sul pavimento.

Aprì la porta una donna occhialuta con un camice

bianco. Era alta e snella e probabilmente non aveva ancora quarant'anni. Polvere l'afferrò per le spalle e la spinse dentro l'ambulatorio.

«Che succede?» chiese lei.

Prima che potesse dire altro, lui le puntò la calibro nove alla testa. Gli occhi della donna si spalancarono dietro le lenti e aprì la bocca, ma non disse una parola. Mac richiuse la porta dell'ambulatorio, con il cuore che gli batteva come un martello pneumatico.

«Ma che fate?» chiese un uomo calvo, anche lui vestito di bianco, che stava bevendo un mate sulla sedia riservata ai pazienti.

«Tu cosa credi?» chiese Polvere, ora puntando la pistola contro di lui.

Ferro disse all'uomo di alzarsi e gli legò i polsi dietro la schiena con una fascetta di plastica.

«Dottoressa Morales. Infermiere Acuña» disse Polvere. «Se fate quello che vi diciamo, non vi succederà nulla. Ora il mio amico vi parlerà dei telefoni.»

Il medico e l'infermiere si guardarono sconvolti. Mac deglutì a fatica prima di parlare.

«Mi serve il suo telefono satellitare, dottoressa.»

Il medico aprì in fretta un cassetto della scrivania con le mani tremanti e gli consegnò l'apparecchio. Mac se lo infilò in tasca e indicò il telefono fisso sulla scrivania.

«Adesso, per favore, alzi la cornetta e segua le mie istruzioni.»

***

«È per te, Andrés. È la dottoressa Morales» disse il meccanico, staccando dall'orecchio il telefono sporco di grasso.

Ad Andrés Cepeda, autista di una delle ambulanze di Entrevientos, parve strano ricevere quella chiamata. Non perché la dottoressa sapeva dove trovarlo – in fondo, trascorreva più tempo nell'officina che nella sua stanza –

ma perché lo aveva chiamato per telefono e non per radio.

Prese la cornetta e ascoltò le istruzioni del suo capo.

«Vengo subito, dottoressa» rispose, e attraversò di corsa i quattrocento metri di insediamento che separavano l'officina dall'infermeria.

Bussò alla porta dell'ambulatorio con un colpo ritmato, che la dottoressa riconosceva e a cui di solito rispondeva con "Entra, Andrés". Gli piaceva quando lo chiamava per nome.

Ma questa volta la porta si aprì senza che nessuno dicesse una parola. Dall'altra parte non c'era la figura snella della dottoressa, ma un uomo con un passamontagna in testa e una pistola in mano.

***

Ferro uscì dall'infermeria con indosso la divisa da autista di ambulanza. Gli stava un po' grande, ma non tanto da destare sospetti. Si era messo il passamontagna in tasca. Fuori, oltre alle due ambulanze e al fuoristrada della guardia medica, vide un altro Hilux grigio. Al volante c'era Minerva, anche lei vestita di rosso e bianco.

Andò dritto verso una delle due ambulanze, la mise in moto e la avvicinò il più possibile all'ingresso dell'infermeria. Poi aprì gli sportelli posteriori del veicolo.

Mentre controllava che non si avvicinasse nessuno, Polvere fece montare sull'ambulanza la dottoressa Morales, l'infermiere e il vero autista, minacciandoli con l'arma.

«Andiamo» disse Polvere, e salì anche lui dietro gli ostaggi.

Ferro chiuse gli sportelli, si rimise al volante e accelerò in direzione dell'impianto di lavorazione. Dallo specchietto retrovisore vide che Minerva scendeva dal fuoristrada grigio e saliva su un altro, quasi identico, ma con una croce rossa sul cofano. Mac, nel frattempo, si mise al volante di quello che Minerva aveva appena lasciato.

Come stabilito, Minerva li seguiva da vicino, mentre Mac rimaneva indietro.

Il cuore di Ferro batteva all'impazzata. Lasciò per un attimo il volante e aprì le mani, ma con il veicolo in movimento gli era impossibile sapere se gli stessero tremando o meno.

«Calmati» si disse.

Ma non poteva fare a meno di pensare che per aprire una Kollmann-Graff era necessario avere il polso più fermo che per un'operazione a cuore aperto.

CAPITOLO 46

San Rafael, Mendoza, Argentina. Due mesi e mezzo prima.

Mac era talmente preso dalla spiegazione che per un attimo si dimenticò che c'era una banda di delinquenti nella sala dove di solito i suoi figli facevano colazione. Ora tutta la sua attenzione era concentrata sul raggio del puntatore laser che Minerva muoveva sullo schermo.

«Il minerale viene ammassato qui» spiegò lei, fermando il puntino rosso su una montagna rocciosa sul lato sinistro dello schermo. «Questo nastro trasportatore lo porta al primo frantoio. Da lì escono dei sassolini grandi come caramelle, che a loro volta vengono caricati su quest'altro nastro.»

Ora il puntatore indicava il lungo braccio metallico che collegava un silo grigio al grande edificio di lamiera nera che svettava sull'impianto.

«Qui dentro è dove avviene la parte più interessante. In alto c'è il mulino, una specie di lavatrice grande come un camion. Utilizza l'acqua e delle sfere d'acciaio per macinare la roccia e renderla più fine del sale da cucina. Poi viene versata in enormi bacini con una soluzione di acqua e cianuro.»

«Ma non è un veleno?» chiese Polvere.

Dal modo pratico e pacato con cui Minerva annuì, Mac immaginò che avesse dovuto rispondere a quella domanda parecchie volte negli anni in cui era stata dipendente della Inuit Gold.

«Sì» rispose lei. «Il cianuro di sodio è un elemento chiave del processo e anche uno dei cavalli di battaglia del movimento anti-minerario. In caso di scarichi tossici, le conseguenze possono essere disastrose.»

«Già» intervenne Pata. «Ma qualsiasi compagnia mineraria dirà che non c'è da preoccuparsi, perché il settore è cambiato molto negli ultimi anni. "Ora siamo molto più rispettosi dell'ambiente".» Accompagnò l'ultima frase disegnando delle virgolette nell'aria con le dita.

«Non lontano da qui» commentò Mac, «nella miniera di Veladero, ci sono stati tre scarichi illegali negli ultimi quattro anni. Il più grave ha inquinato cinque fiumi.»

Minerva annuì e alzò entrambe le mani.

«Se cominciamo con le critiche all'industria mineraria, non la finiremo mai. Anch'io ne ho una sfilza, soprattutto da quando non lavoro più per loro. Ma per ora accantoniamo quest'argomento e continuiamo a parlare dell'impianto, d'accordo?»

Mac annuì, come il resto dei suoi compagni.

«Vi stavo dicendo che il cianuro è fondamentale perché scioglie l'oro e l'argento, separandoli dal resto della roccia. Il processo si chiama lisciviazione.»

«Sembra il nome di un infortunio da calciatore» disse Polvere. «Messi oggi non giocherà per colpa di una lisciviazione al ginocchio.»

Ferro scosse la testa per la battuta. Minerva invece lo ignorò e continuò a spiegare nei particolari come la roccia veniva trasformata in lingotti.

«Come faremo a entrare nell'impianto?» chiese Mac quando lei terminò.

«C'è un solo accesso, con un cancello e una guardiola di vigilanza. Per il resto, i dodici ettari sono circondati da una recinzione alta due metri e mezzo, con il filo spinato in cima.»

«Buongiorno, siamo venuti a fare una rapina, sareste così gentili da lasciarci passare?» disse Pata con un tono esageratamente cortese.

Mac sorrise. Quel tipo gli era simpatico. Se non fosse che erano d'accordo che dopo la rapina non avrebbero più avuto contatti tra di loro, avrebbero potuto diventare amici.

«Il protocollo è il seguente» spiegò Minerva: «ogni veicolo che si avvicina è obbligato a identificarsi via radio e a dichiarare dove sta andando e a fare cosa. La guardia giurata ha l'ordine tassativo di aprire il cancello solo a chi è nell'elenco del personale autorizzato.»

«Immagino che una semplice chiamata via radio non basti per ingannarli» disse il Banchiere.

«No. L'avviso serve a velocizzare l'ingresso. Se la persona è veramente autorizzata, la guardia giurata esce per chiedere i documenti. Se tutto è corretto, torna nella guardiola e apre il cancello.»

«Quindi se riusciamo a farci aprire, il resto è un giochetto da ragazzi» disse Polvere.

«Per niente.»

CAPITOLO 47

16 luglio 2019, ore 14:08.

La guardia giurata responsabile del posto di blocco stava scrivendo un messaggio alla madre, a quattrocento chilometri di distanza, quando qualcuno trasmise un messaggio sul canale sette della radio.
Qui guardia medica a impianto. Stiamo arrivando con l'ambulanza.
Confuso, posò il telefono sulla scrivania e prese la radio.
«Qui impianto, di cosa si tratta?» chiese.
Non ricevendo risposta, si sporse dal finestrino e guardò verso l'insediamento. In effetti, una delle ambulanze si stava avvicinando, seguita da un fuoristrada della Inuit.
«Guardia medica, qui impianto. Perché dovete entrare?»
Di nuovo, silenzio. Uscì dalla guardiola dalla porta che dava sull'esterno della recinzione e fece segno all'ambulanza di fermarsi. Il veicolo rallentò fino ad arrestarsi a meno di dieci metri dal cancello chiuso. Il fuoristrada si fermò poco più indietro.
Deve essere un autista nuovo, pensò la guardia.
Si avvicinò al finestrino del conducente. Certo, era nuovo. Peruviano o boliviano, ipotizzò. O forse di Jujuy, o di Salta. Nonostante gli occhiali da sole, si notavano i lineamenti dell'altopiano.
Argentini, svedesi, boliviani o marziani, i membri del personale medico credevano di essere delle divinità. Come se le regole per loro non valessero.

«Anche se venite con l'ambulanza, mi dovete dire chi ha autorizzato l'accesso.»

«Mi scusi. Sono nuovo.»

«Per la prossima volta. Cosa venite a fare?»

«Non lo so» rispose l'autista, scrollando le spalle e puntando il pollice dietro la schiena. «Io faccio quello che mi ordina la dottoressa Morales. Lo chieda a lei, se vuole.»

In quel momento, la guardia sentì aprirsi gli sportelli posteriori dell'ambulanza. Si avvicinò. Anche l'Hilux fermo a pochi metri di distanza era dell'infermeria. Lo guidava una donna con i capelli corti e gli occhiali scuri che lo salutò sollevando un paio di dita dal volante. Oltre al nuovo autista, a quanto pare avevano assunto anche una nuova infermiera. Decise che uno di questi giorni si sarebbe recato all'ambulatorio con una scusa qualsiasi.

Salutò la donna e si affacciò al retro dell'ambulanza. Allora delle mani lo afferrarono per l'uniforme e lo caricarono a forza.

***

Ferro aprì la finestrella e scostò la tendina per vedere cosa stava succedendo nel retro dell'ambulanza. Dall'altro lato, Polvere teneva sotto tiro la guardia per costringerla a spogliarsi, mentre la dottoressa Morales e gli altri due ostaggi li guardavano terrorizzati in un angolo.

Quando la guardia restò in mutande, Ferro scese, girò intorno all'ambulanza ed entrò dallo sportello posteriore. Polvere, a sua volta, portò davanti la dottoressa Morales.

Ferro indossò in fretta e furia la divisa della guardia sopra il suo sottile camice da infermiere.

«Mettiti questo» disse all'uomo seminudo, porgendogli un cambio di vestiti.

«Da' retta al mio amico, che è più pazzo di me» gridò Polvere, seduto al volante, attraverso la finestrella.

Per confermare le parole del suo compagno, Ferro

sollevò la pistola.

«È facile» disse. «Se mi obbedite non vi succederà nulla. Se qualcuno fa dei movimenti strani, gli svuoto addosso il caricatore. È chiaro?»

La guardia giurata, l'infermiere e l'autista dell'ambulanza annuirono in silenzio.

«Così mi piacete» disse, e legò le mani e i piedi della guardia come aveva fatto con gli altri due. Poi la imbavagliò.

Ferro scese dall'ambulanza e fece un piccolo cenno a Minerva, che aspettava al volante del fuoristrada. Poi alzò ancora un po' lo sguardo verso l'insediamento. Mac li stava raggiungendo sull'altro Hilux grigio.

Ferro passò il badge della guardia sulla serratura della porta ed entrò nella guardiola. Era una stanza grande come una camera da letto, con le finestre su tutte e quattro le pareti e arredata solo con una scrivania. Sopra di essa, uno schermo proiettava le immagini delle telecamere di sicurezza esterne. Uno dei riquadri mostrava l'ambulanza in primo piano, con Polvere al volante e la dottoressa accanto.

Esaminò le pareti della guardiola finché non trovò il pulsante verde nel punto esatto indicato da Minerva. Lo premette con forza e il cancello di accesso cominciò a scorrere.

L'ambulanza entrò nell'impianto. Minerva la seguì con il fuoristrada della guardia medica. Pochi secondi dopo arrivò Mac con l'Hilux del tecnico informatico.

Quando tutti e tre i veicoli furono dentro, Ferro schiacciò un altro pulsante e il cancello iniziò a chiudersi.

Le sue mani tremavano come foglie.

CAPITOLO 48

San Rafael, Mendoza, Argentina. Due mesi e mezzo prima.

«Una volta entrati nell'impianto, la cosa successiva da fare è accedere alla *gold room*» disse Minerva.

Si fermò a guardare i cinque membri della banda, uno alla volta. Era felice di constatare che la stavano ancora ascoltando, anche se non facevano una pausa da più di due ore.

«La *gold room* è il luogo più sorvegliato di tutta la miniera. Di solito non ci sono più di otto persone dentro. Il capo è il responsabile fonditore, che è presente ogni volta che l'oro liquido viene versato negli stampi e supervisiona il trasferimento dei lingotti al caveau. Secondo il registro dei turni che ho scaricato ieri dal server, molto probabilmente sarà di turno Silvio Alcántara. Più tardi vi farò vedere una foto. È facile da riconoscere perché ha un drago tatuato sul collo.»

«Questa *gold room* ha due ingressi come quella di Cerro Retaguardia?» chiese Pata.

«Sì, uno per il personale e uno per i veicoli, che si apre solamente quando arriva il camion blindato.»

«Telecamere di sicurezza?» chiese Ferro.

«Centodieci in tutto. Per lo più all'interno, ma anche all'esterno, per sorvegliare i dintorni. Non c'è nemmeno un punto cieco. Nemmeno negli spogliatoi del personale.»

«Chi le controlla?»

«Dentro la *gold room* c'è una stanza con diversi schermi su cui scorrono le immagini a rotazione. Lì ci sono due addetti alla sicurezza che vedono tutto. I forni, il trasporto dei pallet con i lingotti, l'interno del caveau. Tutto.»

«E come facciamo a entrare?» chiese Mac.

Minerva respirò a fondo prima di rispondere. L'aria nella sala rotonda era stantia, con un misto di sudore e tabacco all'aroma di vaniglia. Le avrebbe fatto bene fare una pausa al più presto, e pure ai suoi compagni.

«Entrare nella *gold room* è complicato persino per un dipendente in regola» spiegò. «Delle milleduecento persone che lavorano a Entrevientos, meno di trenta sono autorizzate a entrare. La stragrande maggioranza dei lavoratori della miniera non vede mai un lingotto di doré.»

«Io non ne ho mai visto uno a Cerro Retaguardia» aggiunse Pata.

«E tu?» chiese Polvere, indicandola con il sigaro.

Minerva deglutì a fatica. Sapeva che quello che stava per dire avrebbe rovinato la sua credibilità, ma non poteva mentire ai suoi compagni.

«Solo attraverso le telecamere.»

Calò il silenzio. Le mani le sudavano di nuovo. Per fortuna il Banchiere intervenne subito.

«Per quelli che possono entrare qual è il protocollo?»

«Prima di tutto» spiegò lei, asciugandosi le mani sui fianchi senza farsi notare, «bisogna avvisare quando si entra nell'impianto. Poi la guardia giurata in portineria comunica via radio con i suoi colleghi della *gold room*. Se la persona che vuole entrare è autorizzata, può percorrere i settecento metri che separano l'ingresso dell'impianto dalla *gold room*.»

Minerva indicò sull'immagine aerea una zeta allungata che tracciava il percorso da seguire dentro quel quadrato pieno di serbatoi, nastri trasportatori e macchinari. Fermò il puntatore laser al centro.

«Arrivati davanti alla porta della *gold room*, il dipendente passa il proprio badge sul lettore. All'interno, il personale di sicurezza vedrà tutti i dati della persona che vuole entrare, compresa una foto, che potrà confrontare con l'immagine che vede nella telecamera. Se si tratta della stessa persona, aprono la porta. In caso contrario, gli dicono di girare i tacchi.»

«Sono armati?» volle sapere Mac.

«No. Non ci sono armi da fuoco nel giacimento. Pochissime agenzie di sicurezza potrebbero fornire così tante guardie armate in un posto così remoto. Innanzitutto perché in Argentina è molto difficile per un civile ottenere il porto d'armi. E poi perché, se un dipendente dovesse uccidere qualcuno, foss'anche un ladro, la responsabilità ricadrebbe sul datore di lavoro.»

«Ti faccio un riassunto» intervenne Pata, guardando Mac. «Non ci sono armi perché alla compagnia mineraria costerebbe troppo.»

«Esattamente, e questo gioca a nostro favore» disse Minerva. «Ma attenzione a non sottovalutare le guardie. Sono addestrate e forti.»

«E cosa succede se qualcuno si piazza davanti alla porta della *gold room*, punta un fucile contro la telecamera e gli ordina di aprire?»

«Fanno scattare l'allarme, chiamano la polizia e bloccano tutto dall'interno. A quel punto non si potrà entrare nemmeno con un bulldozer.»

Il silenzio dei cinque uomini questa volta fu molto diverso. Ora si erano zittiti per pensare. Minerva trattenne un sorriso. La divertiva tenerli sulle spine.

«Ma non preoccupatevi» disse, «perché a noi quella porta l'apriranno.»

CAPITOLO 49

16 luglio 2019, ore 14:16

Dopo aver varcato il cancello dell'impianto, Mac fermò l'Hilux nel parcheggio interno, tra il posto di blocco e un modulo di uffici. Rimase a osservare l'ambulanza e il fuoristrada di Minerva finché non scomparvero dietro una costruzione in lamiera.

Dài, dài, dài, pensò, mentre le dita tamburellavano sul volante.

Il cuore gli batteva forte. Una cosa era studiare l'impianto dall'alto e un'altra era esserci dentro.

In un contesto diverso, avrebbe ammirato quelle tramogge di tutte le dimensioni e gli enormi serbatoi cilindrici collegati tra loro da una complessa rete di tubi gialli. Sarebbe stato colpito dall'enorme nastro trasportatore che dal silo in cui era immagazzinato il minerale frantumato saliva verso una struttura di lamiera nera, la più alta di tutto lo stabilimento. Si sarebbe immaginato il mulino che polverizzava la pietra lì dentro.

Ma ora riusciva a pensare soltanto a ciò che stava per accadere nell'edificio basso in mezzo a tutti quei tubi e serbatoi.

Doveva aspettare.

***

L'ambulanza procedeva lentamente lungo le strade interne dell'impianto. Seduta sul sedile del passeggero, la dottoressa Morales calcolava le probabilità di riuscire a strappare la pistola al rapinatore al volante.

Si chinò facendo finta di niente per guardare nello specchietto retrovisore. Ora dietro di loro c'era solo uno dei due fuoristrada.

Il rapinatore parcheggiò l'ambulanza accanto all'ingresso dei veicoli della *gold room*. Persino lei sapeva che l'accesso era consentito solo ai camion blindati. L'uomo si girò e aprì la finestrella che dava sul retro.

«Se qualcuno di voi tre fa rumore, pianto una pallottola in testa alla dottoressa. Quindi fate i bravi.»

Patricia Morales chiuse gli occhi, chiedendo protezione a un dio con cui aveva perso i contatti fin dalla prima comunione. Quando li riaprì, vide che il pick-up che li aveva seguiti era parcheggiato a due metri dal suo finestrino.

«È chiaro quello che deve dire, vero?» le chiese il rapinatore, guardandosi allo specchio per sistemarsi il berretto e gli occhiali da sole.

Lei annuì in silenzio.

«Non ho sentito» disse lui, infilandosi la pistola in una tasca del camice da infermiere.

«Sì, è chiaro» riuscì a rispondere con un filo di voce.

«Benissimo, andiamo.»

In un certo senso, si tranquillizzò nel vedere una donna scendere dall'Hilux. Indossava l'uniforme rossa e bianca degli operatori sanitari e portava anche lei gli occhiali da sole. La rapinatrice le sorrise, si avvicinò e le appoggiò una mano coperta da un guanto di lattice sulla spalla.

«Andiamo, doc, o ti congelerai qui fuori» le disse con un accento... porteño? Sì, di Buenos Aires. Porteño e *tanguero*.

Camminarono tutti e tre fino alla porta di accesso del personale. La dottoressa Morales sapeva che la telecamera che li guardava dall'alto non riprendeva la pistola che quell'uomo le puntava alle reni. L'unica alternativa che aveva era seguire le istruzioni che le erano state date, quindi avvicinò il suo badge al lettore e suonò il citofono.

«Sì?» rispose un uomo dall'altra parte.

«Salve, sono la dottoressa Morales.»

«Buongiorno.»

Deglutì.

«Ci sono diversi casi confermati di avvelenamento nel giacimento. A quanto sembra oggi a pranzo hanno servito delle pietanze avariate e dobbiamo controllare tutte le aree. Stiamo visitando i reparti, ci potrebbe confermare se le persone nella *gold room* stanno bene?

«Sono tutti inquadrati dalla telecamera e non vedo nulla di strano.»

«È possibile che stiano male, ma che i sintomi non siano ancora visibili. Il personale della cucina ci ha detto che in mensa c'erano diversi operai della fonderia. Chiedetegli se hanno qualche tipo di malessere. In particolare, dolori allo stomaco o voglia di vomitare.»

Il citofono rimase in silenzio per qualche secondo.

«Aspetti lì, dottoressa.»

«Bravissima» le sussurrò la porteña all'orecchio.

CAPITOLO 50

16 luglio 2019, ore 14:01

A Mallo mancavano cinque chilometri per arrivare Cerro Solo quando si accorse che sulla cima non c'era nessun fuoristrada parcheggiato accanto al container delle apparecchiature di comunicazione. Guardò la radio e notò che non c'era ancora campo. Madueño se n'era andato senza risolvere il problema.

Pensò di fare dietrofront e di tornare nell'insediamento, ma aveva già fatto più di due terzi della strada. In dieci minuti sarebbe arrivato in cima e avrebbe potuto dare un'occhiata ai computer. Magari era pure fortunato e sarebbe riuscito a risolvere il problema.

Raggiunta la cima, parcheggiò accanto al container e si avvicinò alla porta. La solita chiave non entrava nel lucchetto, l'avevano cambiato senza dirglielo?

Poi sentì un tonfo all'interno, come se un oggetto pesante fosse appena caduto. Accostò un orecchio contro la porta e si coprì l'altro per non sentire il vento. Sentì un altro colpo.

«Madueño, sei tu?» gridò alla porta.

I colpi si fecero più forti.

Ma che succede?

Tornò in macchina a prendere la chiave a croce che usava per cambiare le gomme bucate. Dovette fare leva più volte per far saltare il lucchetto.

Una volta dentro, trovò Felipe Madueño legato mani e piedi. Mallo gli tolse subito il nastro adesivo argentato che gli tappava la bocca e Madueño sputò una palla di stracci.

«Dobbiamo dare l'allarme» disse con voce roca e lo sguardo terrorizzato. «C'è un'intrusione nel giacimento.»

Intrusione. Finora Mallo aveva sentito quella parola solo nelle esercitazioni organizzate dal responsabile della sicurezza. Questa volta, però, dalle apparecchiature distrutte intorno a lui era chiaro che non si trattava di una simulazione.

«Che cos'è successo?» gli chiese mentre tagliava le fascette che lo immobilizzavano.

«Mi hanno attaccato. Un uomo e una donna. Sono armati. Mi hanno preso il fuoristrada, il badge e il telefono satellitare. Dobbiamo dare l'allarme.»

Mallo guardò il container sabotato. Ci avrebbero messo un bel po' per ristabilire le comunicazioni.

«Vado a lanciare un razzo» disse, dirigendosi verso l'uscita.

«No» lo fermò Madueño. «Così penseranno che siamo nei guai e verranno qui.»

«Ma siamo nei guai.»

«Sì, ma tra il tempo che ci vuole a salire e quello per tornare nell'insediamento passa un'ora. E in quell'ora potrebbe succedere una disgrazia.»

«Possiamo scendere con il fuoristrada. Così risparmiamo mezz'ora.»

«E se incrociamo quei tipi per strada? Tu non li hai visti, capo, ma quelli fanno sul serio. Se devono sparare, ci sparano.»

«E allora cosa dobbiamo fare, Madueño?»

«Non lo so. Dobbiamo dare l'allarme, ma ho paura di andarmene da qui.»

«Non possiamo aspettare. Tu stesso hai appena detto che qualcuno potrebbe essere in pericolo.»

«Se scendiamo, saremo noi a metterci in pericolo.»

Mallo gli posò una mano sulla spalla.

«Sei troppo nervoso, Felipe. Ma qualcuno deve pur andare ad avvertirli. Facciamo una cosa: io lancio il razzo e tu aspetti qui che vengano a prenderti. Io nel frattempo

scendo» propose.
 Madueño scosse la testa.
 «Preferisco venire con te che restare da solo.»

CAPITOLO 51

16 luglio 2019, ore 14:18.

Davanti alla porta della *gold room*, Minerva batteva il pavimento con la punta del piede. Anzi, per la precisione il suo piede batteva il pavimento automaticamente, senza che il suo cervello gli impartisse alcun ordine.

«Dottoressa, sembra di sì» disse infine la guardia al citofono. «Ci sono tre operai con la diarrea e dolori allo stomaco.»

«Dobbiamo entrare con l'ambulanza?» chiese Polvere.

«Non serve. Ce la fanno a uscire da soli. Il capo dice che appena finiscono di colare il metallo che hanno già fuso escono. Entrate ad aspettarli, se volete.»

La porta d'accesso del personale si aprì con un ronzio elettrico. A Minerva venne la pelle d'oca.

«Tu sta' calma» sentì che sussurrava Polvere alla dottoressa Morales.

L'ingresso alla *gold room* era un corridoio dal soffitto basso e con le pareti bianche, con una porta sul retro e una laterale. Quest'ultima conduceva a un ufficio pieno di schermi. Minerva sapeva che quei monitor trasmettevano in loop le immagini delle oltre cento telecamere di sicurezza della miniera, anche se dalla sua posizione nel corridoio e con la porta chiusa non riusciva a vedere nemmeno l'angolo di una scrivania.

Dall'ufficio uscì un addetto alla sicurezza per tagliar loro la strada, vestito, come tutti gli altri, con una divisa nera e gialla. Non appena l'uomo mise piede nel corridoio, la porta si chiuse dietro di lui con un meccanismo automatico sconosciuto a Minerva.

«Aspettate lì» disse, facendogli cenno di restare dov'erano.

Senza farsi vedere, Minerva infilò una mano nella valigetta del pronto soccorso che portava a tracolla. Sentì il metallo freddo attraverso il lattice dei guanti. Non appena la guardia si girò per ritornare al suo posto, guardò Polvere e annuì.

Si mosse lei per prima. Con un gesto veloce, tirò fuori una bomboletta spray dalla valigetta e spruzzò della vernice nera sulla lente della telecamera.

«Non muoverti o ti stendo» gridò Polvere un secondo dopo.

«Cosa?» disse l'uomo, girandosi verso di loro.

Vedendo Polvere che gli puntava contro la pistola, la guardia alzò le mani. Minerva si affrettò a legargli i polsi con delle fascette e poi fece la stessa cosa con la dottoressa. Infine, lei e Polvere si infilarono i passamontagna.

Questo era il momento più critico del piano. Anche se le telecamere non stavano filmando, i vertici della miniera avevano accesso alla trasmissione in diretta attraverso la rete interna. Il che voleva dire che se qualcuno avesse controllato la telecamera durante la frazione di secondo che Minerva aveva impiegato per coprire la lente, avrebbe scoperto che c'era stata un'intrusione. Le probabilità erano estremamente basse, perché la telecamera puntata su un corridoio era una delle meno osservate, ma ad ogni modo era un rischio.

Comunque sia, il dado ormai era tratto. Adesso dovevano muoversi in fretta e con cautela. Appena usciti da quel corridoio, sarebbero entrati nel campo visivo di un'altra telecamera.

«Sedetevi lì» disse Minerva alla dottoressa Morales e alla guardia, indicando il pavimento vicino alla porta dell'ufficio.

Si accovacciò davanti a loro e li guardò fisso. Negli

occhi della dottoressa c'era paura. In quelli dell'altro, sconcerto.

«Non preoccupatevi, andrà tutto bene» disse loro, ed entrambi annuirono in silenzio.

Sganciò il badge dal colletto della guardia e lo lanciò a Polvere. Il suo compagno l'avvicinò al lettore della porta dell'ufficio e scosse la testa.

«Bisogna inserire un codice.»

Merda. Non c'era quando lavorava lì.

Osservò la guardia, legata contro il muro. L'uomo sosteneva il suo sguardo, con aria di sfida. Poi Polvere li raggiunse e gli infilò la pistola in bocca.

«Dimmi il codice e dimmelo bene. Perché se lo inserisco e la porta non si apre, ti sparo nelle palle prima di ucciderti.»

La guardia iniziò a parlare prima che il filo di bava che univa le sue labbra alla canna della pistola venisse spezzato. Minerva dovette ammettere che il Banchiere aveva ragione: Polvere era essenziale.

«Sette, cinque, quattro, nove.»

Polvere si avvicinò alla tastiera e digitò la prima cifra con la punta del dito inguantato.

«Fermati!» disse Minerva. «Meno uno.»

«Cosa?»

«Il codice. Prova con un numero in meno. Sette, cinque, quattro, otto.»

«Ma ha appena detto...»

«Fa' come ti dico.»

Polvere le diede retta e una luce verde si accese sulla serratura. Uno scatto annunciò che la porta era aperta.

Appena entrati nell'ufficio, Minerva si affrettò a spruzzare di vernice nera un'altra telecamera.

«Le chiavi delle porte hanno un meccanismo di sicurezza» gli disse. «Se si aggiunge un numero, le porte si aprono comunque, ma si attiva un allarme silenzioso.»

Polvere fissò la guardia con odio. Minerva gli posò una mano sulla spalla, ma non bastò a calmarlo.

«E così ti piace fare l'eroe, eh?» disse, avvicinandosi all'uomo e afferrandolo per il bavero mentre gli premeva la canna della pistola sul collo.

«Calmati» disse Minerva.

La guardia giurata rimase in silenzio, respirando affannosamente. Polvere si chinò e gli si avvicinò al viso finché i loro nasi non si toccarono.

«Alcuni sono stati sgozzati per molto meno» gli disse.

«Dov'è il telefono satellitare?» chiese Minerva, lanciando un'occhiata di sbieco agli schermi. Voleva vedere il contenuto del caveau, ma la guardia aveva bloccato i monitor prima di consentire loro l'accesso. Faceva parte del protocollo.

«In quel cassetto» disse la guardia.

Minerva si mise il telefono in tasca e si sganciò la radio dalla cintura.

«Tutti dentro, subito.»

CAPITOLO 52

16 luglio 2019, ore 14:31.

Pata si stava avvicinando all'impianto al volante dell'autocisterna. Fissava i serbatoi cilindrici e le costruzioni quadrate in lamiera scura che Minerva gli aveva fatto imparare a memoria.

«Alla maggior parte di questi moduli non ci avvicineremo neanche, ma è meglio sapere cosa sono» aveva detto loro.

Tuttavia, lui ora non sarebbe stato in grado di distinguere un serbatoio di lisciviazione da uno di acqua potabile. L'adrenalina gli consentiva di concentrarsi solo quanto bastava per portare il camion nel cuore del labirinto metallico.

A trecento metri dal perimetro recintato, il cancello cominciò ad aprirsi. Si lasciò scappare un sorriso alla vista di Ferro vestito con una divisa nera e gialla, come qualsiasi altra guardia giurata della Inuit.

Vicino al recinto, due guanachi pascolavano indifferenti a tutto. Li invidiava per la loro tranquillità.

Centocinquanta metri.

Accanto al cancello, Ferro gli fece cenno di avanzare. Il gesto era convinto e ufficiale. Un gesto normale, da parte di una guardia giurata a un camionista autorizzato.

Cento metri.

A forza di stringere il volante con tutte le sue forze, le sue nocche erano diventate bianche. Le autobotti non potevano entrare nell'impianto, perché i serbatoi di gasolio e il generatore si trovavano all'esterno. E un colosso che trainava una cisterna da trentasettemila litri non sarebbe passato inosservato a lungo in un complesso di massima sicurezza.

Cinquanta metri e iniziano i problemi, pensò.

A quel punto il cancello semiaperto si fermò per una frazione di secondo. Quando si mosse di nuovo, lo fece in senso contrario. Chiusura.

Un uomo alto e magro era sbucato dal nulla e stava urlando qualcosa a Ferro mentre alzava la mano verso il camion, facendo segno a Pata di fermarsi. Non aveva altra scelta che premere i freni.

Il muso del veicolo si fermò a due metri dal cancello.

CAPITOLO 53

16 luglio 2019, ore 14:31

Gerardo Mallo stringeva con forza la radio affinché non gli scivolasse dalle mani. Accanto a lui, Madueño superava di molto il limite di sessanta chilometri all'ora fissato nel giacimento, facendo saltare il pick-up come un cavallo selvatico sulla strada dissestata.

«Emergenza. Emergenza. Emergenza!» ripeteva Mallo al dispositivo. «C'è un'intrusione, qualcuno mi sente?»

Come tutte le volte precedenti, non arrivò nessuna risposta.

«Appena entriamo nel perimetro del ripetitore dell'insediamento ti sentiranno, capo. Mancano due o tre chilometri.»

Mallo sapeva che Madueño aveva ragione, ma l'ultima cosa che voleva fare era aspettare.

«Emergenza. Emergenza. Emergenza!» ripeteva, pronunciando le parole stabilite dal protocollo.

Madueño affrontò una delle poche curve della strada senza rallentare. Il fuoristrada sbandò un po', ma il giovane riuscì a riprendere il controllo del veicolo.

«Emergenza. Emergenza. Emergenza!»

Il dispositivo emise un crepitio statico.

«Sì... vanti... scolto.»

«Sono Gerardo Mallo. C'è un'intrusione nell'insediamento. Sono armati. Dobbiamo dare l'allarme e chiamare la polizia con il telefono satellitare. L'antenna di Cerro Solo e la connessione internet secondaria sono ancora fuori uso. Ripeto: intrusione armata. Avvisare la

polizia.»
«Nonti... nto... ene. Potresti... petere... avore?

CAPITOLO 54

16 luglio 2019, ore 14:34

«Cosa sta succedendo qui?»

Quando si girò, Ferro riconobbe quell'uomo alto e magro, sulla trentina, vestito in camicia e jeans. Minerva aveva mostrato loro le foto dei dipendenti chiave della compagnia. Quel tipo che stava indicando il camion fermo dall'altra parte del cancello si chiamava Patricio Iglesias ed era il capo della sicurezza dell'impianto. Il suo ufficio si trovava nel modulo accanto a quello in cui Mac aveva appena parcheggiato.

«Ha l'autorizzazione del direttore generale per entrare» disse Ferro, dirigendosi verso la guardiola con passo deciso.

«E si può sapere a cosa serve un camion di carburante nell'impianto?» chiese Iglesias alle sue spalle.

Ferro si limitò a indicare la guardiola senza rallentare il passo. Dietro di lui, gli scarponi con la punta d'acciaio di Iglesias scricchiolavano sulla terra arida. Entrò nel piccolo modulo con l'altro alle calcagna. Fece un respiro profondo per cercare di calmarsi.

«Dov'è Soto?» chiese Iglesias.

Ferro si girò, con la mano sinistra nella tasca del giubbotto di Soto, e impugnò la calibro nove.

«Siediti» gli disse.

L'altro lo guardò sbalordito. Non era certo abituato che si rivolgessero a lui in quel modo.

«Stammi bene a sentire, amico, forse sei nuovo qui e non sai con chi stai parlando.»

«So chi è lei, signor Iglesias.»

Per un attimo l'uomo fu colto di sorpresa. Poi prese fiato e parlò con tono forte e arrogante, elencando le sue pretese con le dita.

«Vediamo se ci capiamo. Innanzitutto, voglio sapere subito come ti chiami. Secondo, devi spiegarmi perché c'è un'ambulanza davanti alla *gold room*. E terzo, dimmi che cazzo ci fa un camion della YPF dentro l'impianto.»

«Gliel'ho già detto, sono ordini del direttore generale» rispose Ferro, mentre premeva il pulsante verde accanto alla scrivania. Con un lontano ronzio, il cancello ricominciò ad aprirsi.

«Cosa stai facendo? Mostrami subito l'ordine di Sandoval.»

«Eccolo» gli disse, appoggiando la calibro nove sulla scrivania.

Iglesias rimase pietrificato.

«Ascoltami. Adesso la metto via, ma non credere di non essere sotto tiro, eh? Ho la canna puntata, centimetro più, centimetro meno, dritto sulle tue palle.»

«Ma lei chi è?»

Si accorse che Iglesias aveva smesso di dargli del tu. Era incredibile quanto rispetto potesse provocare una pistola.

«Non te l'immagini?»

«Mi stia a sentire, non faccia del male a nessuno dei nostri dipendenti, la prego.»

«Ma senz'altro, Iglesias. Per chi ci hai preso?»

Gli ultimi metri della cisterna finirono di varcare il cancello. Ferro schiacciò il pulsante rosso e il cancello tornò a scorrere sul binario per chiudersi. L'autobotte girò a destra, percorrendo il tragitto che il puntatore laser di Minerva aveva indicato più volte sulla cartina.

In quel momento, il suono assordante di un allarme riecheggiò nella guardiola. Ferro balzò in piedi e puntò la pistola contro Iglesias.

«Che cos'è?»

«Non ho fatto nulla, glielo giuro» disse Iglesias,

alzando le mani.

«Andiamo subito nella tua macchina.»

L'uomo annuì e uscì senza protestare. Fuori, la sirena risuonava da alcuni altoparlanti montati su dei tralicci. A Ferro ricordarono i campi di concentramento nei film sul nazismo che suo padre amava tanto.

Iglesias si diresse verso il parcheggio tra la guardiola e il modulo degli uffici, dove c'erano più di una mezza dozzina di Toyota Hilux grigi. Uno era quello di Mac.

«Questo è il mio» gridò Iglesias più forte dell'allarme, indicando un altro Hilux.

«Sbrigati. Guida tu. Alla *gold room*» disse Ferro, salendo sul lato passeggero e facendo cenno a Mac di seguirli.

Il capo della sicurezza dell'impianto non aprì più bocca finché non parcheggiarono accanto all'ambulanza e all'autocisterna.

«Che cosa volete esattamente?» chiese poi.

«La stessa cosa che volete voi, Iglesias. Oro e argento.»

CAPITOLO 55

16 luglio 2019, ore 14:36.

L'allarme cominciò a suonare contemporaneamente in diversi punti dell'insediamento. Non era il veloce suono intermittente di un allarme antincendio o l'assordante sirena di un'emergenza medica.

Carlos Sandoval aveva udito l'ululato lento di questa sirena solo durante le esercitazioni organizzate da Francisco Alvarado, il responsabile della sicurezza. Ma oggi Alvarado era impegnato a preparare il discorso che proprio Sandoval gli aveva commissionato per i dipendenti che lavoravano nella galleria. Inoltre, quante possibilità c'erano che Alvarado stesse organizzando un'esercitazione a sorpresa proprio il giorno in cui l'antenna del Cerro Solo si era spenta ed era caduta la connessione satellitare?

Nessuna. L'allarme antintrusione era legittimo e lui doveva mettere subito in moto il protocollo.

Il primo passo era chiamare la polizia. Senza internet e senza cellulari, gli serviva uno dei quattro telefoni satellitari del giacimento. Uno era custodito nell'ufficio degli informatici, un altro in infermeria e un terzo ce l'avevano le guardie giurate della *gold room*. Il quarto era come se non esistesse, perché era assegnato alla squadra di esplorazione, che in quel momento si trovava a trentadue chilometri di distanza a prelevare dei campioni da una nuova vena.

A proposito, si ricordò che il giorno prima una guardia che pattugliava le piste meno frequentate aveva notato un piccolo aereo che volava sette chilometri a nord dell'impianto di lavorazione. A Sandoval era sembrato strano, e ora si pentì di non avergli dato importanza.

Sollevò la cornetta del telefono del suo ufficio. Per fortuna la rete telefonica interna funzionava ancora. Compose il numero dell'infermeria per avvisarli di chiamare la polizia di Puerto Deseado, se non l'avevano già fatto.

Il telefono squillò varie volte ma non rispose nessuno. Brutto segno. In infermeria rispondevano sempre subito.

CAPITOLO 56

16 luglio 2019, ore 14:36.

All'interno della *gold room*, Minerva osservava la guardia giurata con un misto di odio e pietà.

«Non sono stato io» implorava l'uomo.

Era steso sul pavimento del suo ufficio, dove Polvere aveva appena scaricato sia lui che la dottoressa Morales.

L'allarme riecheggiava tra le pareti prefabbricate. Minerva aveva previsto che prima o poi avrebbero rilevato l'intrusione, ma sarebbe stato molto più facile se prima avessero fatto in tempo a sistemare gli operai della fonderia. Ora, in preda al panico, avrebbero cercato di nascondersi. O, peggio, di fare gli eroi.

«La password» disse alla guardia, indicando gli schermi bloccati.

L'uomo gliela diede tra i singhiozzi. Il suono della sirena era così forte che dovevano gridare per sentirsi.

Quando aprì le immagini, il cuore di Minerva ebbe un sussulto. Tutte le telecamere trasmettevano un rettangolo nero. Non solo le due che aveva appena imbrattato. Tutte.

«Che cos'è questa roba?»

«Non sono stato io. Ve lo giuro. Se fossi stato io, l'allarme non sarebbe scattato qui dentro. Avrei avvertito solo le persone dell'insediamento perché chiamassero la polizia.»

«Cosa-è-questa-roba» ripeté scandendo le parole e indicando le finestre nere sugli schermi.

«Se c'è un'intrusione, cade l'accesso alle telecamere.»

Polvere fece due rapidi passi verso di lui e gli puntò la pistola alla testa.

«Mi stai dicendo che le telecamere vengono spente proprio quando ne avete più bisogno? Ci hai preso per dei cretini?»

«No, no. Le telecamere non si spengono. Tolgono il segnale solo a noi, all'interno della *gold room*. Tutti gli altri possono vederle dall'esterno, ma questi schermi sono inutilizzabili.»

Polvere guardò Minerva, come a chiederle cosa fare. Lei sentì il nodo allo stomaco stringersi ancora di più. Non conosceva quel particolare del protocollo.

«Dobbiamo presumere che la polizia stia già arrivando» disse lei.

«Allora sbrighiamoci.»

Con il suo finto accento di Buenos Aires, Minerva ordinò agli ostaggi di alzarsi. Ci misero un po' più del normale perché, con le mani legate dietro la schiena, era difficile mantenere l'equilibrio. Quando uscirono dall'ufficio, Polvere aveva già aperto la porta in fondo al corridoio con il badge della guardia.

Un metal detector occupava quasi l'intera larghezza del corridoio in cui erano appena entrati. Era un arco squadrato identico a quello degli aeroporti. Minerva lo attraversò per prima e il dispositivo emise un *bip-bip-bip* appena udibile sopra l'allarme. La dottoressa Morales passò dietro di lei. Poi la seguì la guardia e, infine, Polvere.

Proseguirono fino alla fine del corridoio. Un'altra porta e un altro corridoio. Altre porte ancora. La *gold room* era un labirinto, ma Minerva aveva studiato le mappe per mesi.

«Questa è la camera blindata» disse a Polvere quando raggiunsero una porta a prova di scasso accanto a una finestra dai vetri antisfondamento.

La camera blindata era un ufficio bunkerizzato dove i dipendenti avevano l'ordine di rifugiarsi in caso di intrusione. Minerva si affacciò alla finestra. All'interno, l'altra guardia giurata della *gold room* teneva il ricevitore di un telefono fisso contro l'orecchio. Gli operai della fonderia non erano ancora arrivati.

Polvere bussò al vetro con il calcio della pistola. Quando l'uomo alzò lo sguardo, vide la canna dell'arma puntata alla tempia del suo collega ammanettato.

L'addetto alla sicurezza guardava attraverso il vetro come un cerbiatto i fari di un'auto. Ci mise qualche istante a muoversi e quando iniziò a farlo a Minerva sembrò che lo facesse al rallentatore. Lasciò il telefono, mostrò le mani vuote e aprì la porta.

Minerva gli legò frettolosamente i polsi e abbassò la tendina della finestra, affinché dal corridoio nessuno potesse vedere quanto stava accadendo nella stanza. Poi, Polvere fece sedere i tre ostaggi sul pavimento e legò loro anche le caviglie con le fascette.

«Ora sdraiatevi a pancia in giù» ordinò Polvere.

«Calmatevi, non ce l'abbiamo con voi» aggiunse mentre univa i polsi e le caviglie legate con una terza fascetta. Quando tutti e tre furono bloccati a pancia in giù, li imbavagliarono.

«Ci vediamo tra poco» disse Polvere.

Uscirono dalla camera blindata e Minerva chiuse la porta a chiave.

«Questa è l'ultima» disse al suo compagno, correndo verso la porta in fondo al corridoio che conduceva nel cuore della *gold room*.

Si aprì senza problemi, con lo stesso codice con cui erano entrati nella stanza dei monitor.

Ricordando la conversazione con Pezzano di qualche mese prima, quando non pensava ancora a lui come al Banchiere, Minerva si chiese se oltre quella porta ci fosse un leone.

CAPITOLO 57

Trelew, Chubut, Argentina. Quattro mesi e mezzo prima del colpo.

Minerva ci aveva messo quasi mezz'ora per spiegare a grandi linee il piano a Pezzano. Il vecchio ladro l'aveva ascoltata con attenzione, sorseggiando un caffè sullo stesso divano da cui lei gli aveva inviato l'e-mail che aveva messo in moto tutto.

«A prima vista, può funzionare» disse.

«*Può*? Non è abbastanza. *Deve* funzionare. Se non me lo sai dire tu che hai fatto più rapine dei pirati dei Caraibi, a chi lo chiedo?»

Pezzano finì di bere il caffè e posò delicatamente la tazza sul piattino di ceramica.

«Immagina di essere in una stanza dove ci sono due porte. In una c'è un leone. Nell'altra, una stanza uguale alla precedente.»

«E io so dietro a quale porta si trova il leone?»

«No. Devi aprirne una e rischiare. Non hai scelta. Se sei fortunata, apri quella che conduce alla stanza vuota, ma poi scopri che anche lì ci sono due porte.»

«E anche lì ce n'è una con un leone?»

«Esatto» annuì Pezzano, con le occhiaie stirate dal sorriso. «Ci sono dieci stanze così. Nella decima, una delle due porte è l'uscita. Allora, ingegner Viader, quante probabilità hai di sopravvivere?»

«Dovremmo elevare lo zero virgola cinque alla...»

«Bassissima» la interruppe Pezzano. «È più facile vincere alla lotteria che uscire vivi da lì.»

«Cosa c'entra con la rapina?»

Pezzano scosse la testa, come se la domanda lo offendesse.

«Se metto qualcuno nella prima stanza, secondo te sopravvivrà o morirà?»

«Morirà, ovviamente.»

«Cosa succede se ripeto la stessa cosa un milione di volte? Ogni persona che entra sceglierà una sequenza di porte a caso, senza sapere cosa hanno fatto gli altri.»

«La stragrande maggioranza morirà, ma alcuni, pochi, sopravvivranno.»

«E perché quei pochi sopravvivranno?»

«Perché avranno avuto la fortuna di aprire le dieci porte giuste.»

Pezzano si indicò il petto con l'indice.

«Esattamente. Io sono uno dei pochi fortunati.»

«Cioè, mi stai dicendo che sei l'uomo che ha rapinato più banche in tutto il paese per puro culo?»

«No. Ti sto dicendo che sono un superstite. Naturalmente ho fatto tutto il possibile per aprire le porte giuste. Ho avvicinato il naso al buco della serratura per vedere se sentivo l'odore di un leone. Ho teso l'orecchio per controllare se si sentiva il ruggito. E a volte l'ho sentito. Ma quando non avevo la minima idea di quale porta aprire, ne sceglievo una a caso.»

«Dove vuoi andare a parare?»

«Che se sono arrivato fin qui non è solo grazie al mio talento. Nessuno può garantirti in anticipo che non ci sarà un leone dietro le porte che vuoi aprire.»

CAPITOLO 58

16 luglio 2019, ore 14:42.

Dopo aver varcato l'ultima soglia, Polvere si ritrovò di fronte a uno spettacolo diverso da qualsiasi banca, gioielleria o villa avesse mai svaligiato prima. La *gold room* era grande come un campo da calcio e piena di enormi macchinari industriali coperti di polvere e sporcizia. Alcuni, grossi come un'automobile, pendevano sopra le loro teste.

Procedettero furtivamente. L'allarme risuonava in ogni angolo, anche se non così forte come nei corridoi.

«Dobbiamo trovare in fretta i dipendenti della fonderia» gli disse Minerva, camminando su un lato del corridoio.

Polvere la seguiva. Si dirigevano verso alcuni cilindri metallici grandi come lavatrici. Uno di essi era rovente. Crogioli da fonderia. Era lì che venivano fabbricati i lingotti.

A cinque passi di distanza, Polvere sentì un intenso calore agli occhi, l'unica parte del viso scoperta dal passamontagna. Si ricordò un altro dato fornito da Minerva: senza un equipaggiamento protettivo adeguato, era impossibile avvicinarsi a meno di due metri da un crogiolo senza ustionarsi.

«Non si vede nessuno» disse Minerva.

Polvere sentì alle sue spalle un rumore abbastanza forte da coprire l'allarme. Come se qualcuno avesse rovesciato un armadio o sbattuto forte una porta. Proveniva dall'ingresso da cui erano appena entrati.

Si girò e si mise a correre tra i macchinari con la

calibro nove in mano. Quando raggiunse la porta, girò il pomello e la prese a spallate, ma non riuscì a smuoverla.

«Gli operai della fonderia devono essersi nascosti quando ci hanno visti entrare, per poi uscire non appena siamo passati dalla porta» spiegò Minerva, che l'aveva già raggiunto di corsa, mentre digitava il codice nella serratura.

Polvere stava attento alla luce rossa accanto ai tasti. Non appena fosse diventata verde, l'avrebbe spinta di nuovo.

«Non funziona» disse Minerva.

«Come non funziona? Se per entrare...»

«Deve esserci un codice di uscita diverso. O un meccanismo di sicurezza speciale che la blocca in caso di emergenza.»

«Quante cose hanno cambiato in questa cazzo di miniera in sette mesi?» chiese Polvere.

Minerva non gli rispose.

Se finisco in galera mi sta bene, per essere stato un cretino, pensò Polvere. *Chi me l'ha fatto fare di farmi trascinare in culo al mondo da questa tipa?*

Sbuffò dal naso e alzò leggermente la pistola.

«Dobbiamo catturare gli operai della fonderia per forza» disse. «Senza di loro, non possiamo negoziare.»

«Ci sono quelli dell'ambulanza» gli rispose Minerva.

«Sì, ma abbiamo lasciato il medico in quella stanza. Potrebbe esserci utile.»

Puntò la pistola contro la serratura della porta.

«Fermati, Polvere!»

«Che ti prende?»

«Gli operai della fonderia potrebbero essere dall'altra parte.»

Non bastava il cuore tenero, crede pure di essere in un film. Sì, sono proprio un cretino, pensò prima di premere il grilletto quattro volte.

Gli spari squarciarono l'ululato monotono dell'allarme. Al posto della serratura, i quattro proiettili avevano lasciato un foro a forma di croce.

«Nella vita reale, chi sta scappando non chiude una porta per appoggiarsi dall'altra parte.»

Diede un calcio alla porta, che crollò come se fosse stata di legno scadente.

Dall'altra parte videro le spalle di tre uomini che scappavano in fondo al corridoio. Probabilmente si erano fermati davanti alla camera blindata per cercare di liberare la dottoressa Morales e le due guardie giurate. Spaventati dagli spari, ora si stavano allontanando rallentati dalle pesanti tute che li proteggevano dal calore della fonderia.

In quel momento, Polvere sentì vibrare la radio appesa in vita. Alzò l'arma e con l'altra mano se la portò all'orecchio.

«Siamo tutti fuori» disse Pata. «Ripeto, siamo tutti fuori.»

«Va' ad aprirgli» disse a Minerva, che aveva anche lei la radio incollata al viso. «A quelli ci penso io.»

Lei annuì e tornò nella *gold room*.

Lui alzò la pistola e sparò in aria tre volte.

CAPITOLO 59

16 luglio 2019, ore 14:44.

Polvere guardava i tre uomini in fondo al corridoio. I proiettili che aveva sparato sul soffitto, lungi dal paralizzarli, li avevano fatti scappare ancora più velocemente. Sorrise e gli corse appresso.

Non gli ci volle molto per raggiungerli. Le tute da fonditore li appesantivano troppo. Sembravano astronauti.

«Fermatevi o la prossima volta miro alla testa» gridò sopra l'allarme, che cominciava ormai a dargli sui nervi.

Si bloccarono all'istante. Tirò fuori dalla tasca una manciata di fascette e le gettò ai piedi dell'operaio più vicino a lui.

«Legali» gli disse.

Con movimenti maldestri, l'operaio legò i polsi e le caviglie dei suoi due colleghi. Dopo essersi assicurato che avesse fatto le cose per bene, Polvere legò anche lui.

«Ne manca uno. Dov'è?» chiese loro.

Uno di loro rispose qualcosa, ma Polvere non riuscì a distinguere le parole, attutite dal cappuccio della tuta isolante. Si avvicinò e gliel'alzò.

«Non sappiamo la combinazione del caveau» si affrettò a ripetere l'uomo.

«Non ti ho chiesto questo. Ti ho chiesto dov'è quello che manca.»

Poi sentì un colpo alla testa e tutte le luci si spensero.

CAPITOLO 60

San Rafael, Mendoza, Argentina. Due mesi e mezzo prima.

«E non sarebbe più facile assaltare il camion blindato in mezzo alla campagna invece di entrare lì dentro?» chiese Mac.

Il Banchiere si accorse che Minerva stava sorridendo quasi teneramente per l'ingenuità della domanda. Polvere, invece, fu meno sottile e si lasciò sfuggire una delle sue risate suine. Pata si limitò a guardare Mac con un luccichio negli occhi che il Banchiere comprese alla perfezione. Stava cercando di trattenersi dal sorridere.

«Perché ridete? Nella miniera ci sono settecento uomini, guardie giurate e mille cose che possono andare storte. Non è più facile intercettare l'oro in transito?»

«Questo qui dove l'hai preso?»

La domanda l'aveva rivolta Polvere al Banchiere, che però scelse di rispondere a Mac.

«Oggigiorno un camion blindato è uno degli obiettivi più difficili da assaltare.»

Ricordava con un po' di nostalgia gli anni '80, all'inizio della sua carriera di rapinatore di banche.

«Una volta erano l'anello più debole, ma oggi la situazione è molto cambiata. Ora sono armati fino ai denti e hanno diecimila apparecchi.»

«Inoltre» intervenne Minerva, «i camion blindati che trasportano il doré non sono come i furgoni che si vedono fuori dalle banche. Quelli che vanno a Entrevientos sono più grandi e hanno più agenti di scorta. Quattro uomini con armi di grosso calibro.»

«Sono praticamente inviolabili» aggiunse Pata. «Quelli che andavano a Cerro Retaguardia avevano un doppio asse posteriore e una trazione su ogni ruota. Sei per sei. Ed erano sempre scortati da un furgone con altri due uomini armati.»

«Anche questi» puntualizzò Minerva. «E, naturalmente, hanno un telefono satellitare, un GPS e un allarme silenzioso che si attiva automaticamente se il camion si ferma dove non dovrebbe.»

«E se li facessimo saltare con una carica durante il tragitto?» chiese Polvere. «Forse Mac ha ragione. Con paio di chili di esplosivo al plastico schizzerebbero in aria.»

«Avremmo ancora il problema della scorta» disse Pata, accarezzandosi la barba.

«No!» disse Minerva con un tono deciso che il Banchiere non le aveva mai sentito prima. «Non lo faremo perché se facessimo esplodere il camion uccideremmo i cinque uomini all'interno.»

«Ovvio, mica possiamo chiedergli per favore di aprire la porta» ribatté Polvere.

Il Banchiere stava per intervenire per raffreddare la discussione, ma si trattenne. Non aveva mentito quando aveva detto che lui in quell'affare era poco più che un mecenate. Era Minerva a comandare, il che comportava delle responsabilità. La guardò negli occhi. *È il tuo piano e la tua squadra*, cercò di dirle con uno sguardo.

Mac spezzò il silenzio che era calato nella sala.

«Se avete intenzione di fare una carneficina non contate su di me» disse, passando il mate a Pata. «Me ne vado subito.»

Minerva alzò le mani in segno di pace.

«Non ci sarà nessuna carneficina. Mettetevelo in testa.»

Il petto del Banchiere si gonfiò di orgoglio. Sentiva di nuovo quell'istinto paterno che lo aveva spinto, quindici anni prima, a rischiare la sua vita per aiutarla a scappare da quella sala da biliardo in avenida de Mayo.

«Questa rapina sarà senza spargimento di sangue, è chiaro?» continuò Minerva. «Le armi ci devono essere, perché prenderemo degli ostaggi. Ma di feriti non ne voglio neanche uno.»

«Certo. Nessuno vuole dei feriti» disse Polvere, «ma a volte le cose si mettono male e sei costretto a sparare qualche colpo.»

«Non succederà.»

«Lo dici adesso» rispose beffardo. «Vediamo se farai ancora la figlia dei fiori se le cose si mettono male.»

«La faremo senza morti e senza feriti!»

«Naturalmente, come tutti i tuoi precedenti colpi» obiettò Polvere. «Rinfrescami la memoria, a quante rapine senza morti e feriti hai detto di aver partecipato finora? Trenta? O erano quaranta?»

Calò di nuovo il silenzio, scandito dal crepitio delle fiamme. Il Banchiere guardava Minerva per cercare di rassicurarla, ma gli occhi di lei erano persi nel nulla. La vide girare intorno al tavolo, avvicinarsi alla poltrona dove sedeva Polvere e chinarsi in avanti, puntellandosi con le mani sulle ginocchia.

«Non so cosa sia peggio» disse quando le loro teste furono alla stessa altezza, «se non avere alcuna esperienza o averne senza che sia servita a nulla. A questo punto, anche se non te ne frega niente della vita degli altri, dovresti almeno sapere che c'è una ragione pratica per non ammazzare nessuno. La polizia di solito indaga più a fondo quando c'è di mezzo un omicidio che per una semplice rapina a una multinazionale.»

Senza togliergli gli occhi di dosso, Minerva indicò lo schermo.

«Là dentro ci lavorano delle persone oneste che passano metà del mese a mangiare la polvere per mantenere la famiglia.»

Si raddrizzò e guardò il resto della banda, compreso il Banchiere.

«Se a qualcuno di voi non piace il piano, quella è la

porta. Nessuno è indispensabile.»

«In realtà tu sì che lo sei» disse Mac. «Senza tutte le tue informazioni, non supereremmo neanche il Gate.»

Il Banchiere smise di trattenere il fiato e apprezzò il tono calmo del padrone di casa.

«A meno che non si cominci a sparare» aggiunse Polvere.

Minerva lo guardò di nuovo e aprì la bocca per dire qualcosa, ma la risata suina di lui la precedette.

«Rilassati, Minerva, era una battuta. Se dici che non si spara, non si spara. Sei tu il capo.»

Polvere accompagnò le sue ultime parole portandosi la mano destra alla tempia, a mo' di saluto militare.

Minerva scosse la testa e osservò i membri della banda uno per uno. Il Banchiere si morse la lingua per non parlare. Se avesse aperto bocca, avrebbe dovuto dar ragione a Polvere. Una cosa era stabilire che non ci dovessero essere dei morti, un'altra ben diversa era sapere cosa sarebbe successo quel giorno.

Un piano non va mai del tutto liscio. Persino Minerva, sotto sotto, doveva saperlo.

CAPITOLO 61

16 luglio 2019, ore 14:48.

Quando Polvere aprì gli occhi, un dolore acuto gli offuscò la vista. Era sdraiato a terra, a faccia in giù. La calibro nove, che vedeva sfocata, era ad appena venti centimetri dalla punta delle sue dita.

Allungò la mano per afferrarla, ma uno scarpone argentato diede un calcio alla pistola, facendola scivolare sulle piastrelle di linoleum. La pistola oltrepassò gli operai ammanettati e si fermò diversi metri più avanti, alla fine del corridoio.

Guardò in alto. Il proprietario dello scarpone era imponente e muscoloso. Anche sotto la tuta da astronauta, si notava la corporatura robusta. Non aveva il cappuccio e dalla stoffa argentata spuntava un collo grosso e nerboruto con il tatuaggio di un drago verde che terminava con la bocca aperta sotto l'orecchio. Come se gli stesse raccontando un segreto.

Malgrado i muscoli, il tatuaggio e il calcio alla pistola, Polvere riconobbe la paura negli occhi di quell'uomo. Una paura pericolosa, la paura di un animale braccato.

«Fuori ci sono quattro uomini armati» disse Polvere. «Quando entreranno, la prima cosa che faranno sarà cercarmi e se non sarai legato e tranquillo, ti faranno fuori.»

Il calcio lo colpì alle costole con la potenza di una mazza. Poi sentì uno strattone ai capelli. L'uomo gli aveva strappato il passamontagna.

«Sempre che riescano a entrare» disse, e gli mollò

un altro calcio.

Perché c'è sempre un idiota che si mette a fare l'eroe?

Polvere scosse un po' la testa e si asciugò le lacrime che i colpi gli avevano provocato. Vedeva rosso dalla rabbia. Non era più in una miniera d'oro a duemila chilometri da casa sua. Adesso si trovava nel cortile della prigione di Caseros, la prima settimana dall'arresto.

Si guardò alle spalle facendo finta di niente. Uno dei tre astronauti legati stava strisciando verso la fine del corridoio, per raggiungere la pistola.

Calcolò le sue probabilità. Se il resto della banda avesse aperto la porta prima che quel tipo potesse raggiungere la pistola, era salvo. In caso contrario, poteva finire come un colabrodo.

Poi fece la cosa migliore che si possa fare quando si è sdraiati a terra e le costole sono in balia di due scarponi con la punta d'acciaio: li abbracciò con tutte le sue forze.

Nella lotta per liberarsi, il tatuato finì per terra. Ma l'altro operaio era ormai ad appena mezzo metro dalla pistola. Polvere mollò il drago e corse lungo il corridoio. Saltò sopra il tipo che si trascinava e recuperò la sua calibro nove. Quando si voltò, vide l'uomo tatuato scomparire attraverso la porta che aveva aperto con gli spari.

Lo rincorse il più in fretta possibile, nonostante il dolore alle costole. Anche se gli stava scappando, dall'altra parte della porta i suoi compagni dovevano essere già entrati con i veicoli e lo avrebbero presto acciuffato. E, una volta catturato, lui gli avrebbe restituito i calci moltiplicati per mille, con buona pace di Minerva.

Tuttavia, quando aprì la porta e rientrò nella *gold room*, gli si gelò improvvisamente il sangue.

CAPITOLO 62

16 luglio 2019, ore 14:53.

Che non ci fosse traccia dell'uomo con il tatuaggio era l'ultima delle sue preoccupazioni. Dopotutto, la *gold room* era piena di angoli in cui nascondersi. Ciò che lasciò davvero perplesso Polvere era che i suoi compagni non fossero ancora arrivati.

Guardò verso la cancellata di accesso ai veicoli della *gold room* da cui sarebbero dovuti entrare. Era aperta. Secondo Minerva, conduceva a una specie di enorme garage con una seconda porta che dava sull'esterno. La chiamavano "chiusa".

Anche se l'angolazione non gli permetteva di vedere la porta esterna della chiusa, sapeva che non era aperta. Altrimenti, la luce del giorno sarebbe penetrata nella *gold room*. Nemmeno uno dei suoi compagni all'orizzonte. Non si sentiva nessuno, anche se forse era perché l'allarme copriva tutto.

Iniziò a camminare verso la chiusa, ma un lampo argentato dietro uno dei grandi forni gli fece cambiare strada. Avanzò lentamente verso di esso, con in mano la sua calibro nove.

Quando girò intorno al forno, trovò il tatuato alle prese con una porta chiusa. Forse Minerva gli aveva spiegato dove conduceva quella porta, ma in quel momento Polvere non se lo ricordava. Comunque non aveva importanza. Tra i macchinari accanto al forno, il muro e la porta, l'uomo non aveva via d'uscita.

Sempre puntandogli la pistola, gridò sopra l'allarme: «Vieni con me.»

L'uomo si girò lentamente e lo guardò con odio. Poi alzò le mani aperte, sulle quali portava ancora gli spessi guanti di pelle della sua uniforme. Polvere fece un passo indietro per lasciarlo passare. L'altro, senza dire una parola, iniziò a camminare davanti a lui.

Si addentrarono un po' nella sala. Erano ormai vicini ai crogioli. Uno di essi era ancora rovente come poco prima. A San Rafael aveva imparato che una volta che questi recipienti di pietra erano stati riscaldati a più di mille gradi, ci volevano ore perché si raffreddassero.

«Dove stiamo andando?» chiese l'operaio.

«Al caveau» disse Polvere.

In quel momento, un boato riecheggiò in tutta la *gold room*. Per una frazione di secondo, Polvere distolse lo sguardo dalla chiusa, da cui proveniva il rumore. Poi un colpo al polso gli fece cadere la pistola, che rimbalzò sul pavimento. Prima che potesse buttarsi per raccoglierla, sentì un altro colpo, questa volta al volto.

Si può sapere che gli prende a questo?

L'uomo tatuato colpiva duro e bene, come facevano gli ex pugili a Caseros. Polvere gli tirò un pugno in faccia, ma l'altro lo schivò con un movimento rapido. Si muoveva come se la sua tuta da astronauta fosse una tuta da ginnastica.

Polvere sapeva di non poterlo battere nel corpo a corpo, ma doveva tenerlo occupato. Se gli concedeva un secondo di tregua, l'uomo si sarebbe chinato per raccogliere la pistola.

Gli diede un calcio al ginocchio. E colpì nel segno. L'uomo tatuato emise un grugnito e lo guardò sconcertato, come se non si fosse aspettato un colpo così basso. Era davvero un pugile.

L'operaio rispose con tre ganci al volto. Polvere riuscì a bloccare solo il primo. Gli altri due colpi gli fecero perdere l'equilibrio, costringendolo a indietreggiare. Il sapore metallico del suo stesso sangue gli inondò la bocca.

Sentì un calore intenso sulla schiena. Non ci fu

bisogno di voltarsi per capire che si trovava a poca distanza dal crogiolo rovente.

«Pazzo, ma che fai?» gli gridò. «Se non la smetti, quando arrivano i miei compagni...»

«I tuoi compagni non entreranno perché l'allarme blocca tutto, quindi succhiami il cazzo» rispose l'altro, e gli tirò un altro pugno.

Polvere riuscì a schivarlo solo facendo un altro passo indietro. Ora il calore era insopportabile. Doveva uscire da lì il prima possibile.

Un boato ancora più forte del precedente riecheggiò nella *gold room*.

Il tatuato lo afferrò per il collo con le mani guantate e lo spinse all'indietro. Verso il crogiolo. *Questo figlio di puttana non solo è più forte di me, ma è anche protetto dal calore*, pensò Polvere. La pelle della nuca gli ribolliva e sentiva già l'odore dei vestiti bruciati. Dei suoi vestiti.

Cercò di liberarsi, ma quelle dita stringevano come tenaglie. Non aveva idea di quanti centimetri ci fossero tra la sua schiena e il crogiolo, ma soffriva come se gli avessero appiccato un incendio sulla schiena. Immaginò la sua pelle bruciare mentre si formavano mille vesciche e capì che se non avesse fatto qualcosa, probabilmente sarebbe morto.

Raccolse tutte le sue forze e colpì di nuovo l'uomo allo stesso ginocchio. Sentì la punta d'acciaio del suo scarpone rompere l'osso dell'altro. Un secondo dopo entrambi caddero a terra.

Polvere si alzò tossendo e corse verso la pistola, ma l'altro riuscì ad afferrargli la caviglia e a farlo cadere di faccia. Scosse i piedi, facendo sbattere la mano guantata dell'avversario sul cemento, finché non riuscì a liberarsi.

A quel punto strisciò verso la pistola, la impugnò e si girò.

Trovò l'uomo con il tatuaggio seduto sul pavimento, che si indicava il petto.

«Qui, sparami qui, figlio di puttana!»

Si alzò in piedi e gli puntò la pistola contro.

«Che cazzo di problema hai?» chiese.

«Se non mi uccidi subito, ti ucciderò io. Verrò a cercarti ovunque tu sia e ti caverò gli occhi. Quindi è meglio che premi subito quel grilletto.»

Polvere lo fissò. Quello che diceva il tizio con il tatuaggio non aveva alcun senso. Gli sorrise.

«Non ho mai visto un dipendente difendere così tanto la propria azienda.»

«Non me ne frega niente di questa azienda.»

«Non sembra.»

L'ostaggio schiaffeggiò il suolo con la mano inguainata nello spesso guanto di pelle. Poi chinò il capo e scosse la testa.

«Non capisci? Ho bisogno che tu mi spari.»

Povere alzò le sopracciglia. *Questo tizio è completamente pazzo.*

«Ho una merda aggressiva nel fegato. Ed è tutta colpa mia» disse l'uomo tatuato, gesticolando con il pollice come uno che beve da una bottiglia. «Mi resta un anno al massimo. Se mi uccidi qui, sul lavoro, la mia famiglia prenderà i soldi dell'assicurazione sulla vita. Tanti, tanti, tanti soldi.»

Polvere rimase in silenzio. L'altro alzò lo sguardo.

«Per favore, amico. Sparami.»

CAPITOLO 63

16 luglio 2019, ore 14:53.

Dopo aver lasciato Polvere con la pistola alzata, inseguendo i tre dipendenti della fonderia lungo il corridoio, Minerva rientrò nella *gold room* e corse verso l'accesso dei veicoli. Spaccò il vetro di una cassetta di plastica e schiacciò il grande pulsante rosso di emergenza. La porta si sollevò lentamente con un ronzio idraulico, scoprendo la chiusa davanti a lei. Era la seconda volta in vita sua che si trovava in quel garage lungo dieci metri. La prima era stata quando era entrata per controllare l'installazione delle telecamere di sicurezza, che ora stava oscurando con la vernice arrampicandosi sulla struttura di ferro del muro.

All'interno della chiusa, il suono dell'allarme era così assordante che qualcuno avrebbe potuto sparare un colpo di pistola proprio lì e lei non l'avrebbe sentito. Minerva attraversò il locale, dirigendosi verso la porta esterna. Dall'altra parte, Ferro, Mac e Pata stavano aspettando.

Spaccò un altro vetro e schiacciò un altro pulsante rosso, ma la porta non si mosse. Premette di nuovo il pulsante. Niente. Provò ancora una volta a velocità frenetica, ma il meccanismo non dava alcun riscontro. Era come se i cavi del pulsante rosso fossero stati tagliati.

Forse avevano implementato un nuovo protocollo di sicurezza che disattivava la porta quando scattava l'allarme. O forse era solo sfortuna e si trattava di un guasto. In ogni caso, Minerva non l'aveva previsto.

«Il pulsante di emergenza non funziona. Non riesco

ad aprire il cancello» gridò alla radio attaccandola poi all'orecchio per ascoltare la risposta.

«Guarda accanto alla porta. Forse c'è una catena per sollevarla manualmente» suggerì Mac.

«No, il sistema è idraulico.»

«Non ti preoccupare, ci penso io» disse Pata. «Allontanati dal cancello.»

Minerva fece un passo indietro e si guardò alle spalle verso la *gold room*, ma non vide né Polvere né nessun altro. C'erano troppi macchinari che le coprivano la visuale.

Riportò l'attenzione sulla chiusa, chiedendosi cosa stesse facendo Pata. Poi un boato fece vibrare il cancello esterno, ma non riuscì ad aprirlo.

Esplosivi?

Si allontanò un altro po'. Dopo alcuni secondi che sembrarono un'eternità, si udì un altro schianto simile e a quel punto il cancello cadde verso l'interno, sollevando una nuvola di polvere. Nel rettangolo di luce si stagliava la sagoma ovale della cisterna, che Pata aveva usato come se fosse un bulldozer.

Senza perdere un secondo, Minerva corse fuori. Si lasciò alle spalle il camion della YPF e corse verso l'ambulanza e i tre Hilux. Mac la stava aspettando in quello di Madueño e Ferro in un altro.

Quello al volante è Patricio Iglesias? Qualcosa dev'essere andato storto, pensò.

Senza il tempo di fare domande, salì sull'ambulanza e la portò nella *gold room.* Parcheggiò a pochi metri da una delle pareti del caveau. Mentre Mac e Ferro attraversavano le due porte della chiusa con un Hilux ciascuno, lei corse di nuovo fuori e fece entrare il terzo.

Dopo che i quattro veicoli ebbero attraversato la chiusa e si trovarono all'interno della *golden room*, fu il turno di Pata. Minerva scese dal pick-up per guardarlo. Far retromarcia con un'autocisterna da trentasettemila litri attraverso un cancello progettato per furgoni blindati era come far passare il filo nella cruna di un ago.

Il serbatoio sfiorò un paio di volte i lati della porta interna della chiusa, ma gli bastarono poche manovre per correggersi e tutto il camion finì sotto il tetto. Era evidente che Pata avesse nascosto molti veicoli in vita sua.

Il piano originale prevedeva la chiusura del cancello esterno, che ora giaceva a terra, schiacciato dalle ruote anteriori dell'autobotte. Minerva fece quindi segno a Pata di fermarsi lì, occupando l'intera chiusa, con solo un quarto della cisterna che sporgeva nella *gold room*.

Mentre Pata scendeva dal camion, gonfiando il petto e nascondendo la pancia, Minerva notò un movimento alla sua destra. Girandosi, vide Polvere sbucare da dietro un forno a storte. Teneva la pistola in mano e aveva perso il passamontagna. Sorrideva, mostrando i denti sporchi di sangue.

Polvere si toccò l'orecchio con un dito e indicò il soffitto.

«Come si spegne questa merda?» gridò sopra l'allarme.

CAPITOLO 64

16 luglio 2019, ore 14:44.

Mac scese dal fuoristrada e, dopo essersi infilato il passamontagna, diede un'occhiata a tutti i macchinari che vibravano rumorosamente nella *gold room*. Riconobbe alcuni dispositivi, come i muletti, e altri il cui funzionamento era ovvio, come il forno e gli stampi per i lingotti. Tuttavia, la maggior parte di ciò che vedeva intorno a lui gli era nuovo.

Al centro della *gold room*, individuò il cubo grigio di cui parlavano da mesi: il caveau.

«Raduniamo gli ostaggi!» gridò Minerva alla sua sinistra.

Mac prese fiato, estrasse un coltello dallo zaino e aprì il retro dell'ambulanza. Con le mani tremanti per il nervosismo, tagliò le fascette ai piedi dei tre uomini e li fece scendere e sedere contro una delle pareti del caveau.

Li guardò uno per uno attraverso i fori del passamontagna. Dei tre, l'infermiere sembrava quello più calmo. L'autista dell'ambulanza aveva il viso tra le ginocchia e le spalle si muovevano al ritmo del suo respiro affannoso. La guardia giurata aveva la testa appoggiata al muro e teneva gli occhi chiusi.

Mac aveva voglia di rassicurarli, di chiarire che tutto sarebbe andato bene se avessero collaborato. Ma prima che potesse parlare, Ferro apparve con il capo della sicurezza dell'impianto e lo fece sedere con gli altri tre. Poi sparì di nuovo dietro il caveau.

Mentre sorvegliava i quattro ostaggi, Mac osservò il cubo di cemento contro il quale poggiavano le loro schiene. Sebbene Minerva avesse descritto perfettamente il caveau – cinque metri per lato, con una sola porta – l'aveva immaginato più brillante, lucido e dipinto di nero. Invece, davanti a lui c'erano pareti di cemento dall'aspetto ordinario, in cui erano visibili persino i segni della cassaforma di legno. E all'interno di quelle pareti, milioni di dollari in oro e argento.

Polvere arrivò con un operaio che indossava una tuta argentata. Mac lo riconobbe subito dal tatuaggio del drago sul collo. Più o meno nello stesso momento tornarono Pata e Minerva con altre sei persone. Tre erano operai della fonderia vestiti come quello tatuato, due erano guardie giurate della *gold room* e l'ultima era la dottoressa Morales.

Mac contò gli ostaggi: undici. Tutti legati con fascette di plastica. Tutti seduti contro la parete del caveau.

«Mi viene da vomitare» disse uno dei fonditori.

Mac si avvicinò alla dottoressa Morales e le tagliò le fascette dai polsi.

«Si prenda cura di tutti quelli che ne hanno bisogno, dottoressa» le disse.

La donna annuì e si alzò in piedi. Ma Polvere la interruppe e le indicò la propria nuca.

«Prima guardami la schiena e dimmi quanto sono gravi le ustioni.»

Mac non aveva idea di quali ustioni stesse parlando il suo compagno. Il medico gli sollevò il camice, identico al suo.

«È solo un po' rossa, tutto qui.»

«Non ho delle vesciche? Non è niente di grave?»

«No.»

«Cosa ti è successo?» chiese Mac.

«Questo, che voleva fare l'eroe» rispose Polvere, e indicò l'uomo con il tatuaggio del drago.

«Dovevi uccidermi, figlio di puttana» disse l'ostaggio, con odio.

Ignorandolo, Polvere si rivolse alla dottoressa Morales.

«Dottoressa, dimmi cosa ti serve dall'ambulanza e te lo porto.»

«Per lui, bende e stecche. Per chi si sente male, acqua minerale e il kit del pronto soccorso.»

Polvere salì nel retro dell'ambulanza. Mac si chiese cosa avesse voluto dire esattamente l'uomo tatuato con "Dovevi uccidermi".

In quel momento, Minerva alzò una mano, per attirare l'attenzione degli ostaggi.

«Vogliamo solo prendere l'oro e l'argento» disse loro. «Poi l'assicurazione indennizza la Inuit per la rapina e qui non è successo nulla.»

Sentendola parlare, Mac provò un misto di fascino e paura. Fascino per la facilità con cui era diventata un'altra persona per coprire la sua vera identità. Un altro atteggiamento, un altro accento. E paura per la calma con cui mentiva in faccia a quelle undici persone. Era vero che non avevano nulla contro di loro, ma la storia dell'assicurazione era una bufala. La Inuit non avrebbe recuperato un solo centesimo di quello che avrebbero rubato, lo aveva detto chiaramente due mesi e mezzo prima a San Rafael.

Polvere scese dall'ambulanza in tutta fretta. Dopo aver consegnato alla dottoressa Morales ciò che aveva chiesto, si diresse spedito verso Minerva e la prese da parte.

Mac si avvicinò per vedere cosa stava succedendo.

«Sono sicura che sono due cose diverse» sentì che Minerva spiegava a Polvere. «L'assicurazione contro i furti della Inuit non ha nulla a che vedere con l'assicurazione contro i rischi professionali dei dipendenti.»

«Quindi il tatuato verrà pagato per il ginocchio che gli ho rotto?»

«Molto.»

«Bene, lui non c'entra niente con il casino che

stiamo facendo» disse Polvere, e tornò dagli ostaggi.
«Chi l'avrebbe mai detto che quello là avesse dei sentimenti?» chiese Minerva a Mac quando rimasero soli.

CAPITOLO 65

16 luglio 2019, ore 15:08.

Sandoval era nel suo ufficio con la segretaria e Francisco Alvarado, il capo della sicurezza. O almeno, era così l'ultima volta che si era guardato attorno. Da un po' infatti sembrava in trance, e fissava il suo computer.

La rabbia gli risaliva in gola. Nei trenta e passa minuti trascorsi da quando Mallo e Madueño avevano segnalato l'intrusione, aveva potuto soltanto attivare l'allarme e ordinare l'evacuazione dei posti non essenziali dell'impianto. Non era nemmeno riuscito ad avvertire la polizia, perché i rapinatori avevano preso tutti i telefoni satellitari.

«Signor Sandoval» sentì dire alle sue spalle.

«Adesso no, Marcela» disse, con un cenno del capo.

Era il momento peggiore per distogliere lo sguardo dallo schermo. Una dopo l'altra, le immagini che mostravano gli ostaggi seduti con la schiena contro il caveau si trasformarono in rettangoli neri, man mano che un uomo incappucciato ricopriva di vernice le telecamere.

«Signor direttore» insisté la segretaria, «la squadra di esplorazione è rientrata prima del previsto.»

Solo a quel punto Sandoval si girò verso di lei. Quando vide ciò che Marcela teneva in mano, gli scappò un sorriso.

Quei figli di puttana sono finiti, pensò.

Strappò il telefono satellitare alla sua segretaria e compose il numero della polizia.

«Commissariato di Puerto Deseado.»

«Sono il direttore di Entrevientos. C'è stata

un'intrusione. Cinque persone armate, hanno preso degli ostaggi. Ho bisogno che mandiate subito il maggior numero di agenti possibile.»

«Un momento, per favore.»

«Come un mo...?»

Sentì di nuovo il segnale di chiamata. Al terzo squillo rispose un altro uomo.

«Commissario Lamuedra, mi dica.»

Ripeté ciò che aveva appena detto e aggiunse:

«Vi chiedo inoltre di attivare l'operazione "Gabbia". Avvisate i valichi di frontiera e la stazione di polizia di Ramón Santos, al confine con il Chubut. Nel caso in cui riescano a lasciare il campo.»

«Sarà fatto. Partiamo subito. Avviseremo anche i nostri colleghi di San Julián e Caleta Olivia, in modo che possano inviare qualcuno e rafforzare i controlli.»

«Grazie mille.»

«Mi ascolti, signor Sandoval. La cosa più comportante è garantire la sicurezza dei suoi dipendenti. Non reagite contro i rapinatori e non cercate di fermarli. Quanti ostaggi ci sono?»

«Come minimo undici.»

«Come minimo?»

«Ci sono più di settecento persone nella miniera in questo momento, commissario. Non è facile fare i calcoli con le comunicazioni interrotte.»

«Riuscite a collegarvi a internet?»

«Adesso sì, con il telefono satellitare da cui vi sto chiamando.»

«Pensate di poter stilare un elenco degli ostaggi confermati e un altro con quelli possibili?»

«Certamente.»

«Inviateci una prima versione via e-mail il più presto possibile. Se ci sono delle novità, aggiornatela e inviatecela di nuovo.»

Il commissario gli dettò un indirizzo e-mail.

«Devo chiamare anche gli altri commissariati?»

chiese Sandoval, dopo aver preso nota.

«Non serve. Ci pensiamo noi.»

«Benissimo, commissario. Sbrigatevi, per favore.»

Dopo aver riattaccato, Sandoval ripeté la stessa telefonata ai commissariati di San Julián, di Ramón Santos e di Caleta Olivia. Per ogni evenienza.

«Tra due ore e rotti arriveranno quelli di Deseado» annunciò a Marcela e ad Alvarado. «Quelli di Caleta e San Julián ci metteranno tre ore e mezza.»

«È un sacco di tempo» disse Marcela.

«Possiamo fare qualcosa per ritardare la loro fuga» suggerì lui, ignorando il consiglio del commissario.

«Signor Sandoval, là dentro ci sono dei nostri colleghi. Potrebbero prendersela con loro.»

«Marcela, qualcuno ha chiesto la tua opinione? Siamo di fronte a una catastrofe. Se non sappiamo come risolverla noi, figurati se puoi riuscirci tu.»

Alvarado alzò le mani e parlò in tono pacato.

«Non ci hanno ancora contattato. La prima cosa che fanno i rapitori è una richiesta. In genere, gli ostaggi vengono uccisi quando non viene soddisfatta. Quindi per ora i nostri lavoratori non si trovano nella situazione peggiore.»

Per la prima volta nei due anni in cui Alvarado aveva lavorato per lui, Sandoval si rallegrò che il responsabile della sicurezza fosse un ex poliziotto. Finora aveva provato repulsione per quell'aria militaresca che non li abbandonava mai, anche se erano in pensione da metà della loro vita. In quel momento, tuttavia, era una consolazione avere accanto qualcuno che non avesse imparato a gestire un sequestro solo dai film.

Chiese ad Alvarado e a Marcela di redigere gli elenchi richiesti dal commissario. Mentre loro lavoravano, lui si riconcentrò sulle telecamere.

Quelle all'interno della *gold room* non mostravano altro che rettangoli neri. Dalle altre sembrava tutto tranquillo. Non c'era nulla fuori posto nelle immagini dei posti di blocco, delle vasche di lisciviazione o dei nastri trasportatori. L'unica cosa che indicava che all'interno della *gold room* c'erano cinque uomini armati e un gruppo di ostaggi era il culo di un'autocisterna nel cancello d'accesso, normalmente chiuso.

Tornò alle immagini nere e premette il pulsante per tornare indietro e rivedere il momento in cui quei tipi erano entrati nella *gold room*. Un simbolo rosso gli indicava che l'operazione non era disponibile.

«Quanto ci vuole prima che Madueño e Mallo arrivino da Cerro Solo, Marcela?»

«Dovrebbero essere già qui. Hanno chiamato via radio mezz'ora fa» disse la segretaria senza alzare lo sguardo dallo schermo su cui stava trascrivendo i nomi dettati da Alvarado.

Non appena fossero arrivati, Sandoval li avrebbe messi a lavorare sui filmati. Prima che gli assalitori oscurassero le telecamere della *gold room*, era riuscito a vedere gli ostaggi seduti contro una delle pareti del caveau. Pensava di averne contati undici, ma ora non ne era più sicuro. Era riuscito a identificare solo Patricio Iglesias e la dottoressa Morales.

«Attenzione, vogliamo parlare con Carlos Sandoval. Subito.»

La voce della donna era giunta contemporaneamente dalle tre radio appoggiate sulla scrivania. Il direttore guardò Alvarado, che annuì.

«Sono Carlos Sandoval, chi parla?» rispose, usando una delle radio.

«Sai benissimo con chi stai parlando.»

L'accento di Buenos Aires era così forte che era come se non avesse mai attraversato il General Paz in vita sua.

«È semplice, Sandoval. Abbiamo undici ostaggi nella *gold room*. Stanno tutti bene e continueranno a stare bene se ci darete quello che vogliamo.»

«Sì, certo» disse, con la testa che macinava pensieri

cercando di escogitare qualcosa.

«Prima di tutto, spegnete l'allarme, qui non si sente nulla.»

Sandoval alzò un pollice e Alvarado spense l'allarme con un paio di clic sul suo portatile.

«Bene. Ricordo a te e a tutti coloro che stanno ascoltando che sia il doré che i macchinari sono assicurati, quindi la Inuit non ci rimetterà nemmeno un dollaro. In altre parole, non ha senso fare gli eroi.»

Premette il pulsante per rispondere, ma non sapeva cosa dire, così lo rilasciò di nuovo.

«Sei rimasto senza parole, Sandoval?»

«No, sono qui. Cosa posso fare per aiutare i miei colleghi?»

«Evacuare l'impianto entro dieci minuti. Nella *gold room* non c'è più nessuno, ma negli altri reparti ci sono ancora delle persone. Non vogliamo un solo dipendente dentro il perimetro del filo spinato.»

«È molto pericoloso. Ci sono macchinari pesanti e sostanze chimiche molto dannose. Ci deve essere un numero minimo di personale che li controlla.»

«Sostanze chimiche molto dannose» ripeté lei, «di sicuro non usi queste parole con i giornalisti.»

Strinse la radio con tutte le sue forze, immaginando che fosse il collo di quella donna.

«Per tua fortuna io non sono una giornalista. Ma non cambiamo argomento: l'impianto può essere liberato perfettamente se è fermo.»

La rapinatrice aveva ragione e questo lo fece infuriare.

«Posso ridurre le operazioni al minimo e controllarle a distanza dall'insediamento.»

«Stammi bene a sentire, Sandoval. Pensi che siamo dei dilettanti? Se ti diciamo di fermare l'impianto, fermi l'impianto. Se non vuoi farlo perché la tua compagnia ci rimette milioni di dollari, è un altro discorso. Tu sei il capo, quindi rispettiamo la tua decisione. Se ciò che producono queste macchine vale più della vita dei tuoi lavoratori...»

«No. Aspetta. Dammi un quarto d'ora e lo fermo.»

«Forse non mi hai sentito bene la prima volta. Dieci minuti, a partire da adesso. Passo e chiudo.»

Sandoval sbatté la radio contro la parete del suo ufficio. Una donna dava degli ordini a lui? Certo, era facile fare la coraggiosa a distanza. Se l'avesse avuta a portata di mano, l'avrebbe sistemata nel giro di cinque minuti. Proprio come aveva fatto con sua moglie. Tre sberle e il coraggio spariva.

CAPITOLO 66

16 luglio 2019, ore 14:52.

Ferro si fermò davanti alla porta come se stesse per entrare in un tempio.

«Questo è il tuo momento» disse Minerva, posandogli una mano sulla spalla.

Annuì in silenzio, con gli occhi puntati sui cardini che fissavano le due polverose lamine d'acciaio alla struttura di cemento. Erano grandi come il suo avambraccio.

Fece un paio di passi fino a trovarsi di fronte alla ghiera della combinazione. Prima di toccarla, notò la scritta dorata con le parole Kollmann-Graff in corsivo. Era identica a quella della serratura con cui si era esercitato per due mesi e mezzo.

«Digli di cercare di fare meno rumore possibile» disse a Minerva, indicando il resto della banda e degli ostaggi.

L'allarme era spento da pochi secondi e ora nella *gold room* si sentiva solo il vibrare costante dei macchinari.

«Certo. Ci penso io.»

«Ah, Minerva, un'altra cosa.»

«Sì?»

«Il premio di cui ti avevo parlato. Nella stanza di Sandoval c'era una cassetta di sicurezza.»

«L'hai aperta?»

«Sì. E dentro ho trovato un telefono. È nel mio zaino insieme alle altre cose che mi hai chiesto. È bloccato.»

«Facciamo una gara, allora. Vediamo se riesco a

sbloccarlo prima che tu apra questa porta.»

Lui annuì con un sorriso teso, incapace di nascondere il nervosismo.

Quando rimase da solo, si trattenne dall'allungare le dita per vedere se tremavano. Inclinò il collo da un lato fino a farlo scrocchiare e si mise al lavoro. Non poteva vedere il resto della banda perché si trovavano sulla parete opposta del cubo di cemento, ma era come se i loro occhi fossero incollati sulla sua schiena.

Quel tipo di sguardi si percepiva sempre. Li aveva sentiti sia dai proprietari che volevano recuperare i loro beni più preziosi, sia dai mafiosi che per anni lo avevano costretto ad aprire le casseforti, minacciando suo padre malato. E ora, la prima volta che rubava di sua spontanea volontà, sentiva quelli dei suoi compagni.

Girò la ghiera e la sensazione non gli piacque affatto. Il movimento di quella Kollmann-Graff era molto diverso da quello che aveva usato per esercitarsi.

Così come non esistono le serrature perfette, non esistono nemmeno due serrature identiche. Lo aveva imparato scassinando i suoi primi lucchetti con un grimaldello e un tenditore. Tutte le tecniche per violare un meccanismo di sicurezza si basavano sui difetti di fabbrica: un bullone più lungo di un centesimo di millimetro rispetto a un altro, un tamburo con una scanalatura quasi impercettibile al tatto inesperto, o una minuscola sporgenza nella tacca di uno degli ingranaggi di una cassaforte.

Nemmeno Kollmann-Graff, uno dei marchi più prestigiosi al mondo, era in grado di produrre una serratura perfetta. Il giorno in cui un fabbricante ci fosse riuscito, gli scassinatori dai guanti bianchi come lui sarebbero scomparsi. Ma questo, come gli aveva detto uno dei delinquenti con cui aveva svaligiato la casa di un politico a Punta del Este, era come sperare che il giorno in cui la società fosse stata perfetta non ci sarebbero più state prigioni. Vero, ma impossibile.

La Kollmann-Graff che aveva usato per esercitarsi girava senza resistenza. Aveva lubrificato lui stesso l'asse e i dischi con la polvere di grafite. Questa, invece, girava con un suono abrasivo, come un coltello su una mola. Quell'attrito copriva qualsiasi indizio proveniente dall'interno del meccanismo. Era come cercare di sentire una persona che sussurrava in una discoteca.

«Portatemi della grafite in polvere» disse a voce abbastanza alta da farsi sentire dai suoi compagni, senza smettere di manipolare il quadrante.

La prima cosa che doveva scoprire era se questa Kollmann-Graff fosse a quattro o cinque dischi, cosa che avrebbe determinato se la combinazione per aprirla era di quattro o cinque numeri. Questa era la parte più facile e sarebbe riuscito a farlo anche con le vibrazioni dell'impianto e il meccanismo non lubrificato.

Girò più volte la ghiera in senso antiorario. Poi la mosse lentamente dall'altra parte. Sentì che, all'interno, l'ultima ruota entrava in contatto con la penultima. Proseguì ancora un po' e questa, a sua volta, ne toccò una terza.

Quattro.

Cinque dischi, cazzo, pensò.

Anche la serratura con cui si era esercitato ne aveva cinque, ma finora aveva sperato che questa ne avesse solo quattro. Ciò avrebbe ridotto esponenzialmente il numero di combinazioni possibili e anche le difficoltà per aprirla.

In quel momento, le vibrazioni dell'impianto cominciarono a calare. In appena trenta secondi, la *gold room* passò da un ronzio costante al silenzio totale, come quando un aereo, una volta fermo, spegne le turbine.

Un punto a suo favore. Il silenzio gli avrebbe permesso di lavorare con più calma.

Per abitudine, o chissà perché, ruotò ancora un po' la ghiera e sentì che il quinto disco ne agganciava un altro.

Sei.

Un brivido gli corse lungo la schiena. Non aveva mai

aperto in vita sua una cassaforte a sei dischi.
    Anzi, non ne aveva mai vista una simile prima d'ora.

CAPITOLO 67

San Rafael, Mendoza, Argentina. Due mesi e mezzo prima.

Dopo una breve pausa per andare in bagno, che era una cupola più piccola con in mezzo la doccia, si riunirono di nuovo davanti al proiettore.

«Una volta entrati nella *gold room*, è impossibile passare inosservati» spiegò Minerva. «Appena entriamo, dobbiamo pensare che qualcuno può chiamare la polizia. Oltre a internet e ai cellulari, ci sono quattro telefoni satellitari nell'insediamento.»

«Quanto tempo abbiamo prima che arrivino?»

«Il commissariato più vicino si trova a Puerto Deseado. Dista novanta chilometri dall'ingresso, ma è praticamente impossibile metterci meno di due ore.»

«È pochissimo» disse Pata, accarezzandosi la barba grigia.

«Due ore sono tante» lo contraddisse Polvere.

«In una città, sì. Ma lì non bastano nemmeno per raggiungere la strada asfaltata più vicina.»

«È difficile per chi viene da fuori immaginare quanto sia remoto quel posto» specificò Minerva. «In effetti, è remoto anche per chi è della Patagonia. Quando andremo a Caleta Olivia per fare la ricognizione del Gate, lo vedrete anche voi. E il fatto che sia così isolato può giocare a favore o contro.»

«Prima non avevi detto che era perfetto?» intervenne Polvere.

«Perché ne approfitteremo a nostro vantaggio.»

«La polizia non può venire in elicottero?» chiese

Mac.

«Il più vicino è a Bahía Blanca, a mille chilometri. Dovrebbe fermarsi per fare rifornimento di carburante almeno una volta, probabilmente a Trelew. Gli ci vorrebbero almeno cinque ore per arrivare.»

«Sempre che lo mandino» interviene il Banchiere.

«Che lo mandino o meno, i primi poliziotti arriveranno via terra da Puerto Deseado, dal nord. Un'ora e passa più tardi arriveranno quelli di San Julián, dal sud.»

Mac alzò la mano con un gesto che fece sorridere Minerva. Sembrava un bambino a scuola che chiede il permesso di andare in bagno. Lei lo indicò con il dito per dargli la parola.

«Ma allora, ipotizzando che la polizia parta via terra insieme a noi, ovunque andiamo, ci intercetteranno prima che possiamo raggiungere la strada asfaltata.»

«A meno che non prendiamo un sentiero secondario di qualche ranch» commentò Polvere.

«Occhio, che se è secondario sarà più lento» chiarì Pata. «E prima o poi dovremo sbucare su una strada principale. Inoltre, tutti i veicoli della compagnia mineraria hanno il GPS. Se non li cambiamo, possono rintracciarci via satellite.»

Divertita, Minerva decise di mettere un altro bastone tra le ruote ai pensieri dei suoi compagni.

«E poi, quando la polizia riceverà l'allarme di intrusione, attiverà la cosiddetta operazione "Gabbia".»

Tornò indietro di diverse diapositive fino a mostrare di nuovo la cartina di Santa Cruz.

«Guardate, la provincia è delimitata dal mare a est. Ci sono mille chilometri di scogliere e spiagge di ciottoli. A sud e a ovest, confina con il Cile. Ci sono dieci valichi di frontiera, tutti sorvegliati dalla polizia cilena e da quella argentina. L'unico collegamento diretto con il resto dell'Argentina è a nord, ma proprio qui, al confine provinciale, si trova il commissariato di Ramón Santos, un distaccamento di polizia in mezzo al nulla, messo lì appositamente per i posti di blocco. Quindi, non appena viene attivata l'operazione Gabbia, tutte le uscite vengono chiuse.»

«A meno che non si percorra la provinciale 40. Lì non ci sono controlli quando si cambia provincia.»

«La provinciale 40 è a sette ore da Entrevientos.»

Minerva guardò con le sopracciglia alzate ciascuno dei membri del gruppo, invitandoli a proporre una soluzione. Dopo qualche istante di silenzio, Pata osò parlare.

«Santa Cruz è lunga più di mille chilometri» disse. «Ci sarà pure un posto dove nascondersi, immagino, no? Finché le cose non si calmano e riusciamo a superare uno dei posti di blocco.»

«Non ce ne sarà bisogno» disse Minerva.

«Di nascondersi o di passare i posti di blocco?»

«Né l'uno né l'altro.»

«Come faremo a uscire da lì, allora?»

«Con un trucco di magia.»

CAPITOLO 68

16 luglio 2019, ore 15:14.

Il pugno di Carlos Sandoval sul grande tavolo rimbombò nella sala riunioni. Si erano trasferiti lì perché il suo ufficio era diventato stretto quando avevano cominciato ad arrivare i direttori e i vicedirettori da tutti i reparti.

«Cosa vuol dire che le telecamere non stanno filmando, Mallo?» disse al telefono in vivavoce sul tavolo.

«Sono entrati nel data center con il badge rubato a Madueño e hanno preso i quattro hard disk del server» rispose la voce di Mallo dal dispositivo. «Hanno anche sabotato la connessione internet satellitare.»

Sandoval aveva voglia di spaccare tutto, ma si lasciò scappare solo un forte sbuffo. Sollevò lo sguardo per osservare coloro che erano seduti intorno al tavolo della sala. Uno di loro era Madueño, che aveva appena collegato il suo computer a un proiettore per mostrare le immagini delle telecamere di sicurezza ancora in funzione.

«Disattiva subito il tuo badge» gli disse Sandoval. «Che non lo usino nemmeno per aprire un cassonetto della spazzatura.»

«L'ho appena fatto, signore» rispose Madueño.

«Quindi non abbiamo nessun filmato di quei tipi?» chiese Sandoval.

«No» disse Mallo all'altro capo della linea.

«Ho appena configurato il server delle telecamere in modo da usare lo spazio libero della partizione assegnata al sistema operativo...»

«Parla come mangi, Madueño» ruggì Sandoval.

«Abbiamo ripreso a filmare da trenta secondi.»

CAPITOLO 69

16 luglio 2019, ore 15:17.

A sei metri dagli ostaggi, Minerva si appoggiò al cofano dell'ambulanza e aprì lo zaino di Ferro. Trovò un telefono color argento di scarso valore, vecchio di tre o quattro anni. Quando lo accese, lo schermo chiese un pin di quattro cifre.

Se aveva fortuna, Sandoval aveva inserito una delle sue solite tre combinazioni che usava sempre come password. Provò con uno, tre, uno, due, quella usata più spesso. La data di nascita di sua moglie.

"PIN errato. Inserisci un PIN a quattro cifre".

Doveva riflettere molto attentamente prima di inserire i prossimi numeri. I telefonini di solito si bloccavano dopo tre tentativi falliti. Cinque, al massimo. Guardò lo schermo, scorrendo le lettere e i numeri sulla tastiera in basso. Aveva una brutta sensazione. Se la tastiera era alfanumerica, il PIN non era necessariamente composto solo da numeri.

In quel caso, era impossibile indovinare. Poteva solo sperare che Sandoval avesse usato solo numeri, come faceva di solito. Una volta l'aveva persino chiamata per lamentarsi del fatto che un suo account di posta elettronica lo costringeva a usare delle lettere.

«Sono sempre stato più bravo con i numeri, Noe» le aveva detto.

«Noelia» lo aveva corretto lei.

Il secondo tentativo fu con la data di nascita del figlio maggiore. Maneggiò il telefono con cura, in modo da toccarlo il meno possibile con le mani rivestite di lattice.

Se il dispositivo era in una cassaforte, era perché conteneva qualcosa di interessante. Più impronte di Sandoval c'erano, meglio era.

«Impronte digitali» sussurrò.

«Hai detto qualcosa, Minerva?» le chiese Mac accanto agli ostaggi.

Scosse piano la testa, come se scuotendola troppo potesse far fuggire l'idea che le era appena venuta in mente. Schiacciò il pulsante laterale e lo schermo si spense. Poi spostò il telefono fino a quando uno dei faretti della *golden room* si rifletté sul vetro.

Allora le vide. Piccoli segni circolari distribuiti sulla metà inferiore dello schermo, dove appariva la tastiera quando era acceso.

Impronte digitali.

Lo riaccese per vedere a quali tasti corrispondevano. Poi lo spense di nuovo e notò che, nella fila di numeri, c'erano dei segni solo sul cinque, sul nove e sullo zero. Sorrise. Ora aveva il PIN per accedere al telefono.

Zero, nove, zero, cinque.

9 maggio.

Il giorno in cui, poco più di due anni prima, Entrevientos aveva versato il primo lingotto di doré.

Sullo schermo apparve un'unica icona verde, corrispondente a un'applicazione di messaggistica. La premette aspettandosi di trovare, come su qualsiasi telefono, le conversazioni ordinate dalla più recente alla meno recente. Tuttavia, quel telefono era stato usato per comunicare con una sola persona.

Gastón Muñoz.

Quel nome gli era familiare. Cliccò e lesse i messaggi più recenti. Non solo sapeva chi era Muñoz, ma anche perché Sandoval teneva quell'apparecchio in cassaforte.

Continuò a leggere per più di un minuto, mentre il suo respiro accelerava. Questo cambiava tutto.

Guardò di sbieco gli undici ostaggi seduti per terra.

Senza darsi troppo tempo per pentirsene, si avvicinò a Polvere e gli strappò di mano la radio.

«Ascoltami, Sandoval» disse, esagerando il suo accento di Buenos Aires. «Cosa faresti per salvare la vita di queste undici persone?»

«Qualsiasi cosa.»

«Così mi piaci. Abbiamo cambiato idea. Adesso vogliamo che vieni, tu da solo, nella *gold room*. Se vieni, li liberiamo tutti. Altrimenti, ognuno di loro si beccherà una pallottola in testa.»

«Ma che succede?»

«Non hai capito bene? Devo ripetertelo? O preferisci che te lo invii via WhatsApp sul tuo cellulare d'argento?»

Ci fu un silenzio di dieci secondi.

«Quali garanzie ho che se vengo lì rilascerete i miei lavoratori?»

«Nessuna. Hai quattro minuti per bussare alla nostra porta.»

Nel tempo che Minerva impiegò a restituire la radio a Polvere, i suoi compagni la circondarono come un branco di lupi.

«Che ti prende? Sei impazzita?» chiese Pata.

Era prevedibile che reagissero così. Quella mossa non era prevista nel piano. O meglio, era nel piano originale che aveva elaborato da sola, ma che aveva scartato molto prima di contattare il Banchiere.

Tuttavia, quello che aveva appena letto nel telefono cambiava le carte in tavola.

Si allontanò di qualche passo dagli ostaggi e i suoi compagni la seguirono come uno sciame dietro l'ape regina.

«Porca troia, Minerva. Che cazzo hai combinato?» borbottò Polvere.

«Questi sono solo lavoratori» sussurrò lei. «Innanzitutto non hanno colpa di nulla. E poi, se alla fine le cose si mettono male, puntando una pistola alla testa del capo di Entrevientos potremo negoziare meglio.»

«Ma sono undici» argomentò Mac.

«Non li consegneremo tutti. Fidatevi di me. È molto importante» disse.

«Ma non era nel piano» protestò Polvere.

«È molto importante» ripeté lei.

«Se ne liberiamo più di uno, ci rimettiamo» disse Mac. «Daranno più valore a due vite che a una.»

«Questi apprezzano solo quel che si può pesare in chili.»

Nel gruppo cadde il silenzio. Pata e Polvere scossero la testa.

«Guardate» disse Minerva consegnandogli il telefono. «Quando saprà che abbiamo questo, farà tutto ciò che gli chiediamo.»

Indicò alcuni messaggi che facevano capire chiaramente che Sandoval avrebbe fatto di tutto per non far trapelare quella conversazione. Insistette di nuovo che con quello scambio la loro posizione sarebbe stata molto più vantaggiosa.

Ma gli nascose un dettaglio. Aveva preso quella decisione perché si era appena resa conto che se avesse lasciato Entrevientos senza guardare in faccia quel figlio di puttana, non se lo sarebbe mai perdonata.

CAPITOLO 70

16 luglio 2019, ore 15:23.

Sandoval alzò lo sguardo verso le oltre quindici persone che avevano ascoltato la richiesta della donna. L'ultimo ad arrivare nella sala riunioni era stato Mallo.

«Il protocollo anti-intrusione dice che dobbiamo aspettare la polizia» disse Alvarado, il responsabile della sicurezza.

«Ma abbiamo undici lavoratori lì dentro» protestò il capo delle risorse umane.

«Esatto. Una vita è una vita. Qui non ci sono persone più importanti di altre. Se consegnando Sandoval liberiamo undici colleghi, siamo obbligati a farlo» disse il responsabile della manutenzione, che era anche il rappresentante sindacale.

Sandoval li sentiva a sprazzi. Nella sua testa risuonavano ancora le parole della donna riguardo al telefonino d'argento. Non aveva bisogno di correre fuori per sapere che le sue conversazioni con Gastón Muñoz non erano più al sicuro nella cassetta di sicurezza.

Si schiarì la gola prima di parlare.

«Il problema è che c'è il rischio, anche se mi consegno, che non liberino gli altri.»

«Non siamo in grado di negoziare» ribatté il sindacalista. «Chi ha la forza, ha il potere. E, in questo caso, ce l'hanno loro.»

Nella stanza calò il silenzio. Sandoval poteva sentire il respiro dei suoi dipendenti.

«Se rimani qui e succede il peggio, la responsabilità sarà tua, Sandoval» aggiunse il sindacalista, dandogli del tu per la prima volta. «Non dormirai mai più una sola notte in pace.»

Odiava quel tipo. Se non fosse stato per il fatto che essendo sindacalista era impossibile licenziarlo, l'avrebbe preso a calci in culo anni fa.

«Hai ragione» disse. «Vado.»

«Devi farlo, Carlos» aggiunse il direttore della miniera.

Annuì senza mai smettere di pensare al telefonino d'argento.

«Devo farlo.»

CAPITOLO 71

16 luglio 2019, ore 15:29.

«Lasciami qui. Ora vado a piedi» disse Sandoval.
«Non vuoi che ti porti un po' più vicino?»
Scosse la testa.
«Sono stati chiari. Devo andarci da solo» disse, e aprì la portiera del fuoristrada con cui Alvarado lo aveva accompagnato fino alla guardiola dell'impianto.

Mentre percorreva i settecento metri che lo separavano dalla *gold room*, i suoi occhi scrutavano l'impianto come mai aveva fatto prima. Ora non vedeva più vasche di lisciviazione, mulini a biglie o forni a storte, ma mille angoli da cui avrebbero potuto puntargli contro un fucile. Notò che le mani cominciavano a sudargli nelle tasche, nonostante i quattro gradi della temperatura esterna.

Avanzò a denti stretti, rallentando il passo quando si avvicinò alla grande cancellata per i camion blindati. Come aveva visto attraverso la telecamera, era caduta e schiacciata dalle ruote anteriori di un'autocisterna. Si fermò davanti al muso del veicolo, si guardò intorno e si portò la radio alla bocca. L'apparecchio gli tremava in mano come un uovo nell'acqua bollente. Schiacciò il pulsante per parlare.

«Sono qui fuori.»
«Entra dall'ingresso del personale» rispose una voce maschile.

Qualche metro più in là, la porta attraverso cui entravano i dipendenti della fonderia era appena socchiusa. Lui si avvicinò lentamente, con cautela. Mise una mano sulla maniglia gelida e tirò.

Si trovò di fronte un uomo con un passamontagna. Gli occhi verde scuro avevano uno sguardo freddo e professionale che faceva capire che quella non era la sua prima rapina. Il polso fermo con cui impugnava la pistola lo confermava.

«Entra, Sandoval. Al caveau. Dammi la radio» disse, strappandogli l'apparecchio di mano e togliendo la batteria.

L'incappucciato chiuse la porta. Poi Sandoval sentì la canna della pistola sulla schiena e capì che doveva camminare. Mentre lo faceva, il suo subconscio cercava una qualsiasi distrazione che gli facesse dimenticare per un attimo di essere spaventato a morte. Poi pensò a come l'impianto senza i lavoratori assomigliasse a una città fantasma. Da quando era cominciata la produzione, nella miniera c'erano sempre stati operai e guardie. A Natale, a Capodanno o alle tre di notte.

Era strano non sentire la vibrazione costante dei macchinari sul pavimento. Ancora più strano era che al posto della serratura della porta della *gold room* ci fossero quattro fori di proiettile.

«Carlos Sandoval, benvenuto!» lo accolse una donna con il capo coperto da un passamontagna identico all'altro. Dall'accento porteño, era la stessa donna che lo aveva chiamato alla radio. «Vieni, avvicinati.»

Si diresse verso di lei, passando davanti ai forni. Alla sua sinistra, accanto al caveau, l'ambulanza e i tre Hilux della miniera erano parcheggiati in modo tale che non poteva vedere se avevano già avuto accesso al doré. Il retro della cisterna dell'autocarro spuntava dalla chiusa, occupando parte dello spazio aperto nella *gold room*.

Quando fu a tre metri dalla donna, questa si girò e gli fece un cenno con la mano.

«Seguimi.»

Si incamminarono nella direzione opposta a quella dei veicoli. Dopo aver girato il primo angolo del caveau,

Sandoval trovò altri due uomini incappucciati che sorvegliavano diversi ostaggi. Ognuno di loro aveva un sacco di stoffa che gli copriva la testa. Ne contò undici.

«Quindi vuole salvare la vita dei suoi dipendenti?» chiese la donna a voce abbastanza alta da farsi sentire dagli ostaggi.

«Sì, sì, certo» balbettò.

«Molto bene. Allora lei resta con noi e loro se ne possono andare.»

«Che cosa mi farete?»

«Non le sembra irrilevante, a questo punto? Qualunque cosa facciamo, se decide di restare, salverà la vita di molte persone.»

La donna fece scivolare fuori il telefonino d'argento da una tasca del suo camice da infermiera. Lui sentì ogni muscolo del suo corpo irrigidirsi.

«Certo» rispose, cercando di parlare con voce ferma. «Se li lasciate andare, io rimarrò.»

«Benissimo Sandoval, benissimo. Sono orgogliosa di lei.»

La donna si rivolse ai lavoratori incappucciati.

«Quelli a cui taglierò le fascette devono alzarsi senza fare rumore.»

Gli ostaggi annuirono. La rapinatrice afferrò un paio di pinze e liberò tutti gli ostaggi, tranne l'ultimo.

«Se qualcuno è ancora legato, non deve preoccuparsi. Non gli succederà nulla.»

L'unico ostaggio ancora seduto si agitò leggermente.

«Ora voglio che tutti quelli in piedi si girino di novanta gradi verso destra e alzino la mano per toccare la spalla della persona davanti. Ecco, bravi.»

Sandoval guardò la catena di mani. Uno dei dipendenti, vestito con una tuta da fonderia, aveva una stecca al ginocchio e camminava a fatica.

«Ora, molto lentamente, vi lascerete guidare dalla persona che state toccando. Non toglietevi il sacco dalla testa.»

Il primo della fila era l'uomo col passamontagna che gli aveva aperto la porta. Fece un passo avanti, lentamente, per dare agli ostaggi il tempo di reagire. Così, tutti in fila, i dieci lavoratori di Entrevientos uscirono dalla porta da cui era appena entrato Sandoval.

«Si metta questa ai polsi, signor direttore.»

La donna gli lanciò una fascetta di plastica. Sandoval la chiuse fino a quando le sue dita lo permisero.

«La stringa di più. Con i denti. Così va bene. Ora si sieda accanto a lui.»

«Non liberate tutti?»

«Dieci contro uno le sembra un brutto scambio?» domandò la donna, mostrandogli una pistola.

Sandoval si lasciò cadere a terra accanto all'altro ostaggio e appoggiò la schiena al caveau. Gli infilarono un sacco in testa e rimase immerso nel buio totale.

CAPITOLO 72

16 luglio 2019, ore 15:34.

Ferro tolse la mano dalla ghiera e la scosse per allentare la tensione delle dita. Guardò l'orologio sul polso sinistro. Ci stava provando da più di mezz'ora. Polvere era già venuto due volte a chiedergli se voleva che passassero alla lancia termica, ma lui si era rifiutato. Fondere cemento e acciaio era un processo troppo lento. Inoltre, dopo aver applicato il lubrificante a secco, il meccanismo girava più facilmente ed era quasi sicuro di avere già quattro numeri della combinazione.

Il quarto e il sesto gli erano ancora ostili. Forse perché i due dischi a cui corrispondevano erano quelli con meno difetti di fabbrica. O forse, e cercava di non pensarci, perché aveva sbagliato uno dei quattro numeri che riteneva corretti. Se così fosse, ora non stava facendo altro che girare il quadrante nel verso sbagliato.

Girò sette volte a sinistra per ricominciare. Cominciava già a sentire i crampi alla base del pollice. Inserì i primi tre numeri. Quattordici, nove, ventisette. Chiuse gli occhi e ruotò lentamente la ghiera verso sinistra, attento a qualsiasi cambiamento al tatto.

Cercò di rilassarsi e di ignorare le voci che giungevano dall'altra parte del caveau, proprio come aveva dovuto ignorare la pistola puntata alla testa quando aveva aperto la sua prima Fichet a Punta del Este.

Pensava a suo padre, che dopo sei anni in stato vegetativo aveva riacquistato in parte la parola e la mobilità grazie a una cura sperimentale negli Stati Uniti. Era ancora su una sedia a rotelle, ma non era più un vegetale.

Pensava anche a sua madre. Erano anni che non la vedeva così felice.

Dall'altra parte di quella porta blindata c'era l'unico modo in cui suo padre poteva continuare a recarsi a New York. Almeno una volta all'anno, avevano detto i medici del NYC Presbyterian Hospital. Se era migliorato così tanto in un solo viaggio, quanti progressi avrebbe potuto fare se avesse continuato con le fasi successive del trattamento?

Quindi sentì un clic quasi impercettibile sui polpastrelli nudi. Anche per un tocco esperto come il suo, un semplice guanto di lattice lo avrebbe nascosto. Era così lieve che ogni volta che aveva cercato di descriverlo, gli era stato impossibile.

«È come spiegare cosa si prova a essere innamorati» gli aveva detto lo zio Abel. «Se l'hai provato, lo capisci. Sennò è inutile, non si può spiegare.»

Quattordici. Il quarto numero della combinazione era uguale al primo, per questo ci aveva messo tanto. Girò la ghiera nella direzione opposta finché non si fermò sul cinque, che era il quinto numero. Ora ne mancava solo uno, il più facile. Tutto quello che doveva fare era spostare la ghiera e provare la maniglia su ogni numero finché non avesse trovato quello giusto.

La maniglia cedette quando la ghiera arrivò al numero diciannove. Tirò con forza e la porta di cemento armato rivestita d'acciaio si mosse di qualche centimetro.

«Ecco fatto» gridò.

Continuò a tirare mentre sentiva i suoi compagni correre verso di lui. La porta si aprì un po' di più.

«Che cazzo è questa roba?» gridò Polvere alle sue spalle.

Ferro sbirciò all'interno. Dalla delusione lo stomaco gli si rimpicciolì come una pallina da golf.

Si voltò verso i suoi compagni in cerca di spiegazioni. Polvere guardava Minerva furioso. Gli altri osservavano stupefatti il contenuto del caveau.

Non riuscivano a credere ai loro occhi.

CAPITOLO 73

16 luglio 2019, ore 15:36.

«Guardiamo il lato positivo» disse Pata. «L'oro c'è.»

Era vero, pensò Mac. L'interno del caveau era pieno di bancali polverosi, ognuno dei quali sosteneva sei lingotti d'oro. Facendo un rapido conto, calcolò che in tutto c'erano ottantotto lingotti di doré. Cinquemilatrecento chili di oro e argento. Un po' più di quanto Minerva avesse previsto.

«L'oro c'è» ripeté Polvere, prendendolo in giro. «Lo so che c'è. Non sono cieco. Ma come cazzo facevi a non saperlo?» disse, rivolgendosi a Minerva e poi sbattendo la mano su una delle grosse sbarre che impedivano di passare.

Mac osservò attentamente l'inferriata. Come la porta che Ferro aveva appena aperto, era a due ante. Nel telaio d'acciaio di una di esse c'erano tre fori in cui entravano gli scrocchi dell'altra. Ognuno di essi era spesso come il suo polso.

Erano talmente vicini, pensò Mac, che se avesse infilato il braccio tra le sbarre avrebbe potuto toccare un lingotto con la punta delle dita.

«Quest'inferriata è nuova» disse Minerva. «Un anno fa non c'era.»

«Lo sapevamo fin dall'inizio che la miniera cambia di continuo» la difese Mac. «Ce l'ha detto chiaramente il primo giorno.»

«Quanto tempo ti ci vorrà per aprirla?» chiese Minerva a Ferro.

«Sono due chiavi a doppia mappa. Probabilmente ci

sono sette o otto scrocchi» rispose Ferro, guardando la serratura dell'inferriata.

«Quanto tempo?»

«Tra i venti e i quaranta minuti...»

Polvere si afferrò la testa e fece un passo indietro.

«Per ogni chiave.»

«Merda!» gridò, sbattendo il pugno contro il muro di cemento.

Per qualche secondo, nella *gold room* calò il silenzio.

«Fondiamola con la lancia termica» suggerì Polvere.

Mac scosse la testa.

«Se usiamo la lancia termica, ci vorrà almeno mezz'ora» commentò.

«Hai un'idea migliore?»

Poi nella *gold room* si udì un *bip-bip-bip* che costrinse Mac a voltarsi per guardarsi alle spalle.

CAPITOLO 74

16 luglio 2019, ore 15:37.

Minerva udì il segnale acustico e, un secondo dopo, la voce di Pata.

«Spostatevi!»

Era al volante di un carrello elevatore che faceva retromarcia per allontanarsi dalla porta del caveau.

Cosa vuole fare? si chiese Minerva.

Il muletto si fermò per un attimo e i due denti metallici si alzarono a un metro da terra.

«Fermati, Pata» gridò Mac.

Ma era troppo tardi. Il muletto avanzava con la furia di un toro verso le sbarre. A Minerva e agli altri non restò altra scelta che togliersi di mezzo.

Boom!

Uno dei due denti colpì in pieno la serratura.

Nel secondo in cui durò lo stridore del metallo contro il metallo, accaddero tre cose che Minerva vide come al rallentatore. Primo: l'inferriata si piegò verso l'interno. Secondo: l'impatto bloccò di colpo il carrello elevatore. Terzo: Pata fu sbalzato in avanti.

Corse da lui. Era disteso sul pavimento polveroso, accanto all'inferriata piegata.

«Pata! Stai bene?»

Il suo compagno la guardò con occhi smarriti e annuì, tirandosi su con i gomiti. Poi notò la macchia lucida e viscida che si estendeva sul tessuto che gli copriva la testa.

«Stai sanguinando.»

Pata si tolse il passamontagna e si tastò la testa

calva finché le sue dita sporche di grasso non trovarono uno squarcio di quattro centimetri.

«Non è niente, Minerva.»

«Vado a prendere la dottoressa Morales e il kit del pronto soccorso» disse Mac.

«Porta anche la candeggina, per pulire le macchie di sangue» gli disse Minerva.

Girandosi, Minerva vide che Polvere si era infilato nel varco di quaranta centimetri che il carrello elevatore aveva lasciato tra le sbarre e stava accarezzando un lingotto.

CAPITOLO 75

16 luglio 2019, ore 15:38.

«Non potremo più usare il muletto» disse Mac.
La testa di Minerva andava a mille. Secondo il piano, dopo aver aperto il caveau, avrebbero caricato i pallet di doré utilizzando il carrello elevatore. Ma l'urto contro la grata non solo aveva rotto il meccanismo di sollevamento, ma aveva anche storto le sbarre verso l'interno fino a incastrarle, rendendo impossibile l'accesso a qualsiasi veicolo.
«Il doré va caricato a mano» gridò Polvere. «Tu, vieni con me.»
Minerva trasalì quando il suo compagno la afferrò per la manica e la tirò dentro il caveau.
Dopo aver attraversato le sbarre piegate, rimase paralizzata. Negli ultimi mesi si era spesso chiesta cosa avrebbe provato a mettere piede lì dentro. A volte si era immaginata euforia; altre, paura incontrollabile. Ora provava entrambe le sensazioni allo stesso tempo.
«Forza, sbrigati» disse Polvere, afferrando l'estremità di uno dei lingotti di doré.
Minerva afferrò l'altra estremità. Era la prima volta che toccava un lingotto. Anche attraverso il lattice, il metallo era più freddo e ruvido di quanto si fosse immaginata.
Insieme sollevarono i sessanta chili e si diressero verso la porta a piccoli passi. Mentre Minerva camminava all'indietro tra le due ante contorte del cancello, a Polvere scappò una delle sue risate, come se avesse appena ricordato una barzelletta.

«L'oro e le sbarre!» disse, facendo un cenno con il mento intorno a sé. «Uno dei due è il nostro futuro.»

Appena ebbero varcato l'inferriata, Pata e Mac entrarono per prendere il lingotto successivo. Dopo aver caricato il loro, Minerva fece il giro del caveau e mise una mano sulla spalla di Ferro.

«Vai avanti tu. A questi due ci penso io» disse, indicando i due ostaggi incappucciati a terra.

Ferro la guardò sorpreso per il cambiamento del piano.

«Credo di essermi slogata il polso. Era già mezzo infortunato» aggiunse, toccandosi il polso della mano sinistra. «Se continuo, credo che finirò per ritardare tutto. Vai tu a caricare i lingotti mentre io resto con loro?»

«Nessun problema» disse Ferro, e corse via.

Quando rimase da sola davanti agli ostaggi, Minerva alzò la calibro nove.

Non faceva parte del piano, pensò, mentre puntava l'arma contro la testa incappucciata di Sandoval, e per un istante tornò a essere Noelia Viader.

CAPITOLO 76

Entrevientos. Due anni prima del colpo.

A Noelia faceva male la schiena a forza di stare seduta. Era in riunione con Sandoval da più di due ore. Il direttore generale l'aveva convocata nel suo ufficio per esaminare la proposta di un appalto per la nuova rete di comunicazione.

«Non risolveremo la questione in cinque minuti» disse Sandoval, indicando i documenti sparsi sul tavolo.

Aveva ragione, la faccenda andava per le lunghe.

«Riposiamoci un po'» propose lui. «Un caffè? Ti consiglio il ristretto.»

«Ok, dai. Lo provo.»

Sandoval lasciò la sua sedia e si diresse verso una caffettiera rossa con i bordi cromati che aveva fatto installare di recente su un lato dell'ufficio. Col tempo, Noelia aveva imparato che quell'uomo era un vero e proprio drogato di caffè. Anche le sue gomme da masticare avevano quel sapore.

«A quanto pare il braccialetto ti è piaciuto» le disse dandole le spalle, mentre la macchina borbottava.

Noelia si guardò il polso sinistro, dove il puma e il guanaco brillavano pallidi alla luce dell'ufficio. Qualche mese prima, Sandoval glielo aveva regalato per ringraziarla della sua dedizione al lavoro. "È una lega di oro e argento, nelle stesse proporzioni del doré che estraiamo qui."

Lei l'aveva ringraziato, ma aveva dubitato per alcuni giorni se indossarlo o meno. Alla fine aveva deciso che non indossare un regalo così ufficiale, che il direttore le aveva fatto per premiare il suo impegno, avrebbe potuto essere interpretato come un rifiuto nei confronti del suo superiore. Inoltre, era un bellissimo braccialetto.

«Sì, è molto bello» rispose quando la macchina del caffè smise di fare rumore.

Sandoval si voltò con una tazzina di caffè in ogni mano. Girò intorno alla scrivania che li separava e gliene porse una, sostenendo il suo sguardo. Quando vide il modo in cui le sorrideva, Noelia capì che non avrebbe mai dovuto indossare quel braccialetto.

Abbassò lo sguardo sulla tazzina e mescolò il caffè con un cucchiaino di metallo. L'uomo si avvicinò un po' di più. Lei fece un passo indietro, a disagio. Prima che potesse dire qualcosa, Carlos Sandoval, il capo suo e di altri milleduecento lavoratori di Entrevientos, la baciò in bocca.

Rimase pietrificata per un paio di secondi, mentre le labbra viscide del direttore scivolavano sulle sue. La tazzina le scivolò dalle mani e andò in frantumi sul pavimento, riscuotendola dalla paralisi in cui era precipitata. Poi lo spinse via con entrambe le mani per prendere le distanze.

«Ma che fai, non ti vergogni? Sei un uomo sposato» disse, dirigendosi verso l'uscita dell'ufficio.

«Sposato ma non castrato.»

Sbatté la porta e si allontanò il più velocemente possibile. Mentre camminava, senza sapere bene dove stesse andando, Noelia si vergognò della sua reazione. Perché era scappata? Avrebbe dovuto mollargli un calcio nelle palle. E dirgli: "Che ti prende, stronzo? La prossima volta che mi metti le mani addosso ti denuncio". Ma no, le reazioni migliori di solito ci vengono in mente quando è troppo tardi.

Per tranquillizzarsi, si ricordò che i quattordici giorni del suo turno terminavano proprio quel pomeriggio. Avrebbe trascorso le due settimane successive a casa, a Trelew, a settecento chilometri da quell'uomo.

CAPITOLO 77

16 luglio 2019, ore 15:43.

Minerva si chinò, afferrò l'altro ostaggio per il bavero e lo costrinse ad allontanarsi di qualche metro, in modo che non sentisse ciò che stava per dire a Sandoval. Notando il movimento intorno a lui, il direttore raddrizzò la schiena, all'erta.

«Voglio sapere cosa succederà domani» disse Minerva quando tornò da lui.

«Cosa vuoi dire?»

«Voglio sapere cosa succede in una miniera il giorno dopo un furto da tredici milioni di dollari.»

Anche in questo caso, aveva cercato di parlare con un accento il più possibile porteño, mascherando il suo, che era come quello di chiunque altro vivesse in Patagonia, tranne per un paio di parole che ancora sopravvivevano dai suoi primi quattordici anni di vita a Barcellona.

«Immagino che la prima cosa da fare sia lasciare che la scientifica faccia il suo lavoro. Poi inizieremo le riparazioni necessarie per rimettere in funzione l'impianto.»

«Quando tornerà in funzione?»

Sandoval non rispose.

«Quando?» gridò.

«Forse domani in serata.»

«Quindi per voi perdere tredici milioni di dollari è poco più di una brutta giornata.»

«No, affatto. Bisogna anche sbrigare tutte le pratiche dell'assicurazione. Ci vorrà molto tempo e un sacco di lavoro.»

«Vediamo se ho capito. Noi rubiamo alla Inuit, ma la Inuit non perde nemmeno un dollaro.»

Sandoval annuì appena. Minerva si morse la lingua per non dirgli che si stava sbagliando di grosso.

«Forse gli stiamo facendo un favore. Con quello che risparmieranno per il trasporto del doré da qui all'Austria, magari ci guadagnano pure» disse invece

Il corpo del direttore sembrò irrigidirsi.

«Ti stupisce che io sappia dove si trova la raffineria? Non penserai mica che questa porteñita non abbia fatto i compiti?»

Sandoval non rispose. Minerva emise un sospiro esagerato e falso prima di proseguire.

«Insomma, dovremo accontentarci di diventare ricchi. L'ho sempre detto io che la storia di Davide contro Golia è una delle più grandi bugie della Bibbia. *Panem et circenses*, per illudere dei poveri disgraziati.»

«Su questo siamo d'accordo» rispose Sandoval.

«Questo Golia è troppo grande per essere abbattuto da una banda di rapinatori come noi. Soprattutto perché ha l'appoggio di ladri molto più grandi, che occupano posti di rilievo nella Camera dei Deputati.»

Sandoval respirò a fondo. Senza smettere di puntargli la pistola, Minerva tirò fuori dalla tasca il telefonino color argento, lo accese e lesse ad alta voce:

«L'articolo 4 dovrà essere corretto: dove si dice "Abbracciando la Regione"...»

Mentre Minerva leggeva, vide i pugni di Sandoval stringersi più forte.

«Non continuo perché è lungo, ma te lo riassumo. Il direttore generale di una delle maggiori compagnie minerarie del Paese dà istruzioni a un deputato su quali modifiche apportare alla nuova legge mineraria. Poi ci sono altri messaggi che parlano di risarcimenti, donazioni, contributi e altri eufemismi.»

Cercò di godersi il momento. Lo teneva lì, alla sua mercé, con una pistola in una mano e un telefono nell'altra, due oggetti con cui poteva distruggerlo. Le sarebbe piaciuto sapere cosa stava succedendo in quella testolina che pensava sempre di avere la mano vincente.

«Ora rispondimi, Sandoval. Questo Golia non ti sembra perverso?»

Sandoval esitò un attimo prima di rispondere.

«Il mio lavoro è far sì che questa miniera produca oro, e lo faccio. Non è mia la responsabilità di come funziona la politica in questo paese. È come se uno che lavora in una fabbrica di coltelli fosse ritenuto responsabile degli accoltellamenti.»

«Come scusa non è molto originale. L'hanno già usata tanti bastardi nel corso della Storia.»

CAPITOLO 78

Entrevientos. Due anni prima del colpo.

Il secondo giorno del suo turno successivo, Sandoval la convocò di nuovo per definire quella maledetta rete di comunicazione. Al mattino si era alzato un vento insopportabile, con raffiche fino a ottanta chilometri orari.

Questa volta Noelia aveva suggerito di utilizzare la sala conferenze principale invece dell'ufficio del direttore. Per sicurezza, aveva portato con sé anche Felipe Madueño. Dopotutto, il team degli informatici era sempre composto da due persone: un capo e un vice. Noelia e Madueño. Così si era convinta che era essenziale che il ragazzo fosse presente.

Durante la riunione, Felipe fece pochi commenti, ma tutti molto azzeccati. Dopotutto, era lui quello più esperto di hardware. Quando qualcosa smetteva di funzionare, in prima linea ci andava lui.

«Madueño, vai, che io ho alcune cose da discutere con l'ingegnere Viader» disse Sandoval al termine della riunione.

Felipe Madueño annuì. Lei cercò di fargli capire con lo sguardo di non lasciarla sola, ma senza successo.

Il direttore si alzò dalla sedia e accompagnò Felipe alla porta. Gli strinse la mano e si congratulò con lui per il lavoro svolto finora. Gli disse che Noelia aveva parlato molto bene di lui e che, se continuava così, poteva "fare una grande carriera nella compagnia". Il complimento fece gonfiare il petto di Madueño.

Sandoval chiuse la porta con il chiavistello. Poi andò all'unica finestra con la tenda aperta e la chiuse.

Noelia si alzò in piedi accanto al tavolo della sala.

«Devo andare anch'io. Ho un sacco di...»

Il direttore si fiondò su di lei e le afferrò entrambi i polsi, spingendola contro il muro. La donna si ritrovò con le braccia immobili, rivolte verso l'alto.

«Fermo! Cosa fai?» gridò.

«Mi sei mancata molto. Stavo contando i giorni per rivederti. Non riesco a smettere di pensare al bacio che ci siamo dati.»

«No, smettila, Carlos! Non ci siamo baciati. Il bacio me l'hai dato tu. Ti stai confondendo completamente.»

Pensò di gridare aiuto, ma la sala conferenze era un contenitore isolato e le quattro pareti confinavano solo con un bagnetto. Anche se qualcuno fosse passato all'esterno, il vento gli avrebbe impedito di sentirla.

«Vieni, lo so che ti piaccio. Altrimenti non ti saresti messa il braccialetto, no?»

«Ma vaffanculo. Cosa c'entra?»

Cercò inutilmente di liberare il polso per mostrargli che non lo indossava più.

«E poi so che ti piacciono gli uomini maturi» aggiunse, e cercò di baciarla sulla bocca.

Lo schifo le fece fare due cose. La prima fu girare la testa per evitare le labbra di Sandoval e l'altra fu alzare velocemente il ginocchio per schiacciagli i testicoli. Ma i figli di puttana a volte sono fortunati e lo colpì alla coscia.

«Non fare l'isterica.»

«Lasciami andare, stronzo.»

Noelia riuscì a liberare la mano destra e gli mollò un ceffone. Se fosse stato per lei, gli avrebbe fatto cadere un paio di denti, ma erano così vicini che riuscì a malapena a imprimere forza al colpo.

Lungi dallo spaventarlo, lo eccitò. Le sue mani scesero in fretta, sfiorarono il seno di Noelia e raggiunsero la fibbia della sua cintura. Lei si sentì morire di schifo e di rabbia.

«Fermati, bastardo!» gridò, colpendolo con un

pugno sulle braccia e sul petto.

Ma Sandoval continuava a sorridere e ora si stava abbassando i pantaloni. Noelia notò il rigonfiamento negli slip che premeva sui suoi fianchi. Allora la sua mano raggiunse il viso del direttore e gli conficcò le unghie con tutte le sue forze. Sentì che graffiava la pelle e strinse ancora più forte. Se avesse potuto, gli avrebbe cavato gli occhi.

Sandoval emise un ululato di dolore. Proprio quando Noelia cominciava a credere che l'avrebbe lasciata in pace, sentì il pugno sul naso. Non era mai stata picchiata in quel modo. Le lacrime le salirono agli occhi e tutto divenne buio.

Quando si riprese, era distesa sul pavimento di linoleum della sala, con Sandoval sopra di lei. Lui le teneva le braccia incrociate e la baciava, cercando di infilarle la lingua in bocca mentre respirava dal naso con rapidi sbuffi.

Se Noelia avesse assistito alla scena dall'esterno, probabilmente avrebbe avuto il vomito. Tuttavia, ebbe un momento di lucidità. Qualcosa le disse come agire e tutte le altre strade possibili scomparvero.

Allentò la tensione della mascella e aprì leggermente le labbra. Sentì la lingua al gusto di caffè entrare lentamente nella sua bocca con un gemito di piacere. Poi chiuse i denti. Gli incisivi affondarono nella carne morbida e Sandoval emise un grugnito gutturale. Il sangue caldo inondò in fretta la bocca di Noelia. Nonostante le urla dell'uomo e la repulsione che provava, lei chiuse gli occhi e continuò a stringere con tutta la sua forza.

Sandoval non ci mise molto a rotolare di lato, allontanandosi da lei. Solo quando l'unico contatto tra i due fu attraverso le loro bocche, lei riaprì gli occhi e i denti. Si mise in piedi mentre il direttore borbottava qualcosa di incomprensibile.

Lei gli sputò addosso della saliva tinta di rosso e uscì

dall'ufficio. Corse subito in infermeria, coprendosi il viso con la manica in modo che nessuno le facesse delle domande. Nel bagno della sala d'attesa si sciacquò la bocca più volte e si lavò il sangue dal mento e dalle guance. Poi bussò alla porta della dottoressa Morales.

CAPITOLO 79

16 luglio 2019, ore 15:48.

La pistola tremava. Minerva la appoggiò ancora più forte contro la testa incappucciata di Sandoval. Se lo avesse ucciso, avrebbe infranto la sua stessa regola di concludere la rapina senza spargimento di sangue. Ma d'altra parte, quali sarebbero state le conseguenze di lasciare in vita un bastardo come quello? Ricordò un documentario in cui un biologo parlava della progressione geometrica con cui la popolazione di castori stava aumentando nella Terra del Fuoco. Eliminare un castoro oggi eviterebbe di dover uccidere dodicimila esemplari di quella specie invasiva tra dieci anni.

Dall'altra parte del caveau, il resto della banda continuava a trasportare i lingotti. Il carico a mano era lento e non potevano fare nulla per accelerarlo, perché il varco tra le sbarre consentiva il passaggio di un solo lingotto alla volta.

Non c'era modo di aiutare i suoi compagni a fare più in fretta, quindi non le restava che aspettare. E non era mai stata brava a farlo in silenzio.

«Rispondimi a una cosa, Sandoval. Qual è il senso di tutto questo?»

«Non capisco a cosa ti riferisci.»

«Non è una domanda a trabocchetto. Perché hanno aperto una miniera qui?»

«Per estrarre l'oro e generare ricchezza.»

«Sì, ma a cosa serve l'oro?»

Non poteva rivelargli il vero motivo per cui aveva progettato la rapina, ma poteva parlargli di altro. Delle cose che lei non aveva visto prima. O che non aveva voluto vedere.

«Senza l'industria mineraria non avremmo né gli apparecchi elettronici, né le automobili, né le case» rispose il manager. «Non avremmo nemmeno l'energia nucleare, o molte delle cose che la società moderna...»

«Sto parlando dell'oro, non dell'industria mineraria in generale. Anche l'oro è fondamentale per la nostra società moderna? Senza l'oro non ci sarebbero né case né energia nucleare?»

Sandoval rimase in silenzio.

«Rispondimi.»

«L'oro si usa moltissimo anche nell'elettronica e nella medicina.»

«Solo il dieci per cento!» grugnì lei. «E tu lo sai benissimo, o no?»

La testa incappucciata annuì. Lei sorrise sotto il passamontagna.

«Vediamo se hai fatto i compitini, Sandoval. Metà dell'oro del mondo è usato per...»

«Per la gioielleria.»

«Gioielleria, benissimo. E un altro quaranta per cento per...»

«Investimenti finanziari.»

«Bravissimo! Per gli investimenti finanziari. Per fare dei lingottini e conservarli nel caso in cui le borse di New York e Londra vadano a puttane. In altre parole, il novanta per cento di quello che prendono da qui finisce al collo di qualcuno o in un caveau in Svizzera. Ecco a cosa serve il tuo oro: vanità e speculazione.»

Per un attimo si sentì un'ipocrita. Aveva lavorato per quell'industria per anni senza lamentarsi, e ora che non le doveva alcuna obbedienza in cambio di uno stipendio, faceva la predica. Sembrava una di quelle ex fumatrici che da un giorno all'altro diventano attiviste anti-fumo.

Ma quel secondo passò velocemente e quello dopo scosse la testa. Essere ipocriti era molto diverso dal cambiare idea. La cosa davvero strana sarebbe stata continuare a vedere le cose allo stesso modo. Soprattutto dopo aver passato mesi a leggere documenti riservati che avrebbero fatto rizzare i capelli a chiunque, dipendente della miniera o meno.

«Non ti vergogni di lavorare per loro?»

La testa incappucciata di Sandoval rimase immobile. Minerva non ne fu sorpresa. Sapeva benissimo che il senso di colpa per quell'uomo era un concetto completamente sconosciuto.

CAPITOLO 80

Puerto Deseado, Santa Cruz, Argentina. Due anni prima del colpo.

«E poi ho convinto la dottoressa Morales che avevo un attacco di panico e a farmi portare qui in ambulanza» spiegò Noelia alla responsabile delle risorse umane.

Per "qui" intendeva Puerto Deseado, la città più vicina a Entrevientos, dove la compagnia mineraria aveva una filiale amministrativa.

La responsabile delle risorse umane aveva ascoltato la storia con sgomento. La genuina preoccupazione nei suoi occhi era cresciuta man mano che Noelia proseguiva con il racconto.

«Prima di tutto, voglio che tu sappia che puoi prenderti tutto il tempo che ti serve. Non importa cosa dice questo foglio» disse, indicando un certificato medico in cui l'unico psichiatra di Puerto Deseado raccomandava due settimane di malattia.

Noelia annuì. Per poco non disse "grazie".

«Voglio denunciare quel figlio di puttana. Voglio che venga cacciato e che non trovi mai più lavoro da nessuna parte, nemmeno come muratore.»

«Calma. Ti capisco, credimi, ti capisco» disse la donna guardandola negli occhi, «ma c'è una cosa che devi sapere prima di muoverti.»

«Cosa?»

«In tutta la compagnia Inuit Argentina c'è solo una persona al di sopra di Carlos Sandoval. È il manager nazionale, Ignacio Beguiristain. Lavora nell'ufficio di Buenos Aires.»

«Lo conosco. Ha visitato Entrevientos un paio di volte, e ci ha anche tenuto una conferenza durante il corso di formazione che abbiamo fatto in aprile a Buenos Aires» disse, ricordando la conferenza a cui era arrivata in ritardo perché aveva ballato il tango e bevuto una birra con Pezzano alla milonga.

«L'unico modo per farla pagare a Sandoval è rivolgersi direttamente a Beguiristain. Non appena uscirai da quella porta, lo chiamerò al telefono e gli spiegherò la situazione.»

Noelia annuì.

«Comunque, hai intenzione di denunciarlo alla polizia?»

«Naturalmente.»

«Ottimo» rispose la responsabile delle risorse umane. «Prima lo fai, meglio è.»

***

Quattordici giorni dopo, Noelia si svegliò alle cinque del mattino. Come aveva fatto ogni due settimane negli ultimi tre anni, chiuse la porta della sua casa di Trelew e salì su un taxi diretto all'aeroporto. Da lì prese un aereo per Comodoro Rivadavia, dove un fuoristrada del personale la stava aspettando per portare lei e altri diciotto dipendenti sbarcati dal volo da Buenos Aires al giacimento di Entrevientos.

Da porta a porta, il viaggio durava otto ore. Passò ogni minuto a pensare a come sarebbe stato il suo lavoro d'ora in poi. La responsabile delle risorse umane aveva parlato con il direttore nazionale ed erano riusciti a far sottoporre Sandoval a un'indagine interna. Per il momento, Beguiristain aveva proposto che, quando Noelia fosse stata pronta, sarebbe tornata al lavoro con un turno di sette giorni di lavoro e quattordici di riposo, garantendo che, durante la sua settimana di servizio, a Sandoval sarebbe stato vietato di mettere piede nel giacimento.

«Le do la mia parola, signorina Viader» le aveva detto al telefono.

Anche se fosse stato vero, come sarebbero stati i suoi turni a Entrevientos dopo aver dichiarato guerra al direttore?

Lo scoprì presto. Furono sette giorni in cui si spostò a malapena dalla sua camera all'ufficio e da lì alla mensa. Anche se sapeva che Sandoval non era nell'insediamento, aveva la sgradevole sensazione che potesse sbucare da qualche corridoio da un momento all'altro.

Non voleva vedere né parlare con nessuno. A ogni telefonata per un server o un computer rotto, si limitava a mandarci Madueño. Per fortuna le avevano assegnato una camera tutta per lei e non doveva più dividerla con l'addetta alla supervisione ambientale.

Così trascorsero tre turni. La denuncia presentata al commissariato di Puerto Deseado era stata trasmessa al tribunale, dove la macchina burocratica muoveva i fascicoli a ritmi pachidermici. Ogni tanto la responsabile delle risorse umane la chiamava per sapere come stava e per garantirle che Beguiristain stava seguendo il suo caso da vicino.

Nel frattempo, Noelia notò che nei giorni in cui lavorava, l'account di posta elettronica di Sandoval era attivo come nei giorni in cui non lo era. In un paio di occasioni chiese alla segretaria di Sandoval, quasi en passant, dove fosse il suo capo. La risposta fu sempre la stessa: il direttore aveva un'agenda fitta di riunioni a Puerto Deseado, Catamarca o Buenos Aires e non sarebbe tornato prima della settimana successiva.

In altre parole, quella sorta di ordine restrittivo decretato da Beguiristain era un segreto. Per il resto dei dipendenti, Sandoval non aveva fatto niente.

Furono tre turni insulsi, che lei trascorse piena di rabbia e risentimento. Si immaginava Sandoval nelle riunioni del consiglio di amministrazione a parlare di quintali, ore di lavoro e milioni di dollari, mentre lei si trascinava nei corridoi di Entrevientos, riducendo al minimo l'interazione con gli altri esseri umani, diventando sempre più piccola. Questo le procurava una sensazione di angoscia che le serrava la gola. La sua indignazione era come l'aria carica di elettricità, in cui basta un tuono per scatenare una tempesta.

E il tuono arrivò l'ultimo giorno del terzo turno, esattamente cinque minuti prima che Noelia lasciasse il giacimento di Entrevientos per trascorrere altre due settimane nella sua casa di Trelew e respirare di nuovo.

CAPITOLO 81

16 luglio 2019, ore 15:54

La pistola appoggiata sulla testa di Sandoval non tremava più così tanto.

«Portatevi via tutto, ma non fateci del male. Noi siamo qui solo per guadagnarci da vivere.»

«Dimmi una cosa, Sandoval, non ti stanchi mai di ripetere lo stesso discorsetto?»

«Non capisco, quale discorsetto?»

«Quello che fa apparire te e la miniera come dei salvatori. Questa è una provincia di poveracci, vero? Meno male che è arrivata la compagnia Inuit a porre fine alle loro sofferenze.»

«Senza la miniera ci sarebbero 1.200 posti di lavoro in meno. Senza contare l'indotto.»

Su questo Sandoval aveva ragione. Minerva conosceva a memoria tutti i vantaggi dell'industria mineraria, che i dirigenti erano sempre pronti a recitare alla minima domanda. Lei stessa li aveva ribaditi fino a poco tempo prima, quando aveva ricoperto uno dei milleduecento posti di lavoro di cui parlava Sandoval.

Quando non era ancora passata dall'altra parte.

«Voi lo chiamate lavoro e progresso, io le chiamo briciole. State riducendo questa terra a un colabrodo. La riempite di buchi, ci mettete degli esplosivi e tonnellate di cianuro e consumate più acqua di un'intera città. Intanto, a Puerto Deseado è vietato irrigare.»

Sandoval alzò la testa. Se non fosse stato incappucciato, l'avrebbe guardata negli occhi. Minerva sapeva che si stava contorcendo dentro per non risponderle. Non era abituato a essere contraddetto.

«Generiamo ricchezza, cosa che pochi possono dire.»

Minerva si chiese se Sandoval sarebbe stato così arrogante se avesse potuto vedere la pistola.

«Su questo siamo d'accordo. Generate ricchezza, per i più ricchi. Agli altri, te compreso, danno le briciole. Non pagano nemmeno le tasse in questo Paese.»

«Con tutto il rispetto, signorina, noi paghiamo tutte le tasse previste dalla legge.»

«Ah, sì? Dimmi una cosa, Madre Teresa, hai mai sentito parlare dei papers del Lussemburgo? Sono come i Panama Papers, ma meno famosi.»

Sandoval rimase in silenzio.

«Non fate altro che ripetere che la Inuit è di proprietà canadese, ma tu sai qual è la verità, giusto? Non credo che il direttore generale non sappia che Inuit Argentina è di proprietà di Inuit Cile.»

«Non capisco cosa c'entra...»

«A sua volta, la sede di Inuit Cile è alle Barbados. Anzi, era alle Barbados fino al 2011, quando l'hanno trasferita in Lussemburgo per avere maggiori vantaggi fiscali. E uno direbbe: beh, poi dal Lussemburgo al Canada. Nossignore! Dal Lussemburgo all'Irlanda. E infine, sì, in Canada.»

«Non è mica illegale.»

Minerva scoppiò a ridere.

«È immorale, il che è molto peggio. Nel frattempo, tutti quelli che lavorano per la Inuit devono pagare le imposte sul reddito, la tassa di proprietà, il bollo auto e persino l'IVA quando vanno al supermercato. Tutti, te compreso.»

«Insisto, non la seguo.»

«Sono io che non ti seguo. Perché loro, che sono quelli che guadagnano di più, non pagano le tasse come tutti gli altri? Perché, oltre al fatto che vengono a riempire di buchi la nostra terra e ad avvelenarla letteralmente, hanno la vita più facile? Perché i soldi che prendono da qui devono attraversare mezzo mondo prima di arrivare in Canada? Pensi che sia perché gli piace tutta questa trafila? No! Lo fanno per non lasciare nemmeno le briciole in Argentina o in Canada. "Generano ricchezza", dice lui. Ma va' a farti fottere!»

CAPITOLO 82

Entrevientos. Due anni prima del colpo.

Al Gate, la guardia giurata responsabile dello scanner a raggi X indicò qualcosa sullo schermo e chiamò un collega.

«Questa valigia è tua?» chiese a Noelia mentre passava attraverso il metal detector.

«Sì.»

«Vieni con noi un momento.»

Noelia sentì un mormorio tra gli altri diciotto lavoratori della Inuit che passavano i controlli di sicurezza con lei. Dopo sette o quattordici giorni di lavoro ininterrotto, con un minibus che ti aspettava al cancello per riportarti a casa, qualsiasi ritardo era una scocciatura.

L'addetto alla sicurezza prese la valigia dallo scanner e la portò in una stanzetta lì accanto. Noelia lo seguì, scortata da un'altra guardia.

Quando entrarono nella stanzetta, uno di loro chiuse la porta e l'altro posò la valigia su un tavolo di plastica.

«Puoi aprirla, per piacere?»

Lei obbedì.

«Posso?» chiese la guardia giurata, indicando il contenuto.

«Fa' pure» rispose lei, scrollando le spalle.

Il giovane rovistò tra le sue cose. Sembrava più interessato ai vestiti che agli articoli da toeletta. A uno a uno tirò fuori gli indumenti e li strinse tra le mani, come se cercasse qualcosa. Srotolò un paio di pantaloni e, dopo aver tastato un po', le sue dita tracciarono il profilo di un lungo rigonfiamento cilindrico in una delle tasche.

L'addetto alla sicurezza si avvicinò e tirò fuori una

penna con il logo Inuit Gold. A Noelia sembrava strano, perché non si metteva mai le penne nelle tasche dei pantaloni. Era molto scomodo.

«Da quando è vietato portarsi via una penna?»

«È piuttosto pesante» disse la guardia, soppesandola con la mano.

Noelia capì che c'era qualcosa che non andava. A prima vista, si trattava di una di quelle penne economiche dalla punta retrattile che l'azienda distribuiva ai suoi dipendenti. Tuttavia, nel foro in cui sporgeva la punta, c'erano tracce di silicone o di colla trasparente.

L'addetto alla sicurezza mise un foglio di carta sul tavolo e svitò la penna. Non appena le due metà si separarono, una polvere dorata scese sibilando fino a formare una montagnola grande come un cioccolatino.

«Non è roba mia» si affrettò a dire lei.

«Torno subito. Devo chiamare il responsabile della sicurezza» disse la guardia in tono quasi dispiaciuto.

***

Il telegramma di licenziamento le arrivò due giorni dopo. L'azienda aveva deciso di allontanare l'ingegnere Noelia Viader perché la penna ritrovata nei suoi vestiti violava il codice di condotta della Inuit. Nessun cenno, invece, al fatto che il suo capo l'avesse quasi violentata. Il testo infine dichiarava che, data la natura del licenziamento e in base alla legge, la donna non avrebbe ricevuto alcuna indennità.

Telefonò alla sede di Puerto Deseado e parlò con la responsabile delle risorse umane.

«Noelia, non posso farci nulla» si difese la donna. «L'azienda ha tutto il diritto di licenziare chi vuole. Se ritieni di aver diritto a un risarcimento, puoi fare ricorso.»

«Ma tu lo sai che era tutto organizzato. Quella penna non era mia, me l'hanno messa loro apposta. Quel bastardo me l'ha fatta infilare nella valigia per farmi licenziare.»

La responsabile delle risorse umane riattaccò il telefono. Noelia sentì una rabbia acida bruciare dentro di lei: prima faceva tutta l'amica e ora le sbatteva il telefono in faccia?

Quindi il telefono squillò di nuovo.

«Puoi dimostrarlo?» disse la donna come se la conversazione non si fosse interrotta.

Parlava a voce molto bassa, appena sufficiente a superare il rumore del vento. Era uscita dall'ufficio per chiamarla dal suo telefono personale.

«Perché se hai delle prove io sono disposta ad aiutarti.»

«Ho una denuncia alla polizia per tentato stupro, e guarda caso, tre turni dopo, vengo licenziata. Più chiaro di così! È stato Sandoval.»

«Non può essere stato lui, Noelia. L'altro ieri Sandoval era in riunione a Buenos Aires con Beguiristain. Suppongo che, tra le altre cose, lo avesse convocato per parlare della tua denuncia.»

Noelia si immaginò l'incontro tra quei due uomini. "Parliamo della produzione, delle pressioni dei sindacati e del tuo tentato stupro a Noelia Viader. Oh, Carlitos, ma perché non fai il bravo bambino?".

«Solo perché Sandoval non era presente quel giorno, non significa che non abbia organizzato tutto questo per togliermi di mezzo.»

«Noelia, sai che rubare è un peccato capitale per la Inuit. Basta un sospetto per essere licenziati. E tu sei stata trovata mentre lasciavi la miniera con del doré.»

«Ti sto dicendo che è tutta una montatura per incastrarmi. Non capisci?»

«Io non ho le prove, e nemmeno tu. Rifletti un po', Noelia. Sulla carta ora figuri come una dipendente della peggior specie: una ladra. Una volta che hai questa etichetta, è molto difficile che si fidino ancora di te. Ho fatto di tutto per convincerli a risarcirti.»

«Ho il telegramma in mano e dice proprio il contrario.»

«Credimi, ho insistito. Gli ho detto che un processo ci sarebbe costato di più. Ho pensato che quei soldi potevano farti comodo mentre cercavi qualcos'altro. Ma non mi hanno dato retta.»

«Cioè, ti devo pure ringraziare?»

«Noelia, sarò completamente sincera con te perché ti stimo e mi sei sempre piaciuta. Tra quello che ti è successo con Sandoval e questo, Entrevientos è l'ultimo posto al mondo in cui dovresti lavorare.»

«Perché separi le due cose? Non c'è "quello che mi è successo con Sandoval" e "questo". È la stessa cosa. È tutta colpa di quel figlio di puttana.»

«Capisco la tua rabbia, davvero. Ma non posso farci nulla. L'unica cosa che posso fare io è rendere questo processo il meno traumatico possibile per te. Per questo non c'è bisogno che tu venga in ufficio a lasciare le tue cose. La cosa più importante, il tuo computer, è rimasto nell'insediamento. E il tuo badge è già stato disattivato.»

La responsabile delle risorse umane parlava di nuovo con il tono freddo da robot di chi ripete qualcosa che ha già detto mille volte. In sottofondo non c'era più il vento, ma l'eco di un corridoio.

La donna era rientrata negli uffici della Inuit Gold e Noelia sapeva di non avere più nulla di cui parlare con lei.

CAPITOLO 83

16 luglio 2019, ore 16:02.

Minerva non aveva mai sparato a nessuno. Nemmeno quando Pezzano le aveva dato una pistola per difendersi dai proiettili che le sfrecciavano sulla testa nella sala da biliardo in avenida de Mayo. Non era nella sua natura. Almeno finora.

Sotto i guanti di lattice, le sue mani grondavano di sudore.

«Se i messaggi di questo telefonino arrivassero alla stampa, cosa credi che succederebbe, Sandoval?»

Silenzio.

«Io penso che ci sarebbe un processo» proseguì. «La Inuit potrebbe vincere o perdere. Ma tu, Sandoval, puoi solo perdere. Perché la prima cosa che faranno sarà prendere le distanze da te. Diranno: "La condotta del signor Sandoval, che non ha più alcun legame con Inuit Gold Argentina, è inaccettabile e va contro lo spirito trasparente dell'azienda".»

Minerva brandiva il telefonino davanti al viso di Sandoval come se potesse vederlo.

«Cioè, se volessimo, potremmo distruggerti, Sandoval. Ma noi non siamo così cattivi. In fondo siamo ladri, quindi non siamo nella posizione migliore per criticare la vita altrui. Se vuoi continuare a vendere l'anima al diavolo, lo rispetteremo.»

Sandoval tremava. Minerva si chiese se fosse per paura o per rabbia.

«Non mi ringrazi?»

Ancora silenzio.

«Oh, certo, che stupida! Il cappuccio non ti fa vedere che sto ancora mirando alla tua testa» disse, e gli riappoggiò la pistola sulla fronte. «Dài, non mi ringrazi?»

«Gra... grazie.»

«Non così, bello mio. Fai pena. Ripeti con me: grazie, signora ladra...»

«Grazie, signora ladra...»

«... per permettermi di continuare ad aiutare dei ciccioni canadesi in giacca e cravatta che non hanno mai toccato una pala nella loro cazzo di vita ad accaparrarsi tutta la ricchezza di questo posto senza pagare le tasse.»

Sandoval tornò a tacere. Minerva premette ancora più forte la pistola contro la sua testa. L'adrenalina l'aveva resa così euforica che, se non si fosse controllata, avrebbe finito per ridere istericamente.

«Ti do venti secondi per ripetere quello che ho detto. Se non lo fai, forse sparerò. O magari ti lascio vivo e mando una copia di quello che c'è su questo telefonino a tutti i giornali.»

«Per favore!»

«Venti. Diciannove. Diciotto...»

«Ti prego, ascoltami.»

«Il tuo tempo sta per scadere. Quattordici. Tredici...»

«Perché mi fai questo? Sono solo un lavoratore. Non ho mai fatto del male a nessuno.»

La frase la colpì come un fulmine. *Figlio di puttana*, pensò. E di riflesso strinse il pugno sinistro, facendo cadere il telefonino sulle gambe di Sandoval.

«*Collons*» sussurrò senza volere mentre si chinava per raccoglierlo.

Dopo aver pronunciato quella parola, rimase pietrificata. Un brivido le corse lungo la schiena. Come aveva potuto essere così stupida? Come aveva potuto lasciarsi sfuggire un'imprecazione in catalano? In pratica era come se avesse consegnato la sua carta d'identità a Sandoval.

Lo guardò per un lungo secondo. Le sembrò che il

corpo dell'uomo avesse acquisito una certa rigidità. Anche con la testa incappucciata, poteva vederlo pensare.

«Il tempo sta scadendo» disse, esagerando il più possibile il suo accento porteño. «Otto. Sette. Sei.»

L'aveva sentita o era solo la sua paranoia? Dopotutto, quella parola l'aveva appena sussurrata. Ma non poteva rischiare. Doveva sparare. Aveva detto che la rapina sarebbe stata incruenta, ma ora non aveva scelta. Se voleva proteggere la sua identità, doveva far fuori Sandoval.

Fece scorrere l'indice lungo il fianco della pistola fino a sfiorare il grilletto.

«Cinque. Quattro.»

Aveva voglia di strappargli il cappuccio, di sollevare il passamontagna e di ammettere che sì, era lei. Di guardarlo negli occhi e dirgli che la pallottola che avrebbe ricevuto in testa era per quello che lui le aveva fatto. Ma quel bastardo non meritava nemmeno questo. Era più giusto che morisse senza spiegazioni. Come uno scarafaggio.

E se cancellarlo dalla faccia della terra significava che una sola persona non doveva più subire quello che aveva subito lei, ne sarebbe valsa la pena. Un castoro in meno.

«Tre. Due.»

L'indice ora era saldo sul grilletto. Fin troppo saldo. Da un momento all'altro sarebbe partito il colpo. Sandoval aprì la bocca e cominciò a parlare.

«Grazie, signora ladra, per permettermi di continuare ad aiutare dei ciccioni canadesi...»

Ma venne interrotto da una voce alle spalle di Minerva.

«Andiamo via.»

Quando si girò, Minerva vide Mac, ancora incappucciato. Il giubbotto e i pantaloni della Inuit erano anneriti dallo sfregamento contro i lingotti. Quando lo vide, si ricordò che la rapina a Entrevientos non era solo una sua faccenda personale.

CAPITOLO 84

16 luglio 2019, ore 16:07.

Si sentì strappare i capelli mentre gli toglievano il cappuccio.

«Sei salvo perché ce ne andiamo» gli disse la voce della donna.

Carlos Sandoval emise il sospiro più lungo e trattenuto della sua vita. Secondo i suoi calcoli, ci avevano messo più di venti minuti per svuotare il caveau.

Osservò la donna con il passamontagna. Aveva gli occhi castani come Noelia Viader, ma non quadravano né l'accento né l'atteggiamento. Viader era debole, passava il tempo a giocare col computer ed era corsa a denunciarlo per delle semplici avances. La porteña di fronte a lui, invece, era forte, determinata e al comando di un gruppo di uomini armati: gli sembrava una donna con i controcoglioni.

Accanto a lei c'erano altri due membri della banda. Il più forte, che lo aveva ricevuto all'ingresso della *gold room*, lo costrinse ad alzarsi in piedi tirandolo per i vestiti e lo spinse finché non svoltarono uno degli angoli del caveau.

Il braccio robusto indicava i veicoli. Quello più vicino era l'ambulanza. Dietro spuntavano i cofani dei tre Hilux. Più in là, l'autocisterna incastrata nella chiusa.

«Ora dirai ai tuoi uomini di lasciarci uscire tranquillamente.»

Sandoval annuì senza distogliere lo sguardo dall'ambulanza. Uno degli sportelli posteriori era spalancato e, sebbene l'angolazione non fosse delle migliori, poteva vedere chiaramente un lingotto accanto ai piedi della barella.

È impossibile che abbiano caricato cinque tonnellate di lingotti nell'ambulanza, pensò. *Devono averli divisi.*

«Se fai il bravo, mi dimentico dei messaggi che ho letto.»

La porteña gli mostrò la pistola e il telefonino color argento. Il suo compare gli avvicinò la radio alla bocca e schiacciò il pulsante.

«Alvarado, sono Sandoval» disse nella macchina.

«Signor direttore, va tutto bene?»

Che domanda stupida.

«Ascoltami, ho fatto un patto con queste persone. Voglio che gli apriate il cancello e che li facciate uscire senza alcun ostacolo.»

All'altro capo della linea calò il silenzio.

«Signor direttore, lei sa benissimo che una volta attivato il protocollo di chiusura, gli unici che hanno il codice per sbloccarlo sono quelli della sicurezza.»

Quello che teneva la radio la allontanò dalla bocca di Sandoval e la spostò verso la propria.

«Allora avete due minuti per chiederglielo» disse e, mirando al soffitto della *gold room*, sparò una volta. Sandoval sentì un ronzio nelle orecchie. «Hai sentito? Il prossimo finisce nella testa del tuo capo.»

«Mi dia qualche minuto, per favore.»

«Due» disse l'uomo incappucciato, e spinse Sandoval per costringerlo a sedersi per terra.

Con tutti i macchinari spenti, Sandoval poteva sentire solo il ronzio del vento che colpiva l'enorme costruzione metallica. Non osò fare alcun commento nel minuto e mezzo che trascorse prima che l'uomo che aveva sparato parlasse di nuovo via radio.

«Allora? Che succede?»

«Ci sto provando, ma non riesco a contattare l'agenzia di sicurezza.»

Sandoval chiuse gli occhi. Era finito. Com'era

possibile, con tutti i milioni che la Inuit pagava per quel servizio di sicurezza?

«Ce ne andiamo comunque» disse un altro rapinatore, con la pancia sporgente, mentre si dirigeva verso l'autocisterna. «Subito.»

«Ma il cancello dell'impianto è chiuso» disse la donna.

«Ce ne andiamo» ripeté.

L'uomo che aveva parlato via radio con Alvarado si avvicinò all'altro ostaggio incappucciato, lo aiutò ad alzarsi e lo fece sedere sul sedile del passeggero dell'ambulanza.

La donna, dal canto suo, si avvicinò a Sandoval, gli rimise il cappuccio e gli tagliò le fascette intorno ai polsi.

«Non muoverti finché non ce ne andiamo» gli disse, dopodiché Sandoval sentì i passi di lei allontanarsi.

CAPITOLO 85

16 luglio 2019, ore 16:10.

La prima cosa che fece Pata quando si mise al volante dell'autocisterna fu collegare due cavi spellati per riattivare il GPS. Poi mise in moto.

«Tutto pronto» disse a Polvere dal finestrino.

«Via, via, via!» gridò Polvere agli altri suoi compagni, mentre colpiva una parete di lamiera con il calcio della sua calibro nove.

Pata fece avanzare con cautela il camion nella chiusa fino a liberarlo completamente. Poi schiacciò il pedale dell'acceleratore.

Nello specchietto retrovisore vide che gli altri veicoli sgommavano dietro di lui. Un Hilux. Due Hilux. Tre Hilux. E infine l'ambulanza.

Ingranò la quarta e girò a destra. Ora non gli restava che raggiungere il perimetro dell'area recintata e svoltare di nuovo a sinistra per uscire dall'impianto attraverso il cancello da cui erano entrati. Se era vero che non l'avevano aperto, era pronto a sfondarlo.

Ma quando si avvicinò alla guardiola abbastanza da avere una visione chiara del cancello, capì che sarebbe stato impossibile abbatterlo. Non solo era chiuso, ma un'autopompa dei vigili del fuoco era parcheggiata dall'altra parte per bloccare l'uscita.

Figli di puttana.

Era l'unico accesso all'impianto e adesso era ostruito.

Gli restavano meno di cento metri per prendere una decisione.

Ottanta.
Sessanta.
Schiacciò a fondo il pedale dell'acceleratore.

***

«Che cosa sta facendo?» chiese Minerva ad alta voce, anche se nel suo fuoristrada non c'era nessuno oltre a lei.

Stava seguendo l'autocisterna della YPF con l'Hilux che aveva rubato a Madueño. Erano passate solo quattro ore e mezza, ma le sembrava una vita.

Non capiva perché Pata accelerasse così tanto.

A questa velocità, quando dovrà girare per uscire dal cancello finirà per ribaltarsi, pensò.

Ma poi raggiunse il punto in cui gli edifici non ostruivano più la vista del cancello. E capì che Pata non aveva intenzione di uscire da quella parte.

***

L'autocisterna si dirigeva verso la recinzione metallica a oltre settanta chilometri all'ora, sempre più veloce. Senza togliere il piede dall'acceleratore, Pata pensò di allacciarsi la cintura di sicurezza, ma cambiò idea. In fin dei conti, se fosse andata male, un paio di ossa rotte sarebbero state l'ultimo dei suoi problemi.

Dall'altra parte della recinzione, ai margini del sentiero che costeggiava l'impianto per collegarlo all'insediamento e alle miniere, i due guanachi che avevano visto all'andata erano ancora lì, tranquilli.

Ti prego. Fa' in modo che vada tutto bene. Ti scongiuro.

Nella sua carriera criminale aveva sfondato molte recinzioni metalliche, ma mai una che proteggesse un'area di massima sicurezza. Una cosa era abbattere sei linee di filo spinato attaccato a dei pali di legno, un'altra una recinzione alta due metri e sostenuta da pilastri di cemento armato.

Come se non bastasse, per la larghezza del camion era inevitabile colpire almeno uno di quei pilastri. Se fossero stati più distanti, avrebbe potuto mirare al centro e colpire solo i cavi.

Dei tre pilastri grigi verso cui si stava dirigendo, notò che quello a destra aveva due aste metalliche ai lati. Ciò significava che una bobina di filo spinato si univa a un'altra. Afferrò con forza il volante e si diresse verso quel punto. Una ragnatela è sempre più debole ai bordi che al centro.

Pensò a Sandra, a Los Antiguos e a Mina. Pensò anche ai passeggeri dentro la cisterna. Due metri prima di colpire il pilastro, chiuse gli occhi.

Il rumore del cemento che si spaccava fu seguito dallo stridore del filo spinato che si allungava e si staccava dal pilastro. La velocità del camion diminuì di colpo e l'inerzia spinse Pata in avanti. Le braccia, troppo rigide sul volante, gli procurarono un dolore lancinante alle spalle.

Aprì gli occhi. La cabina tremava tutta mentre il camion attraversava la striscia di terra tra il filo spinato e il sentiero, facendo sbattere Pata come se fosse in una lavatrice. Senza togliere il piede dall'acceleratore, girò il volante a sinistra e portò il camion in direzione dell'insediamento. Attraverso lo specchietto retrovisore vide, uno dopo l'altro, i tre Hilux e l'ambulanza lasciare l'impianto attraverso il varco che aveva appena aperto.

Abbassò il finestrino, tirò fuori un pugno e svuotò i polmoni con un grido euforico. I guanachi si erano spostati di un centinaio di metri e stavano di nuovo cercando qualcosa da masticare.

CAPITOLO 86
16 luglio 2019, ore 16:13.

Poco dopo aver lasciato l'impianto, Minerva superò Pata e si mise in testa alla carovana. Dietro l'autocisterna c'era Ferro con un altro Hilux, seguito da Polvere sull'ambulanza. Mac chiudeva la fila con il terzo fuoristrada.

Attraversarono l'insediamento e imboccarono il sentiero tortuoso che conduceva al Gate. Minerva azzerò il contachilometri.

Le faceva male la mascella a forza di stringere i denti. Afferrava il volante con entrambe le mani, facendo attenzione alle curve e cercando di non pensare che la parte più difficile doveva ancora arrivare.

Quando il contatore indicò tre chilometri, le curve finirono. Proseguì lungo l'ampio rettilineo che si perdeva e ricompariva con le dolci ondulazioni del terreno in direzione del Gate.

Non appena il tre virgola nove diventò quattro, abbassò il finestrino, sporse una mano aperta e frenò.

La carovana si fermò su un terreno avvallato. Dietro di loro, non si vedevano né l'insediamento né l'impianto. Davanti, il sentiero si perdeva nell'ondulazione successiva e il Gate restava nascosto dietro l'orizzonte. Si vedevano soltanto il sentiero e l'altopiano.

Minerva scese dal fuoristrada e raggiunse Mac, Polvere e Ferro vicino all'ambulanza.

«Pronti?» chiese Polvere, estraendo un coltello dalla tasca.

Lei annuì e Mac aprì la portiera del passeggero

dell'ambulanza.

Nel frattempo, Pata era intento a fare manovra con l'autocisterna.

CAPITOLO 87

San Rafael, Mendoza, Argentina. Due mesi e mezzo prima.

Minerva appoggiò il puntatore laser sul tavolo e spense il proiettore.
«Immagino che avrete delle domande.»
«Chi si occuperà di piazzare il doré?» volle sapere Polvere dal divano che condivideva con il Banchiere davanti al camino.
«Pata» rispose lei mentre si versava una tazza di tè. «Ha un contatto in Cile.»
«Mauro» disse Pata. «Uno dei migliori contrabbandieri del Sud America.»
«Dobbiamo portarne cinque tonnellate in un altro paese?» protestò Polvere dopo aver tirato un'altra boccata dal suo sigaro alla vaniglia. «Siamo pazzi? Perché non lo vendiamo in Argentina?»
«È vero. Non ci avevo pensato» disse Pata con sarcasmo, toccandosi la tempia e guardando il soffitto.
«Non prendermi in giro. Ti sto parlando con educazione.»
«Ehi, stai calmo» disse il Banchiere. «Ti scaldi per una battuta?»
«Sì.»
«Ti domeremo con l'amore» rise il vecchio ladro, e gli diede un buffetto sul viso. Polvere lo allontanò con una manata.
«Ci sono solo poche raffinerie al mondo che separano l'oro dall'argento» spiegò Minerva. «Canada, Austria, Australia... La più vicina è in Sudafrica. Capirai

anche tu che non possiamo presentarci da loro con cinque tonnellate di doré senza che ci chiedano delle spiegazioni.»

«Cosa c'entra con il Cile?»

Minerva fece cenno a Pata di spiegarglielo.

«La nostra industria mineraria è molto giovane rispetto a quella cilena. Dall'altra parte delle Ande si estraggono oro, argento, rame eccetera da decenni.»

«Un mercato nero per un prodotto così specifico non nasce da un giorno all'altro» aggiunse. «Ci vuole tempo per costruire una rete di contatti che permetta di vendere il doré.»

«Che percentuale prende il cileno?» chiese Polvere, espirando boccate di fumo a ogni parola.

«Lui si tiene l'argento e noi l'oro. Tutti i costi di trasporto sono a carico nostro.»

«In soldoni, quanto sarebbe?»

«Se alla fine prendiamo cinque tonnellate, al quattro e mezzo per cento di oro, resterebbero tre milioni di dollari per lui e dieci milioni per noi.»

«Dieci diviso sei fa più di un milione e mezzo a testa» calcolò Ferro.

Minerva guardò gli uomini uno per uno. Gli occhi di quasi tutti scintillarono di fronte a quell'immagine. Polvere, tuttavia, non sembrava convinto.

«Non c'è modo di consegnare il doré al tuo contatto qui in Argentina?»

Pata scosse la testa rasata.

«Impossibile. Se vogliamo i dieci milioni, dobbiamo far entrare i lingotti in Cile.»

«Si può sapere come facciamo a uscire dalla miniera con cinque tonnellate e a portarle in un altro paese?»

«Ve l'ho già detto, con un trucco di magia» rispose lei, cercando di non sorridere, e si mise una mano in tasca.

Estrasse una moneta lucida e la tenne in equilibrio tra il pollice e l'indice, mostrandola ai compagni. Dopo quel gesto nella sala non volava più una mosca.

«Immaginiamo che questa moneta sia le cinque tonnellate di doré» disse Minerva agli uomini.

Facendo un gesto ondulatorio con le dita, passò la moneta da una nocca all'altra, prima dall'indice al mignolo e poi al contrario. Era concentratissima per non far cadere la moneta a terra, come era successo innumerevoli volte mentre si esercitava davanti allo specchio.

«Quando tutti guardano la mano destra, la cosa veramente importante avviene a sinistra. Questa è l'essenza di ogni trucco magico. La distrazione.»

Chiuse entrambe le mani, quella con la moneta e quella senza. Le agitò insieme.

«La manovra di uscita sarà un trucco sofisticato, con diversi strati di diversivi. Diciamo che quando arriverà la polizia si troverà davanti a una scatola. Dentro ci sarà un'altra scatola. E dentro questa, un'altra più piccola. E così via.»

«E quando apriranno l'ultima?» chiese Ferro.

Minerva aprì entrambe le mani, mostrando i palmi vuoti.

«Non ci sarà nulla.»

Poi si frugò in una tasca, tirò fuori la moneta e la mostrò al pubblico.

«Più strati mettiamo, più saremo protetti, perché se uno strato non funziona, ci resteranno gli altri.»

«Dài, Minerva, non fare la misteriosa e diccelo» la incitò Polvere tra i fumi alla vaniglia.

Poi Minerva annuì e spiegò nei dettagli ognuna delle quattro manovre di distrazione. Naturalmente svelò anche il trucco: disse loro come avrebbero fatto sparire cinque tonnellate di doré da Entrevientos e come le avrebbero fatte riapparire in Cile.

QUINTA PARTE

Il gioco di prestigio

CAPITOLO 88

16 luglio 2019, ore 16:11.

Quando non sentì più il motore dei veicoli, Carlos Sandoval si tolse il cappuccio. Aprì gli occhi col timore irrazionale di trovarsi una pistola puntata tra gli occhi, ma davanti a lui non c'era più nessuno.

Percorse con lo sguardo le pareti di lamiera e i macchinari della *gold room*. C'erano poche tracce di quanto era appena accaduto. Solo qualche macchia di vernice nera sulle telecamere, la luce del giorno che sbucava dalla porta sfondata della chiusa e un foro di proiettile nel soffitto da cui filtrava un raggio di sole.

E il silenzio. L'ultima volta che l'impianto era stato completamente spento era stato quattordici mesi prima, a causa di un falso allarme. Fermare la produzione costava alla compagnia mezzo milione di dollari all'ora.

Si alzò, girò intorno al caveau e a quel punto il disastro divenne evidente. Si infilò tra le sbarre, sfondate verso l'interno come se un gigante le avesse fatte crollare con un pugno. Dentro il caveau, le luci al neon illuminavano quindici bancali di legno accatastati contro il muro. Non era rimasto nemmeno uno degli ottantotto lingotti elencati nell'inventario. I ladri si erano portati via cinque tonnellate di doré e un ostaggio.

Li immaginava in fuga, mentre cercavano disperatamente di scappare da Entrevientos il più presto possibile, e venne preso dal panico: e se avessero avuto dei problemi, o se si fossero scordati qualcosa e avessero deciso di tornare indietro? Doveva andarsene da lì, subito.

Si mise a correre verso la chiusa, lasciandosi alle

spalle la *gold room*. Scavalcò il cancello sfondato e uscì all'aperto. Con il vento freddo che lo colpiva in faccia, continuò a correre a più non posso nella direzione opposta alla guardiola delle guardie giurate. Nell'angolo più lontano dell'impianto c'era un cancelletto nella recinzione metallica che portava all'area dei generatori di energia. E quella porta, come tutte le porte di Entrevientos, si apriva con il suo badge.

Mentre correva, la mente da ingegnere di Sandoval calcolava le perdite. Il caveau vuoto, i danni ai macchinari, la chiusura completa dell'impianto, il risarcimento degli ostaggi e tutto ciò che poteva ancora accadere. La richiesta di risarcimento della Inuit alla compagnia di assicurazioni sarebbe stata molto più alta dei tredici milioni di dollari di doré mancanti.

Gli mancavano solamente venti metri al cancello quando vide con la coda dell'occhio un Hilux grigio che andava verso di lui a tutta birra. Corse ancora più veloce. I polmoni quasi gli scoppiavano.

Il fuoristrada lo raggiunse e frenò. Alcuni dei sassi che sollevò con la sgommata gli colpirono le gambe.

Si lasciò cadere a terra, con le mani dietro la testa.

«Capo, sta bene?»

Era Francisco Alvarado, il responsabile della sicurezza.

«Sì, sto bene» disse, affrettandosi ad alzarsi. «Se ne sono andati?»

«Sì, hanno sfondato la recinzione e si sono diretti verso il Gate.»

«Gli altri dirigenti?» chiese, riferendosi ai suoi diretti subordinati.

«Sono ancora nella sala riunioni.»

«Portami da loro.»

CAPITOLO 89

16 luglio 2019, ore 16:22.

Quando entrò nella sala riunioni, Sandoval notò l'aria densa e stantia. Le quattordici persone sedute intorno al tavolo alzarono la testa verso di lui. Riconobbe i sette dirigenti di ciascun reparto della miniera, alcuni supervisori che riferivano direttamente a loro, la sua segretaria e gli informatici Madueño e Mallo. Alcuni si alzarono e si avvicinarono a lui.

«Sto bene» disse, schivando la raffica di domande. «Cosa si sa dei ladri?»

«Hanno attraversato l'insediamento e sono andati verso il Gate» disse qualcuno.

«Sono scappati dalla *gold room* con almeno un ostaggio. Sappiamo chi è?»

«Andrés Cepeda, l'autista dell'ambulanza» rispose il capo della sicurezza.

«Manca qualcun altro?»

«Stiamo ancora eseguendo il protocollo di conteggio. Tra pochi minuti avremo i risultati.»

«Tutti i veicoli sono partiti insieme?»

«Sì, in fila indiana. L'autocisterna, i tre fuoristrada e l'ambulanza.»

Sandoval si rivolse a Felipe Madueño, che stava scrivendo freneticamente sul suo portatile.

«Comunicazioni?»

«Abbiamo ristabilito il collegamento internet via satellite» gli rispose Mallo vedendo che Madueño continuava a scrivere senza alzare la testa. «Ora stiamo cercando di rintracciare il GPS dei veicoli che hanno preso.»

Sandoval girò intorno al tavolo della sala riunioni e guardò lo schermo sopra la spalla di Madueño. Sotto una finestra che mostrava una cartina satellitare dell'insediamento, il giovane stava inserendo dei comandi in fretta e furia.

«Credo di averli trovati» esclamò Madueño.

«Dove sono?» chiese Sandoval.

«Il programma può impiegare qualche secondo per visualizzarli sulla cartina. Le coordinate sono queste» disse, indicando i numeri sulla parte nera dello schermo.

Non appena il ragazzo ebbe finito di parlare, sul monitor apparve una fila di quattro puntini molto ravvicinati. Si muovevano verso nord, in direzione del Gate. Madueño premette un paio di tasti e l'immagine venne proiettata sullo schermo di tela bianca in fondo alla sala. Tutte le teste si girarono in quella direzione.

Uno dei quattro puntini diventò rosso.

«Che succede?» chiese Sandoval.

«Nulla. Ho cambiato il colore dell'ambulanza per distinguerla più facilmente. I tre grigi sono gli Hilux.»

«Manca l'autocisterna» osservò Sandoval.

«Non è di proprietà della miniera. Dovremmo chiedere alla YPF di darci il permesso di accedere al loro GPS. Senza, è impossibile.»

«Marcela, mettimi in contatto con qualcuno della YPF che possa risolvere la questione. Subito!»

«Sì, signor Sandoval» disse la segretaria, guardando Madueño mentre estraeva il telefono dalla tasca. «Non ho campo.»

«Puoi utilizzare il programma Voice over IP» rispose Madueño. «Prima ti colleghi a questa rete Wi-Fi...»

La conversazione tra l'informatico e la segretaria scomparve dalla mente di Sandoval. L'unica cosa che gli importava erano i quattro puntini che continuavano a scorrere sullo schermo. Moriva dalla voglia di una sigaretta.

Si infilò in bocca una gomma da masticare al caffè e prese una delle radio dal tavolo. Se l'era già portata alla bocca quando si rese conto di non sapere cosa dire. Da una parte voleva ordinare al Gate di bloccare tutti i veicoli sul sentiero. Se fosse riuscito a impedirgli di uscire, forse avrebbe potuto recuperare il telefonino color argento. Dall'altra, voleva sperare che, se i ladri fossero riusciti a scappare, la porteña avrebbe mantenuto la parola data e i messaggi tra lui e Gastón Muñoz non avrebbero mai visto la luce.

«Attenzione, è il direttore generale che parla» disse, utilizzando il canale di emergenza. «I rapinatori si stanno dirigendo verso il Gate. Aprite il cancello e fateli uscire. Ripeto, aprite il cancello e non opponete resistenza. Sono armati.»

«Aspetti. Si sono fermati!» esclamò Madueño.

Guardò lo schermo e vide che il ragazzo aveva ragione. I veicoli si erano fermati a quattro chilometri dall'insediamento. Gli mancavano ancora otto chilometri prima di raggiungere il Gate. Sandoval ripassò mentalmente quel percorso, che aveva fatto migliaia di volte in entrambe le direzioni. Erano fermi in un punto cieco, senza una linea di vista diretta verso l'insediamento o il Gate.

«Che cos'hanno in mente, quei figli di puttana?» si chiese ad alta voce.

Per tutta risposta, sentì dei mormorii nella sala: Marcela che parlava al telefono e i dirigenti che avanzano in silenzio ipotesi che non ritenevano abbastanza valide da sottoporre al loro capo.

«Signor Sandoval, il responsabile della sicurezza dei camion della YPF è in linea» disse Marcela pochi secondi dopo, passandogli il telefono.

«Devo rintracciare una delle vostre autocisterne. È un'emergenza» disse non appena si avvicinò il dispositivo all'orecchio.

Come tutti i capi della sicurezza, l'impiegato della

YPF era diffidente. A Sandoval ci vollero quattro minuti per convincerlo che si trattava di una vera e propria emergenza in cui erano a rischio non solo i beni della YPF, ma anche la vita di uno dei suoi dipendenti. Dopotutto, nessuno sapeva cosa fosse successo all'autista il cui camion era stato rubato dai rapinatori.

«Mi dia il numero di targa» gli chiese infine.

«MRG118» lesse Sandoval da uno dei foglietti sul tavolo.

«Vediamo cosa posso fare.»

«No, "vediamo" un cazzo. Mi servono subito le coordinate GPS. Non capisci che è un'emergenza?»

All'altro capo della linea scese il silenzio.

«Signor Sandoval?»

«Sì.»

«Mi può ripetere il numero, per favore?»

Nel farlo, Sandoval provò una strana sensazione di familiarità: dove aveva già visto quella sequenza di numeri e lettere?

«Non c'è nessun MRG118 nella nostra flotta.»

«Non è possibile. Controlla di nuovo.»

«Un momento, aspetti. Mi sa che qui c'è qualcosa di strano» disse la voce all'altro capo della linea.

Ma non mi dire, pensò Sandoval.

«C'è un camion che dovrebbe essere già ritornato nella raffineria, ma sembra che sia ancora nell'insediamento. In questo momento sembra che sia su un rettilineo...»

«È quello! È quello! Ci servono subito le coordinate, così la polizia potrà rintracciarlo.»

L'uomo parlò di nuovo, ma la rabbia di Sandoval gli permise di sentire la sua voce solo come rumore di fondo. Quando riattaccò, gettò il telefono di Marcela sul tavolo.

«Cosa succede?» chiese Alvarado.

«Dice che ci invierà via e-mail il link al GPS del camion il prima possibile. Non lo voglio il prima possibile, lo voglio adesso!»

«L'ambulanza si sta muovendo» annunciò Madueño, indicando il puntino rosso sullo schermo, che ora si stava allontanando da quelli grigi. «Si sta dirigendo verso il Gate.»

Sandoval riferì la notizia al Gate, dicendo loro di mettersi al riparo e di non ostacolare l'uscita del veicolo. Seguirono un paio di minuti di assoluto silenzio, durante i quali non staccò gli occhi dal puntino rosso che si muoveva verso nord.

Felipe Madueño annunciò che era appena arrivata una e-mail dalla YPF. Diversi dirigenti si raddrizzarono sulle loro sedie quando il tecnico informatico proiettò una cartina molto simile alla precedente ma che, invece dei puntini rossi e grigi, mostrava la posizione dell'autocisterna con un rettangolo blu.

Si stava muovendo, anche se in una direzione inaspettata.

«Non è possibile» esclamò Sandoval. «Dev'esserci un errore.»

Il capo della sicurezza si mise le mani sulla testa.

«Cosa facciamo?» chiese un altro.

«Non perdiamo la calma» disse un terzo con un tono poco convinto.

«A che velocità sta arrivando?»

«Settanta chilometri all'ora» chiarì Madueño, indicando con un puntatore laser uno dei numeri nell'angolo della cartina.

«Sta arrivando?» chiese Marcela. «Come sarebbe a dire che *sta arrivando*?»

Sandoval annuì senza riuscire a pronunciare una parola. *Arrivare* era il verbo giusto. L'autocisterna della YPF aveva invertito la rotta e stava ritornando nell'insediamento.

Da loro.

CAPITOLO 90

16 luglio 2019, ore 16:34.

Carlos Sandoval parlava di nuovo sul canale di emergenza.
«Attenzione a tutto il personale, un'autocisterna della YPF sta venendo verso l'insediamento. Arriverà tra due minuti. Voglio che vi teniate tutti lontani da quel veicolo. A bordo ci sono dei rapinatori armati e forse degli ostaggi. Ripeto, state lontani dall'autocisterna YPF. Non voglio nessuno fuori dai moduli. Tutti al riparo.»
«Eccola che arriva» disse Marcela, indicando la finestra.
L'autocisterna blu sollevava un gran polverone lungo la strada principale che attraversava l'insediamento e conduceva al Gate e all'impianto. La finestra da cui Sandoval lo osservava si affacciava direttamente su quella strada.
«Cosa vogliono?» chiese Madueño.
Avranno avuto dei problemi. Oppure stanno venendo a prendere altri ostaggi, pensò Sandoval.
Nella sala riunioni non volava una mosca. Si sentiva solo il sibilo del vento che batteva contro la costruzione modulare. Mentre guardava il veicolo avvicinarsi, il direttore generale pensava alla moglie e ai tre figli. Era da tanti anni che non provava una paura simile. Aveva la sensazione che l'autocisterna stesse venendo a prendere lui. Un panico irrazionale gli disse che quello era l'ultimo giorno della sua vita. Che sarebbe morto a Entrevientos, lontano dalla sua famiglia, dalla sua città, dalla casa in cui suo padre e suo fratello lo avevano cresciuto.
Se fosse morto quel giorno, avrebbe lasciato troppe

questioni in sospeso. Salvare il suo matrimonio. Finire sulla copertina dell'annuario Inuit Gold. Ritrovare sua madre e sputarle addosso tutto il rancore che aveva rimuginato per cinquant'anni.

Dio, ti prometto che se ne uscirò vivo cambierò. Basta con Pamela e con le altre puttane. Non alzerò mai più le mani su mia moglie. Lo giuro. Ma non oggi, per favore.

Il camion attraversò l'insediamento senza rallentare minimamente. Quando passò davanti al loro prefabbricato spruzzò una scia di sassi contro la parete della sala riunioni.

«Sembra che si stia dirigendo verso l'impianto» disse il capo della sicurezza, affrettandosi a dare il comunicato via radio.

Sandoval appoggiò la schiena al muro vicino alla finestra. Cercò di calmare il respiro e di ignorare il martellamento delle tempie. Il suo sguardo scorreva avanti e indietro sullo schermo in fondo alla sala. In alto, il puntino rosso dell'ambulanza si dirigeva verso l'uscita. In basso, il rettangolo blu dell'autocisterna si avvicinava all'impianto. Al centro, i tre Hilux fermi.

«Continua dritto» diceva qualcuno alla radio. «Il camion non sta andando all'impianto.»

«Ma allora, dove sta andando?» chiese Marcela, come se potessero sentirla dall'altra parte della radio. «Dopo l'impianto ci sono solo i pozzi aperti.»

«Non ha senso» disse Sandoval ad alta voce, più a se stesso che agli altri. «Le strade dopo i pozzi sono solo delle piste a malapena percorribili dai fuoristrada. È impossibile che ci possa passare un camion.»

«Credo che non abbia intenzione di proseguire» disse Madueño, indicando lo schermo.

In una triplice biforcazione, l'autocisterna aveva girato a sinistra e stava procedendo lungo una strada senza uscita.

«Ma quella non è l'entrata della galleria?» chiese Marcela.

«Perché vogliono entrare lì dentro?» disse il direttore della miniera.

Per quanto la logica non potesse spiegarlo, il rettangolo blu continuò ad avanzare. Quando raggiunse l'imboccatura del tunnel, si fermò di colpo.

CAPITOLO 91

San Rafael, Mendoza, Argentina. Due mesi e mezzo prima.

Mac guardava fuori dalle finestre triangolari della cupola. L'ultima luce del giorno era scomparsa e ormai era buio pesto.

Era di nuovo attento a Minerva, che stava puntando il laser su un'immagine aerea proiettata sullo schermo. Il campo marrone mostrava delle conche così grandi che i camion all'interno sembravano minuscoli. Mac calcolò che ognuna di esse fosse grande come uno stadio da calcio.

«Ecco perché si chiama miniera a cielo aperto» spiegò Minerva. «Questi fori allungati, i pozzi, seguono la vena della roccia ricca di oro e argento.»

Minerva cambiò di nuovo l'immagine. Sullo schermo apparve una strada sterrata che scendeva verso l'ingresso di una galleria. A Mac ricordò le gallerie che gli inglesi avevano costruito per la ferrovia che collegava Mendoza a Santiago del Cile. Solo che questa non attraversava le montagne, ma scendeva nelle viscere della pianura.

«Il 70% del metallo è troppo in profondità perché basti scavare dei pozzi» continuò Minerva. «Alla compagnia non conviene rimuovere così tanta roccia di scarto per raggiungere la vena, quindi un tunnel è più conveniente. Anche malgrado tutti i rischi che comporta.»

Un'illustrazione tridimensionale di un tubo che scendeva a chiocciola sostituì la fotografia.

«Il tunnel si snoda per accedere al filone a diverse profondità, come la rampa di un gigantesco parcheggio sotterraneo. Al momento è lungo tre chilometri e scende a ottanta metri di profondità, ma si calcola che arriverà a duecento. L'unica imboccatura per entrare e uscire è questa e, attenzione, non c'è alcun controllo degli accessi.»

«Non c'è nessun controllo?» chiese Polvere, sorpreso.

«No, perché nessuno sano di mente entrerebbe lì dentro senza prendere tutte le precauzioni necessarie. Quando si entra, c'è un portacartellini dove i dipendenti lasciano il loro badge. In questo modo, a colpo d'occhio, si può sapere chi c'è dentro.»

«È possibile comunicare lì sotto?» chiese Mac.

«C'è un segnale VHF ed è vitale. Se viene a mancare, tutte le operazioni sono sospese. Il controllo è rigido, perché è uno dei posti più pericolosi di Entrevientos. Controllano ogni singolo centimetro di cavo e pure il numero dei pacchi di biscotti nei rifugi.»

«Rifugi?» chiese Ferro strascicando la erre.

«I tre bunker di emergenza. Se c'è una frana e qualcuno rimane intrappolato, hanno l'ordine di rinchiudersi nei rifugi finché non arrivano i soccorsi. C'è di tutto: bombole d'ossigeno, viveri, acqua, coperte, bagni chimici e persino giochi da tavolo.»

«Dopo quanto accaduto nel 2010 in Cile, le compagnie minerarie hanno rafforzato molto la sicurezza nelle gallerie» aggiunse Pata. «Uno dei problemi che hanno avuto quei famosi trentatré è che nel rifugio c'era pochissimo cibo. Siccome quella miniera era molto profonda, nei mesi precedenti avevano mangiato di nascosto i rifornimenti, perché per loro era più comodo che risalire. Per questo adesso i controlli sono molto severi e le dispense sono sempre piene di viveri.»

«Qual è la capacità di quei rifugi?» chiese Ferro.

«Venti persone ciascuno.»

CAPITOLO 92

16 luglio 2019, ore 16:42.

«Si sono fermati all'entrata del tunnel?» chiese Sandoval.

«No, sono entrati. Non c'è segnale GPS all'interno, è per questo che l'indicatore sullo schermo ha smesso di muoversi» rispose Madueño mentre il rettangolo blu, fermo, diventava semitrasparente e cominciava a lampeggiare.

Sandoval aveva voglia di gridare.

«Quanti operai ci sono lì dentro?» chiese al direttore della miniera.

«Nessuno. Abbiamo dato l'ordine di evacuare, come nell'impianto.»

Madueño proiettò sullo schermo l'immagine dell'unica telecamera puntata sull'ingresso della galleria. Si vedeva solo un sentiero che scendeva in un buco nero. Se non fosse stato per gli arbusti gialli che ondeggiavano al vento, avrebbe potuto essere una fotografia.

«Non possiamo entrare finché non arriva la polizia» disse il capo della sicurezza. «Non sappiamo chi c'è, se sono armati, se hanno degli ostaggi...»

«Tra quarantacinque minuti, più o meno, dovrebbe arrivare la polizia di Deseado» disse Marcela. «E tra due ore e mezza, al massimo, arriveranno anche la polizia di San Julián e la squadra speciale di Caleta Olivia.»

«Adesso anche gli Hilux si stanno muovendo» annunciò Madueño.

Lo schermo tornò alla cartina che mostrava la strada di accesso al giacimento. L'ambulanza proseguiva verso nord. Mancavano due chilometri perché arrivasse al Gate.

A sei chilometri dalla strada, i tre puntini grigi che si erano fermati ora si stavano allontanando perpendicolari alla strada.

«Sembra che stiano andando a est su una delle piste secondarie che usiamo noi» disse Alberto de Abreu, responsabile delle esplorazioni.

«Dove porta?» chiese Sandoval.

«Ad altre piste, e da lì ad altre ancora. Sono strade difficili, ma con quei fuoristrada non avranno problemi a proseguire, anche se appesantiti dal doré.»

«Dove potrebbero sbucare?»

«Possono prendere la provinciale 47 e da lì cercare la strada per Tres Cerros. Oppure possono prendere la provinciale 83, che costeggia il litorale e finisce a settanta chilometri da San Julián.»

Sandoval strinse forte i pugni. Anche se non ricordava esattamente di quali strade provinciali stesse parlando De Abreu, era chiaro che i ladri avevano troppe vie di fuga.

«Ovunque vadano, finiranno sulla provinciale 3» disse il direttore dell'impianto.

«Si fermano di nuovo» commentò Madueño.

Sandoval sbuffò dal naso. Era stufo di non sapere cosa cazzo stesse succedendo. I tre puntini grigi, ormai a quasi due chilometri dalla strada principale, si erano fermati. Avrebbe voluto che qualcuno alzasse la mano e proponesse una spiegazione. O almeno una teoria.

«Sembra che si stiano dividendo» aggiunse il giovane informatico.

I tre Hilux si stavano allontanando dalla strada principale e allo stesso tempo si distanziavano l'uno dall'altro disegnando un tridente che si apriva verso nord.

«Prendono strade diverse, ma tutte e tre finiranno sulla 47» disse Sandoval.

«Credo che si sbagli, signor direttore» rispose Madueño, ingrandendo l'immagine satellitare.

«Come, mi sbaglio?» Sandoval si avvicinò a grandi

falcate allo schermo e tracciò con il dito tre linee verso l'alto. «Vanno dritti verso la 47.»

«Ha ragione. Intendevo che non hanno preso tre strade diverse.»

«Cosa vuoi dire, Madueño?»

«Che non stanno percorrendo alcuna strada.»

Aveva voglia di strangolarlo. Di uccidere l'ambasciatore che portava pena.

«Mi stai dicendo che passano in mezzo ai campi, tra gli arbusti?»

«Sembra di sì. Guardi lo schermo. Stanno avanzando per i campi incolti.»

Non aveva alcun senso.

«Ma allora è impossibile che si siano caricati 1.700 chili ciascuno. Devono essere vuoti.»

«Se sono vuoti, il doré dev'essere o nell'ambulanza o nell'autocisterna.»

«Nell'ambulanza ce n'è una parte. Ne sono sicuro perché l'ho vista» disse Sandoval. «Ma tutto non credo. Cinque tonnellate sono un bel carico.»

«Allora il resto deve essere nell'autocisterna.»

«Cioè, dentro il tunnel.»

Il direttore fu sul punto di mollare un altro pugno sul tavolo, ma si trattenne. Guardò la cartina, che ora Madueño stava rimpicciolendo di nuovo. Il puntino rosso aveva già raggiunto il Gate.

CAPITOLO 93

16 luglio 2019, ore 16:43.

Attraverso la finestra a doppio vetro, che in quel momento avrebbe voluto fosse antiproiettile, la guardia giurata del Gate vide le luci rosse dell'ambulanza all'orizzonte. Guardò di nuovo il cancello d'uscita per assicurarsi che fosse spalancato, come aveva ordinato il direttore.

«Andiamo» disse ai due colleghi, sforzandosi di non far trasparire il tremolio della sua voce.

Si chiusero nel gabbiotto senza finestre che usavano per esaminare i bagagli del personale quando lo scanner rilevava qualcosa di insolito. Gli altri due si sedettero sul pavimento, ma lui preferì rimanere in piedi. Si fece il segno della croce pensando all'assurdità di fare la guardia giurata senza un'arma con cui difendersi.

La sirena dell'ambulanza, lontana, ruppe il silenzio. Nessuno dei tre disse una parola. A poco a poco, il suono divenne sempre più forte, come il battito del suo cuore. Tra pochi secondi sarebbe arrivata al Gate. La guardia non poté fare a meno di immaginarsi due uomini con le mitragliatrici che scendevano a sparare.

Tuttavia, accadde il contrario. Quando l'ambulanza si trovò dall'altra parte del muro a cui era appoggiato, sentì il motore accelerare e il suono della sirena diminuire man mano che il veicolo si allontanava.

Dio, ti ringrazio, si disse mentalmente mentre sganciava la radio dalla cintura. Si prese qualche secondo per riprendere fiato e tornò con i suoi due colleghi nella sala principale.

«L'ambulanza ha appena lasciato il Gate» annunciò

mentre la guardava allontanarsi dalla finestra, sollevando un polverone. «Si sta dirigendo verso nord sulla provinciale 47. Ripeto, a nord sulla 47.»

«Grazie, Gate» disse la voce del direttore all'altro capo della linea. «Avete potuto vedere l'autista?»

«No. Ci siamo messi al riparo quando abbiamo visto che si avvicinava, come ci ha ordinato. Quando siamo usciti era già lontana.»

CAPITOLO 94

16 luglio 2019, ore 16:50.

Sulla sinistra dello schermo, il proiettore mostrava la cartina con i quattro punti del GPS: i tre fuoristrada in direzione nord-ovest e l'ambulanza in direzione nord-est. Sulla destra, la telecamera puntata sull'ingresso del tunnel in cui era entrata l'autocisterna. Sandoval passava da un'immagine all'altra, come se una di esse contenesse la chiave per capire cosa stava accadendo.

«C'è qualcuno nei pozzi?» chiese alla sala.

«No, abbiamo evacuato anche quelli» rispose Alvarado. «Tutto il personale del giacimento si trova nell'insediamento, tranne le tre guardie del Gate. I dipendenti devono restare rinchiusi nelle loro stanze fino a nuovo ordine. Quelli che vanno e vengono da Deseado in giornata sono in mensa.»

«Quanto manca all'arrivo della polizia?»

«In teoria, poco più di mezz'ora» disse Marcela, guardando l'orologio al polso. «Ma visto che per strada non c'è campo e la radio non ha una portata sufficiente, non abbiamo modo di sapere dove siano.»

«Ricordami che quando tutto si sistemerà, forniremo un telefono satellitare a tutti i commissariati della zona.»

«Sissignore» rispose Marcela, prendendo appunti sulla sua agenda.

Sandoval si concentrò di nuovo sullo schermo. Cercava di calmarsi, ma era furioso. Posò il dito sul lato destro, dove era proiettato l'ingresso del tunnel. Schiacciò la tela, distorcendo l'immagine.

«A che gioco stanno giocando quei tipi? Non ha nessun senso. Perché si rifugiano lì dentro?»

«Forse si sono barricati per negoziare» suggerì uno dei dirigenti. «Acqua e viveri non gli mancheranno. Ci sono i tre bunker.»

«Quanto tempo ci possono rimanere?» domandò.

«Dipende da quanti sono» rispose il direttore della miniera. «In ogni rifugio c'è acqua, cibo e ossigeno a sufficienza perché venti persone possano resistere per dodici giorni. Quindi, se sono in due o in tre, potrebbero restare lì sotto...»

«Tra i nove mesi e un anno» calcolò Sandoval.

«Lo comunico ai commissariati» disse Alvarado. «Mi sa che con questi tizi non basterà l'équipe speciale di Caleta Olivia. Come minimo serviranno un negoziatore e una squadra d'assalto.»

Sandoval annuì con lo sguardo assente. La sua testa era altrove, in cerca della logica di quella mossa. Se erano entrati nella miniera con l'autocisterna, per logica avrebbero pure dovuto uscirne. Soprattutto perché era l'unico mezzo in grado di trasportare tutto l'oro che avevano rubato.

Tuttavia, dal lingotto che aveva visto nell'ambulanza aveva capito che il doré era stato suddiviso tra i vari veicoli. Ma in che modo: una parte nell'ambulanza e una parte nel camion, o c'erano dei lingotti anche sugli Hilux? In tal caso, perché li avrebbero portati in mezzo alla campagna, rischiando un guasto che li avrebbe lasciati a piedi?

Nessuna delle spiegazioni lo convinceva.

«Con i macchinari che ci sono, potrebbero scavare una nuova galleria?» chiese.

«Al massimo possono perforare un centinaio di metri in linea retta prima di finire il carburante» rispose il direttore della miniera.

«Non andrebbero molto lontano» aggiunse Alvarado.

«A meno che non colleghino il tunnel a un altro fatto in precedenza.»

«Impossibile» commentò il minatore. «Se noi, che siamo dei professionisti, avanziamo a passo di formica, figuriamoci una banda di rapinatori. E poi, da dove sarebbero dovuti partire con gli scavi per non essere scoperti? Stiamo parlando di chilometri di terreno roccioso.»

«Non credo che il doré sia lì» disse il direttore dell'impianto. «Non ha senso infilarsi in un tunnel cieco.»

Il gestore della miniera si schiarì la gola e si accomodò sulla sedia.

«In realtà, un'uscita c'è» disse. «Anzi, non una, ma otto.»

«Otto uscite?» domandò Marcela.

«Sì, gli *shaft* di ventilazione. Sono pozzi verticali che collegano la galleria alla superficie. Servono a far circolare l'aria.»

«Che diametro hanno?» chiese il direttore dell'impianto.

«Novanta centimetri.»

«Quindi un uomo può uscire di lì tranquillamente.»

«Sono stati progettati per questo. Oltre alla ventilazione, sono punti di accesso alla galleria. Servono per effettuare le manovre di salvataggio in caso di crollo.»

«C'è una scala all'interno?»

«No. Per tirare fuori qualcuno serve una gru o un motore elettrico.»

«Cosa c'è sulla superficie dove sbuca lo *shaft*?»

«Una griglia metallica per evitare che ci cadano dentro degli animali o dei sassi. È molto facile da aprire, sia dall'esterno che dall'interno, perché è stata progettata per fornire assistenza in caso di calamità.»

«Madueño, proietta tutte le telecamere che puntano su quelle otto bocche di ventilazione» ordinò Sandoval.

«Non ce n'è neanche una» intervenne Alvarado, come scusandosi. «Quasi tutte quelle bocche si trovano dietro una collinetta, un centinaio di metri dopo l'ingresso della galleria. Lì non c'è niente da sorvegliare.»

Sandoval esaminò la cartina. Dietro l'entrata della galleria c'erano due chilometri quadrati di terreno incolto, senza sentieri né pozzi.

«Oltre l'ingresso del tunnel è tutta campagna» aggiunse Alvarado, come se gli avesse letto nel pensiero.

CAPITOLO 95

16 luglio 2019, ore 16:59.

Il commissario Rodolfo Lamuedra stringeva con forza il volante del pick-up della polizia di Santa Cruz mentre attraversava la steppa a settanta chilometri all'ora. Il suo sguardo saltava dal tachimetro alla strada di fronte a lui e allo specchietto retrovisore. Dietro la nuvola di polvere, c'erano altre due auto identiche alla sua.

Era trascorsa più di un'ora da quando avevano lasciato la strada asfaltata per dirigersi a sud in direzione Entrevientos. C'era anche una squadra speciale in arrivo, ma proveniva da Caleta e potevano metterci due ore in più di loro per arrivare. Un'ora e mezza, se andava bene. Per Lamuedra era chiaro che lui e i suoi tre uomini sarebbero stati i primi a dover affrontare i rapinatori.

L'adrenalina era alle stelle. Non si sentiva così da due anni, da quando aveva aiutato la criminologa Laura Badía nel caso che la stampa avrebbe poi chiamato *Il collezionista di frecce*. Dopo di allora, era tornato al lavoro burocratico. Essendo uno dei commissari più anziani della provincia, era già troppo in alto nella gerarchia per schivarlo.

Ecco perché gli piacevano quei momenti, quando poteva fare il lavoro per cui era nato. Fare il poliziotto era stata una scelta di vita; diventare commissario, invece, una circostanza.

«Sta arrivando qualcuno» disse Bellido, seduto accanto a lui, distraendolo dai suoi pensieri.

L'ufficiale indicò l'orizzonte. Socchiudendo gli occhi, Lamuedra intravide una nuvola di polvere che il vento disperdeva verso sinistra. Mezzo minuto dopo, all'origine della polvere, riuscì a scorgere un veicolo rosso e bianco. Squadrato. E quello che all'inizio gli era sembrato il riflesso del tramonto ora appariva fin troppo regolare. Erano luci che lampeggiavano sul tettuccio.

«Un'ambulanza?» si chiese.

«Sembra di sì» disse Bellido.

Tolse una mano dal volante e afferrò la radio.

«C'è un'ambulanza che viene verso di noi» disse alla radio, guardando nello specchietto retrovisore. «Fermiamola, così ci dirà se ci sono delle novità.»

«D'accordo, commissario» rispose Pereira dalla macchina dietro.

«D'accordo» ripeté Ramirez, che chiudeva la colonna.

Un'ambulanza era un brutto segno. Bestemmiò perché erano isolati. Non aveva idea di cosa fosse successo a Entrevientos nell'ultima ora, da quando il suo telefono era rimasto senza campo dopo aver lasciato Puerto Deseado.

Mentre guidava, fece delle ipotesi. Da un lato, se c'erano dei feriti, era perché le cose si erano complicate. Dall'altro, il fatto che l'ambulanza fosse riuscita a uscire significava che o i rapitori l'avevano permesso, o non erano più a Entrevientos.

Lampeggiò con i fari e cominciò a rallentare. Gli sembrava che anche l'ambulanza avesse rallentato, ma un secondo dopo ebbe la sensazione opposta. Era come se l'autista se ne fosse pentito. Il commissario abbassò il finestrino e, sopra il rumore delle raffiche di vento, sentì la sirena lontana che accompagnava le luci rosse. Tirò fuori la mano sinistra per fargli cenno di fermarsi.

A quel punto sì che l'ambulanza rallentò.

Erano a cinquanta metri di distanza. Tutti e due si muovevano lentamente, sollevando poca polvere.

C'è qualcosa che non va, pensò Lamuedra, *perché non si avvicina più velocemente?*

La sirena suonava ancora. Trenta metri. Ora Lamuedra poteva leggere le lettere sul cofano, sotto la parola ambulanza scritta da destra a sinistra: "Assistenza sanitaria. Inuit Gold. Giacimento Entrevientos".

Fermò la macchina. Anche l'ambulanza smise di muoversi. Era il momento di scendere, fare venti passi e domandare all'autista quali fossero le novità. Tuttavia, nonostante i due chili di kevlar che gli proteggevano il petto, il commissario Lamuedra aveva paura. Dopo trentanove anni di servizio in polizia, si sviluppa un fiuto particolare per il pericolo.

L'autista, un uomo sulla trentina o al massimo quarantina, stava con le mani sul volante e lo sguardo fisso su di loro. La distanza e il sole di fronte a lui gli rendevano difficile vedere l'espressione del suo volto.

Prese la trasmittente della radio e se la portò alla bocca. Parlò mentre guardava Bellido.

«Non mi piace il suo atteggiamento. Non abbassa il finestrino e non ci fa alcun segnale. Vado a vedere cosa sta succedendo.»

«Da solo?» chiese Pereira via radio.

«Da solo.»

Rimise al suo posto la trasmittente, passò i pollici sui giromanica del giubbotto antiproiettile e aprì la portiera.

Non fece in tempo a mettere un piede a terra.

CAPITOLO 96

16 luglio 2019, ore 17:05.

Se l'uomo alla guida dell'ambulanza avesse potuto farsi il segno della croce, lo avrebbe fatto. Ma i nervi gli avevano paralizzato le braccia, impedendogli di lasciare il volante come l'elettricità impedisce di staccarsi da un cavo spellato. Chiuse gli occhi per un secondo per pensare ai suoi figli. Quando li riaprì, accaddero due cose contemporaneamente. Entrambe pessime.

La prima fu che la portiera di uno dei tre fuoristrada della polizia davanti a lui si aprì. La seconda, molto più grave, fu che lo schermo del telefono sopra il sedile del passeggero si illuminò per la prima volta da quando aveva lasciato Entrevientos. Sull'apparecchio cominciò a suonare della musica classica.

Se senti Beethoven, sei nei guai, si ricordò. Le sue gambe si sciolsero.

Prima che il poliziotto davanti a lui avesse finito di aprire la portiera, inserì la prima e schiacciò a fondo l'acceleratore. Perfino sopra la sirena e Beethoven, sentì la raffica di sassi che gli pneumatici scagliavano contro la parte inferiore dell'ambulanza.

Passò davanti alle macchine ferme e trovò il coraggio di guardare per un attimo i poliziotti. Si aspettava di trovare un'arma puntata contro di lui, ma vide solo delle facce sgomente.

Cento metri più avanti la musica smise di suonare. Solo allora lasciò andare tutta l'aria che aveva trattenuto nei polmoni e guardò nello specchietto laterale. Attraverso la nuvola di polvere, vide le tre macchine della polizia che l'inseguivano.

Gli mancavano solo cinque chilometri. Se riusciva a percorrerli senza essere fermato, tutto sarebbe andato bene. In caso contrario, non avrebbe più rivisto i suoi figli o sua moglie. Anzi, non avrebbe rivisto più nessuno.

CAPITOLO 97

16 luglio 2019, ore 17:06.

Il commissario Lamuedra non sentiva più la sirena dell'ambulanza. Glielo impediva quella della sua volante. Bellido l'aveva accesa mentre lui, Pereira e Ramírez facevano manovra per girarsi di 180 gradi in mezzo a una nuvola di polvere e sassi.

«Probabilmente ci sono altre persone nel retro del veicolo e sono armate» disse Lamuedra alla radio mentre i tre fuoristrada inseguivano l'ambulanza.

Maledisse di nuovo l'isolamento. Se avesse potuto mettersi in contatto con Entrevientos, adesso avrebbe saputo chi c'era al volante.

«Forse stanno trasportando una persona gravemente ferita e non possono fermarsi» suggerì Bellido.

«Agente, chi non ha nulla da nascondere si ferma quando glielo ordina la polizia. Anche le ambulanze.»

«Ma era a volto scoperto. Se fosse stato uno dei rapinatori, se lo sarebbe coperto, no?»

Lamuedra non aveva voglia di fare delle ipotesi. In quel momento, l'unica cosa che gli importava era spingere l'acceleratore al massimo e ridurre il divario di centocinquanta metri tra loro e l'ambulanza.

«Cosa facciamo, commissario?» chiese Bellido.

«Lo fermeremo. Con le buone o con le cattive.»

Il vento sembrava essersi placato nel momento peggiore. La polvere sollevata dall'ambulanza tardava a diradarsi e, più si avvicinavano, più la visibilità peggiorava. Nonostante tutto, Lamuedra continuò ad accelerare e si avvicinò a dieci metri.

«Fermi.»

L'ordine, amplificato dal megafono sul tetto della macchina, non sortì alcun effetto.

«Fermi o apriamo il fuoco.»

Sia lui che Bellido sapevano che era una minaccia vana. Non potevano sparare senza sapere con precisione chi ci fosse nell'ambulanza. Anche se avessero ucciso un delinquente, il sistema giudiziario argentino avrebbe causato loro una montagna di guai per il resto della loro carriera.

A quanto pare, ne era consapevole anche l'autista dell'ambulanza.

Per un attimo il commissario desiderò che Bellido potesse sporgersi con metà corpo fuori dal finestrino per sparare a una delle ruote, come nei film. Ma era verosimile come sbucare in una giungla con scimmie e palme dietro la curva seguente.

Lamuedra lanciò un'occhiata veloce al tachimetro. Fu proprio allora che si sentì l'impatto.

Pac. Un colpo secco.

Una ragnatela di crepe concentriche apparve sul parabrezza all'altezza del viso del passeggero.

«È stato un sasso. Non è niente, Bellido» gli disse.

A ottantacinque chilometri all'ora sulla ghiaia asciutta, i veicoli sbandavano e provocavano una scia di ciottoli che schizzavano a tutta velocità. Perciò in Patagonia era così comune vedere tanti parabrezza in frantumi.

«Mi è venuto un colpo, commissario. Pensavo fosse un proiettile» rispose il suo subalterno, pallido.

Vedendo che l'ambulanza non rallentava, Lamuedra si mise sulla sinistra, deciso a sorpassarla. La polvere gli impediva di vedere più di qualche metro davanti a sé, quindi doveva sperare che non arrivasse nessuno contromano.

L'ambulanza fece altrettanto, tagliandogli la strada.

L'agente di polizia tornò a destra e accelerò ancora di più, accostando il muso del fuoristrada al paraurti posteriore dell'ambulanza. L'ambulanza si rimise a destra per bloccarlo di nuovo. Lamuedra si chiese perché lo facesse così lentamente, impedendogli di passare ma dandogli allo stesso tempo il tempo di spostarsi.

«Pereira, aiutami» disse alla radio.

Non c'era bisogno che Lamuedra gli dicesse qual era il piano. Pereira cercò di sorpassare l'ambulanza sulla sinistra e, quando questa si spostò per bloccargli la strada, Lamuedra riuscì ad affiancarla sulla destra. L'uomo al volante alternava occhiate veloci davanti a sé e verso di loro. Sul suo volto c'era la paura di chi sa di non avere via d'uscita.

«Si fermi!» gridò Lamuedra al megafono.

L'autista fece cenno di no con la testa.

«Le ho detto di fermarsi!»

Questa volta lo ignorò completamente e mantenne lo sguardo fisso sulla strada.

«Voi due, restate indietro» disse Lamuedra via radio mentre sorpassava l'ambulanza.

«Cosa vuol fare, commissario?» chiese Bellido, aggrappato al suo sedile.

«Lo fermo io.»

CAPITOLO 98

16 luglio 2019, ore 17:12.

Quando, dopo le prime curve, l'autista dell'ambulanza vide il ponte sul fiume Deseado, capì perché la macchina della polizia lo aveva sorpassato lasciandolo indietro di duecento metri. Il ponte, lungo circa venti metri, era largo a malapena per far passare due veicoli. Su entrambi i lati, dei pilastri di cemento collegati da tre tubi orizzontali fungevano da barriera per un salto di quattro metri nel letto del fiume riarso e sgretolato. Era il posto perfetto per tagliargli la strada.

Se sapessero, pensò.

Proprio come aveva immaginato, la macchina della polizia salì di scatto sul ponte e approfittò del breve tratto di asfalto per rallentare. Quando raggiunse il lato opposto si piazzò perpendicolare alla strada.

Due poliziotti scesero e si ripararono dietro il cofano. Entrambi estrassero le pistole e le puntarono contro di lui. Guardando nello specchietto retrovisore, capì che era finita. Le altre due macchine della polizia stavano sopraggiungendo accostate, occupando praticamente tutta la strada. Non c'era via di scampo.

Pensò di nuovo ai suoi figli e questa volta si fece il segno della croce.

Rallentò e si accorse che quelli che l'inseguivano avevano fatto altrettanto, per tenersi a distanza. Sembravano aver paura di lui. Se avessero saputo quello che sapeva lui, ne avrebbero avuta ancora di più. E non gli avrebbero mai bloccato la strada.

Passò dalla ghiaia all'asfalto del ponte e avanzò a

passo d'uomo fino a fermarsi esattamente in mezzo. Dei due poliziotti che lo tenevano sotto tiro, il più anziano aveva sostituito la pistola con un fucile d'assalto.

Beethoven suonò di nuovo.

L'autista aprì la portiera dell'ambulanza, con due falcate raggiunse il parapetto del ponte e saltò nel vuoto.

CAPITOLO 99

16 luglio 2019, ore 17:15.

Per Lamuedra successe tutto in una frazione di secondo. Un attimo prima stava prendendo la mira contro l'autista dell'ambulanza e un attimo dopo l'uomo volava giù dal ponte.

Lasciò il suo posto dietro la macchina e corse a guardare oltre il parapetto. L'uomo era sdraiato sul letto asciutto del fiume. Attutita dalla sabbia, la caduta di quattro metri non sembrava avergli fatto troppo male perché si rialzò e, senza girarsi per guardarli, cominciò a correre a monte, schivando le grandi crepe lasciate dalle acque dell'estate precedente.

«Cosa pensa di fare? Quel cretino crede di poterla fare franca?»

Lamuedra scese lungo la riva del fiume e si mise a correre. Bellido, più giovane e più veloce, fece la stessa cosa lasciandosi presto alle spalle il commissario. Cinquanta metri più avanti, raggiunse l'uomo e lo atterrò, gettandosi su di lui come un giocatore di rugby. Lamuedra ringraziò il cielo di non aver dovuto compiere lui quella mossa. A quasi sessant'anni, probabilmente si sarebbe strappato i legamenti.

Quando li raggiunse, Bellido aveva già bloccato l'uomo per i polsi e gli immobilizzava la testa con un ginocchio. Il naso, schiacciato contro la terra, sollevava polvere con un ritmo agitato. Farfugliava qualcosa con un tono allarmato che Lamuedra non riusciva a capire.

«Avrai tutto il tempo di spiegarti» gli disse mentre gli metteva le manette.

L'uomo cercò di parlare di nuovo, questa volta più spaventato. Lamuedra fece cenno a Bellido di sollevare un po' il ginocchio.

«Non fateli avvicinare!» gridò il detenuto, allungando il collo in direzione del ponte.

Pereira e Ramírez si stavano avvicinando all'ambulanza con le pistole puntate contro gli sportelli posteriori.

«È carica di esplosivi! Scoppieranno fra meno di due minuti. Diteglі di allontanarsi, per l'amor di Dio!»

«State lontani dall'ambulanza!» disse il commissario alla radio. «C'è dell'esplosivo. Allontanatevi subito dall'ambulanza!»

Gli agenti si misero immediatamente al riparo dietro i loro fuoristrada.

«Anche noi» aggiunse l'autista. «Ci sono due chili di ANFO. Siamo ancora troppo esposti anche qui.»

Malgrado si trovassero a cinquanta metri dal ponte, Lamuedra non voleva rischiare. Non aveva la più pallida idea di cosa fosse l'ANFO, né tantomeno di quanto fosse potente. Fece un cenno a Bellido e insieme sollevarono quell'uomo per le braccia, poi corsero con lui in direzione opposta, aumentando la distanza tra loro e l'esplosivo.

A cento metri dal ponte, un'ansa nel letto del fiume offrì loro un riparo alto un metro. A Lamuedra sembrava che il cuore stesse per uscirgli dalla bocca. Erano anni che non correva così tanto.

«Siamo al sicuro» disse alla radio.

«Anche noi, commissario. Dietro le macchine.»

Fece un respiro profondo e guardò Bellido. Pereira e Ramírez si trovavano ad appena dieci metri dall'ambulanza, ma la zona intorno al ponte non offriva un riparo migliore.

Passarono alcuni secondi in silenzio. Sopra le loro teste, il vento sibilava nel letto del fiume morto.

«Chi sei?» chiese il commissario al detenuto.

«Mi chiamo Andrés Cepeda. Lavoro a Entrevientos.

Sono un autista di ambulanze.»

«E dove sono gli altri?»

«Quali altri?»

«Gli altri membri della banda.»

«Io non...»

«Dove sono? Quanti sono?»

«Cinque. Mi sa che sono cinque. Non so dove siano. Ma io non c'entro niente con loro. Mi hanno rapito e quando siamo usciti dall'insediamento mi hanno detto che dovevo portare l'ambulanza sull'altra sponda del fiume Deseado. Gli esplosivi sono programmati con il GPS di un telefono. Se l'ambulanza si ferma prima di attraversare il fiume, scoppiano.»

Lo sceriffo allungò la testa. Il veicolo bianco e rosso era fermo esattamente in mezzo al ponte, proprio sopra il letto del fiume.

«Sembra che il GPS abbia capito che sei passato dall'altra parte.»

«Non è possibile, perché Beethoven stava suonando.»

«Cosa?»

«Mi hanno detto che se il telefono squillava, era perché gli esplosivi stavano per esplodere. E la suoneria era Beethoven. Quando sono saltato giù dal ponte stava squillando. Deve mancare meno di un minuto prima che salti tutto in aria.»

Lamuedra non sapeva se credergli o meno. Il volto dell'uomo era un ritratto vivente della paura, ma aveva visto troppi bugiardi in vita sua per farsi impressionare.

«Aspettiamo un quarto d'ora. Se non succede nulla, apriamo l'ambulanza» disse Lamuedra a Bellido.

«No» si affrettò a intervenire l'autista. «Quello è l'altro innesco dell'esplosivo. Se qualcuno apre lo sportello posteriore, esplode.»

Lamuedra notò che Bellido lo stava fissando.

Cosa facciamo? diceva la faccia del suo subalterno.

Non ne ho la più pallida idea, voleva rispondere lui

con la sua, ma cercò di nasconderlo.

CAPITOLO 100

16 luglio 2019, ore 16:21.

Al chilometro quattro della strada che portava dall'insediamento al Gate, Minerva scese dall'Hilux e guardò la carovana ferma. I tre fuoristrada della miniera e l'ambulanza erano sul ciglio della strada, proprio di fronte a un cartello che indicava il diritto di precedenza per gli animali selvatici. Pochi metri più avanti, l'autocisterna con Pata al volante sbuffava a ogni manovra. Erano passati undici minuti da quando erano usciti dalla *gold room*.

Minerva si riunì al resto della banda vicino all'ambulanza.

«È tutto pronto?» chiese Polvere con un coltello in mano.

Annuirono e lui aprì la portiera. All'interno, l'autista dell'ambulanza, un certo Andrés Cepeda, era seduto con la cintura di sicurezza allacciata, legato mani e piedi e con un sacco di tela in testa. Minerva osservò attentamente i movimenti di Polvere e di Ferro. Mentre il primo tagliava le fascette dell'ostaggio con il suo coltello, il secondo infilava la mano nel sacco che gli copriva la testa.

«Ti tolgo il bavaglio, ma tieni il cappuccio, è chiaro?»

Cepeda annuì con movimenti brevi e veloci.

«Qui puoi gridare quanto vuoi, non ti sentirà nessuno» aggiunse Polvere, dandogli una pacca sulla spalla.

Minerva aveva voglia di prendere il suo compagno per la collottola: che bisogno c'era di fare lo spiritoso con un ragazzo spaventato a morte?

«Vi prego, non fatemi del male» implorò l'uomo non

appena riuscì a parlare.

«Non preoccuparti, *mostro*» rispose Polvere, «andrà tutto bene. Mi darai retta, vero?»

L'autista dell'ambulanza annuì di nuovo sotto il cappuccio. Polvere gli passò un braccio intorno alla schiena e lo aiutò a scendere.

«Perfetto. Seguimi. Ma non ti azzardare a toglierti il sacco dalla testa.»

***

Mentre faceva manovra con l'autocisterna, Pata vide negli specchietti retrovisori che Polvere stava uscendo con l'ostaggio dall'ambulanza. Poi vide Minerva e Ferro che aprivano gli sportelli posteriori e trasferivano l'unico lingotto che c'era dentro l'ambulanza sul cassone di uno degli Hilux. L'avevano lasciato ben visibile apposta, in modo che Carlos Sandoval lo notasse quando gli avevano tolto il cappuccio nella *gold room*.

Non appena terminò le manovre con il camion, scese e fece un cenno a Minerva. Lei e Ferro corsero verso il retro dell'autocisterna e salirono sulla scala.

Vedendoli muoversi lassù senza imbracatura, dovette distogliere lo sguardo.

***

Quando entrò nella cisterna, Minerva sentì i guaiti dei cani che rimbombavano con un'eco metallica.

«State calmi, piccoli, ormai manca poco» disse, sporgendosi con metà del corpo nel buco del frangiflutti che dava sullo scomparto dove si trovavano gli animali. «Un ultimo sforzo e ritornate a casa.»

Li guardò uno alla volta. Tutti e tre avevano gli occhi vitrei per colpa dei sedativi. Quando il fascio di luce della torcia che teneva sulla testa illuminò i loro musi, sembrarono calmarsi un po'.

Ferro, dall'alto, aprì il portello e gettò una corda. Minerva decise di iniziare con il border collie bianco e grigio. Lo accarezzò, sganciò il guinzaglio che lo legava al frangiflutti e lo tirò con delicatezza per collocarlo proprio sotto il portello. Infine, attaccò la corda all'imbracatura del cane.

«Il primo è pronto» disse, guardando in alto.

Spinse su l'animale reggendolo per la pancia mentre Ferro tirava la corda finché non riuscirono a tirarlo fuori. Qualche secondo dopo, Minerva sentì il rumore delle zampe fasciate che camminavano un metro sopra la sua testa.

Dopo aver ripetuto l'operazione con gli altri due cani, Minerva tornò al primo scomparto della cisterna, anch'esso illuminato dalla luce di un portello aperto da cui pendeva una corda. Presero otto borsoni da viaggio e lo scomparto restò vuoto.

Per finire, Minerva attraversò un altro paio di frangiflutti fino a raggiungere il penultimo. La torcia illuminò il volto sporco e sudato di un uomo.

«Te l'avevo detto che non ti sarebbe successo nulla» gli disse con un sorriso.

Il vero camionista si affrettò ad annuire.

«Devi farci solo un ultimo favore.»

L'uomo annuì di nuovo. Lei tirò fuori un coltello a serramanico, aprì la lama e gliela mostrò.

«Fa' il bravo, fallo per i tuoi cari» gli disse prima di tagliargli le fascette.

CAPITOLO 101

16 luglio 2019, ore 16:33.

Quando gli tolsero il cappuccio, Andrés Cepeda si ritrovò davanti alla portiera del posto di guida dell'ambulanza.

«Sali» gli disse il più muscoloso e scorbutico della banda, puntandogli un'arma contro.

Mentre si sedeva al volante, sentì un rumore plastico sotto le natiche, come se avesse schiacciato un regalo avvolto nel cellophane. Il rapinatore rovistò un po' sotto il sedile e tirò fuori un telefonino collegato a un lungo cavo che si perdeva accanto ai pedali. Toccò lo schermo un paio di volte e poi gettò l'apparecchio sul sedile del passeggero.

«Questa è un'invenzione di uno che chiamiamo Mac» disse, indicando all'indietro con il pollice. «Ti piace la musica classica?»

Cepeda non sapeva cosa rispondere.

«Sei sordo? Ti piace o no la musica classica?

«No, non mi piace.»

«Nemmeno a me. La odio. Quindi se senti Beethoven, sei nei guai.»

«Non capisco» fu l'unica cosa che riuscì a dire.

«Sai cos'è l'ANFO?»

«Un esplosivo.»

«Ce ne sono due chili sotto il tuo sedile. Per darti un'idea, con un chilo la tua compagnia fa saltare sei tonnellate di roccia.»

Cepeda si girò con un gesto istintivo, deciso a uscire dall'ambulanza.

«Non ci pensare neanche» lo fermò il ladro. «L'esplosivo è collegato a un sensore di peso e il telefono a un GPS. Se ti alzi, verrai fatto a pezzi in meno di dieci secondi. E idem se l'ambulanza si ferma per più di tre minuti o se qualcuno apre lo sportello posteriore.»

«No, vi scongiuro.»

Il ladro alzò una mano e la passò sulla testa di Cepeda, come una madre che consola il proprio figlio.

«Hai una famiglia?» gli chiese.

Annuì.

«Ti aspettano a casa. L'unica cosa che devi fare è uscire dal Gate, girare a destra e proseguire per la strada provinciale. Il telefono è programmato per disattivare il sensore quando passerai il ponte sul fiume Deseado. A quel punto potrai scendere dall'ambulanza senza problemi. Ma non fermarti prima e non andare nella direzione opposta, perché... boom!»

«E se non funziona? E se questa cosa si attiva prima?»

«Mac non sbaglia mai.»

L'uomo chiuse la portiera dell'ambulanza, gli sorrise e si portò le dita alla fronte, imitando un saluto militare.

Morto di paura, Andrés Cepeda schiacciò l'acceleratore e l'ambulanza sfrecciò verso il Gate.

**

L'autista dell'autocisterna recuperò l'ottimismo quando si rimise al volante del suo veicolo. Qualcosa gli faceva pensare che quell'incubo sarebbe presto finito. Il tizio con la pancia sporgente che sedeva sul sedile del passeggero spostò leggermente la pistola con cui lo minacciava.

«Dammi la mano.»

Non poteva vederlo in faccia perché indossava un passamontagna, ma dalla voce capì che si trattava di una delle persone che lo avevano fermato per rapirlo due giorni prima. Immaginò che fosse stato sempre lui a fare manovra per puntare il camion nella direzione opposta al resto dei veicoli.

Non potendo fare altro che obbedirgli, allungò il braccio. L'uomo gli infilò al polso un orologio sottile con un cinturino di gomma e i numeri viola sul display. Poi prese un cellulare dal cruscotto e lo collegò a un cavo che passava sotto il sedile.

«Questo braccialetto è dotato di un GPS e monitora la frequenza cardiaca. Invia il segnale a questo telefono. E questo cavo è collegato a una bella quantità di esplosivo.»

Quelle parole lo gelarono.

«In breve, se ti togli il braccialetto, esplode. Se ti allontani più di dieci metri dal camion, esplode. Se muori, esplode.»

L'uomo incappucciato indicò gli specchietti retrovisori su entrambi i lati del camion.

«Hai visto com'è schizzata via l'ambulanza? Beh, anche lì c'è un dispositivo molto simile al tuo.»

«Cosa devo fare?»

«Andare dall'altra parte.»

«Tornare nell'insediamento?»

«Sì, ma non ti devi fermare lì. Devi superare l'insediamento e proseguire. Anche dopo l'impianto.»

«Devo andare ai pozzi?»

«Sbagliato. Dentro la galleria. Sotto terra il GPS non funziona e questo telefono disattiva gli esplosivi se perde la geolocalizzazione per più di tre ore. Quindi devi entrare nella galleria e scendere il più possibile. Quando arrivi in fondo, fermi il camion, aspetti centottanta minuti, dopodiché cominci a risalire a piedi. Sono tre chilometri in salita, quindi ci metterai circa un'ora. Ne uscirai stanco, ma sano e salvo. Qualche domanda?»

Il camionista cercò di deglutire, ma non ci riuscì.
«No» farfugliò.
«Allora non perdere tempo» gli disse il ladro, dandogli due pacche sulla schiena, e scese.

CAPITOLO 102

16 luglio 2019, ore 16:39.

Pata rimase a guardare l'autocisterna finché non la perse di vista. Era sparita pure l'ambulanza, partita nella direzione opposta.

«Andiamo» disse Minerva.

Nel cassone di ciascuno dei tre Hilux, oltre a quasi trenta lingotti di doré, adesso c'era anche un cane. Pata salì su uno dei fuoristrada e i suoi quattro compagni montarono sugli altri due.

Percorsero un chilometro nella stessa direzione in cui era andata l'ambulanza. Quando arrivarono al seguente cartello che raccomandava di rispettare gli animali in libertà, svoltarono a sinistra su una delle piste perpendicolari che solo le squadre di esplorazione erano autorizzate a usare. Continuarono per altri due chilometri e si fermarono.

«Sbrigati, Pata, i cani» disse Minerva.

Pata girò intorno al suo Hilux e per poco non inciampò nei piedi di Mac, che spuntavano da sotto una ruota. Ci mise più tempo del previsto per slegare il primo animale, perché il nodo si era stretto per i continui sobbalzi nella strada sterrata. Quando ci riuscì, Mac sbucò da sotto il fuoristrada con un cilindro di plastica in una mano e un cacciavite nell'altra.

«Ecco il primo GPS, Pata» disse, porgendogli il dispositivo prima di infilarsi sotto un altro Hilux.

Pata si accovacciò davanti al pastore. L'animale ringhiava e gli mostrava le zanne attraverso la museruola.

«Stai calmo, ora torni a casa» gli disse, accarezzandogli la testa.

Gli tolse le bende dalle zampe e gli mise uno dei tre collari che aveva fabbricato Mac. Erano simili a quelli dei San Bernardo, solo che invece di portare un barilotto di grappa, questi avevano un tubo di plastica. Vi inserì il GPS del fuoristrada e lo tirò per il guinzaglio per fargli lasciare il sentiero. Dopo aver percorso una decina di metri dentro il campo, sciolse l'imbracatura e strinse il cane in una sorta di abbraccio.

«Che bella coppia faresti con Mina» gli disse in un orecchio.

Con una serie di gesti rapidi, gli tolse la museruola e indietreggiò di alcuni passi. Il border collie non abbaiò, aprì la bocca per stiracchiare la mandibola e si addentrò nel campo, annusando gli arbusti e sollevando nuvolette di terra a ogni passo.

Pata tornò indietro e ripeté la stessa operazione con gli altri due cani.

Un minuto dopo, Polvere e Mac abbattevano la recinzione metallica per far passare i tre pick-up carichi di doré da Entrevientos al ranch vicino, di proprietà di un certo Byrne. Una volta entrati, si allontanarono velocemente lungo un sentiero che conduceva alla tenuta Bahía Laura, più a sud. Nel frattempo, i cani pastori con il GPS al collo disegnavano un tridente nella direzione opposta.

CAPITOLO 103

San Rafael, Mendoza, Argentina. Due mesi e mezzo prima.

Lo schermo srotolato davanti alla parete concava della cupola non mostrava né una cartina né le foto di Entrevientos. L'immagine che riempiva tutto il telo era l'illustrazione di una sezione trasversale di un muso canino che Minerva aveva scannerizzato da un manuale di veterinaria.

«Lo sanno tutti che i cani hanno un ottimo olfatto, ma pochi capiscono che è il loro senso principale» spiegò ai cinque uomini. «Per loro annusare è come vedere per noi essere umani. Hanno un numero di recettori olfattivi cinquanta volte superiore al nostro. È come se una persona avesse un naso grande come un'anguria.»

«Il Banchiere ci va vicino» disse Polvere.

Il vecchio rapinatore gli rispose con un sorriso e un dito medio.

«Il senso dell'orientamento di alcuni cani di campagna è, per le nostre menti umane, qualcosa di soprannaturale» continuò Minerva.

«Non tutti» chiarì Pata, «ci sono anche dei cani stupidi, come le persone. Ma un cane così in campagna non sopravvive. Se lo fanno lavorare, è perché è bravo in quello che fa.»

«Per questo è importantissimo trovare dei cani adulti che provengano da allevamenti di quella zona» aggiunse Minerva.

«Dei pastori» spiegò Pata. «I mandriani di solito hanno anche dei levrieri o dei bastardini, ma quelli sono buoni solo per la caccia. Il pastore della Patagonia è di un'intelligenza superiore. È un animale straordinario. Ho visto coi miei occhi in un ranch un contadino che all'improvviso diceva al cane "va' a prendere la roba" e l'animale partiva di corsa.»

«La roba? Non credo che in campagna abbia lo stesso significato che ha nel mio quartiere» disse Polvere, toccandosi il naso.

«La roba sono le pecore. Quando gli dice "va' a prendere la roba", proprio con queste parole, senza gesti o intonazioni strane, il cane corre via e dopo mezz'ora torna. E sai cos'ha fatto nel frattempo? Ha corso per cinque chilometri e ha messo quindici pecore nel recinto.»

«Ti piace esagerare, eh?» chiese Polvere.

«No, non sta esagerando» intervenne Minerva. «È difficile crederci se non l'hai visto, perché i pastori della Patagonia sono, giustamente, incredibili. Ci sono stati casi in cui i cani sono saltati giù dal furgone del proprietario lungo la strada, a venti, trenta, cinquanta chilometri dal ranch, e sono tornati indietro tranquillamente.»

«Un bravo pastore torna sempre a casa» riassunse Pata. «Può metterci un giorno, o due, o cinque. Ma, ovunque lo lasci, lui torna. Il suo istinto non gli permette di fare altrimenti.»

CAPITOLO 104

16 luglio 2019, ore 17:21.

Jacinto Fernández si disse che il suo fisico non reggeva più quei ritmi di lavoro. Non lo avrebbe mai confessato al suo capo, per evitare che Don Byrne lo sostituisse con uno più giovane, ma il suo corpo non sopportava più di stare undici ore al giorno su un cavallo. Era uscito dal suo piccolo ranch quando era ancora buio e ritornava adesso, quando mancava meno di mezz'ora al tramonto. Sentiva dolore ai reni e una calda acidità gli saliva in gola. Come se non bastasse, si era scordato la fiaschetta di grappa sul tavolo della cucina. Non appena fosse tornato, ne avrebbe bevuto un paio di bicchierini. Sicuramente avrebbe alleviato il dolore e i tremori che ultimamente sentiva alla mano.

Per quanto dolorante e vecchio, Jacinto Fernández avrebbe continuato a essere un mandriano finché sarebbe riuscito a montare a cavallo. Non sapeva fare altro. Per questo oggi era lì, a percorrere nove leghe di filo spinato per assicurarsi che le pecore di Don Byrne non scappassero.

Sputò, alzò lo sguardo e diede leggermente di sprone alla giumenta affinché proseguisse verso casa.

Vide dei veicoli grigi all'orizzonte. Sembravano dei fuoristrada della miniera, ma stavano arrivando troppo in fretta e su una strada che si trovava fuori del ranch di Entrevientos, che era quello che la compagnia aveva affittato. O forse la vista gli stava giocando un brutto scherzo ed erano dei pescatori diretti a Bahía Laura. Ma era strano in pieno inverno.

In passato li avrebbe seguiti per essere sicuro che non maciullassero nessuna pecora o che non scavalcassero la recinzione per passare dov'era proibito. Ma ormai era vecchio e il sole stava tramontando.

Comunque, li fissò per un po'. Per abitudine. Così si accorse che da ogni pick-up spuntava un lungo palo con una banderuola rossa all'estremità. Non c'era più alcun dubbio: erano veicoli della compagnia mineraria.

Perché andavano così veloci nei campi del vicino? Cioè, nei campi del suo padrone.

Finora i minatori erano sempre stati tranquilli, rispettosi delle regole e degli animali di campagna. Anche troppo, per i suoi gusti. A Don Byrne non piaceva affatto che si fossero sistemati accanto a lui. Da quando avevano iniziato a lavorare, anni prima, i guanachi si erano riprodotti come conigli, lasciando sempre meno pascoli alle pecore.

Inoltre, ultimamente era tornato pure il puma. Al vicino che aveva affittato il suo terreno alla compagnia mineraria non importava nulla se una femmina di puma uccideva venti pecore in una notte mentre insegnava ai suoi cuccioli a cacciare. Ma a lui e al suo padrone, sì. Loro non erano milionari come il padrone di Entrevientos.

Quindi spronò la cavalla, che ormai era stanca, affinché lo riportasse al suo ranch. Una volta arrivato, mentre beveva la sua grappa, avrebbe provato a mettersi in contatto con il capo usando la radio che gli aveva installato l'estate scorsa. A volte funzionava e altre no. Secondo Byrne, il motivo era che l'antenna che aveva fatto erigere vicino al mulino non era abbastanza alta. Ma a volte il capo parlava a vanvera. Come quella sera in cui gli aveva raccontato che l'uomo era sbarcato sulla luna una cinquantina d'anni prima.

Guardò di nuovo i fuoristrada della miniera che schizzavano a tutta velocità su un terreno in cui non potevano passare.

«Guardali, Freccia» disse alla cavalla. «Alcune cose le rispettano e con altre ci si puliscono il culo.»

Spesso il suo padrone gli aveva detto che se i minatori volevano mettere piede nei suoi terreni, dovevano pagare. E se il signor Byrne ci avesse guadagnato qualcosa grazie a lui, forse gli avrebbe aumentato un po' lo stipendio.

CAPITOLO 105

16 luglio 2019, ore 17:46.

«Ci siamo quasi» disse il commissario Lamuedra alla radio.

All'orizzonte si scorgevano gli edifici squadrati all'ingresso di Entrevientos. Tre anni prima, quando la compagnia aveva invitato lui e altre autorità di Puerto Deseado a visitare gli impianti, quella era stata la prima tappa. Lo chiamavano il Gate. A differenza di allora, adesso il parcheggio all'esterno del recinto era deserto.

Si erano allontanati dal fiume Deseado da una ventina di minuti. Prima di partire aveva raggiunto le macchine della polizia in attesa sul lato sud del ponte e le aveva allontanate dall'ambulanza.

Ora le due auto stavano arrivando all'ingresso di Entrevientos. Una la guidava lui e l'altra Bellido. La terza era rimasta di traverso oltre il ponte.

Aveva ordinato a Pereira e Ramírez di bloccare il traffico cinquecento metri prima del fiume in entrambe le direzioni. Solo gli artificieri potevano avvicinarsi.

Per quanto riguarda Andrés Cepeda, lo avevano lasciato con Pereira dopo aver
confermato che si trattava di un dipendente della Inuit che lavorava nell'assistenza sanitaria. Il suo nome e la sua foto erano nell'elenco dei possibili ostaggi che il direttore gli aveva inviato via e-mail prima di lasciare Deseado.

Quando gli avevano chiesto cosa ci fosse nel retro dell'ambulanza, Cepeda non aveva saputo rispondere. Raccontò che quando i suoi rapitori gli avevano tolto il cappuccio e lo avevano messo al volante, la finestrella rettangolare che collegava la cabina al retro dell'ambulanza era chiusa dall'interno e avevano tirato la tendina.

L'uomo che li stava aspettando al Gate si presentò come Francisco Alvarado,
responsabile della sicurezza di Entrevientos. Al commissario bastarono due parole per
capire che Alvarado aveva avuto un passato nelle forze armate. Forse nell'esercito, o addirittura proprio in polizia.

La prima cosa che fece Lamuedra fu chiedergli un telefono per avvisare il commissariato di Comodoro Rivadavia di mandare gli artificieri sul ponte. Ci avrebbero messo almeno quattro ore prima di arrivare.

«Mi segua, commissario. Vi accompagno da Carlos Sandoval, il direttore generale» disse Alvarado prima di salire su un fuoristrada grigio parcheggiato accanto al cancello del Gate.

***

Quando il commissario Lamuedra entrò nella sala riunioni con Bellido e Alvarado, furono accolti dagli sguardi di quindici persone sedute intorno a un lungo tavolo. Era una stanza grande, dalle pareti bianche decorate con mappe e fotografie aeree di diverse parti della miniera. Puzzava come la grotta di un orso.

«Finalmente siete arrivati!» disse un uomo dai capelli grigi, alzandosi e girando intorno al tavolo. Aveva macchie di sudore sotto le ascelle, i capelli un po' scompigliati e il viso lucido.

«Sono Carlos Sandoval, il direttore generale della compagnia» si presentò, stringendo loro la mano. «Avete già conosciuto Francisco Alvarado, il nostro capo della sicurezza. Loro sono gli altri dirigenti.»

Lamuedra li salutò con un cenno.

Parlando in fretta e furia, Carlos Sandoval li aggiornò sulle novità emerse dopo la sua telefonata alla stazione di polizia due ore e mezza prima. Una era che Sandoval in persona si era consegnato ai rapinatori in cambio della liberazione di dieci ostaggi. L'altra era che i rapinatori erano riusciti a svuotare il caveau e se n'erano andati dalla *gold room* con tredici milioni di dollari in oro e argento e, per quanto ne sapevano, Andrés Cepeda era il loro unico ostaggio.

«Dov'è il camionista a cui hanno rubato l'autocisterna?» domandò Lamuedra.

«Non lo sappiamo» rispose Sandoval, e gli raccontò che l'autocisterna aveva fatto marcia indietro e si era barricata nella galleria mentre i tre fuoristrada erano scappati per la campagna.

Quando terminò il racconto, Sandoval tirò fuori dalla tasca una gomma da masticare e se la mise in bocca.

«Ne vuole una?»

Lamuedra accettò.

«Sono al caffè» aggiunse il direttore.

L'idea di masticare una gomma con quel gusto era disgustosa.

«La tengo per dopo» disse il commissario, e se la infilò in tasca. «Sarà una giornata lunga. Adesso, per favore, mi faccia vedere la strada che hanno preso i fuoristrada dopo aver lasciato l'impianto.»

Il direttore generale indicò con un puntatore laser la cartina proiettata sullo schermo.

«Hanno superato l'insediamento e sono andati verso il Gate. Ma otto chilometri prima di arrivarci, hanno svoltato su questa pista. E due chilometri più avanti si sono divisi.»

Il commissario osservò i tre puntini grigi sullo schermo. Due si muovevano
in parallelo, verso nord. Quello più avanti aveva già attraversato la provinciale 47. Il terzo si dirigeva quasi in

linea retta verso est e ora si trovava circa sette chilometri a nord di quella sala riunioni.

Il telefono di Sandoval squillò e lui si allontanò per rispondere. Lamuedra si concentrò su quei tre puntini, ignorando le conversazioni intorno a lui.

«A che velocità stanno andando?» chiese alla sala.

«Non lo sappiamo, ma non molto velocemente» rispose il responsabile
dell'esplorazione. «Stanno attraversando la campagna come se non ci fossero sentieri. E poi a volte si fermano o cambiano strada. Forse per scavalcare una recinzione o schivare un ostacolo.»

«Magari vogliono stare lontani dalle strade per non incrociare nessuno» aggiunse il capo delle guardie giurate.

«Dei tre, questo è quello più vicino all'insediamento?» chiese il commissario, indicando il puntino che si muoveva verso est.

«Sì. Sette chilometri, più o meno.»

«E la galleria?»

«È a due chilometri.»

Lamuedra osservò i tre puntini grigi che gli avevano detto provenire dallo stesso luogo. Quello più vicino alla galleria si muoveva in una direzione quasi perpendicolare a quella degli altri due.

«È possibile che chi guida l'autocisterna sia riuscito a uscire da una delle bocchette e che quel fuoristrada lo stia andando a prendere?»

«E che senso avrebbe?» chiese un uomo che si presentò come il direttore della miniera. «Perché rischiare portando il camion nel tunnel? Ovviamente non possono far passare l'oro dalle bocchette della ventilazione.»

«Non ci passa?»

«Ci passa, ma dovrebbero far uscire un lingotto alla volta. E poi un pick-up al massimo può trasportare meno di due tonnellate. Quel doré ne pesa cinque.»

«Ma Sandoval ha visto parte dell'oro nell'ambulanza. Non possiamo escludere che ce ne sia altro nel camion.»

«Non possiamo escludere nulla, ma secondo me non ha senso» disse il direttore della miniera. «Se l'avessero voluto caricare sul pick-up, l'avrebbero caricato sul pick-up. Perché portarlo giù nella galleria per poi riportarlo di sopra a mano?»

Lamuedra dava ragione a quell'uomo. Era assurdo. Ma era assurdo anche caricare il doré sull'ambulanza per poi riempirla di esplosivo e mettere un ostaggio al volante.

«Dev'essere su quei fuoristrada» concluse Alvarado, il capo della sicurezza.

«Cinquemila diviso tre fanno circa millesettecento. Non è molto di più del carico massimo raccomandato.»

«Ma perché passano in mezzo ai campi, rischiando di finire in un crepaccio e di rimanere bloccati?» si chiese Alberto De Abreu, della squadra d'esplorazione.

«A qualcuno viene in mente una spiegazione migliore?» chiese Alvarado ad alta voce.

Nella sala calò il silenzio.

«Sono d'accordo» disse Lamuedra, indicando Alvarado. «Molto probabilmente il doré è sui tre fuoristrada. E quello più vicino a noi è questo.»

Si avvicinò allo schermo e toccò il puntino grigio che si dirigeva a est, lasciandosi alle spalle l'imboccatura del tunnel.

«Sembra che stia andando verso Punta Buque, no?» disse, disegnando il percorso con il dito fino a raggiungere il mare.

«Lì ci passa la provinciale 83» si affrettò a dire il capo delle esplorazioni.

Il commissario annuì e tirò fuori il telefono dalla tasca. C'era campo.

Compose il numero della stazione di polizia di Puerto Deseado per chiedere di mandare qualcuno per intercettare l'Hilux nel caso avesse deciso di dirigersi verso nord. Ma prima che potesse portarsi il telefono all'orecchio, Carlos Sandoval lo interruppe.

«Mi ha appena chiamato Marcelo Byrne» disse, mostrandogli il suo telefono.

«Il gringo Byrne?» chiese Lamuedra.

«Sì, il padrone della Esperanza, il ranch che confina con il giacimento.»

«Lo conosco. Siamo andati a scuola insieme.»

«Dice che il suo mandriano ha visto tre fuoristrada della nostra compagnia andare verso sud a tutta velocità. Ha chiamato Byrne per avvertirlo.»

«Per avvertirlo? Perché? Ha visto qualcosa di strano?»

«I nostri vicini non ci amano molto, commissario. Quando ci parlano, è per cercare di spillarci dei soldi. Byrne aveva avvisato il suo lavoratore che se fossimo entrati nei suoi campi anche solo per un centimetro, doveva farglielo sapere. E a quanto pare quei tre fuoristrada erano dentro la sua proprietà.»

«Cioè, Byrne ha chiamato per lamentarsi.»

«No, questa volta Byrne mi ha contattato in buona fede, perché sa che c'è stata una rapina nella miniera e pensava che potesse esserci utile.»

«Le ha detto come ha saputo della rapina?»

«Lo sa tutto Puerto Deseado. Lo hanno detto alla radio. I nostri lavoratori avranno mandato dei messaggi alle loro famiglie non appena abbiamo ristabilito le comunicazioni, e da lì... sa com'è.»

Il commissario si immaginava quale pennivendolo avesse diffuso la notizia senza misurarne le conseguenze. Come al solito.

«Comunque, quello di Byrne potrebbe essere un falso allarme» disse il direttore.

«In che senso?»

«Il suo terreno è a ovest del giacimento e il GPS dice che i fuoristrada stanno andando a nord-est» disse, indicando lo schermo. «È impossibile che il mandriano li abbia visti andare verso sud. Tantomeno tutti e tre assieme.»

Sandoval evidenziò i tre percorsi in modo netto, sottolineando la loro
separazione.

«Insomma, il GPS dice che sono diretti a nord-ovest separati e il gringo Byrne dice che sono diretti a sud insieme» riassunse Lamuedra, cercando di capire.

«Non Byrne, il suo mandriano» precisò Sandoval.

«Cosa c'è a sud del ranch di Byrne?»

«Altri campi. Quella zona si chiama Bahía Laura e in parte confina con il nostro giacimento.»

«Non siete in buoni rapporti neanche con loro?»

«In questo caso, i rapporti sono inesistenti. Fino a due anni fa la tenuta era gestita dal proprietario, ma alla sua morte non è subentrato l'erede. Vive a Buenos Aires. Ha venduto la maggior parte delle pecore a Byrne e ha messo in vendita anche la fattoria. Non credo che abbia troppa fretta, però, perché spera che la nostra squadra di esplorazione trovi dell'oro anche lì.»

«Cioè, Bahía Laura è un ranch abbandonato.»

«Sì.»

Lamuedra si passò una mano tra i folti capelli grigi, come faceva ogni volta che
cercava di pensare. Non era un amico del gringo Byrne, ma lo conosceva da una vita. Era un gran lavoratore, onesto, ed era riuscito a formare una famiglia prospera e amata da tutta Puerto Deseado. Non c'era motivo di diffidare di lui. Del mandriano, invece, non sapeva nulla. Anche se diceva la verità, era possibile che avesse scambiato i fuoristrada della miniera per altri che passavano semplicemente di lì?

Doveva decidere se credere al GPS o alla parola del lavoratore di Byrne. E qualcosa lo faceva propendere per la seconda possibilità. Non solo perché la tecnologia poteva essere hackerata, ma perché conosceva bene il mondo della campagna e non dubitava dell'acutezza mentale dei mandriani. Era vero che tendevano a essere scontrosi e che la maggior parte di loro non sapeva né leggere né scrivere, ma su un cavallo erano sovrumani.

Inoltre, cosa aveva più senso: che i ladri si portassero via l'oro a passo d'uomo
schivando i cespugli, o che sfrecciassero lungo un sentiero verso un ranch abbandonato?

Decise di andare a Bahía Laura. Anche se si fosse sbagliato, la polizia di Caleta Olivia e di Puerto San Julian sarebbe arrivata entro un'ora.

Rifece il numero del commissariato.

«Qui Lamuedra.»

«Buongiorno, commissario.»

«Sono a Entrevientos, siamo stati i primi ad arrivare. Voglio che i commissariati di San Julián e Caleta Olivia siano informati che, secondo i GPS della compagnia, i tre veicoli sospetti si stanno dirigendo verso nord-est. Ora vi mando per e-mail un link per poterli seguire su Internet in tempo reale. Mandate subito un pick-up con quattro agenti a Punta Buque lungo il litorale.»

«Perfetto, commissario. Eseguo subito.»

«Sono armati. Potrebbero anche trasportare dell'esplosivo.»

La voce all'altro capo ci mise un secondo a rispondere.

«Ricevuto, commissario.»

Dopo aver riattaccato il telefono, Lamuedra si rivolse al direttore generale:

«Quando arriveranno i miei colleghi di San Julián e Caleta Olivia, passategli il link in modo da poterli seguire.»

«E voi cosa farete, commissario?»

«Noi andiamo a Bahía Laura.»

CAPITOLO 106

16 luglio 2019, ore 18:36.

Il sole era già tramontato quando il commissario Lamuedra lasciò l'insediamento di Entrevientos per recarsi a Bahía Laura con la sua auto. Dietro di lui, nell'altra, c'era Bellido. Li seguiva il capo della squadra d'esplorazione, Alberto De Abreu, essendo una delle persone che conosceva meglio i sentieri della zona. Carlos Sandoval era rimasto nella sala riunioni.

Impiegarono quasi un'ora per percorrere i quarantacinque chilometri di strada sterrata in pessime condizioni. Senza nessuno con cui parlare, Lamuedra trascorse il viaggio a ricordare quanto poco sapesse di Bahía Laura. Non c'era mai stato, ma sapeva che era uno dei tanti paesini che il governo argentino aveva fondato allo scopo di aumentare la popolazione della Patagonia. Alcuni vecchi coloni di Puerto Deseado ricordavano ancora il tempo in cui c'era un ufficio postale e le poche case di Bahía Laura erano abitate.

Degli scarsi dati che Lamuedra possedeva sul luogo, il più importante era che ci passava la provinciale 83, una strada sterrata che costeggiava il litorale da Puerto Deseado a Puerto San Julián. Se i rapinatori avessero raggiunto una di queste due città con l'oro, sarebbe stato molto più difficile catturarli.

Era già buio pesto quando il capo della squadra d'esplorazione si fermò a un bivio. L'orologio di Lamuedra segnava le 19:23. Il commissario scese dalla sua auto e si avvicinò al pick-up della miniera. La sera aveva portato con sé un vento gelido che oltrepassava i vestiti e sferzava il viso.

«Siamo già a Bahía Laura» disse De Abreu.

Il commissario guardò avanti. I fari del pick-up illuminavano un centinaio di metri di steppa prima di perdersi nel buio.

«E il mare?»

De Abreu indicò la stessa direzione dei fasci di luce.

«Un po' più in là.»

«Per quale dei due sentieri?»

«Tutti e due. Quello a destra porta alle rovine del vecchio paesino di Bahía Laura, all'estremità sud. Quello a sinistra, dopo circa sette chilometri, porta al ranch di Bahía Laura. È quasi sulla spiaggia, proprio a metà strada tra i due estremi della baia.»

«Il ranch abbandonato?»

«Sì. Di giorno si vede anche da qui.»

Alberto De Abreu si chinò sul volante per guardare attraverso il parabrezza.

«C'è una bella luna. Quasi piena» disse, e prese un binocolo dal vano tra i sedili. Prima di scendere dall'auto, spense le luci. Lamuedra ordinò a Bellido di fare altrettanto con le auto della polizia.

«Non si vede la costruzione, ma la sagoma degli alberi che la circondano, sì. Guardi» disse De Abreu passandogli il binocolo.

Lo sceriffo esaminò l'oscurità con il binocolo finché non riuscì a individuare il gruppo di alberi che proteggeva il ranch dal vento. Probabilmente, pensò Lamuedra, erano gli unici alberi nel giro di quaranta chilometri.

«Non mi aveva detto che era vicino alla spiaggia?» chiese. «Non vedo il mare.»

«Bahía Laura ha una delle spiagge di ciottoli più grandi del paese. Il ranch è sulla spiaggia, sì, ma da lì all'acqua ci sono quasi due chilometri.»

Lamuedra cercò col binocolo, a fatica, la linea che separava la steppa dai ciottoli. Poi tornò agli alberi, cercando di trovare una luce o un altro indizio che tradisse la presenza dei rapinatori.

Niente. Forse avevano preso delle precauzioni per restare completamente al buio. Oppure avevano proseguito il viaggio. O, peggio ancora, forse il mandriano del gringo Byrne si era confuso ed erano venuti a Bahía Laura per niente.

Stava per staccare gli occhi dal binocolo quando gli sembrò di vedere uno scintillio. Scrutò di nuovo nel buio finché non individuò tre forme quadrate che riflettevano la luce della luna. Erano a non più di cento metri dagli alberi.

«Mi sa che sono lì» disse, passando il binocolo a De Abreu.

«Sì, sono tre fuoristrada della miniera» annuì lui. «Vedo i pali di sicurezza nella parte posteriore: perché li hanno lasciati sporgere oltre gli alberi? Se li avessero ritirati, non li avremmo visti nemmeno di giorno.»

Lamuedra si faceva la stessa domanda.

«Cosa facciamo, commissario?» chiese De Abreu.

«Cosa facciamo? Non *facciamo* nulla. Io e Bellido ci avviciniamo un po' di più. Lei ci segue a luci spente e, non appena glielo diciamo, si ferma e ci aspetta.»

«Commissario, non posso stare a guardare con le mani in mano. Abbiamo settecento lavoratori coi nervi a fior di pelle, alcuni sono stati presi da attacchi di panico. Io stavo in infermeria durante il servizio militare. Sarei molto più utile nell'insediamento con Sandoval piuttosto che qui ad aspettare lei.»

«Non sappiamo dove siano gli aggressori, De Abreu. Se torna indietro e la intercettano, potremmo ritrovarci con settecento persone nervose e un morto. Faccia come dico io, è chiaro?»

«Sì, commissario.»

«Bene» disse Lamuedra, dando due colpetti al tettuccio della volante.

Tornò nel suo pick-up e lo mise in moto senza accendere i fari. Procedeva lentamente, con Bellido che lo seguiva a pochi metri e, per ultimo, De Abreu.

***

Sette chilometri più avanti, Lamuedra fermò la sua macchina. Erano ad appena trecento metri dagli alberi che circondavano il ranch. Cercando di fare meno rumore possibile, prese il fucile d'assalto dal sedile posteriore, infilò il caricatore nel calcio e mirò verso la casa.

Attraverso il mirino, Lamuedra esaminò i tre fuoristrada della Inuit. Erano parcheggiati prima del perimetro degli alberi, uno accanto all'altro, e sembravano vuoti. Scrutò anche l'enorme baia, ma vide solo terra brulla, la spiaggia infinita e, in lontananza, i riflessi brillanti della luna sull'acqua.

«Non vedo alcun movimento» disse avvicinandosi a Bellido.

«Nemmeno io» rispose l'ufficiale, che stava guardando con il binocolo di De Abreu. «Vuole che ci avviciniamo?»

«Sì, ma a piedi e lentamente.»

Lamuedra fece segno a De Abreu di aspettare nella sua macchina e si avviò accanto a Bellido. Seguirono il sentiero, a malapena due righe parallele nella steppa. Dopo un centinaio di metri c'era un altro bivio. A sinistra c'era un cancello di legno che conduceva al recinto alberato, chiuso più per gli animali che per le persone. A destra, i pick-up.

Decise di andare a destra.

Camminavano in silenzio. A cinquanta metri dai veicoli, Lamuedra si accorse che il terreno era completamente diverso. D'un tratto, la strada passò da una pista precaria a uno degli sterrati più larghi che avesse mai visto.

Gli sembrava strano questo brusco cambiamento, ma aveva fatto il callo alla corruzione nei lavori pubblici in Argentina. Proprio nel suo paese, ad esempio, c'erano quattordici chilometri di strada asfaltata che non portavano da nessuna parte.

Proseguì con i piedi di piombo, stringendo sempre di più i denti man mano che si avvicinavano agli Hilux.

CAPITOLO 107

16 luglio 2019, ore 17:37.

Un'ora dopo aver liberato i cani, parcheggiarono i tre Hilux alla fine del sentiero. Erano a Punta Mercedes, una piccola scogliera che si ergeva sulla punta sud-occidentale di Bahía Laura. Un secolo prima, il governo argentino vi aveva capricciosamente insediato un paesino. Tre case, un molo, un ufficio postale e un alberghetto per gli allevatori di bestiame che venivano a imbarcare la loro lana.

Non c'erano più né il molo, né gli allevatori di bestiame, né l'alberghetto. L'unica traccia del fatto che per più di cinquant'anni lì fosse esistito un villaggio erano le spesse mura di due case in pietra e la struttura contorta di un faro di ferro crollato. Il resto era stato rubato o si era disintegrato dopo mezzo secolo di vento salmastro.

Mac parcheggiò accanto al faro. Scese con il binocolo al collo e camminò lungo la struttura metallica caduta. Gli ricordava un'enorme giraffa morta. La punta, dove un tempo c'era la lampada, pendeva sul bordo della scarpata.

Guardò il mare e sorrise. Cinquanta metri al largo, la Maese era l'unica imbarcazione nei centottanta gradi dell'orizzonte blu. Sedici metri di scafo verde dollaro illuminati dal sole basso. A poppa, il Banchiere sventolava una bandiera pirata. Andava tutto bene.

«Ci sono movimenti strani?» chiese via radio.

Vide che il Banchiere lasciava la bandiera sul ponte e sganciava la sua radio dalla cintura.

«Nulla di strano» sentì dopo un attimo di statica. «È tutto pronto.»

Senza perdere tempo, si sedette sul bordo dello strapiombo, proprio sotto la trave di ferro arrugginita a cui lui stesso, trentadue ore prima, aveva fissato il cavo d'acciaio che pendeva dalla struttura. Guardò di sotto. Tre giri di cavo poggiavano sulle rocce ai piedi della scogliera.

«Via» disse alla radio.

Col binocolo seguì ogni passo del vecchio rapinatore di banche. Lo vide accovacciarsi accanto all'albero maestro e premere il pulsante che attivava l'argano per far partire l'avvolgimento del cavo.

«Pronto, sembra che stia andando tutto bene» annunciò il Banchiere. «Comincio ad allentare il paterazzo.»

Mac gli diede l'ok, tenendo d'occhio il cavo. A mano a mano che l'argano lo
avvolgeva, si tendeva in una linea curva che collegava l'albero maestro all'acqua.

Due minuti dopo, i tre giri stesi sulle rocce, venti metri sotto i suoi piedi, cominciarono a scomparire nell'acqua. Come se un gigante sottomarino avesse risucchiato uno spaghetto d'acciaio.

***

Tre metri più indietro, Minerva osservava in silenzio i movimenti di Mac. Come il giorno prima, quando loro due erano stati proprio lì per preparare il tutto, lo seguiva con lo sguardo mentre lui parlava alla radio e alzava e abbassava il binocolo ogni cinque secondi.

«Come va?» domandò.

Mac non rispose. Era troppo concentrato sul cavo che correva dal vecchio faro all'acqua e dall'acqua all'albero della Maese. Adesso, l'estremità attaccata alla struttura di ferro cominciava a inclinarsi in avanti mentre il cavo veniva teso. In base a quanto cronometrato il giorno prima, il cavo avrebbe impiegato quasi un altro minuto per emergere completamente dall'acqua.

A Minerva sembrava un'eternità. Era talmente nervosa che la sua mente vagava ovunque pur di non pensare a cosa sarebbe successo se qualcosa fosse andato storto in quel momento. Si ripeteva che non c'era nulla di cui preoccuparsi. Il giorno prima, lei e Mac avevano teso il cavo con estrema attenzione, prendendo tutte le precauzioni necessarie affinché nulla andasse storto.

Le tornò in mente la conversazione che avevano avuto a bordo del gommone Zodiac. Si vergognò di nuovo. Gli doveva delle scuse per il modo in cui lo aveva trattato. Se tutto fosse andato bene, avrebbe avuto il tempo di spiegargli che si era trattato solo di un equivoco. Che trentadue ore prima lei non sapeva che lui fosse vedovo. Che gliel'aveva detto Polvere solo oggi, mentre aspettavano nel container di Cerro Solo.

La sua mente smise di divagare quando vide Mac agitare un pugno in aria.

«Bene! Il cavo è già fuori dall'acqua» esclamò lui, voltandosi a guardarla.

Un secondo dopo, il faro contorto emise un grugnito metallico che non lasciava
presagire nulla di buono.

CAPITOLO 108

16 luglio 2019, ore 19:39.

«Anche questo è vuoto» disse Bellido sbirciando nel cassone del terzo fuoristrada.

«Dove saranno finiti quei tipi?» borbottò Lamuedra.

Il silenzio della notte era interrotto solo dal fischio del vento.

«Forse sono nascosti nella casa.»

«Non possiamo escluderlo, ma è poco probabile. Se avessero voluto nascondersi, non avrebbero lasciato le macchine in bella vista.»

«O magari se ne sono andati via mare, commissario.»

Bellido lo disse mentre indicava alla sua destra, dove, in lontananza, l'acqua scura scintillava.

Lamuedra voleva ricordargli che, per raggiungere la riva, bisognava attraversare due chilometri di spiaggia di ciottoli. L'unico modo per trasportare cinquemila chili senza arenarsi era un fuoristrada come l'Unimog dell'esercito. Ma una bestia del genere avrebbe lasciato delle tracce enormi, visibili anche al chiaro di luna.

Prima che potesse dirglielo, Bellido cominciò a camminare. Così il commissario lo seguì fino alla linea dove gli arbusti bassi e contorti lasciavano il posto ai ciottoli. Mentre il suo subalterno scrutava la spiaggia, di tanto in tanto si voltava e alzava il fucile per guardare verso gli alberi col mirino. Si muovevano solo i rami per il vento.

«Non vedo tracce di veicoli o impronte, commissario. Forse domani, di giorno, troveremo qualcosa.»

«Torniamo indietro» gli disse Lamuedra, dirigendosi verso le macchine.

Quando tornarono di nuovo accanto agli Hilux, il commissario parlò sottovoce.

«Quello che non mi quadra è che non abbiano cambiato veicolo al riparo degli alberi. Perché avranno parcheggiato dove il sentiero si allarga così tanto?»

«Quale sentiero?»

«L'unico che c'è, Bellido. Questo, quale altro sentiero vedi?» rispose, indicando i suoi piedi.

«Questo è troppo largo per essere un sentiero.»

«E allora cosa...?»

Ma il commissario lasciò la frase a metà.

«Figli di puttana» sbottò, non sentendo più il bisogno di parlare sottovoce.

Come aveva fatto a non accorgersene prima? Erano a Bahía Laura, un ranch fondato

all'inizio del ventesimo secolo. Accese una pila e cominciò a camminare.

«Commissario, spenga quella luce. Possono vederci.»

Lamuedra lo ignorò e proseguì il più velocemente possibile, con il raggio di luce puntato verso il basso. Arrivò in un punto in cui la striscia di terra ne incrociava un'altra, altrettanto ampia, con un angolo di quarantacinque gradi.

«Figli di puttana» ripeté.

Si lasciò alle spalle l'incrocio e proseguì, illuminando con la torcia la terra arida e

compatta. Finalmente trovò quello che stava cercando: tre tracce di pneumatici che partivano all'improvviso, come se fossero cadute dal cielo.

«Hai ragione, Bellido. Questo non è un sentiero. È una pista d'atterraggio.»

CAPITOLO 109

16 luglio 2019, ore 19:50.

Nella sala riunioni c'erano circa venti persone. Un'ora prima, quando la polizia di Puerto San Julián e Caleta Olivia era arrivata a Entrevientos, erano molte di più. Sandoval li aveva aggiornati sui movimenti di Lamuedra e gli agenti si erano distribuiti per il giacimento. Alcuni erano partiti per seguire i segnali dei GPS e non erano ancora tornati. Altri stavano sorvegliando l'ingresso della galleria in attesa dell'arrivo del negoziatore e della squadra d'assalto. I due più anziani erano rimasti con lui e stavano ascoltando Lamuedra dal vivavoce del telefonino sul tavolo. Aveva appena chiamato da Bahía Laura con il telefono satellitare di De Abreu.

«Cosa ha detto?» chiese Sandoval, che non riusciva a credere alle sue orecchie.

«Che abbiamo trovato i tre pick-up a Bahía Laura. Se ne sono andati in aereo» ripeté il commissario.

«In aereo?»

«Sì, nel ranch c'è una pista d'atterraggio abbandonata, come molte altre in questa zona. Nella prima metà del secolo scorso, i proprietari dei campi noleggiavano degli aeroplani per farsi venire a prendere e portare nelle città principali.»

Carlos Sandoval lo sapeva. Diversi patagonici gli avevano raccontato che, fino agli anni Cinquanta, l'aviazione civile era stata fondamentale per lo sviluppo della zona, perché le automobili erano troppo precarie e le strade impraticabili. Questi racconti sugli anni d'oro dell'aeronautica finivano quasi sempre per citare Antoine de Saint-Exupéry, l'autore del *Piccolo Principe*, che aveva utilizzato alcune di quelle piste private durante i sedici mesi in cui aveva volato in Patagonia come pilota dell'Aeroposta. Alcuni addirittura sostenevano che si fosse ispirato alla desolazione della Patagonia per scrivere il suo libro.

«Ma queste piste non vengono usate da decenni, commissario.»

«I due gruppi di impronte sono recenti. Ognuno è composto da tre segni. Si tratta di un carrello. Come diceva mia madre, è chiaro come l'acqua» rispose il poliziotto.

Sandoval provò una fitta di dubbio. Il giorno prima, nel rapporto giornaliero del capo della squadra di pattugliamento stradale c'era scritto che avevano visto un velivolo leggero sorvolare il giacimento. Lui non gli aveva dato nessuna importanza.

«Quanto sono distanti le impronte tra le ruote posteriori sulla pista?» chiese.

«Due metri e mezzo. Tre al massimo. Ce ne sono due serie, quindi o sono atterrati due aerei uguali, o è lo stesso che è atterrato due volte.»

«Con tutto il rispetto, signor commissario» intervenne De Abreu dall'altro capo della linea, «ho fatto rilevamenti aerei con velivoli di ogni tipo. Un aereo leggero con un carrello di tre metri non può trasportare più di una tonnellata tra carico e passeggeri.»

«Cosa sta insinuando?» chiese Lamuedra.

«Non sto insinuando nulla. Può essere atterrato un aeroplano su questa pista, o due. Ma quegli aerei non possono aver trasportato l'oro.»

Mentre il commissario e il responsabile delle esplorazioni discutevano a
quarantaquattro chilometri di distanza da lui, la testa di Sandoval cercava di incastrare i

pezzi di quel puzzle senza senso. Se i fuoristrada erano lì, da dove provenivano i tre segnali GPS che la polizia di San Julián stava seguendo? Cosa c'entravano la galleria e l'ambulanza? Se si trattava di manovre diversive, potevano davvero essere fuggiti in aereo? Per quanto le leggi della fisica rispondessero con un no categorico, il giorno prima qualcuno aveva avvistato un aereo leggero e l'aeroclub più vicino era a centoventi chilometri in linea d'aria.

Decise di non parlarne. Se lo avesse fatto, la polizia avrebbe concentrato tutti i suoi sforzi per cercarli in quella direzione. Invece, se taceva, l'incertezza li avrebbe spinti a prendere in considerazione tutte le possibilità.

«E se l'avessero nascosto?» suggerì l'ufficiale di San Julián che era rimasto nella sala. Forse hanno nascosto l'oro da qualche parte e sono partiti con i due aerei.»

La prima reazione di Sandoval a questa teoria fu quella di considerarla ridicola. Tuttavia, doveva concordare con il poliziotto che la parte più difficile del furto di cinque tonnellate era portarsele via. Se le avessero lasciate lì, la fuga sarebbe stata molto più semplice.

CAPITOLO 110

Bahía Laura. Il giorno prima della rapina.

L'aeroplano se n'era andato a mezzogiorno. Qualche ora dopo, il Banchiere si era avvicinato alla costa con la Maese, l'aveva ancorata e aveva fatto diversi giri con lo Zodiac finché tutta la banda non era salita a bordo della nave.

Ora Mac stava dando un'ultima occhiata al ponte per assicurarsi che tutto fosse al suo posto. Si diresse verso poppa e si fermò accanto alla bobina. Non era molto più larga di uno sgabello, ma pesava centonovantacinque chili. Senza una gru, come quella che avevano usato per caricarla a Buenos Aires, era impossibile spostarla senza rompere qualcosa sulla barca a vela.

Si sporse con metà del corpo oltre il capo di banda. Lo Zodiac galleggiava al ritmo delle onde come un'estensione posteriore della Maese. Minerva era già in posizione con una mano sul timone, come se temesse che qualcuno potesse prendere il suo posto. Mac la capiva. Lui aveva modificato il suo piano ed era naturale che lei volesse seguirlo da vicino.

Si infilò dei guantoni di cuoio e srotolò i primi giri di cavo. Li fece passare sul parapetto di poppa e Minerva li stese sul pavimento dello Zodiac, disegnando un grande otto.

Mentre srotolava, Mac esaminò un'ultima volta ciascuno dei duecentocinquanta metri di cavo d'acciaio rivestito di polipropilene. Quando quasi tutta la bobina fu sullo Zodiac, portò gli ultimi metri fino all'albero maestro di alluminio della Maese.

Salì su una scala da imbianchino e fece passare l'estremità del cavo attraverso la carrucola che aveva installato lui stesso a tre metri e mezzo di altezza. Proprio lì sotto, aveva ricoperto l'albero con diversi materassi presi dalle cabine. Quelli rimasti, insieme a un altro paio acquistato per l'occasione, erano impilati sul ponte sotto la carrucola.

Infilò l'estremità del cavo nell'asse di un argano elettrico ai piedi dell'albero. Poi premette il pulsante di avvolgimento fino a coprire la bobina con diverse spire.

«Questa parte è fatta» disse, guardando il Banchiere, che proteggeva la sua barca come un cane da guardia e aveva osservato ogni suo passo.

Si girò verso Ferro, Pata e Polvere, che pure lo stavano guardando, ma da poppa, lasciandogli spazio.

«Sapete cosa fare» disse. «Ci vediamo tra poco.»

Saltò sullo Zodiac e Minerva accelerò lentamente, dirigendosi verso la costa. Nel frattempo, lui gettava il cavo in acqua.

Il fondale non era molto profondo, quindi avevano metri in abbondanza. Quindici per toccare il fondo, cinquanta per arrivare a riva e quasi venti fino al faro caduto.

Mentre il mare blu inghiottiva il cavo, si chiese se il governo argentino avrebbe mai ricostruito il faro Campana. Da quel che avevano saputo, era crollato tra il 2009 e il 2016. Quasi sicuramente no, pensò. Quello scheletro era destinato a essere dimenticato e a disintegrarsi alle intemperie. Proprio come Entrevientos, il giorno in cui avesse smesso di essere redditizio.

Un'onda colpì con forza lo scafo dello Zodiac, inzuppandoli con uno spruzzo gelido.

«Nei Caraibi immagino che l'acqua sarà molto diversa» disse a Minerva.

«Di sicuro a te e ai tuoi tre bambini piacerà.»

Mac fu colto di sorpresa dalla sua risposta beffarda.

«Immagino di sì. Anche se pensavo di andarmene per qualche giorno senza di loro.»

«Senti, Mac, non è il momento.»

Su questo era d'accordo con Minerva. Il giorno prima di commettere una rapina da un milione di dollari non era il caso di fare il romantico. La cosa migliore era stare zitto e continuare a gettare il cavo in mare.

Ma non sempre si fa la cosa migliore.

«Come fai a sapere che ho tre figli?»

Minerva non distolse lo sguardo dalla spiaggetta accanto alla scogliera a cui si stavano avvicinando.

«Minerva, che ti prende? Ti dà fastidio che io abbia dei figli? Dimmelo e basta. Non sarai né la prima né l'ultima.»

«Quello che mi dà fastidio è che tu abbia una moglie e che ci provi con me.»

«Cosa?»

«Bello, ho lavorato per anni circondata da uomini lontani dalle loro famiglie. Ho un master per individuare gli uomini sposati che fingono di essere single.»

«Con me hai preso un abbaglio.»

«Senti Mac, io domani mi gioco la vita e anche tu. Abbiamo di meglio da fare che continuare a parlarne. E anche per rispetto nei confronti della donna della foto nel portafoglio, non dire altro.»

«Hai frugato tra le mie cose?»

Minerva scrollò le spalle.

«Sono il capo della banda. Devo conoscere i miei compagni.»

Mac scosse la testa. Non sapeva se chiederle chi le avesse dato il diritto di frugare tra le sue cose o se spiegarle che non aveva capito nulla. Ma lei aveva ragione: non era il momento. Avevano bisogno di sangue freddo e di concentrazione assoluta per le prossime trentadue ore.

Se tutto finiva bene, avrebbero avuto tutto il tempo di parlarne.

Lo Zodiac si fermò sulla spiaggia di ciottoli prima che uno dei due potesse dire un'altra parola. Saltarono sui sassi bagnati in silenzio. Sulla barca c'erano ancora più di cento metri di cavo. Mac lo portò a poco a poco su alcune rocce sotto la scogliera. Minerva nel frattempo si mise lo zaino e si incamminò nella direzione opposta, dove la parete rocciosa non era più verticale, e iniziò ad arrampicarsi.

Quando finì il cavo sullo Zodiac, Mac guardò in alto. La punta del faro crollato sporgeva dalla scogliera, venti metri sopra la sua testa. Due minuti dopo, la figura di Minerva si stagliò fra le travi arrugginite e gli lanciò una corda che cadde srotolandosi velocemente. Mac la legò all'estremità del cavo e alzò il pollice. Poi corse a scalare la scogliera come aveva fatto la sua compagna.

Arrivato in cima, raggiunse Minerva presso il faro crollato. Lei aveva già diversi metri di cavo arrotolati ai suoi piedi.

«Questi sono sufficienti» disse lui, tirando fuori dallo zaino un asciugamano e un rotolo di nastro adesivo. Esaminò di nuovo ognuna delle spesse e arrugginite travi di ferro del faro, come aveva fatto qualche giorno prima. Giunse ancora una volta alla conclusione che la migliore era quella che, nonostante fosse completamente ricoperta di ruggine, non era rovinata dalla corrosione. Inoltre, la sua posizione era ideale: si trovava proprio sul bordo del precipizio, a novanta centimetri dal suolo.

Coprì la trave con l'asciugamano e lo fissò con il nastro adesivo. Avvolse il cavo attorno alla superficie imbottita e lo strinse con una fascetta. Guardò il risultato, soddisfatto. Ci sarebbero volute più di dieci tonnellate di forza per far cedere quella legatura.

«È il momento della resa dei conti» disse a Minerva, indicando una delle case di pietra in rovina.

Le raggiunsero insieme per andare a prendere il primo dei bidoni pieni di piombo fuso che avevano lasciato nascosti lì due giorni prima. Ogni bidone conteneva sei litri di metallo e pesava sessantasei chili. Più o meno come un lingotto di doré.

CAPITOLO 111

16 luglio 2019, ore 17:46.

Anche il giorno prima, quando avevano teso il cavo e fatto la prova con i bidoni di piombo, la struttura del faro aveva scricchiolato emettendo rumori di metallo contorto. Tuttavia, a Mac sembrava che ora i cigolii fossero più forti. Voleva convincersi di averli sentiti amplificati dai nervi e dall'adrenalina.

«Non è troppo rumoroso?» gli chiese Pata.

«È normale» rispose con un tono più sereno possibile.

«Ma ieri si sentiva molto meno» intervenne Minerva.

«Perché oggi c'è più vento e il cavo tira un po' di più. Non preoccupatevi, è tutto calcolato.»

Stava per aggiungere che anche i grandi grattacieli ondeggiano con il vento, ma decise di non fare commenti sugli edifici alti davanti a Pata.

«Come va?» chiese alla radio, con gli occhi puntati sulla Maese.

«A posto» rispose il Banchiere.

«Vedo che il cavo è già uscito in superficie. A che altezza è?»

«La parte più bassa, tra un metro e mezzo e due metri, a seconda delle
onde.»

«Benissimo. Cominciamo.»

Mac aprì un borsone nero e tirò fuori uno dei pezzi di rete da pesca che avevano preparato nei giorni precedenti. Ce n'erano cento, tutti identici, tagliati in quadrati di un metro e venti per lato e con una corda infilata nei quattro angoli. L'appoggiò sul terreno roccioso al bordo del precipizio, novanta centimetri sotto il cavo attaccato al faro.

«Cominciamo col primo.»

Pata e Polvere scaricarono un lingotto dal furgone parcheggiato ad appena tre metri dalla scogliera e lo appoggiarono al centro della rete. Mac tirò la corda, chiudendo la rete intorno al doré. Poi agganciò il fagotto a una carrucola con sistema frenante e la posizionò sul cavo d'acciaio.

«Aiutami, Polvere.»

E insieme lo spinsero oltre il precipizio.

Il doré scivolò penzolando dalla carrucola, come un lento proiettile sparato verso l'albero maestro della barca a vela.

***

Ecco che arriva. Non ti muovere adesso, Maese... pensò il Banchiere, con gli occhi puntati sul fagotto che scivolava verso di lui lungo la zipline.

Se la Maese rimaneva in posizione, l'albero avrebbe retto. In fondo, era stato
progettato per resistere alle tonnellate di forza che il vento esercitava sulle vele quando
venivano spiegate. Ma se l'ancora si spostava o una forte ondata la faceva virare, la zipline poteva toccare una delle sartie, i cavi che sostenevano l'albero a babordo e a tribordo. Senza il paterazzo e con una sartia rotta, le tensioni sarebbero state così sbilanciate che il cavo che collegava la Maese al faro Campana avrebbe potuto sradicare l'albero.

...e speriamo che i materassi reggano.

L'altra cosa che lo rendeva nervoso era l'impatto. Il giorno prima avevano fatto delle prove con i bidoni pieni di piombo e i materassi avevano attutito il peso senza problemi. Ma aveva partecipato a un numero sufficiente di rapine per sapere che una prova era solo una prova. Il giorno della rapina, la legge di Murphy di solito si presentava puntuale.

Il lingotto colpì con un tonfo il primo materasso, che si inarcò come il guantone di un giocatore di baseball. Il secondo si piegò un po' meno. Il terzo, ancora di meno. Nel

complesso, i materassi resistettero stoicamente.

Il Banchiere salì sulla scala da imbianchino aperta accanto all'albero maestro e tagliò la rete con un coltello. Il metallo cadde per più di un metro e atterrò sui materassi accatastati sul ponte. Sorrise, soddisfatto.

Sganciò la carrucola con la rete vuota e alzò di nuovo la bandiera pirata. Vide che all'altra estremità del cavo stavano posizionando una nuova carrucola.

Ma questa volta non vi appesero un lingotto. Il secondo carico sarebbe stato molto diverso.

***

«Vai tu per primo, Pata» gli disse Mac tirando fuori dalla borsa un mazzo di cinghie nere. «La gamba destra di qua e la sinistra di là.»

Pata obbedì. Il cuore gli batteva forte, proprio come due mesi e mezzo prima,
quando aveva indossato un'imbracatura identica a San Rafael. Diversamente da allora, ora non aveva la possibilità di scappare come un coniglio.

Sentì gli strattoni sul petto e sulle gambe quando Mac controllò che l'imbracatura fosse ben salda. Poi il suo compagno gli mise una mano sulla spalla e l'accompagnò fino al bordo della scogliera.

«È meglio che non guardi in basso» gli disse.

Più facile a dirsi che a farsi. La prima cosa che fece Pata fu aggrapparsi con forza alla struttura arrugginita del faro e guardare giù. Le onde si infrangevano contro gli scogli taglienti venti metri sotto i suoi piedi. Cadere da lì significava morte certa.

Fece scorrere le dita lungo il cavo d'acciaio e gli sembrò sottilissimo.

«Sei sicuro che reggerà?»

«Non hai visto che abbiamo appena lanciato un lingotto da sessanta chili? Se ha sopportato quello, può sopportare anche te, che sei pelle e ossa» rispose Mac, schiaffeggiandogli la pancia sporgente.

«Dico sul serio. Ha un diametro di un centimetro ed è legato a del ferro arrugginito. Non si spezzerà?» insistette, tirando il cavo.

«Ma certo che non si spezza. In tre anni non se ne è mai spezzato uno. E posso assicurarti che ho rafforzato questa zipline molto di più che qualsiasi altra. E poi, qual è la cosa peggiore che ti può capitare? Un tuffo nell'acqua fresca?»

Pata schioccò la lingua e scosse la testa.

«Mi sto cagando sotto, Mac. Davvero. Ho visto su internet che qui la temperatura dell'acqua è di tre gradi. E io non so nuotare.»

«Non si spezzerà e non ti succederà nulla. Te lo giuro. Ora siediti sul bordo.»

Senza staccarsi dai ferri arrugginiti, Pata si abbassò sulla roccia e distese le gambe in avanti. Il precipizio cominciava alle sue caviglie.

«Bravissimo» gli disse Mac, e agganciò la carrucola dell'imbracatura al cavo, che quasi gli toccava la testa. Ora avvicinati un po' di più al bordo. Immagina che sia una parete alta mezzo metro.»

«Non posso immaginarmelo, stronzo. Soffro di vertigini, come te lo devo spiegare?»

«Non ti succederà nulla, dài. Tu stringi il cavo della carrucola e io conto fino a tre e ti spingo, ok?»

Pata annuì e chiuse gli occhi. Anche se Mac gli aveva insegnato nella foresta aerea che il suo peso era sostenuto dalle cinghie intorno alle cosce, lui si aggrappò con entrambe le mani alla corda della carrucola come se fosse il suo unico punto di contatto con la vita.

Rimbalzò in avanti sulle natiche fino a far penzolare i polpacci.

«Uno...» disse Mac.

Pata sentì contemporaneamente la spinta alla schiena, il vuoto nello stomaco e le cinghie dell'imbracatura che gli stringevano i testicoli. Sopra la sua testa, la carrucola cominciò a fischiare mentre prendeva velocità sul cavo.

«Avevi detto fino a tre, figlio di...!»

Non riuscì a completare l'insulto perché, man mano che proseguiva, la rabbia e la paura si trasformarono in un senso di sollievo. Ebbe una specie di visione: stava, quasi letteralmente, volando verso la sua libertà. Ripensò a Sandra, a Los Antiguos e a Mina che correva tra i ciliegi.

«Attento ai piedi!» gli gridò il Banchiere dalla barca a vela, indicando il lingotto di doré ancora sui materassi.

L'arrivo non fu entusiasmante. Il corpo di Pata urtò i materassi di lato, con la spalla e un fianco. L'improvvisa frenata gli fece staccare le mani dal cavo e finì a testa in giù, con la faccia a un metro dal lingotto.

Il Banchiere dovette aiutarlo a sganciarsi. Quando fu libero, si sgranchì un po' e controllò di non essersi rotto nessun osso. Poi venne sopraffatto da un'euforia che lo elettrizzò.

«Uuuuuhuuuuuuuuuu!!!» gridò a squarciagola.

«Vieni a festeggiare un po' più in qua, che sta arrivando Ferro» gli disse il Banchiere indicando l'altra estremità del cavo, dove una sagoma si sporgeva dalla scogliera.

Venti secondi dopo, Ferro arrivò pallido sui materassi in coperta. Appena liberato dalla carrucola, corse a sporgersi dal capo di banda per vomitare.

«Su, amico, vomita in fretta, che abbiamo da fare» gli gridò Pata, ridendo.

Ferro si pulì la bocca con la manica e ritornò all'albero maestro accanto a lui.

«Sto bene, grazie per avermelo chiesto.»

Pata sorrise, gli diede una pacca sulla spalla e indicò il lingotto sui materassi. Lo sollevarono e lo portarono verso la scaletta che scendeva nella barca.
L'ultima cosa che Pata vide prima di andare di sotto fu il Banchiere che sventolava di nuovo la bandiera pirata. E allora un altro parallelepipedo venne verso di loro, riflettendo i raggi di un sole basso che da lì a poco sarebbe tramontato.

***

Ci misero più di un quarto d'ora per scaricare il primo fuoristrada. Quando fu vuoto, Minerva lo guidò per undici chilometri e lo parcheggiò a un'estremità della pista di atterraggio del ranch Bahía Laura. Tirò fuori dallo zaino un portasapone di plastica in cui aveva messo un panno imbevuto di candeggina. Lo passò sul volante, sulla leva del cambio e sulla maniglia della portiera.

Senza perdere tempo, percorse i cento metri fino al rettangolo di alberi. Aprì lo steccato con il cuore che le batteva all'impazzata e i polmoni che bruciavano.

La porta d'ingresso della casa a due piani era ancora senza chiave, come tre giorni prima, quando Ferro aveva fatto la sua magia. Entrò e se la chiuse alle spalle.

CAPITOLO 112

16 luglio 2019, ore 19:56.

Riparato dal vento all'interno del pick-up di De Abreu, il commissario continuava la conversazione con il direttore generale via telefono satellitare.

«Per ora dobbiamo essere aperti a tutte le possibilità» disse nell'apparecchio. «Se il doré è stato trasportato via terra, è probabile che venga intercettato in un posto di blocco stradale o di frontiera. Abbiamo avvisato la polizia di tutta la provincia. Ma possono averlo spostato anche via mare o averlo nascosto.»

«Con le navi succede la stessa cosa che con gli aerei» rispose il direttore all'altro capo della linea. «Per trasportare cinque tonnellate ne serve una grande, che potrebbe raggiungere la costa solo attraccando a un molo.»

«Magari hanno usato un motoscafo per trasportare i lingotti dalla riva a una nave più grande» disse De Abreu, appoggiando il gomito sul volante.

«Una cosa del genere richiederebbe molti viaggi» rispose Sandoval. «Non avrebbero fatto in tempo.»

«Inoltre, sulla spiaggia non c'era nessuna impronta» aggiunse Bellido.

«Il doré in un modo o nell'altro l'hanno portato via» disse De Abreu. «L'idea che l'abbiano nascosto non mi convince affatto.»

E non convinceva nemmeno il commissario. In realtà, nessuna delle alternative aveva senso per Lamuedra. Cominciava a rassegnarsi a dover aspettare la luce del giorno per trovare una risposta. Ora, nel cuore della notte, gli restava solo una cosa da fare.

Dopo aver interrotto la comunicazione con Sandoval, si rivolse a Bellido, che era seduto sul sedile posteriore.

«Entriamo in casa.»

«Ma, commissario, noi siamo in due e loro in cinque. Se ci stanno aspettando, ci crivelleranno di colpi.»

«Non c'è nessuno lì dentro, Bellido.»

«Come fa a saperlo?» chiese De Abreu.

«Perché non ha senso. Quelli non sono degli sprovveduti. Se volessero nascondersi, non lascerebbero tre macchine in bella vista.»

«Ma allora perché vuole entrare? Pensa che l'oro possa essere nascosto lì?»

Il commissario scrollò la testa.

«Quindi?»

«Perché questa casa è l'unico edificio in piedi nel giro di quaranta chilometri, Bellido. Ed è una delle case più vicine alla miniera di Entrevientos. E perché gli Hilux sono parcheggiati quasi sulla porta. Come facciamo a non entrare?»

Il commissario aprì la portiera della macchina.

«Lei aspetti qui» ordinò di nuovo a De Abreu.

Lamuedra e Bellido s'incamminarono in silenzio verso il cancello tra le tamerici. Il commissario stava attento a qualsiasi suono, ma sentiva solo il vento e i suoi passi che facevano scricchiolare la terra arida. Aprì con cautela lo steccato ed entrarono nel rettangolo di alberi che proteggeva quella manciata di edifici solitari.

Al chiaro di luna, la grande casa al centro del quadrilatero aveva un'aria tetra. Era in lamiera, in quello stile inglese così popolare nella Patagonia di un tempo. Lamuedra ne aveva viste molte con questo tipo di architettura, ma mai una su due piani come quella che si trovava davanti. Il portone era protetto da una tettoia sormontata da un oblò. Sulla lamiera erano visibili le ultime scaglie di quella che un tempo doveva essere stata della pittura bianca.

Intorno alla casa, come dei satelliti minori, c'erano altri tre edifici. Due erano dei capanni per la tosatura e altri lavori agricoli, realizzati con la stessa lamiera. Il terzo era una casetta di cemento. Probabilmente lì ci aveva abitato il mandriano.

Lamuedra andò direttamente verso l'abitazione principale. Si portò l'indice alle labbra e guardò Bellido. Ognuno impugnò la propria arma.

Il commissario accese la torcia e armeggiò con il pomello. La porta si aprì cigolando e il fascio di luce rivelò un grande tinello presieduto da una stufa a legna. Al centro c'era un tavolo senza sedie.

Si avvicinò alla stufa e la toccò con il dorso della mano. Era ghiacciata.

Oltre alla porta d'ingresso, nel tinello c'erano altre quattro porte che davano sul
resto della casa. Ne indicò una e fece cenno a Bellido di aprirla. Era una dispensa dove c'erano ancora dei barattoli di latta arrugginiti. La stessa operazione venne ripetuta con la seconda, che portava in una stanza con un letto rifatto. Dietro la terza trovarono un bagno vecchio e polveroso. L'ultima conduceva a una scala.

«Saliamo?» gli sussurrò Bellido.

Lamuedra annuì e mise un piede sul primo gradino con grande attenzione. Ma non appena vi ebbe appoggiato tutto il suo peso, il legno cigolò come il peggiore dei cardini. Quindi salì di corsa, due gradini alla volta.

Il corridoio di sopra era deserto. Contò altre quattro porte e si accinse a
entrare. L'unica aperta conduceva in un bagno vecchio come quello del piano di sotto. Le due successive erano delle camere da letto, una matrimoniale e l'altra con tre letti singoli. Era tutto perfettamente in ordine.

Non sono stati qui, pensò.
Rassegnato, aprì l'ultima porta.
E allora capì di essersi sbagliato.

CAPITOLO 113

16 luglio 2019, ore 20:01.

Sì che sono stati qui, si corresse.

Il letto matrimoniale che avrebbe dovuto essere al centro della camera era appoggiato di traverso a una parete, con i piedi rivolti verso Lamuedra. Al suo posto c'erano sei sedie disposte su due file, di fronte a un comodino su cui era posato un bicchiere vuoto. Dietro il comodino c'erano due tavole inchiodate al legno della parete. Una era la mappa del giacimento minerario di Entrevientos. L'altra era intitolata *Gold room* e c'erano degli appunti scritti a mano in rosso.

Lamuedra se li immaginò quella stessa mattina alzarsi presto e rifare i letti in cui avevano dormito. Senza contare il letto di quella stanza, ce n'erano cinque in casa. Cinque letti, cinque rapinatori.

«Dovrebbe venire la scientifica, no?» suggerì Bellido alle sue spalle.

«Sì, è meglio che usciamo per non inquinare ulteriormente le prove.»

Scesero le scale senza toccare le pareti. Al piano terra, Bellido si diresse verso l'uscita, ma il commissario rimase indietro per osservare la vecchia stufa a legna.

Coprendosi le dita con la manica della camicia, aprì lo sportello di ghisa. Il raggio della torcia rivelò cenere e un ciocco di legno non ancora bruciato. Quando lo spostò, vide un pezzo di carta bruciacchiato.

Avvicinò il viso allo sportello della stufa e, guardandolo più da vicino, si bloccò. Voleva convincersi di essersi sbagliato, ma più ci pensava e più aveva senso.

Decise di non toccarlo e di lasciarlo lì per la scientifica. Chiuse lo sportello e uscì dalla casa. Fuori, mentre il vento del primo mattino gli sferzava di nuovo il viso, raccontò a Bellido ciò che aveva scoperto e si raccomandò di mantenere il massimo riserbo. Poi controllarono insieme che sia il capanno della tosatura sia la casetta del mandriano fossero vuoti.

Si lasciarono alle spalle il riparo degli alberi e si diressero verso i loro veicoli. Lamuedra non riusciva a smettere di pensare a quel pezzetto di carta. Quell'angolino, che per un caso fortuito del destino non era stato bruciato dal fuoco, gli aveva appena consegnato un membro della banda.

***

Il commissario e Bellido tornarono da De Abreu, che li stava aspettando, per la seconda volta, obbediente. Prima ancora che avessero chiuso le portiere, il capo della squadra d'esplorazione stava già chiamando Sandoval.

«Avete trovato qualcosa?» chiese, mentre il telefono squillava.

Lamuedra scosse la testa, sforzandosi di non rivelare ciò che sapeva. Sua moglie gli diceva sempre che era un pessimo bugiardo.

«Ci sono delle novità?» rispose Sandoval.

«Purtroppo no» disse Lamuedra. «Siamo entrati nella casa, ma non si vede nulla.»

«Non possono essere spariti, commissario» insisté Sandoval.

«Naturalmente. Domani, con la luce del giorno, troveremo di certo nuovi indizi.»

«Non sarebbe meglio continuare a cercare?» chiese De Abreu.

«Dove vuole che cerchiamo? La casa è vuota e tutto sembra indicare che se ne siano andati in aereo.»

«De Abreu vi ha appena spiegato che il doré è troppo pesante per essere trasportato in aereo!» intervenne Sandoval dall'altra parte della linea.

Lamuedra stava per rispondergli alzando la voce. Chi si credeva di essere quello là, il presidente della repubblica?

Ma mettersi a gridare non era una buona mossa. Il commissario respirò a fondo e parlò con un tono il più pacato possibile.

«Signor Sandoval, non perda la calma. Qui c'è una pista d'atterraggio con delle tracce chiarissime di ruote di un aeroplano. Forse ha ragione e il doré è nascosto. Se è così, lo troveremo. Ora non ci resta che tornare all'insediamento.»

Mentre parlava al telefono, Lamuedra tirò fuori dalla tasca della giacca la gomma da masticare che Sandoval gli aveva offerto nel suo ufficio. Un angolo della cartina che la ricopriva era identica al pezzetto di carta bruciacchiato dentro la stufa.

CAPITOLO 114

16 luglio 2019, ore 18:05.

Quando entrò nella vecchia casa del ranch Bahía Laura, Minerva indossò dei guanti di lattice e un berretto da chirurgo. Si chiuse la porta alle spalle e si affrettò a salire le scale fino al piano superiore. Andò direttamente nella camera più grande.

Il sole era tramontato da dieci minuti, ma l'ultima luce del giorno filtrava ancora
attraverso le tende. Seguendo i suoi ordini, Polvere e Mac avevano messo il letto in
disparte e spostato lì tutte le sedie della casa, di fronte a una delle pareti di legno.

Prese un rotolo di nastro adesivo dallo zaino e rovistò tra gli oggetti che Ferro
aveva preso dalla camera di Sandoval. Attaccò alla parete una cartina della miniera e un'altra della *gold room* con gli appunti scritti a mano dal direttore.

Prima di lasciare la stanza, sparse sul pavimento alcuni dei capelli grigi che Ferro aveva raccolto nella doccia di Sandoval. Poi andò in bagno e nascose il ricambio di un rasoio dietro il lavandino.

Scese in cucina e aprì lo sportello della stufa a legna. C'erano della cenere e dei pezzi di legno carbonizzato di un vecchio fuoco. Tombola.

Dalla borsa estrasse la gomma da masticare al caffè. La scartò e si costrinse a infilarsela in bocca. Un'ondata di disgusto e il ricordo della paura le attraversarono il corpo, ma continuò a masticare fissando la carta.

Accese una punta con l'accendino e aspettò che il fuoco la bruciasse quasi tutta. Quando soffiò, tra le dita le rimase solo un angolo della cartina. La lasciò dentro la stufa.

Infine, si rimboccò la manica sinistra e sollevò il braccialetto fino al gomito. Perfino nella penombra, il filo di doré scintillava. Se l'era rimesso il giorno in cui aveva deciso di rapinare la miniera, in modo che le si conficcasse nella carne come uno sperone nei momenti di dubbio. E aveva funzionato. Come una macabra bussola, il braccialetto le aveva indicato l'unica strada per pareggiare i conti con quel bastardo.

Fece un respiro profondo. Mancava poco prima che potesse strapparselo con tutte le sue forze. Immaginò il sollievo che avrebbe provato quando la sua pelle non fosse stata più a contatto con quel metallo.

«Ora vediamo chi è il guanaco e chi è il puma» disse a voce alta, sbattendo lo sportello della stufa.

E uscì dalla casa.

CAPITOLO 115

16 luglio 2019, ore 18:25.

Minerva corse all'interno del recinto di alberi fino a un capanno per la tosatura a cinquanta metri dalla casa. Dentro c'era nascosta l'Incognita. Salì, mise il cambio automatico in posizione di marcia e uscì dal recinto.

Percorse gli undici chilometri fino a Punta Mercedes facendo attenzione a rimanere al centro della ghiaia dura, dove le impronte erano molto meno marcate. Quando raggiunse il faro caduto, i suoi compagni avevano già finito di scaricare il secondo Hilux e stavano iniziando con il terzo.

«Come va?» chiese, salendo sul cassone per aiutare a spostare un lingotto.

«Per adesso tutto bene» disse Polvere.

Lavoravano in un silenzio interrotto solo dai cigolii del faro. Dovevano sollevare ogni lingotto, portarlo su una nuova rete stesa per terra, agganciare la rete alla carrucola e, a sua volta, la carrucola al cavo d'acciaio. Poi bisognava spingere con molta forza e aspettare che altri sessanta chili arrivassero a bordo della barca a vela.

Dopo che Mac ebbe gettato un altro lingotto dalla scogliera, Minerva tornò alla macchina per scaricare quello successivo con Polvere. Il faro emise un altro dei suoi grugniti, che ormai Minerva si era abituata a ignorare. Quando alzò lo sguardo, però, vide che il cavo stava perdendo la sua inclinazione, come se si fosse spezzato all'altra estremità. Lanciò uno sguardo verso l'albero maestro e vide il Banchiere che agitava le braccia a poppa.

«Il cavo sta perdendo tensione e sta sprofondando nell'acqua» annunciò Mac.

In quel momento, alla radio si sentì la voce del Banchiere.

«Si è appena spezzato il cavo dell'ancora. Sto andando alla deriva e il cavo mi
trascina verso la scogliera.»

CAPITOLO 116

16 luglio 2019, ore 18:32.

Mac sentì un forte strattone quando Polvere gli strappò di mano la radio.

«Che cosa facciamo?» chiese all'apparecchio.

«Ce ne andiamo. Ci sono già settantatré lingotti a bordo» rispose il Banchiere.

«Ce ne restano quindici.»

«Ma non abbiamo un'ancora. Non voglio correre rischi con quella di scorta.»

Mac ascoltò la conversazione con gli occhi puntati sulla barca a vela. Ne avevano parlato e lui era d'accordo con il Banchiere. Se avessero usato la seconda ancora della Maese e l'avessero persa, avrebbero dovuto dire addio all'ancoraggio ovunque. In pratica era come consegnarsi alla polizia.

«Non ho intenzione di lasciare qui i quindici lingotti.»

«Non si tratta delle tue intenzioni, Polvere. L'ancora si è spezzata. Ce ne andiamo» rispose il Banchiere.

Mac lanciò un'occhiata al resto dei lingotti, nel cassone dell'ultimo fuoristrada. Forse c'era un modo per caricarli senza ricorrere all'ancora. Chiese la radio a Polvere.

«Banchiere, ho un'idea. Accendi il motore e allontanati dalla costa per tendere di nuovo il cavo.»

«Sei pazzo? Rimanere senza motore è molto peggio che rimanere senza ancora.»

«Non succederà nulla. La tensione di cui abbiamo bisogno sul cavo è molto inferiore alla resistenza dell'acqua quando la barca a vela si muove. Se la Maese può navigare a otto nodi, può tenere la zipline tesa.»

Dall'altra parte della radio ci fu silenzio.

«Proviamo» insistette Mac.

«Al minimo problema, ce ne andiamo.»

«Naturalmente.»

Sentendo ciò, Polvere si allontanò per scaricare il lingotto successivo con Minerva.

«Un'altra cosa, Banchiere» disse Mac.

«Cosa?»

«Siccome il motore è più indietro dell'albero, spingerai la barca a vela come chi spinge una bicicletta dal seggiolino. Sai cosa significa, vero?»

«Se mi discosto di un paio di gradi, la Maese può fare una brusca virata.»

E affondare, pensò Mac.

«Giusto. Non deviare.»

***

Il Banchiere strinse le mani sul timone della Maese ed espirò forte. Pata e Ferro uscirono dalla stiva dopo aver messo via un lingotto.

«Che cosa è successo? Abbiamo sentito uno strattone» chiese Pata.

«Non dirmi che...» disse Ferro, guardando il cavo immerso nell'acqua.

«Abbiamo perso l'ancora. Cercherò di tendere il cavo con il motore.»

«Non è pericoloso?» chiese Ferro.

Il Banchiere schioccò la lingua, come se la domanda lo avesse indignato.

«Non per il Capitano Nemo» disse, puntandosi un dito sul petto. Aveva già i nervi a fior di pelle lui, non c'era bisogno di far preoccupare anche loro due.

Appoggiò delicatamente la mano destra sulla leva dell'acceleratore. Il motore della Maese cominciò a spingere e il cavo si tese a poco a poco. La mano sinistra del Banchiere stringeva il timone con tutta la sua forza, come se gli stesse per scappare.

«È già completamente fuori dall'acqua» annunciò Ferro trenta secondi dopo.

«Quanto?»

«Un metro.»

«Il cavo è un metro sopra l'acqua» ripeté il Banchiere alla radio.

«Non basta» rispose Mac. «Se un lingotto colpisce un'onda e frena, la zipline non funziona più.»

Senza rispondere, il Banchiere spinse ulteriormente la leva.

«Un metro e mezzo» disse Ferro.

«Un metro e mezzo» ripeté lui alla radio.

«Bene. Ci servono almeno due metri per essere sicuri.»

«Il motore è quasi al massimo.»

«Dài!»

Accelerò un po' di più, senza però spingere la leva fino in fondo. Era la sua barca e non intendeva rischiare più del dovuto.

«Ora è tra un metro e mezzo e due, a seconda delle onde» disse Ferro, e lui lo riferì a Mac.

«Perfetto, arriva il prossimo lingotto.»

Quando il Banchiere girò la testa verso Punta Mercedes, una nuova barra di metallo stava viaggiando verso la Maese. Ne seguì la traiettoria fino al punto più basso del cavo. Il lingotto passò ad appena venti centimetri dalla cresta di un'onda.

Merda, pensò. Se avesse rallentato un po' il motore, addio zipline.

***

«Ancora quattro lingotti e abbiamo finito» annunciò la voce di Mac alla radio.

Meno male, pensò Ferro, che stava osservando il comando della barca a vela
dai materassi vicino all'albero. Per quanto il Banchiere avesse cercato di far finta di niente, per lui era chiaro che quello che stavano facendo era molto rischioso. Come se non bastasse, il vento si stava alzando e le onde si igrossavano.

«Arriva il prossimo» annunciò Pata, che si trovava dall'altra parte della pila di
materassi.

Ferro seguì con lo sguardo il lingotto che attraversava il cielo, illuminato solo
dall'ultimo bagliore rosa del crepuscolo.

«Ehi, il cavo non è troppo basso?» si azzardò a dire.

Come se la sua frase fosse stata di cattivo auspicio, la punta del lingotto colpì l'acqua, lanciando in avanti un ventaglio di spruzzi.

Nel vedere che l'impatto aveva ridotto di molto la velocità del fagotto, Pata si mise a correre verso poppa. Ferro lo seguì con gli occhi incollati sulla barra di doré, che ora veniva verso di loro risalendo l'ultimo tratto del cavo a passo di lumaca.

«Non ce la farà» disse il Banchiere dal timone.

Ha ragione, pensó Ferro. *Non ce la farà. E se non ce la fa, addio zipline.*

«Forse ci arriviamo noi» gridò Pata, sganciando un lungo palo di legno legato al ponte.

Ferro intuì subito le intenzioni del suo compagno. La canna, lunga tre metri, aveva un uncino di metallo all'estremità. Il Banchiere aveva spiegato di averla acquistata nella Repubblica Dominicana durante il periodo in cui era stato ossessionato da *Il vecchio e il mare* e aveva cercato, senza successo, di catturare il marlin nei Caraibi.

Mentre i sessanta chili di doré risalivano il cavo a una velocità minima, Pata si fermò sul bordo della poppa, appoggiò le cosce al corrimano cromato e sporse metà del corpo fuori dalla barca.

«Non cadere in acqua, Pata.»

Pata si chinò ancora di più in avanti e allungò l'asta.

Non per niente la chiamano febbre dell'oro, pensò Ferro, e afferrò il suo compagno da dietro, prendendolo per la cintura. *Si è già scordato che soffre di vertigini.*

Il lingotto stava per fermarsi e mancava ancora un metro all'uncino metallico
all'estremità dell'asta.

«Tienimi stretto» gridò Pata, e si sporse ancora di più in avanti.

«Smettila, stronzo» disse Ferro. Il suo compagno aveva più corpo fuori dalla barca che dentro. Se lui avesse mollato la presa, sarebbe finito in mare.

«Ce l'ho!»

Ferro guardò al di là di Pata e vide che l'uncino metallico era agganciato alla rete. Ma una cosa è impedire a un lingotto di scappare, un'altra è tirarlo a bordo su un cavo ascendente.

Tirò con tutte le sue forze la cintura. Il suo compagno riuscì a stabilizzarsi, ma il
lingotto penzolava ancora sull'acqua a mezzo metro dalla poppa.

«E adesso cosa volete fare?» gridò il Banchiere dal timone.

La domanda era molto opportuna. Sebbene avessero già la rete a portata di mano, non sarebbero mai riusciti a far salire la carrucola fino in cima al cavo.

«Banchiere, per quanto tempo puoi mollare il timone?»

«Per trenta secondi al massimo.»

«Bisognerebbe agganciarlo con una corda e tirarlo dall'albero» disse Pata, indicando una corda arrotolata sul ponte.

«È una pessima idea» disse il Banchiere, e si chinò per aprire un armadietto sotto il timone.

Quando si rimise in piedi, aveva in mano un machete di acciaio inossidabile.

«No, fermati, cosa vuoi fare?»

«Farla finita con questa cazzata» disse, e si diresse verso di loro con passo deciso.

Allungandosi con un gesto veloce, il Banchiere scavalcò il parapetto e tagliò
di netto la rete. Il lingotto fece *blup* mentre precipitava in acqua e Ferro cadde all'indietro, incastrato tra il ponte della Maese e il corpo di Pata.

Quando si rialzò, il Banchiere era di nuovo al timone. Nell'acqua non c'era traccia di ciò che era appena accaduto. Si vedevano solo le bolle che turbinavano dal motore della barca a vela.

«Ne sono rimasti tre, vero?» sentì dire il Banchiere alla radio.

«Sì.»

«Mandali a raffica. Se ce la fanno, bene. Se finiscono in acqua e rimangono bloccati, amen. Ne abbiamo già abbastanza.»

CAPITOLO 117

16 luglio 2019, ore 18:35.

Mac vide attraverso il binocolo che gli ultimi tre lingotti erano arrivati a destinazione senza toccare l'acqua. Fu sopraffatto da una sensazione di estasi. Degli ottantotto lingotti di doré, ottantasette erano a bordo della Maese e uno in fondo del mare. Mica male.

«Ti mando l'ultimo pacchetto» disse al Banchiere via radio.

«Ok.»

Appese un'ultima carrucola al cavo. Vi agganciò due borsoni con tutti i

moschettoni, le reti e le carrucole che erano avanzati. Spinse i sacchi verso il bordo dello strapiombo e li guardò finché non riuscì a malapena a distinguerli. Il sole era tramontato da mezz'ora ed era quasi buio.

Accese una torcia ed esaminò il terreno. A parte il troncabulloni che aveva posato sul faro arrugginito, ai suoi piedi c'erano solo terra dura e pietre. Chiuse la piccola bocca del troncabulloni sul cavo d'acciaio e questo diede un colpo di frusta, scomparendo giù per la scogliera come un serpente che si ritira dopo essere stato ferito. Ora, senza il cavo che li collegava alla barca a vela, non potevano fare un passo falso.

Srotolò il metro di cavo che era rimasto intorno alla trave del faro e tolse

l'asciugamano con cui era stato avvolto. Dopo aver riposto tutto nello zaino, controllò il metallo. Il panno aveva svolto il suo doppio compito alla perfezione: oltre a impedire che il cavo venisse danneggiato dallo sfregamento con il ferro arrugginito, aveva anche evitato che vi lasciasse dei segni.

L'unico indizio che qualcuno era stato lì erano solo loro, i due Hilux e l'Incognita.

«Andiamo» disse ai suoi compagni.

***

Prima di montare sull'Incognita, Minerva guardò i due Toyota della miniera. Polvere era già al volante di uno e Mac stava salendo sull'altro con lo zaino in spalla.

I tre veicoli, con quello di lei in testa, percorsero gli undici chilometri fino alla casa del ranch di Bahía Laura a luci spente. Polvere e Mac parcheggiarono i due Hilux accanto a quello che Minerva aveva lasciato lì poco prima.

La polizia doveva pensare che se ne fossero andati con un aeroplano. Anzi, con due aeroplani identici. Per questo motivo, avevano ingaggiato un pilota perché atterrasse su quella pista la mattina precedente e li portasse a fare un giro nella zona – il che inevitabilmente comprendeva sorvolare la miniera – prima di lasciarli di nuovo a Bahía Laura. Chiunque avesse esaminato la pista avrebbe tratto le stesse conclusioni: due atterraggi recenti.

Minerva pulì il volante e le portiere dell'Hilux con uno straccio imbevuto di candeggina. Accese una torcia e diede un'ultima occhiata. Quando fu soddisfatta del risultato, tirò fuori dallo zaino il sacchetto con dei capelli presi da alcuni parrucchieri di Caleta Olivia e li sparse sui sedili dei tre fuoristrada della Inuit. L'aveva visto fare nel film *The Town* e le era sembrata un'idea geniale.

«Torniamo» disse ai suoi compagni.

Guidarono l'Incognita per gli undici chilometri di ritorno a Punta Mercedes. Non parcheggiò vicino al faro crollato, come avevano fatto con i pick-up carichi di doré, ma duecento metri più avanti, dove la scogliera si affacciava a sud.

Mentre i suoi compagni scendevano e aprivano la portiera posteriore, diede un'ultima occhiata al cruscotto e alle tasche dell'aletta parasole. Erano tutti vuoti.

Quando scese dalla macchina, Mac la stava già aspettando con il blocco di cemento in mano.

«È tutta tua» gli disse lei.

Mac annuì e si mise al volante. Lei lo guardò seguire i passi che avevano provato più volte nella campagna vicino a Caleta Olivia. Primo, mettere la leva in posizione di marcia. Secondo, appoggiare il blocco di cemento sul pedale dell'acceleratore. Terzo, abbassare il freno a mano. E quarto, saltare fuori mentre prendeva velocità.

Minerva contò due secondi tra il momento in cui l'Incognita cadde dallo strapiombo e quello in cui sentì il rumore dell'acqua. Poi corse verso il bordo.

«Sembra che abbia funzionato» sentì dire da Mac accanto a lei.

«Sembra di sì» rispose lei con un sorriso. L'unica traccia dell'Incognita era un cerchio di schiuma bianca che luccicava alla luce della luna.

Senza perdere un secondo, corse giù per il pendio di Punta Mercedes verso l'estremità meridionale di Bahía Laura. I suoi compagni la seguivano da vicino, arrancando sugli scogli, attenti a non metter piede sulla spiaggia di sassi. Se lo avessero fatto, avrebbero lasciato impronte visibili come un'insegna al neon.

Ogni tanto sollevava lo sguardo. Davanti a loro, la Maese galleggiava nell'acqua con cinque tonnellate di doré nella stiva. Al chiaro di luna riuscì a scorgere due sagome appoggiate alla ringhiera del ponte. Immaginò che fossero Pata e Ferro, perché il Banchiere era impegnato ad avvolgere il cavo d'acciaio sull'argano.

Finalmente raggiunsero la riva. Tutti e tre insieme spinsero la prua dello Zodiac sulla spiaggia finché non cominciò a galleggiare. La marea si sarebbe occupata di cancellare il solco nei sassi. Ignorando il bruciore dell'acqua gelida sui piedi, Minerva saltò a bordo e accese subito il motore. Quando anche Mac e Polvere furono saliti, fece rotta verso la barca a vela.

Accorciarono la distanza in silenzio. Il vento portava la voce del Banchiere, che stava spiegando a Ferro come regolare il paterazzo per spiegare le vele.

CAPITOLO 118

16 luglio 2019, ore 18:45.

Minerva fu l'ultima dei tre a salire a bordo della Maese. Non appena lo fece, salutò con il gesto del pollice in su il Banchiere, che la stava aspettando accanto all'albero maestro.

«Non lo portiamo a bordo?» chiese Polvere, indicando lo Zodiac.

«Non serve» rispose il Banchiere mentre spiegava le vele. C'è un vento bellissimo. Possiamo rimorchiarlo abbastanza lontano dalla costa senza problemi.»

Navigarono per trenta minuti praticamente in silenzio, con le luci della barca a vela spente e gli occhi puntati sulla costa brulla, che diventava sempre più lontana, sfocata e buia. Il cuore di Minerva batteva ancora forte. Seduta sul lato di dritta, appoggiò la schiena alla ringhiera e dedicò uno sguardo a ognuno dei suoi compagni.

Il Banchiere era al timone, con un'espressione sicura, come se fosse il capitano di una nave mercantile in una tipica giornata di lavoro. Polvere sorrideva mentre dava delle gomitate a Pata, che aveva entrambe le mani sulla testa rasata e gli occhi spalancati. Ferro era coricato sul ponte come una bambola di pezza lanciata dalla cima dell'albero maestro. Mac stava gettando in acqua imbracature, cavi e attrezzi che non sarebbero più serviti e che avrebbero potuto incastrarli.

Anche lei doveva buttare qualcosa in mare. Si rimboccò le maniche del giubbotto pronta a strapparsi il braccialetto, ma si ritrovò con il polso sinistro nudo.

La schiena le si irrigidì.

Non è possibile. Per favore, non è possibile.

Si infilò le dita nella manica fino al gomito. Niente.

Cercò di ricordare. L'aveva guardato nella casa di Bahía Laura. Da lì era corsa nel capanno della tosatura dove avevano nascosto l'Incognita e aveva percorso gli undici chilometri fino a Punta Mercedes.

Quasi sicuramente si era staccato durante quel viaggio e ora il puma e il guanaco riposavano all'interno dell'Incognita in fondo al mare. O forse le era caduto quando era salita sullo Zodiac.

Qualsiasi altra possibilità era infinitamente peggiore. Se l'avesse perso mentre
chiudeva bruscamente la stufa, o mentre correva dalla casa al capanno, o vicino al faro, la polizia avrebbe potuto trovarlo. Allora sì che sarebbe finita davvero nei guai.

Fece un respiro profondo, cercando di convincersi che le probabilità erano molto basse. Inoltre, il dado era tratto. Non poteva più farci nulla.

Accantonò questo pensiero e alzò gli occhi. Incontrò lo sguardo di Mac, che aveva finito il suo lavoro e la stava osservando dall'altro lato della barca. La luna gli illuminava il viso. Dalla barba scura spuntò un sorriso bianco, che lei ricambiò.

Aveva voglia di abbracciarlo. Sarebbe stato il suo modo di scusarsi per averlo trattato male ingiustamente. Si riempì i polmoni di aria salmastra e si diresse verso di lui.

«Evvai, porca puttana!» sentì alle sue spalle mentre era a metà strada. «Trovateci se ci riuscite, figli di puttana!»

Era Polvere, che puntava un sigaro verso la costa. O meglio, verso dove doveva trovarsi la costa, perché ora l'orizzonte era di acqua scura a trecentosessanta gradi. L'unico punto di riferimento era la luna, che li accompagnava da dietro.

Polvere le si avvicinò, espirò una boccata di fumo alla vaniglia e le appoggiò le mani sulle spalle. I loro volti erano uno di fronte all'altro, a trenta centimetri di distanza. Lui la guardò negli occhi e sorrise.

Costa sta facendo questo qui? Non dirmi che...

Polvere cominciò a muoversi su e giù, piegando le ginocchia. Prima piano, come se stesse aspettando con impazienza, e poi sempre di più, finché non finì per saltellare davanti a lei. Quando non riuscì a saltare più in alto, gridò così forte che alcune gocce di saliva schizzarono in faccia a Minerva.

«Chi non salta è Sandoval! Chi non salta è Sandoval!»

Minerva non poté fare a meno di sorridere. Subito dopo arrivò Pata, e poi
Ferro. Dieci secondi dopo, i sei ladri di Entrevientos si abbracciavano sul ponte e
saltavano, gridando a squarciagola.

«Chi non salta è Sandoval! Chi non salta è Sandoval!»

SESTA PARTE

Dopo

CAPITOLO 119

Comodoro Rivadavia, Chubut, Argentina. Il giorno dopo il colpo.

Il pilota sentì un brivido corrergli lungo la schiena.
«Stai bene?» chiese uno dei due poliziotti.
Annuì.
Era atterrato quarantacinque minuti prima. Dopo aver riposto il suo aeroplano Piper Cherokee Six nell'hangar, mentre stava per salire in macchina per tornare a casa, era arrivata la pattuglia della polizia di Chubut.
Ora lui e i due poliziotti erano seduti in un piccolo ufficio dell'aeroclub. La finestra si affacciava sulla pista.
«Nervoso?»
«Perché dovrei essere nervoso?» disse, senza riuscire a evitare che le parole gli uscissero come un latrato.
«Non lo so, magari perché hai fatto una cazzata e ora hai due agenti che ti stanno interrogando.»
L'altro poliziotto mise un foglio sul tavolo e parlò per la prima volta.
«Questa è una fotocopia del registro di volo di questo aeroclub. In teoria l'altro ieri sei partito per Los Antiguos. Ma nel loro aeroclub non risulta il tuo arrivo.»
«Io non... Voglio solo guadagnarmi da vivere.»
«Ma ci sono delle leggi da rispettare.»
Il pilota chinò la testa. Era stato scoperto. Non aveva più senso cercare di nasconderlo.

«A chi ho fatto del male? Eh? Ditemelo! Se rompo l'aereo durante l'atterraggio, mi ammazzo. Ed è il mio aereo. E poi sapevo che la pista era in buone condizioni.»

Gli sembrò che gli sguardi dei poliziotti fossero confusi. Come se qualcosa di ciò che aveva appena detto non gli quadrasse.

«So che è stato un atterraggio illegale» proseguì, «ma non stavo trasportando della droga. Cosa c'è di male nell'esaudire il desiderio di un signore anziano?»

«Quale signore anziano?»

«Il padre della ragazza che compiva gli anni. Mi ha pagato lui. Mi ha detto che era cresciuto in quel campo ai tempi d'oro dell'aviazione in Patagonia.»

«Compiva gli anni? Di cosa stai parlando?»

Il pilota prese fiato e cercò di spiegarsi meglio.

«Il proprietario del ranch Bahía Laura. Voleva che portassi in aereo la figlia, suo marito e alcuni amici. Mi ha detto che lei stava per compiere trentacinque anni e non era mai salita su un aereo. Per questo voleva che il suo primo volo fosse per vedere dall'alto il luogo in cui era cresciuto suo padre.»

«E quindi tu hai accettato, senza farti troppi problemi, e l'altro ieri sei atterrato a Bahía Laura.»

«Non è vero che non mi sono fatto problemi. Prima ho perlustrato la zona. La pista è in condizioni accettabili, come ho detto. Inoltre, quel signore mi ha pagato il viaggio in anticipo.»

«Dove è avvenuta la transazione?»

«Qui, a Comodoro. In un bar del centro.»

«Quest'uomo era a Bahía Laura l'altro ieri?»

Dal tono serio dei poliziotti capì chiaramente che non si trattava di un semplice atterraggio su una pista non dichiarata.

«No. Mi ha detto che i passeggeri erano la figlia, suo marito e tre amici che stavano soggiornando per qualche giorno nella casa del ranch.

«Non ti è sembrato strano che qualcuno fosse in vacanza in un posto del genere in pieno inverno?

«Sì. A dire il vero, sì.»

Ormai i sospetti del pilota erano praticamente confermati. Non bisognava essere un genio. La stampa di tutto il paese non parlava altro che del fatto che, proprio ieri, cinque ladri avevano svaligiato la miniera di Entrevientos. Il giorno dopo che lui l'aveva sorvolata con cinque passeggeri.

Ora non stava solo tremando. Tutto il suo corpo era fradicio di sudore.

«Che aspetto aveva la persona che ti ha pagato?»

«Avrà avuto settant'anni. Pochi capelli. Grigi, pettinati all'indietro.»

«Occhi?»

«Non lo so. Castani, credo. L'unica cosa che ricordo è che aveva delle occhiaie molto scure. Ma cercate di capirmi, mi aveva detto che voleva solo...»

Il rumore di uno dei poliziotti che sbatteva la fotografia sul tavolo lo costrinse a lasciare la frase a metà.

«Il proprietario del ranch Bahía Laura è Nicolás Reyes, un avvocato di Buenos Aires. Ha quarantanove anni e una folta chioma di capelli neri.»

«Non era lui» disse il pilota dopo aver guardato la foto.

«Oltretutto, né lui né nessun altro della sua famiglia è cresciuto in quel ranch. Il padre di Reyes l'ha comprato vent'anni fa e lui l'ha ereditato due anni fa. Ora l'ha messo in vendita.»

«C'entra qualcosa con la rapina alla miniera?» osò chiedere.

«È questo che vogliamo sapere. Dicci tutto, dal momento in cui sei decollato da questa pista fino a quando sei atterrato di nuovo» disse il più tranquillo dei poliziotti, indicando la finestra.

Raccontò loro il volo nei minimi particolari. Era decollato con cinque persone a Bahía Laura e, quando avevano sorvolato la baia da un capo all'altro, la figlia festeggiata gli aveva chiesto se poteva avvicinarsi un po' di più alla miniera di Entrevientos.»

«La cosa più strana è che quando sono tornato al club e ho controllato l'aereo, i sedili erano pieni di capelli.»

«Li hai puliti?»

«Naturalmente.»

«Dobbiamo ispezionare l'aereo.»

«Andiamoci subito e ve lo faccio vedere. Prendete le impronte digitali, se volete, anche se mi sembra di ricordare che indossavano tutti i guanti. Per via del freddo. Ascoltate, io mi assumo la responsabilità di aver fatto un atterraggio illegale, ma non sono un ladro. Sono una persona onesta.»

I poliziotti impiegarono quasi un'altra ora tra la perquisizione dell'aereo e la fine dell'interrogatorio. Poi lo lasciarono andare. Il giorno dopo avrebbero mandato la scientifica a rilevare le impronte digitali e i campioni di capelli.

CAPITOLO 120

Oceano Atlantico, latitudine 49 sud. Il giorno dopo il colpo.

Minerva non riusciva a credere a quanta poca privacy ci fosse con sei persone su una barca a vela di sedici metri. Soprattutto d'inverno, navigando verso il Circolo Polare Antartico, quando uscire sul ponte è come entrare in una camera criogenica dove, per di più, ti spruzzano addosso dell'acqua ghiacciata.

Erano salpati da Bahía Laura da ventisette ore e stavano per trascorrere la seconda notte a bordo. Lei era appena uscita dal bagno, vestita e con un asciugamano in testa. Per miracolo, nel passo e mezzo che mancava alla sua cabina, non aveva incrociato nessuno. Le altre porte erano chiuse e il tavolo da pranzo era deserto. Dalla minuscola cucina, che da quell'angolo non riusciva a vedere, proveniva un rumore di pentole. Quella sera toccava a Polvere preparare la cena.

Stava per chiudersi nella sua cabina quando Mac uscì dalla sua, che condivideva con Ferro.

«Doccia svedese?» chiese, indicando l'asciugamano in testa.

Lei annuì sorridendo. Il giorno prima, il Banchiere aveva spiegato che non c'era abbastanza acqua per usare la doccia. Allora Pata aveva detto: «Doccia svedese. Una volta al mese.»

Rimasero in silenzio un istante. Sembrava che Mac stesse per dire qualcosa, ma lei lo anticipò.

«Hai un secondo?» gli disse, invitandolo nella sua cabina.

Entrarono nella stanzetta. Lei accese la luce e chiuse la porta. Si sedettero sul bordo del lettino.

«Ti devo delle scuse, Mac.»

«Perché?»

«Quando stavamo tendendo il cavo per la zipline io non sapevo che tu fossi vedovo. Polvere me l'ha detto solo il giorno dopo, mentre eravamo al Cerro Solo. Ti ho risposto male perché detesto gli uomini che cercano di sedurre una donna mentre un'altra li aspetta a casa.»

«Siamo in due. Li odio anch'io.»

«Mi perdoni?»

«È ancora valida la vacanza ai Caraibi?» disse scherzando.

Minerva scosse la testa.

«È meglio di no. Il romanticismo e le rapine non vanno d'accordo. E poi io ho un mio passato sulle spalle, e pure tu.»

«Sono vedovo, non un alieno. E non ho nemmeno la sindrome del coniuge defunto perfetto.»

Minerva inarcò le sopracciglia. Lui tirò fuori il portafoglio e poggiò la foto sul materasso.

«Quasi tutti quelli che si mettono assieme a un vedovo hanno paura di essere paragonati con chi non c'è più.»

Lei fece spallucce, come se non le importasse.

«Questa foto risale a cinque anni fa. È uno degli ultimi momenti in cui i miei figli hanno avuto un padre e una madre felici che non si prendevano a calci.»

Minerva sollevò la foto e osservò la donna. Era talmente bella da fare invidia.

«Cecilia è morta un anno fa. Stavamo già divorziando. Non ti racconterò i particolari per rispetto della sua memoria. Che mi piaccia o no, era la madre dei miei figli. Ma credimi se ti dico che non era una brava persona. Al punto che un giudice mi aveva affidato la custodia dei bambini.»

Mac mise un'altra foto sul materasso. In quella c'erano solo lui e i suoi tre figli.

«Fino a sei mesi fa tenevo questa nel mio portafoglio. Ma un giorno mio figlio Lautaro, il più piccolo, l'ha vista e si è messo a piangere perché la sua mamma non c'era. Me l'ha fatta cambiare con una in cui eravamo tutti e cinque insieme e mi ha fatto promettere che l'avrei portata sempre con me.»

L'indice di Mac toccò la foto che Minerva teneva ancora in mano.

«Ho un passato, ma non è pesante come immaginavi» disse lui, facendole un timido sorriso.

Minerva restò a guardarlo senza sapere cosa dire. Decise di chinarsi verso di lui per abbracciarlo, ma tre forti colpi risuonarono sulla porta della cabina, come se volessero buttarla giù.

«Minerva, la cena è pronta. Sbrigati, si raffredda.»
Era Polvere.

CAPITOLO 121

Entrevientos. Undici giorni dopo il colpo.

Il commissario Lamuedra era furioso. Non si sentiva così da due anni, dal furto della collezione Panasiuk.

«Quello che non sopporto, Bellido, è che mi prendano per il culo.»

Dal sedile del passeggero, Bellido annuì senza distogliere lo sguardo dalla strada sterrata.

Mezz'ora dopo, Lamuedra parcheggiò davanti al Gate. Aveva perso il conto dei viaggi che aveva fatto a Entrevientos dal giorno della rapina. L'ultimo era stato cinque giorni prima, quando era venuto accompagnato da un agente della scientifica per prelevare campioni di DNA a tutti i dirigenti della miniera.

In teoria avrebbero avuto bisogno di un ordine del tribunale, ma i dirigenti si erano offerti volontariamente. Lui era rimasto stupito da tutta quella collaborazione, ma l'avvocato della Inuit Gold gli aveva spiegato che l'assicurazione non avrebbe coperto perdite o danni se si fosse potuto dimostrare che i rapinatori avevano dei complici nei vertici della compagnia. In altre parole, se Sandoval o uno qualsiasi degli altri sette manager fossero stati coinvolti, la compagnia non avrebbe visto un dollaro.

In tutti gli anni in cui la polizia di Santa Cruz aveva effettuato prove del DNA, Lamuedra non si era mai visto arrivare i risultati di otto tamponi dal laboratorio così velocemente. Era chiaro che c'erano grossi interessi in gioco. La Inuit voleva scagionare i suoi dirigenti il più presto possibile per incassare, tra perdite e assistenza psicologica per gli ostaggi, oltre venti milioni di dollari.

Un quarto d'ora dopo aver superato il Gate, Lamuedra fermò la macchina nel parcheggio principale dell'insediamento. Un capannello di sei persone che stavano fumando fuori dalla mensa si voltarono a guardarli. Le volanti della polizia attirano sempre l'attenzione.

Nell'anticamera dell'ufficio del direttore generale vennero accolti da Marcela Sanabria, la sua segretaria.

«L'ingegner Sandoval è in riunione.»

«Non si preoccupi, ci penso io ad avvisarlo che la riunione è finita» disse Lamuedra, e aprì la porta dell'ufficio.

«Commissario!» esclamò Sandoval con un'espressione contrariata quando lo vide irrompere nella stanza. «Ora finisco e sono da voi.»

«Sandoval, lei è in arresto per la rapina di cinque tonnellate di doré da questa miniera lo scorso 16 luglio.»

Sandoval guardò i due uomini con cui era in riunione con un sorriso stupito.

«Commissario, è una battuta di pessimo gusto.»

«Mettigli le manette, Bellido.»

Se la macchina della polizia aveva attirato l'attenzione, il fatto che il direttore generale fosse stato arrestato creò scalpore. Nei trecento metri percorsi con Sandoval ammanettato fino alla volante, decine di occhi e telefoni vennero puntati su di loro da tutte le finestre.

«Commissario, quando si dimostrerà che è tutto un abbaglio, può star certo che la citerò per danni. Ha idea del rispetto che queste persone nutrono per me? Sono la massima autorità qui nella miniera e lei mi sta portando via come un criminale.»

«Chiuda quella bocca, Sandoval. Per favore, non dica un'altra parola finché non arriviamo al commissariato.»

***

Durante il viaggio di due ore e mezza verso Puerto Deseado, Carlos Sandoval cercò più volte di spiegare a Lamuedra e Bellido che avevano preso un granchio. Ma loro non gli diedero retta.

Figli di puttana, l'avrebbero pagata cara. Umiliarlo in quel modo davanti ai lavoratori della miniera. La sua miniera. Li avrebbe distrutti.

Quando parcheggiarono davanti alla stazione di polizia, Sandoval riconobbe l'uomo che scendeva da una Renault Clio e veniva verso di loro. Era un giornalista locale. Senza rispondere a nessuna delle sue domande, entrò nell'edificio. Silvio Fuentes, l'avvocato della compagnia a Puerto Deseado, lo stava aspettando su una delle panchine di legno della reception.

«Non preoccuparti, Carlos, andrà tutto bene» disse.

Lo accompagnarono in una stanza che puzzava di disinfettante e gli tolsero le manette. Gli fecero la cortesia di non legarlo all'anello fissato al tavolo.

«Mi faccia sapere quando è pronto» disse Lamuedra a Fuentes, e li lasciò soli.

Sandoval ascoltò attentamente le istruzioni dell'avvocato per venti minuti. Poi chiamarono Lamuedra, che rientrò nella sala degli interrogatori, questa volta in camicia.

«Il mio cliente vuole sapere di cosa è accusato esattamente.»

«Di essere uno dei membri della banda che ha rapinato cinque tonnellate di oro e argento a Entrevientos.»

«Come fate a dire queste stupidaggini?» domandò Sandoval.

Il sangue gli ribolliva. *Invece di cercare i ladri veri, questo buono a nulla perde tempo con me,* pensava.

La mano di Fuentes sulla sua spalla gli ricordò che erano d'accordo che si sarebbe limitato a rispondere alle domande.

«Su quali basi è stato accusato?»

«Soprattutto le prove forensi. Il DNA dei capelli e del rasoio trovati nella casa di Bahía Laura corrisponde a quello del signor Sandoval.»

«Me l'hanno rubato» si affrettò a difendersi. «Il giorno dopo, quando sono andato a farmi la barba, il rasoio era sparito.»

«Nella casa abbiamo trovato anche dei documenti con degli appunti scritti a mano da lei, e nella stufa c'era un pezzo della carta delle sue gomme da masticare al caffè. Conosce qualcun altro che mastica quella schifezza?»

«Mi hanno rubato anche quelle. Sono entrati nella mia stanza.»

«Potremmo controllare le telecamere di sicurezza, ma a quanto pare gli hard disk con le registrazioni sono scomparsi.»

Cos'è questo tono ironico, pensa forse che sia stato io a far sparire i filmati? Dovette quasi mordersi la lingua per non gridare.

«Sono stati loro, i rapinatori!» disse.

«Può darsi. Anche l'e-mail inviata dal suo account per far venire l'autocisterna con cui è entrata la banda è stata opera loro?»

«Quale e-mail?»

Il commissario mise sul tavolo un foglio A4.

Sandoval lesse l'e-mail e sentì un nodo allo stomaco. Il messaggio era stato inviato dal suo account, con l'oggetto "Importante: avviso carburante". Nel corpo del messaggio, qualcuno che si spacciava per lui dava un ordine alle guardie del Gate: non dovevano dilungare i controlli sulle autocisterne più dello stretto necessario, perché l'impianto di generazione dell'elettricità aveva raggiunto il minimo critico.

«Il giorno della rapina il livello del carburante era alto. Non l'ho scritto io.»

«Questo lo deve stabilire un tribunale, no?»

«Commissario» intervenne Fuentes, «le chiedo di limitarsi a presentare le prove che ha contro il signor Sandoval senza lanciare delle accuse.»

Sandoval si raddrizzò un po' sulla sedia. Finalmente Fuentes stava cominciando a dimostrare di valere il milione di dollari che la Inuit gli pagava al mese.

«Lasciamo perdere l'e-mail, allora» accettò il poliziotto. «Lei è consapevole del fatto che i rapinatori sono entrati nell'insediamento nascosti dentro la cisterna di un'autobotte?»

«Sì.»

«E sa qual è il numero di targa di quell'autobotte?»

«Non ricordo, ma sarà indicata nei registri del Gate.»

«MRG118» disse il commissario, guardandolo negli occhi.

«Dove vuole andare a parare, commissario?» chiese Fuentes.

«Nel database del Registro Nazionale dei Veicoli a Motore, quella targa è a nome di Fabricio Ugarte, residente a San Fernando del Valle de Catamarca. Lei vive in quella città, vero, signor Sandoval?»

«Sì.»

«E conosce Fabricio Ugarte?»

«Certo. Abita di fronte a casa mia. Cosa vuole insinuare? Che sono stato così stupido da rapinare una miniera e lasciare un indizio così evidente?»

«Non sto insinuando nulla, Sandoval. Mi limito a presentare le prove senza fare accuse» disse Lamuedra, guardando l'avvocato.

Sandoval aveva voglia di gridare, di prendere a calci e di afferrare per il collo quel poliziotto cretino che credeva di essere un detective. Ma decise di seguire una strada più diplomatica.

«Commissario, vorrei raccontarle una cosa, posso?»

«Dica pure.»

«Carlos» disse Fuentes.

Sandoval lo liquidò con un gesto e cominciò a parlare.

«Sono il capo di una delle miniere d'oro più produttive del Sud America. Non solo amo il mio lavoro, ma guadagno molti, moltissimi soldi. Non c'è bisogno che vi dica quanti, ma le assicuro che non ricordo l'ultima volta che ho desiderato qualcosa e non ho potuto comprarmela.»

«Carlos, concentriamoci sulle prove, è meglio» insistette Fuentes.

«Inoltre» continuò, «quest'anno la Inuit mi nominerà impiegato dell'anno. Con i soldi del premio potrei comprarmi una casa a Recoleta, capisce cosa intendo dire?»

«No.»

«Con tutto il rispetto, commissario Lamuedra, quello che sto cercando di spiegarle è che sono un privilegiato. Possiedo moltissimo capitale e non ho bisogno di mordere la mano di chi mi dà da mangiare.»

«Nemmeno per tredici milioni di dollari?»

Sandoval quasi sorrise: quel tipo era davvero così ingenuo?

«Quello è il valore ufficiale, commissario. Sul mercato nero lo vendono a meno. Dopo aver diviso per cinque, anzi, per sei, se supponiamo che io faccia parte della banda, sono meno di due milioni a testa.»

«Le sembrano pochi?»

«Per mettere in pericolo la mia posizione, sì.»

Al silenzio del commissario, Sandoval inspirò soddisfatto. Il modo in cui una persona si rivolgeva a un'altra cambiava drasticamente a seconda del numero di zeri del suo conto in banca.

«Signor Sandoval, anch'io vengo pagato per il mio lavoro. Probabilmente non quanto lei, ma vengo pagato. E il mio lavoro non è stabilire se lei mi dice la verità o meno, come giustamente sottolinea il signor Fuentes. Noi della polizia ci limitiamo a raccogliere le prove. Come il suo DNA nella casa di Bahía Laura, le mappe scarabocchiate con la sua calligrafia, la gomma da masticare, la coincidenza della targa e l'e-mail che le ho appena mostrato. Oh, e anche come questo.»

Lamuedra tirò fuori dalla tasca un braccialetto e lo posò sul tavolo. Sandoval lo riconobbe immediatamente.

Figlia di puttana.

«Quel braccialetto non è mio.»

«Forse dovremmo riunirci di nuovo in privato» suggerì Fuentes.

«Quel braccialetto è di Noelia Viader!» gridò.

Non gli sfuggì che, accanto a lui, Fuentes si stava pizzicando il ponte del naso con le dita. Lamuedra, invece, sorrideva come se avesse atteso quel momento. Tirò fuori una fotocopia dalla cartellina e la porse a Sandoval.

«La stessa Noelia Viader che l'ha denunciata per molestie sessuali?»

«La stessa Noelia Viader che la Inuit ha dovuto licenziare per furto» rispose Sandoval, scuotendo il foglio senza nemmeno guardarlo.

«È vero. Qui c'è la seconda denuncia della donna, in questo caso presentata direttamente in tribunale, per licenziamento ingiustificato.»

«Ma non lo vede, commissario? Viader mi odia e odia la compagnia.»

«Quello che vedo, Sandoval, è questo.»

Lamuedra girò il braccialetto e indicò un piccolo segno rettangolare sul ventre rotondo del guanaco.

«Non si nota a occhio nudo» disse Lamuedra. «Ma con una lente d'ingrandimento si può distinguere la scritta "Nimia Joyas". Le ricorda qualcosa?»

Sandoval deglutì.

«A me personalmente non diceva nulla» proseguì il commissario. «Ma quando ho fatto una piccola ricerca su Internet, ho scoperto che Nimia Joyas è un'oreficeria artigianale a San Fernando del Valle de Catamarca, la sua città.»

Sandoval strinse i pugni e i denti. Sotto il tavolo, i suoi piedi battevano sul pavimento con la velocità di un picchio.

«Ho telefonato. La proprietaria è una donna adorabile. Mi ha spiegato che disegna gioielli su ordinazione, e sa cosa mi ha risposto quando le ho parlato di un braccialetto con un puma e un guanaco? Che si ricordava perfettamente dell'uomo dai capelli grigi sulla cinquantina che l'aveva ordinato. A quanto pare questo cliente aveva scelto una lega molto particolare, il quattro e mezzo per cento d'oro e il resto d'argento. Non è forse questa la proporzione che produce Entrevientos?»

«Sì, ma questo non vuol dire che...»

«Quella donna mi ha anche mandato una copia della fattura, intestata a un certo Carlos Sandoval. Capisce ora perché sono costretto ad arrestarla? La maggior parte delle prove che abbiamo trovato portano a lei.»

CAPITOLO 122

Isola Dawson, Cile. Tredici giorni dopo il colpo.

Il peschereccio aspettava ancorato in una baia a ovest dell'isola Dawson. A sedici miglia da lì, quattro secoli e mezzo prima, il corsaro Thomas Cavendish si era imbattuto in una città in rovina, con cadaveri insepolti e nemmeno un superstite. Tre anni prima, Pedro Sarmiento de Gamboa vi aveva fondato la Ciudad del Rey Felipe, il primo insediamento non aborigeno nello Stretto di Magellano. Cavendish, di fronte a quel panorama, la ribattezzò Puerto Hambre.

Più di quattrocento anni dopo, quell'angolo affacciato sulle acque cilene, più vicino all'Antartide che alla capitale del Paese, era ancora spopolato. Non c'era un solo edificio, non una strada, né alcuna traccia di civiltà sulla spiaggia di ciottoli grigi o nell'immensa foresta di faggi che ricopriva l'isola Dawson. L'unica differenza tra quello che vedeva Minerva e quello che aveva visto Cavendish dopo aver lasciato Puerto Hambre era il peschereccio dallo scafo bianco e blu a dritta della prua della Maese.

Quando le imbarcazioni si trovarono a un centinaio di metri di distanza, due figure si stagliarono dietro i bordi del peschereccio.

«Sono Mauro e suo figlio» disse Pata con gli occhi incollati al binocolo.

Percorsero il resto del tragitto in silenzio. Minerva teneva le mani nelle tasche del giaccone che la proteggeva dal freddo. Le sue dita scorrevano nervosamente sul calcio della pistola. Pata ora era in piedi a prua e agitava le braccia per farsi vedere.

«Pata, come va? Tutto bene?» chiese Mauro con un forte accento cileno.

«Tutto bene» rispose Pata.

Mauro salì a bordo della Maese senza perdere tempo.

Minerva deglutì. Intorno a lei vedeva solo acqua e montagne deserte. Qualsiasi cosa fosse successa lì, nel bene o nel male, sarebbe rimasta lì. Non ci sarebbero stati testimoni, sia che la transazione fosse andata bene sia che dal peschereccio fossero spuntati cinquanta uomini armati e li avessero crivellati di colpi. Anche se avessero affondato la barca, nessuno lo avrebbe mai saputo. O forse sì, tra quattrocentocinquant'anni, quando l'avrebbe trovata un archeologo e avrebbe ribattezzato la Maese con un soprannome illustrativo come quello scelto da Cavendish per la Ciudad del Rey Felipe.

CAPITOLO 123

Chaitén, Cile. Diciannove giorni dopo il colpo.

Senza un solo lingotto nella stiva, la Maese attraccò nel porto della località cilena di Chaitén alle due del pomeriggio. Lo scambio con Mauro sei giorni prima era andato bene. Adesso, invece di cinque tonnellate di doré, trasportavano novantacinque chili di banconote verdi suddivise in sei zaini. Uno per ogni membro della banda. Nove milioni e mezzo di dollari in totale.

Tranne il Banchiere, il cui nome figurava sull'atto di proprietà della Maese, tutti i membri della banda sbrigarono le formalità di immigrazione in quel piccolo porto con dei documenti d'identità falsi. Una volta sulla terraferma, entrarono al Los Ñires, un bar in una delle poche strade asfaltate di Chaitén.

«A noi!» disse Polvere, alzando una bottiglia di birra Austral.

«A noi!» ripeterono gli altri cinque, alzando le loro.

Se Minerva avesse saputo cosa stava per accadere, avrebbe detto qualcosa di più profondo. Probabilmente avrebbe confessato che in quei mesi aveva imparato ad amarli come una famiglia, persino Polvere. O che per lei era stata molto di più di una rapina e di uno zaino con un milione e mezzo di dollari a testa.

Li avrebbe ringraziati.

Tuttavia, si limitarono a bere e a parlare di sport, politica e viaggi, come sei dei tanti turisti che ogni anno visitavano la Patagonia cilena.

Mentre Pata descriveva le meraviglie del Parco Nazionale Torres del Paine, dove era stato con Sandra molti anni prima, Minerva sentì sotto il tavolo la mano calda di Mac sul suo ginocchio. La prese e intrecciarono le dita senza guardarsi. Si erano ripromessi di rompere una promessa. La banda aveva deciso che nessuno dei membri sarebbe mai più rimasto in contatto con gli altri. Ma tra loro due era diverso. Avrebbero trovato il modo per continuare a stare insieme. Le diciannove notti che Mac aveva trascorso nella sua cabina le avevano fatto capire che valeva la pena rischiare.

«Dovremmo andare» disse Pata, mettendo una mano sulla spalla del Banchiere per congedarsi.

«Andate, andate, che siete in ritardo» disse il vecchio rapinatore di banche, e alzò la mano per ordinare un'altra birra.

Avevano deciso mesi prima che si sarebbero separati da lui lì, in quella cittadina di fronte all'isola di Chiloé. Ma a Minerva venne un groppo in gola, come se in quel momento le fosse chiaro che non avrebbe più rivisto il Banchiere. Deglutì e fece un respiro profondo.

Il piano doveva essere rispettato. Il Banchiere avrebbe continuato a navigare a bordo della Maese. Gli altri sarebbero rientrati in Argentina grazie a un contatto di Mauro che aveva accettato di scortarli lungo i sentieri intorno al valico di frontiera di Futaleufú.

«Aspettate, aspettate!» disse Ferro con la mano in aria e gli occhi incollati al telefono.

«Cosa succede?» chiese Minerva.

Quando l'altro le passò l'apparecchio, lei vide la propria foto sullo schermo. Si bloccò. Era un articolo pubblicato sul giornale più importante dell'Argentina. Lo lesse in silenzio.

«Non posso venire con voi» annunciò a tutti, ma con gli occhi puntati su Mac.

«Perché?» chiesero contemporaneamente lui e Pata.

Girò il telefono verso di loro, mostrando l'articolo che nominava lei, Noelia Viader, come una delle principali sospettate della rapina a Entrevientos.

Il braccialetto. Sul giornale non c'era scritto, ma Minerva sapeva che l'avevano identificata grazie a quel braccialetto di merda. Si pentì di averlo indossato una seconda volta, così come si era pentita di averlo indossato la prima volta. Per colpa di quel braccialetto, adesso la sua foto e il suo nome erano su tutti i giornali e i commissariati dell'Argentina.

«Devo separarmi da voi adesso» disse.

«Cos'hai intenzione di fare?» chiese Mac.

«Non lo so. Andrò per un po' nel posto più remoto che riesco a trovare. A Chiloé, per esempio.»

Disse Chiloé tanto per dire qualcosa. Anche se avesse saputo dove andare, raccontarlo l'avrebbe messa in pericolo. E lo stesso valeva per loro.

«È ora» annunciò Pata guardando l'orologio. «Dovremmo andare. Perché non vieni con noi e intanto pensi a cosa fare?»

«Preferisco non rischiare rientrando in Argentina.»

«Andate, resto io con lei» disse Mac.

«Non pensarci nemmeno.»

«Non è perché sono un eroe. È perché...»

«Non pensarci nemmeno» ripeté lei.

In quel momento entrarono nel bar due carabinieri. Dopo aver dato un'occhiata al locale, si diressero verso di loro. Merda, pensò Minerva, e si ricordò l'immagine di Qwerty morto nella sala da biliardo di Buenos Aires. Solo che ora né il Banchiere né gli altri membri della banda avevano delle armi con sé. L'unica cosa che avevano per difendersi erano sei zaini, ciascuno pieno di sedici chili di banconote.

I poliziotti si fermarono vicino a loro, salutarono con un cenno della testa e si sedettero al tavolo accanto. Uno alzò la mano per chiamare il cameriere.

«Ci vediamo, ragazzi. Grazie per la birra» disse Minerva, cercando di assumere un tono il più possibile informale.

Salutò ciascuno dei suoi compagni. Quando toccò a Mac, gli mise una mano sulla barba e lo guardò con tenerezza. Poi gli diede un bacio sulla guancia, mentre inspirava per sentire il suo profumo un'ultima volta.

«Abbi cura di te e non cercarmi» gli sussurrò all'orecchio.

Quando si staccarono un po', lui la guardò con gli occhi tristi e un'espressione di sconcerto.

Minerva uscì dal bar e affrontò quel pomeriggio gelido con un groppo in gola. Guardò l'Oceano Pacifico chiedendosi cosa fare. All'orizzonte apparve un'ombra scura. Non sapeva se fossero le nuvole o la lontana isola di Chiloé.

Alle sue spalle, la porta del bar si aprì di nuovo. Chiuse gli occhi, imprecando. L'ultima cosa di cui aveva bisogno era che Mac complicasse ulteriormente le cose. Si voltò lentamente, decisa a dirgli di tutto purché non venisse con lei.

Ma non era Mac che era uscito a cercarla.

CAPITOLO 124

Un anno dopo il colpo.

UN ANNO DOPO LA RAPINA A ENTREVIENTOS, LA POLIZIA CERCA ANCORA NOELIA VIADER

Dalla redazione – Oggi ricorre un anno dalla famosa rapina alla miniera d'oro e argento di Entrevientos, situata nella provincia di Santa Cruz e gestita dalla multinazionale canadese Inuit Gold. Il 16 luglio dello scorso anno, un gruppo di rapinatori armati sono entrati nascosti in un'autocisterna e hanno rubato più di 5 tonnellate di doré, una lega di oro e argento. Secondo le quotazioni di allora, il bottino era valutato oltre tredici milioni di dollari.

Un anno dopo questa spettacolare rapina, che il regista Juan Carlos Campanelli ha già confermato di voler portare sul grande schermo, la polizia è ancora alla ricerca di Noelia Viader, ex dipendente della Inuit Gold e principale sospettata della pianificazione e dell'esecuzione della rapina.

«A questo punto, le ricerche non sono più alla nostra portata» ha dichiarato il commissario Rodolfo Lamuedra, il commissario di polizia di Puerto Deseado e il primo agente ad arrivare a Entrevientos il giorno della rapina. «Ora se ne occupano la Polizia Federale Argentina e l'Interpol» ha aggiunto.

Secondo fonti vicine a questo giornale, la conoscenza delle operazioni della miniera da parte dei ladri ha indotto la polizia a credere che la banda avesse almeno un complice tra i dipendenti di Entrevientos. Ciò, oltre alle numerose

prove trovate, ha portato il commissario Lamuedra ad arrestare, undici giorni dopo la rapina, il direttore generale di Entrevientos, Carlos Sandoval.

«L'arresto di Sandoval è stato un grave errore da parte delle autorità» ha dichiarato Silvio Fuentes, rappresentante legale della Inuit Gold, «ma ritengo che la polizia abbia fatto del suo meglio con le informazioni che possedeva in quel momento.»

In ogni caso, il coinvolgimento o meno del dirigente nella rapina è passato in secondo piano quando sono stati scoperti – e pubblicati in esclusiva da questo giornale – una serie di messaggi di testo tra lui e il deputato Gastón Muñoz, in cui Sandoval indicava le modifiche da apportare al progetto per la nuova legge mineraria provinciale. Sandoval e Muñoz sono oggi indagati dalla giustizia argentina per corruzione.

«La Inuit condanna fermamente le azioni di Carlos Sandoval, che non è più dipendente della compagnia» ha dichiarato Ignacio Beguiristain, massima autorità della Inuit Gold in Argentina, aggiungendo: «Evidentemente i suoi valori non erano in linea con quelli di questa società. Il nostro obiettivo principale è lavorare con trasparenza per portare ricchezza al Paese e alla regione. Personalmente chiedo, come ogni cittadino onesto, che sia fatta giustizia.»

D'altra parte, la redazione di questo giornale ha avuto l'opportunità di parlare brevemente con Sandoval, che ha definito il suo licenziamento «un colpo molto duro e immeritato, perché il tribunale non si è ancora pronunciato.» Ha anche aggiunto: «Il mondo dell'industria mineraria è molto piccolo e ora ho un marchio addosso di cui mi sarà molto difficile liberarmi. Dubito che potrò mai più lavorare nel settore.»

Se consideriamo le accuse a carico di Carlos Sandoval, la reputazione dell'ex direttore generale di Entrevientos non ha soltanto una macchia, bensì due. Da un lato, la provincia di Santa Cruz denuncerà sia lui che Gastón Muñoz per corruzione, mentre, dall'altro, Sandoval è ancora coinvolto nel caso della rapina a Entrevientos, anche se tutto lascia presagire che sarà assolto.

Malgrado le prove incriminanti a suo carico, tra cui DNA, documenti ed e-mail, il fermo dell'ex direttore generale di Entrevientos è durato solo otto giorni, dopodiché è stato rilasciato in attesa del processo. Sandoval ha sempre accusato Noelia Viader, un'ingegnera informatica che ha lavorato presso Entrevientos per tre anni e mezzo e che era stata licenziata cinque mesi prima della rapina, dopo essere stata sorpresa a sottrarre limatura d'oro dal giacimento nascondendola in una penna. Recentemente è emerso che la Viader aveva sporto denuncia contro Carlos Sandoval per molestie sessuali solo tre mesi prima del licenziamento.

«A mio parere, le prove che incriminano Sandoval sono solo un'ennesima manovra diversiva dei rapinatori» ha dichiarato un ex dipendente senior della Inuit che preferisce rimanere anonimo. «Ero presente nella sala riunioni mentre affrontavamo la crisi. Non me l'hanno raccontato terzi. Gran parte del successo di questa rapina risiede nelle manovre di distrazione, progettate per guadagnare tempo e ostacolare la polizia. Per esempio, l'ambulanza e l'autocisterna che si supponeva fossero carichi di esplosivo e che invece si sono rivelati falsi. O le impronte dell'aereo leggero sulla pista di Bahía Laura. E anche i cani con il GPS.»

Ancora oggi resta un mistero come i cinque ladri si siano volatilizzati con cinque tonnellate di doré il 16 luglio dello scorso anno. Le opinioni degli esperti variano molto, così come quelle del pubblico in generale. In un sondaggio condotto a Buenos Aires, il 31% degli intervistati ha dichiarato di ritenere che i ladri di Entrevientos si siano allontanati via terra, mentre il 23% considera più probabile la via del mare. L'11% predilige l'aereo. Forse l'aspetto più emblematico di questo sondaggio è che il 35% degli intervistati dichiara di non averne idea. Un po' come, a quanto pare, il sistema giudiziario argentino.

CAPITOLO 125

Barcellona, Spagna. Un anno dopo il colpo.

Minerva finì di leggere l'articolo sul telefono e lo posò accanto alla tazza di caffè. Il suo nome non era più Noelia Viader. Ora, secondo il passaporto andorrano che aveva in tasca, era Ainhoa Campillo Fernández.

Quando alzò lo sguardo, sentì di nuovo i suoni che era riuscita a silenziare durante la lettura: il rapido *click-click-click* dei croupier che contavano le fiches, i "rien ne va plus" seri e professionali e le palline che rimbalzavano nelle tacche delle roulette prima di fermarsi su un numero. Poi, trentasei sospiri per ogni esplosione di gioia.

Era seduta al suo tavolo preferito in uno dei bar del casinò di Barcellona. Sulla pedana, dietro la ringhiera di legno lucido, godeva di un'ottima vista sui dodici tavoli da roulette in azione.

Al tavolo numero otto, un giovane croupier in gilet grigio e camicia bianca si avvicinò per sostituirne un altro vestito in modo identico. Minerva annotò su un taccuino l'ora esatta del cambio turno. Aveva altri due taccuini pieni di appunti e di osservazioni simili. Se la settimana successiva fosse stata ammessa al corso di formazione per croupier, avrebbe potuto raccoglierne molti altri. Poi avrebbe iniziato a pianificare la rapina.

Bevve un ultimo sorso di caffè, si alzò dalla sedia e cominciò a raccogliere le sue cose. A quel punto lo vide, con le braccia incrociate e appoggiato a una colonna vicino al tavolo quattro. Tutti intorno a lui guardavano le fiches sul panno. Lui no, lui guardava lei.

La salutò con una mano alzata e sorrise, mostrando i denti bianchi al centro della barba scura. Andò da lei. Indossava dei pantaloni logori, scarpe da marinaio e una camicia con il primo bottone aperto. Minerva sentì il cuore batterle sempre più forte nel petto.

«Che sorpresa» fu tutto ciò che riuscì a dire quando lui si avvicinò al tavolo e la salutò con un abbraccio. «Cosa ci fai qui?»

Glielo disse in argentino, anche se da dieci mesi parlava spagnolo con l'accento europeo.

«Il Banchiere mi ha detto che ultimamente passi molto tempo in questo posto» rispose lui.

Minerva annuì con un sorriso e tornò a sedersi al tavolo.

«Ho parlato al telefono con lui la settimana scorsa» spiegò Mac, sedendosi di fronte a lei. «Mi ha detto che ti ha vista di recente.»

«Quindici giorni fa. È venuto a Barcellona con la barca a vela e ci siamo incontrati a pranzo. Non lo vedevo da dieci mesi. Immagino che ti abbia detto che siamo partiti insieme sulla Maese da Chaitén.»

Mac scosse la testa.

«Non mi ha raccontato nulla. Mi ha detto che se avevo delle domande dovevo farle direttamente a te. L'ultima cosa che so è che quando sei uscita da quel bar, lui è uscito dietro di te. Volevo venire anch'io, ma Ferro, Pata e Polvere mi hanno trattenuto. Non potevo fare casino con i carabinieri lì vicino.»

«Hanno fatto bene» disse lei.

«Dove ti ha portata?»

«Verso nord. Abbiamo costeggiato il Cile e il Perù, fermandoci solo per brevi periodi nei posti più turistici. Poi siamo passati per le Galapagos e da lì in America Centrale. Sono scesa dalla Maese a Ciudad de Panamá e non ho più saputo niente del Banchiere fino a quindici giorni fa. Mi ha detto di aver trascorso tutto l'anno in barca a vela.»

«Non aveva detto che si annoiava?»

«Secondo lui, è una situazione temporanea. Finché non troverà qualcosa che lo spinga a tornare.»

«A tornare in Argentina o a tornare a rubare?»

«Lui mi ha detto così. A tornare» rispose scrollando le spalle.

«Secondo te cosa voleva dire?»

«Eh... una volta mi ha detto che chi nasce storto, muore storto.»

«Non credo che abbia bisogno di soldi.»

Minerva rimase impassibile ma sorrise dentro di sé. Bisogno, Pezzano? Quella vecchia volpe aveva diversi milioni di dollari in qualche paradiso fiscale. E ora, dopo Entrevientos, uno e mezzo in più.

«Degli altri non ho notizie» disse lei dopo aver ordinato due birre a una cameriera.

«Io sì. Le vuoi sapere?»

«Vedo che avete ignorato completamente la regola di interrompere ogni contatto.»

«Una regola che pure noi due avevamo deciso di infrangere, prima di dividerci a Chaitén.»

Senza sapere bene perché, lei agitò la mano in aria, come per far svanire ciò che aveva appena sentito.

«Dimmi, come stanno gli altri?»

«Il padre di Ferro è morto.»

«Poverino... La cura non ha funzionato, alla fine?»

«Per un po' è andata bene, ma poi ha avuto una ricaduta. Dicono che succeda, con i farmaci sperimentali.»

«E lui come sta?»

«In pace, perché ha potuto pagargli le medicine e i viaggi negli Stati Uniti. Ha fatto tutto il possibile. Credo che possa dormire sonni tranquilli.»

Furono interrotti dalla cameriera con le birre. Mac bevve un lungo sorso della sua.

«Quello a cui è andata benissimo è Pata» continuò, cercando di cambiare il tono della conversazione.

«Ah sì? E cosa fa di bello?»

«Ha comprato una fattoria con una piantagione di ciliegi a Los Antiguos. Producono marmellata, liquori, insomma, immagino che tu ne sappia qualcosa.»

Minerva annuì. Era stata diverse volte alla Festa Nazionale delle Ciliegie. Los Antiguos era, senz'ombra di dubbio, uno dei paesi più belli di Santa Cruz.

«È molto felice. Dice che è la vita che lui e Sandra hanno sempre desiderato. Anche Mina è felice, ha due ettari dove scorrazzare.»

«Mina?»

«La cagna in calore che abbiamo usato per attirare i pastori.»

«Non dirmi che l'ha chiamata Mina.»

Mac annuì con un sorriso.

«Mi piacerebbe andare a trovarlo, qualche volta» disse lei.

«Oh, sarà felice di vederti. Si era molto affezionato a te.»

«Anch'io a lui. È impossibile non voler bene a Pata, è davvero speciale» disse dopo un sorso. «A chi altri poteva venire in mente di chiamare quel cane Mina?»

«Non sei male nemmeno tu con i soprannomi.»

«Perché lo dici?»

«Minerva. Miniera. Ci sono solo due lettere di differenza.»

Lei strabuzzò gli occhi.

«Non ci avevi mai pensato?»

«No. In realtà, il nome Minerva è nato molto tempo prima.»

«Se credessi nell'esoterismo direi che eri predestinata, allora.»

«Non dire sciocchezze.»

Lei bevve un sorso di birra e distolse lo sguardo. Con suo grande rammarico, anche lei di tanto in tanto si lasciava andare all'esoterismo. Si era sorpresa più volte a pensare alla legge di causa ed effetto che sembrava governare l'universo. Sandoval le aveva fatto del male e l'aveva pagata con la rovina della sua carriera e della sua reputazione. Lei aveva fatto soffrire gli ostaggi di Entrevientos e ora non poteva più essere Noelia Viader.

Giustizia divina o meno, era dura. Per anni aveva promesso a se stessa che un giorno avrebbe ricucito i rapporti con i suoi genitori, e adesso che abitava nella loro stessa città non poteva nemmeno chiamarli al telefono. Era sicura che l'Interpol li tenesse sotto controllo. A volte la mattina si sedeva in un bar vicino a casa loro per osservarli da lontano per qualche secondo quando uscivano per fare la spesa o a portare a spasso il cane.

«Mi stavi parlando degli altri» disse, voltandosi verso Mac. «Come sta Polvere?»

«Non sai nulla nemmeno di lui?»

«No.»

«Tre mesi fa sono entrati in casa sua di notte e gli hanno sparato al petto.»

Minerva chiuse gli occhi.

«L'hanno ucciso?»

«No. È stato tra la vita e la morte per un paio di giorni, in terapia intensiva, ma ce l'ha fatta.»

«Che cosa è successo?»

«Qualcosa che ha a che fare con la droga. Da quanto ne so, con la sua parte voleva fare l'uomo d'affari e si è fatto coinvolgere dove non doveva.»

Ricordava la chiacchierata che avevano fatto dentro il container del Cerro Solo, in cui lui le aveva detto che se la rapina di Entrevientos fosse andata in porto, aveva un progetto da portare a termine per poi ritirarsi.

Rimasero in silenzio per un po'.

«E tu?» chiese infine lei.

«Bene, non posso lamentarmi.»

«I tuoi figli?»

«Sempre più grandi e bellissimi.»

«Sei riuscito a comprare la terra ai tuoi fratelli?»

«Sì. Ora è tutto mio.»

«Come vanno gli affari?»

«Benissimo. Siamo cresciuti molto nell'ultimo anno. Stiamo per aprire una filiale in Patagonia. Ma ben lontano da Entrevientos.»

«Soprattutto perché non troveresti degli alberi dove attaccare le zipline.»

«Da quando in qua mi servono degli alberi?»

Scoppiarono a ridere tutti e due, guardandosi negli occhi. In quelli di lui, Minerva vide gioia ma anche nostalgia. Si chiese se avesse riso molto nell'ultimo anno. Lei di sicuro no.

«Non hai intenzione di tornare?» chiese Mac.

«In Argentina o a rubare?»

«In Argentina. La risposta all'altra cosa la so già» disse indicando il taccuino sul tavolo. «È da un pezzo che ti osservo mentre annoti ogni movimento nella sala.»

«Non è come sembra» rispose lei con un sorriso.

«Ah, no? Stai studiando uno dei più grandi casinò d'Europa per hobby?»

«No. Sto preparando un piano per rapinarlo» sussurrò.

Mac scosse la testa sconcertato.

«Quindi è proprio come sembra.»

«Una cosa è preparare un piano e un'altra realizzarlo.»

«Cioè, organizzi la rapina, ma non la farai tu.»

«Esatto.»

«Ma allora chi la farà?»

«Molte persone. Centinaia di migliaia, se mi va bene.»

«Non ci capisco più niente.»

Minerva si mise a ridere e fece passare un istante prima di rispondere, proprio come aveva fatto un anno e tre mesi prima, prima di rivelare a lui e al resto del gruppo come sarebbero usciti da Entrevientos.

«Sto progettando una rapina a questo casinò, ma non nella vita reale. Sto pensando di cominciare a sviluppare videogiochi. Da adolescente era il mio sogno. Voglio riprendere a programmare.»

«Rapina al casinò sulla spiaggia» disse Mac. «Sembra un film western.»

«Avevo pensato a un titolo più breve, ma grazie per il suggerimento.»

Mac scrollò le spalle e alzò la birra.

«A noi» disse.

«Ai ladri di Entrevientos» rispose Minerva sottovoce.

Fecero tintinnare le bottiglie e bevvero. Smisero di guardarsi negli occhi, dissero qualche banalità e incrociarono di nuovo gli sguardi.

«Perché sei qui?» chiese lei.

«Sono venuto a cercarti, Noelia.»

Era la prima volta che la chiamava così. Gli piaceva il suono del suo nome pronunciato da lui.

«Mi hai trovata. E adesso?»

«Adesso devo convincerti a venire con me.»

«Mi hai convinta mentre camminavi da quella roulette fin qui» disse lei, alzandosi. «Ti stanno bene questi vestiti. Nel tuo hotel o a casa mia?»

«In Argentina» rispose, alzandosi pure lui.

Minerva appoggiò le mani sul tavolo e sospirò a lungo.

«Sai benissimo che non posso.»

«Noelia Viader non può. Ma quella nuova, qualunque sia il suo nome, sì che può.»

«Si chiama Ainhoa.»

«Che torni Ainhoa, allora. E che collabori con me nel nuovo parco avventura. Mi farebbe comodo un'investitrice.»

«Oh no, tu mi vuoi solo per i miei soldi, farabutto» rispose lei con accento caraibico e si toccò la fronte con il dorso della mano, come un'attrice di telenovela.

«Ovvio. Altrimenti perché avrei attraversato l'oceano?»

«Sei proprio un romantico.»

«Quindi ti ho convinta a venire?»

Minerva osservò il taccuino e poi si guardò intorno. I giocatori continuavano a puntare, all'oscuro di tutto. Girò intorno al tavolo, prese Mac per le guance e gli regalò il suo miglior bacio.

«Non ancora» gli sussurrò all'orecchio.

RINGRAZIAMENTI

Questo libro, che è un'opera di fantasia, sarebbe venuto molto peggio se non avessi potuto contare sull'aiuto disinteressato di molte persone. Pensare a loro mentre scrivo questo paragrafo mi ricorda che sono un uomo fortunato.

Prima di tutto, voglio ringraziare Trini, la mia compagna di viaggio, per le migliaia di commenti e idee utili per questa storia. Per la sua pazienza e per aver sempre creduto in me. Ma, soprattutto, per essere la versione buona di Re Mida: tutto ciò che il suo sorriso tocca si trasforma in oro.

Ringrazio Daniel Ruiz, il mio pompiere preferito, per le numerose informazioni sulle autocisterne; Rolando Martínez Peck, per avermi svelato il mondo affascinante dei pastori della Patagonia; Carlos Arana, per essere mio amico e allo stesso tempo esperto di esplosivi; Celeste Cortés, Martín Spotorno e Hugo Giovannoni, per tutte le informazioni sulle armi; Carlos "el Polaquito" Naves, per avermi parlato dei fuoristrada da campagna; Gabriel Zubimendi, per avermi raccontato tante cose sull'aviazione attuale e passata in Patagonia; Marcela Andrada, per avermi insegnato a ballare il tango al telefono; Carlos Ferrari, per avermi parlato del consumo dell'acqua.

Ringrazio Luis Franco e tutte le altre persone che hanno condiviso con me la loro esperienza riguardo all'industria mineraria della Patagonia. Ringrazio anche tutti coloro che hanno preferito non parlarne (li capisco, davvero).

Ringrazio Flora Campillo, Carlos Liévano, Javier Debarnot, Christine Douesnel, Mónica García, Estela Lamas, Analía Vega, María José Serrano, Marcelo Rondini, Lucas Rojas, Ana Barreiro, Marta Segundo e Gemma Herrero Virto per aver letto le bozze di questo romanzo e avermi sommerso di ottimi suggerimenti.

Un ringraziamento anche a Luis Santamaría, Luz Mosqueira e Lourdes Bernat, per avermi consigliato la musica che ho ascoltato mentre scrivevo gran parte di questo libro.

Ringrazio tutte le persone che mi hanno aiutato a decidere la copertina migliore per questo romanzo.

E ringrazio te, caro lettore. Sempre.

SULL'AUTORE

Cristian Perfumo scrive *thriller* ambientati nella Patagonia argentina, dove è cresciuto.

Il collezionista di frecce (2017) ha vinto l'Amazon Literary Prize, per il quale sono state presentate oltre 1800 opere di autori provenienti da 39 Paesi, ed è in fase di adattamento per lo schermo.

*Rescate gris (*2018) è stato finalista del Premio Clarín de Novela 2018, uno dei più importanti premi letterari dell'America Latina.

I suoi libri sono stati tradotti in tedesco, inglese e francese e pubblicati in formato audiobook e Braille.

Dopo aver vissuto per anni in Australia, attualmente Cristian abita a Barcellona.

I DELITTI DEL GHIACCIAIO

IN CORSO DI ADATTAMENTO PER LO SCHERMO

Il corpo di un turista viene ritrovato congelato all'interno del più grande ghiacciaio della Patagonia. È morto sul ghiaccio, colpito da un proiettile nel ventre trent'anni fa.

Ma tu, che ti chiami Julián e vivi a Barcellona, non immagini che questo ti cambierà la vita.

Per capirlo dovrai prima sapere che tuo padre aveva un fratello di cui non ti ha mai parlato. E poi che quel fratello è appena morto. Infine, che nel suo testamento figuri come unico erede di una misteriosa proprietà a El Chaltén, un idilliaco paesino della Patagonia.

Andrai fin lì per poterla vendere, ma commetterai l'errore di fare troppe domande. E a quel punto ti renderai conto che a trent'anni di distanza dal crimine a El Chaltén si nasconde qualcuno disposto a farti fuori pur di impedirti di scoprire la verità.

Dopo aver vinto il premio letterario Amazon con il romanzo Il collezionista di frecce, *Cristian Perfumo torna con un thriller avvincente che accompagnerà il lettore attraverso la città di Barcellona e alcuni degli angoli più belli e remoti della Patagonia argentina.*

IL COLLEZIONISTA DI FRECCE

VINCITORE DEL PREMIO LETTERARIO AMAZON STORYTELLERS

La calma di un paesino della Patagonia finisce quando uno dei suoi abitanti viene ritrovato morto e torturato sul proprio divano.

Per la criminalista Laura Badía è il caso della vita: non solo si tratta di un omicidio brutale, ma dall'abitazione della vittima mancano tredici punte di freccia scolpite migliaia di anni fa dal popolo tehuelche. Quella collezione, di cui tutti parlano ma che nessuno ha visto, contiene la risposta a uno dei più importanti misteri archeologici della nostra epoca. Il suo valore scientifico è inestimabile. E anche il suo prezzo sul mercato nero.

Con l'aiuto di un archeologo Laura sarà trascinata in una pericolosa ricerca che la porterà dal celebre ghiacciaio Perito Moreno agli angoli più remoti e meno visitati della Patagonia.

COLPO GROSSO IN PATAGONIA

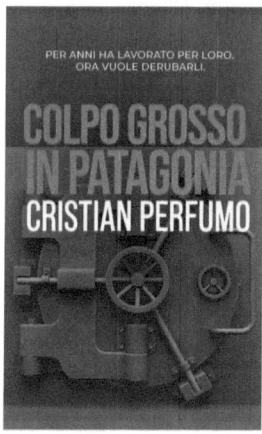

PER ANNI HA LAVORATO PER LORO. ORA VUOLE DERUBARLI.

Entrevientos non cambia mai: è sempre una delle miniere d'oro più remote della Patagonia e del mondo. Ma per Noelia Viader è ormai un luogo completamente diverso. Fino a un anno fa era il suo posto di lavoro, oggi è una croce rossa sulla mappa che usa per ripassare i dettagli della rapina del secolo.

Noelia ha abbandonato il mondo criminale da quattordici anni, ma si è appena rimessa in contatto con un mitico rapinatore di banche che una volta le ha salvato la vita. Insieme riuniscono una banda che intende portar via da Entrevientos cinque tonnellate di oro e argento.

Hanno due ore prima dell'arrivo della polizia. Se avranno successo, i giornali parleranno di un furto magistrale. E lei avrà fatto giustizia.

www.ingramcontent.com/pod-product-compliance
Lightning Source LLC
LaVergne TN
LVHW040035080526
838202LV00045B/3349